DEADLINE

Anthony McCarten

Deadline

XANDER

Uitgegeven door Xander Uitgevers
www.xanderuitgevers.nl

Oorspronkelijke titel: *Going Zero*
Oorspronkelijke uitgever: Muse of Fire Productions Ltd.
Vertaling: Peter de Rijk
Omslagontwerp: Studio Jan de Boer
Omslagbeeld: Giada M. Piras|Arcangel
Auteursfoto: Jack English
Zetwerk: Mat-Zet b.v., Huizen

Eerste druk 2023

ISBN 978 94 0161 935 6 | NUR 332

Voor Jennifer Joel, een geweldige redacteur.
En voor Eva, zoals altijd.

Fase een

Zeven dagen voor 'Go Zero'

BOSTON, MASSACHUSETTS

De manshoge spiegel in het portaal, die de smalle toegangshal een idee van licht en ruimte moet geven, is vlekkerig van ouderdom, en de roestplekjes tasten de zilverlaag als een wondkorst aan. Maar dat is geen probleem voor de bewoners van deze sociale huurflats: leraren, lage ambtenaren, de eigenaar van een bakkerij en een zestal gepensioneerden, die al blij zijn dat de lift meestal werkt. Ze kunnen pauzeren en nog even een laatste controle verrichten voordat ze naar buiten gaan, zodat ze zeker weten dat de rokzoom niet in de panty is blijven zitten, de klep van de pet omhoog staat, er geen tandpasta op de kin zit, het haar niet alle kanten op piekt en er geen wc-papier aan de schoenen kleeft voordat ze de straat op stappen om door hun medeburgers te worden beoordeeld.

Aan het einde van de dag komt hij ook van pas. Als de bewoners de kou van de winderige straten van zich afschudden, hun jassen losmaken en hun brievenbussen legen, geeft de oude spiegel hun een eerste blik op de schade die de dag heeft aangericht.

De vrouw die net is binnengekomen kijkt er in een reflex naar. En dit laat de spiegel zien: midden dertig, zwart haar in een bob, een grote bril die vorig jaar weer modieus werd, een lange, wijde broek met sneakers en onder haar stevige voorjaarsjas uit de uitverkoop een stijf gestreken zwarte blouse met een wervelende bloemenprint. Haar uiterlijk verwijst naar wat ze is: een bibliothecaresse, of wat je je daarbij voorstelt. Een boekenwurm, met al die dichte knopen, maar onafhankelijk in de details: een grote halsketting met hanger, rinkelende oorbellen, een zegelring om haar pink. Misschien op weg naar een liefdadigheidsveiling in een kerk of naar een anti-Trumpmanifestatie, wie zal het zeggen?

Ze opent haar brievenbus, haalt er een handvol enveloppen uit, duwt het deurtje dicht tot ze het vast hoort klikken en ziet dan dat het naamplaatje van de brievenbus een beetje scheef zit, en dus draait ze het weer recht.

K. Day
Appartement 10

De K is belangrijk. Niet de hele naam *Kaitlyn.* Alleen die ene initiaal om haar te identificeren: noem het maar Alleenstaande Vrouw Truc 273. Komt direct na met je sleutels (als wapen) in je hand naar huis lopen. Met *Kaitlyn Day* op de brievenbus of bij de bel vraag je om problemen. Iedere griezel die langsloopt weet nu dat er een alleenstaande vrouw in het gebouw woont en kan hier blijven rondhangen om te zien of ze gered, bespot, gevolgd, geneukt of vermoord moet worden.

Ze sorteert de post boven de prullenbak. Troep. Troep. Troep. Rekening. Troep. Rekening. En dan… Lieve God. Daar heb je het. Ja hoor.

Op de envelop staat *Ministerie van Binnenlandse Veiligheid.* Verrek, er zit zelfs een zegel op de achterkant. Ze dacht dat zulke dingen tegelijk met de Tudors verdwenen waren. Maar in de envelop zit goedkoop grauw papier, terwijl ze de kwaliteit van een bruiloftsuitnodiging had verwacht. Niettemin wel degelijk een uitnodiging.

Going Zero Bètatest staat bovenaan het papier, in vette, onderstreepte letters.

Beste mevrouw Day,

Gefeliciteerd! U bent geselecteerd als een van de tien deelnemers aan de Going Zero Bètatest van het Fusion Initiative, een partnerschap tussen WorldShare en de Amerikaanse regering.

Volgens de instructies begint de Going Zero Bètatest op 1 mei om 12.00 uur 's middags. Op dat moment ontvangen u en negen andere willekeurig geselecteerde deelnemers een bericht op het telefoonnummer van uw aanvraag met de boodschap 'Go Zero!'

Diezelfde dag om 14.00 uur worden uw naam, foto en adres verstrekt aan de gezamenlijke taskforce van het Fusion Initiative in Fusion Central in Washington, DC.

Gedurende de testperiode staat het u vrij alle stappen te ondernemen die u nodig acht – mits in overeenstemming met de wetten van de Verenigde Staten – om te voorkomen dat u wordt aangehouden door het arrestatieteam dat Fusion Central heeft uitgezonden om u op te sporen. Alle deelnemers aan de Going Zero Bètatest die op 31 mei om 12.00 uur nog niet zijn aangehouden, ontvangen een belastingvrije beloning van drie miljoen dollar ($3.000.000).

Wij danken u voor uw patriottische inzet en voor uw belangrijke bijdrage aan de veiligheid van uw land.

Bijzondere voorwaarde: op straffe van diskwalificatie mag u niet verklaren, bekendmaken of beweren dat u deelneemt aan de Going Zero Bètatest, totdat u daarvoor schriftelijk toestemming hebt gekregen van ons bureau. Raadpleeg uw aanvraag voor meer informatie over uw geheimhoudingsovereenkomst (NDA), wettelijke verantwoordelijkheden en mogelijke sancties.

Kaitlyn kijkt op en ziet haar eigen spiegelbeeld weer in de spiegel. Een gewone vrouw, dertien in een dozijn. Maar de komende vijf weken moet ze een uitzonderlijke prestatie leveren.

Ben je gereed om perfect te zijn, Kaitlyn Day? vraagt ze zich af. Want dat zal ze nu moeten zijn.

Haar spiegelbeeld verraadt niets.

Ga naar boven, zegt ze tegen zichzelf. Controleer alles. Als het bevel voor Go Zero komt, moet ze gereed zijn om in een oogwenk voor iedereen onvindbaar te zijn. Zichzelf uitwissen. Van de aardbodem verdwijnen.

Wie doet zoiets, zomaar verdwijnen? Tja, dat gebeurt. Verdomme zeg, dat weet zij beter dan wie ook. Mensen kunnen zomaar opeens verdwenen zijn.

Ze moet gaan slapen. Dit kon voor een lange periode weleens een van de laatste nachten dat ze rustig in haar eigen bed slaapt. Een paar momenten lang verroert haar spiegelbeeld zich niet. Ze denkt na over wat haar te wachten staat. Dan verdwijnt het snel uit beeld.

7 dagen later: 20 minuten voor 'Go Zero'

FUSION CENTRAL, WASHINGTON, DC

Op 1 mei, om twintig minuten voor twaalf, wordt Justin Amari – geen ontbijt op, haren in de war – voor de ingang van Fusion Central, een kantoorcomplex dat een jaar eerder met een opvallende snelheid en geheimzinnigheid bij McPherson Square is verrezen, begroet door een welkomstcomité: 'Silicon Valleymiljardair Cy Baxter koopt huizenblok in centrum van Washington, brengt meer tijd door in de stad, redenen onbekend.'

Onder de gezichten ziet Justin ook de rechterhand van Cy Baxter, Erika Coogan, bijna even beroemd als hij en samen met Baxter medeoprichter van het moederbedrijf van Fusion, WorldShare. Ook een topper van jewelste, zij het op haar eigen subtiele manier.

'Nerveus?' vraagt Justin terwijl hij bij haar gaat staan.

Die vraag doet Erika verrast grijnzen.

'Ik heb vertrouwen in Cy en onze activiteiten hier,' zegt ze. Ze heeft een diepe stem, met nog een spoortje Texas erin. 'Maar vandaag ben ik absoluut zenuwachtig. Dit wordt echt groot. Enorm.'

Samen met andere kopstukken lopen ze door de hal van glas en staal en gaan via twee *high-security* controles de super beveiligde zone binnen, de zone zonder digitaal stof op je schoenen, zonder mobieltjes, zonder laptops, zonder Fitbit, zonder recorder in je balpendop, waarvan het atriumachtige centrum de Void wordt genoemd, de altijd actieve draaischijf vol speciale teams op de begane grond, die vanaf een aantal loopbruggen worden gemonitord.

Telkens weer is hij onder de indruk van de omvang ervan. Rillingen-over-de-ruggevoel. Een grote zaal vol beeldschermen waarin rijen bureaus staan, bezet door de superslimme technici, dataspecialisten, inlichtingenagenten, programmeurs, hackers en talloze analisten uit de private en publieke sector die tezamen het voetvolk van het Fusion Initiative vormen. En vanaf een podium op de eerste verdieping dat voor Captain Kirk gemaakt lijkt, kijkt Cy Baxter vol nerveuze energie en trots op zijn formidabele levenswerk neer.

Ik ben degene die nerveus zou moeten zijn, denkt Justin. Het is tenslotte mijn baan die vandaag op het spel staat.

Alle schermen – desktop, tablet, telefoon, zelfs de enorme schermen op de achterwand – zijn zwart, in ruststand, en wachten... wachten... wachten om tot leven te komen.

Justin kijkt op zijn horloge. Nog vijftien minuten en negenenvijftig seconden... achtenvijftig... zevenenvijftig...

Als hij naar voren wordt gewenkt, loopt hij naar het podium waar Cy staat te wachten, eindelijk eens keurig in het pak, zodat de verzamelde menigte van vandaag verschoond blijft van zijn gebruikelijke puberale, nooit afgezworen uniform van sneakers, baggy jeans en een T-shirt met een inspirerende quote zoals WHY THE FUCK NOT?

Wie daar ook wacht, is Justins baas dr. Burt Walker, adjunct-directeur wetenschap en technologie bij de CIA. Hij en Cy staan daar met een blik alsof ze net de Theorie van Alles hebben ontdekt. Bij hen is ook Walkers voorganger (nu CEO van een of andere dreigingsanalysestartup) dr. Sandra Cliffe, minder opgetogen, duidelijk niet overtuigd dat deze hele toestand zo'n geweldig idee is.

Walker maakt op Justin de indruk dat hij op zoek is naar een lint om door te knippen. Verkeerde tijdperk, Burt. Geen linten hier. De start van deze immens belangrijke bètatest zal worden ingeluid door zoiets banaals als een enkele muisklik, waarmee de tien uitverkoren kandidaten in deze geheime proef het sein Go Zero krijgen en zich onzichtbaar zullen maken. Ze moeten razendsnel van de radar verdwijnen, zonder ook maar een spoor achter te laten. Maar dat zal niet gemakkelijk zijn: om hen te vinden, en nog wel zo snel mogelijk, beschikken Cy Baxter en zijn team van cyberspeurders over een instrumentarium dat ongekend is in de geschiedenis van de mensheid.

Ieder van de tien deelnemers – of Zero's, zoals het team ze noemt –

krijgt twee uur voorsprong, en geen seconde langer. Tijd waarin ze hun strategie in werking stellen, hoe die er ook uit mag zien, waarna Fusion meedogenloos naar hen op jacht gaat.

'Een paar korte opmerkingen voordat we beginnen,' zegt Cy met gedragen, versterkte stem. Hij is vijfenveertig en nog steeds jongensachtig, met een licht voorovergebogen lichaam, het gewicht op de tenen alsof hij het elk moment op een lopen kan zetten. 'Ten eerste dank aan onze vrienden bij de CIA voor dit werkelijk historische publiek-private partnerschap.'

Zijn blik blijft via Justin op dr. Walker en dr. Cliffe rusten, en hij knikt ze veelbetekenend toe. 'Ik ben natuurlijk ook alle investeerders dankbaar die ons hun vertrouwen hebben geschonken en van wie enkelen hier vandaag aanwezig zijn.' Een knipoog naar de reeks kostuums op de eerste rij in zijn publiek. 'Maar vooral dank aan jullie allemaal, het Fusionteam, voor jullie onvermoeibare inspanningen en creativiteit.'

Het Fusionpersoneel applaudisseert. Hier op het hoofdkwartier werken bijna duizend van deze experts op hun vakgebied, die over superieure technologische wapens en ruime juridische bevoegdheden beschikken, maar ze worden daarnaast ondersteund door duizenden anderen in het veld: de arrestatieteams die verspreid over de hele landkaart gereedstaan om toe te slaan. Cy Baxter heeft elk team op het hart gedrukt dat het vooral te doen is om de *snelheid* van deze successen, evenals de *middelen* waarmee ze die zullen behalen.

'We staan voor een serieuze uitdaging. De komende dertig dagen zullen het lot bepalen van een tienjarig commitment van de CIA om fondsen ter beschikking te stellen voor deze relatie, waarin de publieke inlichtingenvergaring met het vernuft van de vrije markt samensmelt. Hij pauzeert even en lijkt zijn volgende woorden zorgvuldig af te wegen. 'Alles wat jullie zien... dit gehele complex' – hij zwaait met zijn hand om het atrium op de begane grond te omvatten en de drie verdiepingen onder hen aan te duiden, waar het vol staat met zoemende servers in geklimatiseerde rekken en waar 932 zorgvuldig uitgekozen medewerkers (stuk voor stuk zorgvuldig nagetrokken door de CIA) werkzaam zijn in de commandokamers, VR-suites, dronecontrolekamers, onderzoeksruimten, kantine en kantoren – 'zal niets meer waard zijn als we falen. Voor mij persoonlijk is dit project het belangrijkste waar ik ooit aan zal deelnemen. Punt uit.'

Begroet met applaus.

'Toen ik voor het eerst werd benaderd om te zien of ik me een publiek-privaat partnerschap kon voorstellen dat de veiligheids- en bewakingsdiensten van dit land naar een geheel nieuw niveau kon tillen, naar een onvergelijkbaar niveau zelfs, wierp ik een blik op de adjunct-directeur hier... en dr. Cliffe, die zich misschien mijn reactie nog herinnert... Ik geloof dat je zei... ja toch?... "Je neemt me in de zeik!"'

Gelach op commando.

'Maar ik denk... ik denk dat Orville Wright vast iets dergelijks tegen zijn broer gezegd zal hebben, of Oppenheimer toen hij de opdracht kreeg een bom te fabriceren, of Isaac Newton toen hem werd gevraagd te bepalen welke kant boven is.'

Nog meer gelach.

Hij grijnst, een verrassend innemende lach. 'Je weet niet dat je het kunt totdat je het kunt. Ja toch? "Echt niet" gaat altijd vooraf aan "uiteraard". Maar ondanks ons vertrouwen en alle inspanningen van iedereen in deze ruimte weten we nog steeds niet honderd procent zeker of we het kunnen. Vandaar deze bètatest. Dus allemaal aan de slag. Steek die lont in het kruitvat en laat maar zien wat jullie kunnen.'

Langdurig applaus. Cy houdt van deze lui en zij houden ook van hem, en met reden.

Terwijl Justin zijn blik op Cy gericht houdt, vraagt hij zich af: hoe rijk is deze man? Niemand weet het zeker. Zijn biografie is obscuur. Details zijn schaars. Waar hij precies geboren is? Zelfs daarover bestaat verwarring. Cy zegt Chicago, maar heeft geen geboortecertificaat aangeleverd om de geruchten te ontkrachten dat zijn Slowaakse moeder haar enige kind op zevenjarige leeftijd naar de Verenigde Staten heeft meegenomen. Toen Cy onlangs door Ravensburger werd benaderd omdat ze een puzzel van duizend stukjes van hem uitbrachten – met de armen in de lucht voor een Jeff Bezosraket, gereed om de WorldShare-satellieten in een baan om de aarde te brengen – had het publiek eindelijk de kans om met begerige vingers en zoekende blik een duidelijk beeld van deze man samen te stellen, wat tot op dat moment een zuiver mentale uitdaging was geweest.

Justin heeft hem van een afstand bestudeerd, de feiten verzameld. Uit tijdschriftprofielen, die steevast vleiend zijn, komt een trage leerling naar voren, iemand die pas heel laat leert welke vork hij moet gebruiken en hoe je een woord zoals '*niche*' uit moet spreken (Cy: '*nitch*'). IQ van 168, dat wel. Een eenzame jongen, vaak gepest, niet onknap, hoewel zijn kleine ogen licht asymmetrisch waren en zijn ellebogen en schenen vlekkerig door eczeem. Begon al vroeg met computers en surfte mee op de techgolf. Bouwde de zolderkameronderneming uit tot een bedrijf dat op zijn zesentwintigste een waarde van twaalf miljard dollar had, en daarna begon het pas goed. Aanvankelijk speerpunt: revolutionaire technologie en sociale netwerken. Ontwikkelde WorldShare van een bescheiden, vriendelijk medium om informatie uit te wisselen – 'Wil je afspreken?' 'Natuurlijk, best hoor' – tot een wereldwijd vriendschapsecosysteem en waaierde van daaruit snel in alle richtingen uit, waarbij hij de winst in riskantere ondernemingen investeerde, alsof hij op snelle hazewindhonden wedde.

Wall Street was meteen dol op deze visionaire whizzkid en pompte geld in zijn escapades: cyberbeveiliging, bewakingscamera's voor thuis, alarmsystemen, publieke bewakingsinstrumenten en zelfs communicatiesatellieten. Na tien jaar was hij zo rijk als Midas, maar hij liep er nooit mee te koop (nooit gefotografeerd tijdens de Parijse modeweek, geen Hollywoodvrienden, geen gigantisch jacht of privéjet), en ondertussen investeerde hij stilletjes, zonder onnodige publiciteit, ook fors in een groene, gezonde toekomst, niet alleen op aarde maar zelfs interplanetair. Nu financiert hij onderzoek naar zonne-energie, verlenging van de levensduur van batterijen en transparante cryptovaluta voor de Federal Reserve, terwijl hij ook in de modulaire kernreactoren is gedoken om uiteindelijk een einde te maken aan het fossiele tijdperk. Wat Cy zo geliefd maakt bij sommigen, behalve zijn genialiteit en ondanks zijn rijkdom, is hoe hij zichzelf en zijn vermogen ten volle lijkt te willen inzetten om de wereld vooruit te helpen, terwijl hij zich ook had kunnen beperken tot surfen of zo. Of zich in een raket de ruimte in had kunnen laten schieten.

En hij is niet alleen maar een workaholic. Hij maakt ook tijd vrij voor zijn privéleven: speelt basgitaar in een indie-kwartet en werkt zich twee keer per week in het zweet op de openbare tennisbaan in Palo Alto. Qua relaties wordt tot nu toe slechts één vrouw met hem in verband gebracht, namelijk Erika Coogan. Hij heeft in *Men's Health* ooit gezegd dat hij in meditatie het broodnodige evenwicht vindt. Hij kan de lotushouding urenlang volhouden en ruim een kwartier lang planken. (Toen de media dit betwistten, diende hij ze van repliek met een livestream van drieëntwintig minuten.) Hij is uiteindelijk een cultheld geworden: een gezond hoofd en een al even gezond hart.

Een hele prestatie, moet Justin erkennen, dat een miljardair in dit tijdperk, waarin bewondering not done is, zoveel kan binnenharken en bereiken en toch zo weinig verachting opwekt. Hij kan slechts concluderen dat dat het zoveelste bewijs is dat je vooral niet aan de grote klok moet hangen waar je allemaal mee bezig bent.

18 minuten voor 'Go Zero'

89 MARLBOROUGH STREET, KAITLYN DAYS APPARTEMENT, BOSTON, MASSACHUSETTS

De klok lijkt nu stil te staan. De tijd kruipt voort, krimpt ineen, en net als ze zeker weet dat er iets mis is, dat er een rimpeling in het patroon zit, springt de secondewijzer weer vooruit. Ze nestelt zich aan het eind van de bank met een deken over haar knieën en een boek in haar hand, een boek waarvan ze zich niet eens kan herinneren dat ze het heeft opgepakt en dat lang onopgemerkt op de overvolle salontafel heeft gelegen tussen alle tijdschriften die over elkaar heen liggen, als aardlagen na een aardbeving: de *Atlantic*, de *New York Review of Books*, de *New Yorker*.

Maar ze leest niet, ze beraadt zich: dit is een slecht idee, dit is een briljant idee, dit is krankzinnig. Dit is haar beste kans, haar laatste kans, als golven die op het strand slaan en terugwijken.

Vergeten. Onthouden. De gedachten buitelen zo snel over elkaar heen dat ze zich er niet aan vast kan klampen.

Rugzak
Slaapzak
Wandelschoenen
6 T-shirts
1 extra spijkerbroek
Anna Karenina

Haal adem, meid, zegt ze tegen zichzelf. Adem langzaam in. Vergeet niet wie je bent. Ik ben Kaitlyn Day, fluistert ze, als een mantra. Drieendertig jaar oud, verjaardag 21 september, persoonsnummer 029-12-

2325. Deze vertrouwde feiten zijn een heilzame olie, een balsem, een gebedsmolen, een boei om aan vast te houden, en eindelijk voelt ze hoe haar longen volstromen en de zuurstof in haar bloed vloeit.

Wegenkaarten
Puptentje
Gasfornuis
Pan
Gezichtsmasker
Telefoon K
Telefoon J
Kompas
Voedsel in blik
Bestek
Trailmix
Blikopener
Tampons
Zeep
Tandpasta
Zaklamp
Batterijen
Waterfles

Kaitlyn Elizabeth Day. Geboren en getogen in Boston. Ouders overleden. Twee broers, allebei uit het oog verloren. Zij houden van sport, zij houdt van boeken. Zij hebben werk in de bouw gevonden, zij werd bibliothecaresse. Zij schreeuwen naar de tv, zij schrijft naar senatoren. Zij hebben geen verbeelding, Kaitlyn heeft daar te veel van. In feite heeft Kaitlyn veel te veel verbeelding, soms zelfs zoveel dat haar brein op hol slaat en met witte pilletjes in toom moet worden gehouden.

Ze heeft een plan, en dat plan moet slagen. Dat móét. Het wordt echt leuk, zegt ze tegen zichzelf. Het wordt ook angstaanjagend.

2 minuten voor 'Go Zero'

FUSION CENTRAL, WASHINGTON, DC

'Ik wil eindigen met een overweging. Een laatste overweging.' Cy Baxter pauzeert om zijn publiek te overzien. Wat is hij daar toch goed in, denkt Justin, zo beheerst. Een beetje onhandig maar op een vertederende manier, de resten van een jeugd zonder vrienden zijn nog steeds zichtbaar. Te veel tijd doorgebracht met programmeren, niet gevoelig voor de kreten in de verte op de speelplaats, en dan een paar jaar later al honderdduizend dollar op de bank, maar geen date voor het schoolbal.

'Vandaag gaat het niet alleen om een haalbaarheidsproef of zelfs een kans om onze partners...' – hij draait zich om en knikt naar de twee gerespecteerde CIA-kopstukken die het podium met hem delen – 'te laten zien waartoe we in staat zijn als we onze resources bundelen en samenwerken... hoewel dat ook zeker het geval is, en dat zullen we ook laten zien. Maar vandaag willen we vooral een partnerschap verwelkomen waar we al jaren aan werken en waarin de gecombineerde expertise van politie en justitie, de krijgsmacht en de veiligheidsinstanties – NSA, CIA, FBI, DHS – voor het eerst wordt geïntegreerd met de hacker- en socialemediacommunity's, en dat allemaal gecoördineerd door de briljante breinen van de crew hier bij WorldShare.'

Een lauw applaus van het bedrijfsleven.

'Daar zijn ze, het moederbedrijf van Fusion!... En allemaal samengevoegd tot een nog nimmer vertoonde, allesomvattende intelligente datasharingmatrix. Cool, niet?' Hij kijkt zijn CIA-geldschieters weer aan met een vriendelijke collegiale grijns, die laat zien hoe ongelooflijk soepel dit project tot nu toe is verlopen. 'Afsluitend kunnen we zeggen dat onze bijna absurde doelstelling in wezen eenvoudig was: het leven een stuk onaangenamer maken voor de slechteriken en een stuk gemakkelijker voor iedereen van goede wil, met de meest geavanceerde technologie. Natuurlijk geven we om privacy. De helft van wat we hier bij WorldShare doen is ieders privacy beschermen. Maar als je niets verkeerd doet, wat voor vijfennegentig procent van ons geldt, dan ben je mogelijk eerder bereid een deel van dat heilige recht op te geven in ruil voor meer veiligheid, vrede, recht en orde. Ik zal jullie vertellen wie het meest om het beschermen van de privacy geven: de slechteriken. Ze hebben die nodig om zich te verbergen. 9/11 dwong ons om het wankele evenwicht tussen particuliere privacy en openbare veiligheid te heroverwegen. Toentertijd beschikten we over alle benodigde data om die catastrofe te voorkomen, maar het ontbrak ons aan de wil en de middelen om die inlichtingen te verzamelen. Vandaag hebben we in dit gebouw als nimmer tevoren de wil en de middelen samengebracht.' Alsof het om een verkiezingsbijeenkomst gaat, besluit hij met iets onverwachts: 'Moge God Amerika en onze troepen zegenen! En nu... aan de slag.'

Hierop wijst hij op een digitale weergave van een grote analoge klok die op de muur achter hem wordt geprojecteerd, waarbij de laatste seconden voor het middaguur verstrijken in de vorm van een secondewijzer die naar de minuten- en urenwijzers toe klimt en zich daarmee samenvoegt.

Klokslag twaalf uur spreekt Cy de bezielende woorden 'Go Zero', en synchroon daarmee wordt ergens in de ingewanden van het gebouw met een muisklik een bericht naar tien mobiele telefoons in heel Amerika verstuurd: een zinnetje van twee woorden dat bijna rijmt. De onderduikers hebben nu twee uur de tijd voordat de zoekteams op pad gaan om hen te vinden.

Uur Zero

89 MARLBOROUGH STREET, KAITLYN DAYS APPARTEMENT, BOSTON, MASSACHUSETTS

BRRRRRRR BRRRRRRR BRRRRRRR BRRRRRRR

Ze grijpt naar haar telefoon, die op de grond valt en onder de bank schiet, waar een uitgedroogde, op scherp staande muizenval al maanden op een bezoeker wacht. Een onaangename verrassing ligt op de loer, maar haar tastende vingers raken slechts de zijkant van de klem en sluiten zich om de trillende telefoon. Met haar trillende duim opent ze het bericht. Ze leest:

GO ZERO

Meteen draait ze de telefoon om en haalt de batterij eruit.

Het is zover.

Zeven minuten later is ze al op straat en laat zich in de mensenstroom meevoeren. Haast is geboden. Slechts twee uur om te verdwijnen. Ze heeft haar gezicht verborgen onder een Red Soxhonkbalpet, een grote zonnebril en een N95-mondkapje. Ze heeft haar huiswerk gedaan, weet alles over gezichtsherkenningscamera's en hoe die te slim af te zijn. Ze draagt ook zoveel kleren dat ze zeker niet de aandacht zou trekken van iemand (of zelfs een bot) die op zoek is naar een slank, boekenwurmachtig type.

Bovendien heeft ze zich verdiept in technologie die iemands manier van lopen herkent. Ze weet ze dat ze niet als zichzelf moet lopen, maar ook niet al op een al te grillige manier mag bewegen, wat door de computersoftware ook weer als verdacht zou worden beschouwd. Wat ze moet doen en nu zo geconcentreerd mogelijk probeert te doen, is consequent als iemand anders lopen, een eigen persoonlijkheid creëren en die persoonlijkheid een kenmerkend loopje meegeven, een unieke manier van voortbewegen die ze ook vol kan houden. Ze moet koste wat kost vermijden dat er in het eerste uur al een computer alarm slaat omdat er op dit moment in een straat in Boston een verdachte vrouw als drie verschillende mensen loopt omdat ze dronken is, dan wel probeert hen voor de gek te houden. Vandaar dat ze op een originele wijze probeert te lopen, als mevrouw X, misschien iemand van haar leeftijd, maar zelfverzekerder dan zijzelf, gelukkiger, minder zorgelijk, met een iets huppelender gang en meer schwung in haar heup. Zodra ze op straat is, loopt ze zoals deze mevrouw X, maar dat is in de praktijk moeilijker dan ze dacht, want ze schopt haar enkels naar voren, zwaait met haar vrije arm, kromt haar rug en stapt als een catwalkmodel voort in een gekunstelde beproeving, die haar meteen uitput.

Waar is ze eigenlijk mee bezig? Vanwaar dit ingewikkelde verstoppertje spelen? Kaitlyn is bibliothecaresse. God ja, en nog wel een bibliothecaresse over wie ze over twee uur al meer zullen weten dan zijzelf, veel meer zelfs. Gewoontes en patronen waarvan ze zich niet eens bewust is. Bloedgroep (weet iemand zijn eigen bloedgroep?). Sterrenbeeld (oké, Maagd). Relaties (niet veel over te vermelden). Bankrekeningnummer, banksaldo (niets opmerkelijks). Kinderen (nul, dat is een makkelijke). Geestelijke gezondheid (kwetsbaar, dossiers beschikbaar). Verdomme, denkt ze met knikkende knieën. Lopen, mevrouw X. Blijf in je rol. PS: loop sneller.

Arrestatietermijn: 29 dagen, 22 uur, 21 minuten

FUSION CENTRAL, WASHINGTON, DC

Eén uur en negenendertig minuten na Go Zero zitten de Fusionteams op hun post achter hun donkere schermen te wachten, in overeenstemming met de opdracht om zelfs niet op een spatiebalk te drukken totdat de voorgeschreven voorsprong van twee uur verstreken is. Nog maar eenentwintig minuten voordat de grootste uitdaging van hun hele werkzame leven begint. *Tik, tik, tik...*

Dr. Sandra Cliffe is een van de wachtende medewerkers. Met haar achtenzestig jaar geldt ze als veteraan, een pittige tante die alles al heeft meegemaakt en heel wat rivalen heeft verslagen. In de jaren negentig was Sandra de eerste die er met succes binnen de CIA op aandrong om partnerschappen met de particuliere sector aan te gaan. Ze heeft zelfs persoonlijk nog een voorstel ontworpen om technologie in de ontwikkelingsfase bij de techreuzen aan te schaffen. Als beloning ontving ze daarvoor de CIA Director's Award, de Defense Intelligence Agency Director's Award, de CIA Distinguished Intelligence Medal, de National Reconnaissance Officer's Award for Distinguished Service, en de National Security Agency Distinguished Service Medal. In 2005 nam ze ontslag, tevreden over haar bijdrage. Daarna wees ze tien jaar lang alle ambtelijke functies af, totdat de nieuwe (welwillender) president haar in 2014 tot lid benoemde van de National Science Board en de National Science Foundation. De volgende (vijandiger) president deed alsof haar functie niet bestond, waarna zijn (welwillende) opvolger die opnieuw instelde, en dus is ze hier vandaag in die hoedanigheid aanwezig om als afgezant van het Oval Office het Fusion Initiative in het algemeen in de gaten te houden, en specifieker haar opvolger bij de CIA, te weten dr. Bertram 'Burt' Walker, die door George W. Bush is aangesteld.

Sandra Cliffes grote zorg is deze: toen ze er voor het eerst bij de CIA op aandrong om met de particuliere sector samen te werken, kon er geen twijfel over bestaan dat de middelen die de CIA aanschafte eigendom zouden zijn van de CIA, de DIA, de National Geospatial-Intelligence Agency en/of de publieke sector in ruimere zin en alleen door die instanties ingezet mochten worden. Die middelen mochten uitdrukkelijk niet mede-eigendom zijn van of op eigen houtje worden ingezet door een niet-gekozen ondernemer, die slechts aan zijn aandeelhouders verantwoording verschuldigd was. Bijgevolg staat ze wantrouwend tegenover dit project en zal ze er niet om treuren als deze bètatest op een veel te dure mislukking uitloopt.

Als ze zich omdraait en Burt Walker aankijkt, glimlacht hij. Overweldigd door al die knipperende lampjes en schermen vol data lijkt hij veel blijer met deze hele vertoning dan zij.

Fusion is Burts kindje. Hij is vijfenvijftig, overhemd verkeerd geknoopt onder een das van tien dollar. Rode kop, alsof die met een handdoek is opgewreven na de scheerbeurt van een barbier. Fusion is verreweg zijn meest riskante project als adjunct-directeur en is zijn eigen poging om voor de CIA in de jaren twintig van de eenentwintigste eeuw te bewerkstelligen wat Cliffe drie decennia eerder zo elegant en succesvol had gedaan, namelijk de activiteiten van de CIA uitbreiden en moderniseren. Nu het de CIA grotendeels verboden is om op Amerikaans grondgebied te opereren, tenzij bij buitenlandse bedreigingen, ziet Burt in Fusion – en in Cy Baxter – een manier om de binnenlandse operaties van de CIA stilletjes uit te breiden, zonder in Washington een eindeloze, door commissies verstikte discussie te ontketenen over het overschrijden van de wettelijke bevoegdheden.

Fusion kan dus ten behoeve van de CIA uiterst discreet activiteiten ondernemen die voor de CIA niet zelf uitvoerbaar zijn.

De achterkamertjesdeal die Burt met Cy Baxter heeft gesloten, is even eenvoudig als kwetsbaar: als deze bètatest een succes wordt, zal Fusion gebonden zijn aan een jaarlijks contract met de CIA, die daarna alle rekeningen van het Fusion Initiative zal betalen, wat neerkomt op zo'n negen miljard dollar per jaar voor de komende tien jaar. Volgens dit geheime handvest krijgt Fusion toegang tot alle relevante inlichtingengegevens van het nationale inlichtingennetwerk van de CIA, waarbij strikte gebruiksrichtlijnen zullen gelden. In ruil daarvoor krijgt de CIA onbeperkte (en geheime) toegang tot Fusions enorme bibliotheek met privé-informatie over iedereen die de WorldShare-app ooit heeft geïnstalleerd: momenteel meer dan twee miljard mensen. Bovendien zal Fusion zijn briljante technologische partners over de hele wereld aan de CIA ter beschikking stellen evenals de geavanceerde observatietechnologie, en dat niet alleen op aarde maar ook in de ruimte, in de vorm van WorldShares constellatie van *low-orbit* WorldOne-satellieten.

Burt heeft die deal, waarvan de exacte voorwaarden voor het Congres geheim zijn gehouden, erdoor kunnen drukken door zijn bazen en het Pentagon ervan te overtuigen dat de regering voor een existentiële keuze staat: ofwel een partnerschap met Baxters WorldShare of het risico lopen om gevaarlijk achterop te raken bij China en Rusland, die allebei de ontwikkeling van cyberwapens financieren.

Tijdens een kruisverhoor in een geheime Pentagonhoorzitting werd hem gevraagd hoe het kon gebeuren dat zo'n machtige en gereputeerde organisatie als de CIA zo ver achter kon blijven bij een sociaal netwerk als het om het verzamelen van informatie ging.

Dat was gemakkelijk te begrijpen, antwoordde Walker. In tegenstelling tot de CIA had WorldShare geen last van constitutionele, wettelijke of reglementaire beperkingen. 'Deze Big Techgiganten konden gewoon hun gang gaan. Ze hadden feitelijk bijna twintig jaar lang een vergunning gehad om ervaringen en persoonlijke gegevens van de burgers te stelen, beheren, manipuleren en verkopen, en niemand op Capitol Hill heeft daar ooit bezwaar tegen gemaakt. Dan is het toch zeker geen wonder dat ze nu de controle hebben over de productie, organisatie en presentatie van de informatiestromen in de wereld?'

En zo heeft de meest gesloten tak van 's werelds grootste supermacht geen andere keuze dan aan de tafel van de grote jongens een plek in te ruimen voor Cy Baxter, die in elk geval een man is met wie de CIA kan samenwerken.

Geen verrassing dus dat Cy, terwijl de laatste seconden voor de bètatest verstrijken, vanaf het podium op de eerste verdieping het publiek onder hem uitgelaten toelacht, als een prinses die bij de tewaterlating van een nieuw schip een champagnefles stuk gaat smijten. Hij en zijn generatie roepen vandaag feitelijk de overwinning uit: de overwinning van zijn jonge branche, die ooit als zo frivool werd beschouwd, maar nu met kolossale taken is belast. Bovendien is het ook nog een persoonlijke overwinning voor Erika en hemzelf, want allebei zijn ze getekend door een tragedie waarop dit project in niet geringe mate een veelomvattend antwoord is.

Mocht de bètatest slagen – en niemand behalve misschien Sandra Cliffe betwijfelt dat – dan is het tijdperk van de totale informatievoorziening aangebroken – ten goede of ten kwade – en kan daarmee het land (en de wereld) veiliger worden gemaakt.

Drie.

Cy balt zijn handen tot vuisten, heft ze in de lucht…

Twee.

Wat geweldig als het allemaal lukt. Voor iedereen. Echt.

Een.

Iedereen behalve de slechteriken.

'Het gaat beginnen!' roept Cy.

En op hetzelfde moment dat alle computers en talloze schermen tot leven komen, wordt de ouderwetse klokprojectie zwart en verschijnt in plaats daarvan op het enorme lcd-scherm een grote digitale klok, die met felrode, ouderwetse blokcijfers terugtelt:

Nog 29 dagen, 21 uur, 59 minuten

29 dagen, 21 uur, 59 minuten

BOSTON, MASSACHUSETTS

Volgens de regels hadden de kandidaten maar twee uur de tijd om Go Zero te gaan. Wat kunnen die twee uur snel voorbijgaan! Twee uur en één minuut na het Go-bevel weet Kaitlyn al dat haar superslimme achtervolgers vast en zeker haar adres, haar bankgegevens, haar mobiele telefoon, haar globale levensloop, haar belastingaangiften, haar medische dossiers, haar e-mails en al haar foto's in bezit zullen hebben. Ze voelt hoe ze over haar heen kruipen, haar inspecteren, scannen, in haar binnendringen alsof ze haar fouilleren, alsof ze pluisjes onder haar nagels vandaan plukken en aan een haarlok trekken om haar DNA te analyseren. Huiverend bedenkt ze dat die digitale geweldpleging geen grenzen kent. Maar dit is niet het moment om de moed te verliezen. Volg gewoon het plan, zegt ze tegen zichzelf. Pas het zo nodig aan, maar blijf bij het plan. Ze weet dat dit een verdomd groot risico is, deze bescheiden Dag Een-strategie die ze heeft bedacht, en die erop neerkomt dat ze niet te veel of te ver moet rennen, maar gewoon rustig op het afgesproken moment naar het busstation moet lopen en dan maar verder moet zien. Ze heeft haar huiswerk gedaan en ze heeft een gebedje gepreveld. Heilige Maria, Moeder van God. Dat moet werken. In gedachten gaat ze de favoriete heiligen van haar moeder af. Ze is niet echt gelovig, maar ze heeft alle goddelijke hulp nodig die ze kan krijgen. Ik had meer kaarsen moeten aansteken, denkt ze. Om een paar engelen moeten vragen die haar zouden bewaken. Dat kon toch zeker geen kwaad?

Boston. Naar huis. Maar plotseling is dat vijandelijk gebied. Overal spiedende ogen. Ze houdt de camera's in straten waar ze vaak komt in de gaten, maar heeft het gevoel dat al die camera's nu haar in de gaten houden. Het lijkt wel of het er ineens veel meer zijn, bij elk zebrapad en op bijna elke fietskoerierhelm. Deze camera's storen je niet als je weet dat ze niet naar je op zoek zijn, maar als je weet dat dat wel het geval is, worden ze ineens verraderlijk. Iedereen en alles lijkt nu een mogelijke informant, de hele wereld om haar heen vijandig.

Haar strategie komt er op dit moment op neer dat ze het verkeerde doet, op een slimme manier. Ze wil hun verwachtingspatroon verstoren. Ze verwachten van de deelnemers sluwe trucs, briljant bedrog en gedurfde misleiding. Maar wat als ze niet al te veel moeite doet om aan hen te ontsnappen? Door te veel haar best te doen, zou ze hen waarschijnlijk in de kaart spelen.

In de regels staat bijvoorbeeld nergens dat je niet naar Honduras of Patagonië mag vliegen, maar dan zou je onderweg zonder twijfel geconfronteerd worden met de zwaarst mogelijke controlemechanismen van de staat. Alleen al de poging om daaraan te ontkomen zou je ondergang worden. Dus toen ze eenmaal had besloten dat er geen luchthavens of grensposten in haar plan zouden voorkomen, begon ze na te denken over acties die voor een vrouw als Kaitlyn Day volkomen onverwacht zouden zijn. Wat zou ze kunnen ondernemen dat absoluut niet in hun voorspellingsmodel paste? Wat zou met haar persoonlijkheidsprofiel en achtergrond botsen en dus niet voorzien worden?

Ze had de gedragsmodellen bestudeerd die in het kader van de nieuwe surveillancemaatschappij waren ontwikkeld om criminelen een stap voor te blijven, om te weten te komen wat de slechteriken van plan waren, gebaseerd op het gedrag in het verleden en het gegeven dat niemand in de kern verandert, afgezien van een zeldzame bevlieging. *Qui non mutantur.* Ze zouden nu zeker bezig zijn modellen van Kaitlyn op te stellen en al heel snel op basis van haar levensloop met grote waarschijnlijkheid kunnen voorspellen wat ze nu ging doen. Maar stel dat ze de hele boel overhoop gooide en hun strategie in de war schopte? Stel dat ze niet alleen als iemand anders liep, maar ook dacht als iemand anders, handelde als iemand anders, reageerde als iemand anders en dus iemand anders werd?

Terwijl ze op het bankfiliaal toe loopt, in de wetenschap dat haar leven voorlopig een soort valse voorstelling zal zijn, bekijkt ze haar medeburgers, die allemaal verdiept zijn in hun voorstellingen van hun eigenste ik, hun eigen valse voorstelling. Wie van hen is een spion? Een oplichter? Een fraudeur? En wie van zit achter haar aan? Die jonge vent die dichterbij komt en net als al zijn met hun telefoon vergroeide generatiegenoten gebukt rondloopt, zoals de *homo habilis* twee miljoen jaar geleden, is hij de vijand? Of die telefoonpersoon daar, een vrouw die misschien haar Twitterupdate aan het posten is of haar stappen bijhoudt, het aantal calorieën in de gemiddelde muffin checkt of een melding krijgt van een kortingsbon voor de koffieshop waar ze net langs is gelopen, en dat allemaal geregistreerd, herordend en geëxploiteerd door dataconglomeraten, verzekeringsmaatschappijen en politieke campagnes, ten einde inzicht in consumentengedrag te krijgen? Warren had haar dit ooit allemaal uitgelegd, en toen hij klaar was had ze nog dezelfde avond al haar rekeningen opgezegd. *Bam.* Iedereen leek plotseling krankzinnig. Volstrekte waanzin zoals ze hun leven leidden. En toch noemden ze Kaitlyn gek!

Kaitlyn houdt van detectives, zowel de klassiekers als de nieuwe. De pockets vullen de wanden van haar kleine appartement, met een prominente plek voor de verhalen van Edgar Allan Poe. Vergeet Sherlock Holmes gerust. Die eindeloos gerecyclede Masterpiecepsychopaat was een goedkope kopie van de enige echte C. Auguste Dupin, held van Poe's 'De moorden in de Rue Morgue'. Wat een verhaal. Ja, dat met die aap inderdaad. Dupin kan zijn vrienden verbazen door hun gedachten te lezen en te antwoorden op hun onuitgesproken gedachten. Hij weet wat iemand gaat doen voordat die het zelf weet. Hij dorst naar details, een manier om te zien en tegelijk te onthouden en interpreteren wat hij ziet. Dupin deduceert, extrapoleert, concludeert, voorspelt. Gewoon een verzonnen verhaal natuurlijk, en een slim bedacht idee, maar niemand kan zoveel zien en zoveel onthouden en voorspellen wat er gaat gebeuren voordat het werkelijk gebeurt. Tot nu toe. Nu? Nu hebben we allemaal een kleine langwerpige versie van C. Auguste Dupin in onze zak, die onze slaapcyclus en hartslag analyseert, onze agenda en verplaatsingen kent, onze gesprekken afluistert en onze volgende stappen kan voorspellen. Deze minispeurneus weet precies wanneer je een nieuwsalert moet krijgen en welke reclameslogan bij jou aanslaat zodat je op het juiste moment naar de juiste winkeldeur wordt gestuurd.

Oké. Oké. Aan de slag.

Ze loopt naar de bank en vraagt Warren in gedachten om haar geluk te wensen. Bij de geldautomaat wacht ze op haar beurt. Op klaarlichte dag. Honkbalpet. Zonnebril. De hele tijd bedekt ze haar gezicht met het covidmasker (niemand knippert ook maar met de ogen, nooit meer trouwens). Maar nu doet ze vreemd genoeg het masker af. Ze haalt diep adem. Haar beurt. Wees gegroet, Maria, vol van genade. Ze stapt naar voren. Ze toetst een pincode in die haar zal verraden en kijkt zelfs op naar de plek waar vast een verborgen camera hangt die haar gezicht vastlegt en herkent. Ze biedt haar gezicht zonder masker aan dit ongeziene oog aan en houdt het bereidwillig stil, waarna ze het uitgebraakte geld oppakt, haar masker weer voordoet en verdwijnt.

29 dagen, 21 uur, 14 minuten

FUSION CENTRAL, WASHINGTON, DC

Tot nu toe geen problemen.

Cy zit in zijn kantoor vol techgadgets op de eerste verdieping als het eerste alarm binnenkomt. Zijn glazen bureau licht op. De bibliothecaresse, Zero 10. Die griet in Boston. Geweldig. Ze hebben een arrestatieteam in die stad. Cy rent zijn kantoor niet uit, maar loopt rustig weg. Van alle Zero's van wie hij de identificatiegegevens de afgelopen zestien minuten heeft bestudeerd, kwam Zero 10 hem meteen voor als een toonbeeld van een onwetende burger, een kostelijke kluns die zich gelukkig waant in een wereld waarin alles wat ze doet nog privé is.

Toch had hij gehoopt dat zelfs de bibliothecaresse een iets grotere uitdaging zou bieden. Ze is blijkbaar naar een geldautomaat gegaan en heeft haar eigen bankpas gebruikt. Zo is er geen lol aan. Hij hoopt beslist dat zijn complexe, diverse technologie veel zwaarder op de proef wordt gesteld zodra dit allemaal voorbij is. De CIA zal pas bereid zijn een tienjarig pakket ter waarde van negentig miljard dollar goed te keuren als ze onder de indruk zijn, en daarvoor zullen ze toch eerst moeten zien dat zijn teams lastige problemen oplossen, stevig hun tanden zetten in moeilijk oplosbare situaties, diep graven in de digitale resten die de gemiddelde mens achterlaat en blijk geven van een uniek vermogen om personen op te sporen en op te pakken, want de Zero's van de toekomst zullen geen bibliothecarissen zijn, maar door de staat gesteunde cybervijanden van Amerika: Russische en Chinese hackerbendes die gecompliceerde, bijna niet op te sporen en volstrekt betrouwbare strategieën toepassen, Noord-Koreaanse cryptocriminelen, Iraanse afpersers en anonieme terroristen die in echte Amerikaanse straten worden gedropt.

Dat Zero 10 binnen nog geen uur ingerekend wordt, is dus helemaal niet zo fantastisch als het lijkt. Eigenlijk betreurt hij het nu dat hij per se buiten het Zero-selectieproces wilde blijven. Dat was grotendeels het werk van zijn CIA-partners, die op grond van de overeenkomst de opdracht hadden vijf representatieve burgers en vijf professionals te rekruteren. Maar een bibliothecaresse? Representatief? Echt? Een boekenwurm? Terwijl de rest van de wereld een generatie eerder al digitaal was gegaan, heeft een of andere eikel in zijn team zo'n boekenmens, een antiquair, uitgezocht om Fusion tot het uiterste op de proef te stellen? Hij neemt zich voor over deze gemiste kans te klagen, maar dan beseft hij dat analoge types (al een tijdje buiten zijn belevingswereld) feitelijk een voorsprong hebben in de moderne observatiesamenleving, omdat hun flaters veel minder snel digitale alarmen laten afgaan. Dus als je ze te pakken wilt krijgen, moet je eerder naar traditionele middelen grijpen. Maar toch is deze analoge vlinder in zijn flitsende net gevangen, en zelfs te snel naar zijn zin.

Hij stapt de loopbrug boven de centrale controleruimte op en kijkt naar het grote scherm.

'Beeld?' roept Cy naar beneden.

Daar is Erika. Hij zwaait, zij zwaait terug.

Zonder Erika was dit er allemaal niet, denkt hij. Ik heb ontzettend veel aan haar te danken. Sommige relaties maken je kapot, andere drijven je uit elkaar. En slechts zelden inspireren ze tot dergelijke projecten. Terwijl hij omlaag kijkt naar alles wat hij met haar hulp heeft opgebouwd, gunt hij zichzelf ook een compliment: niet echt slecht voor de zoon van een alleenstaande moeder die lege frisdrankflessen verkocht voor wat zakgeld in de arme wijken van Portland, Oregon, maar die nu een essentieel onderdeel is van het interne veiligheidsapparaat van Amerika, en ook nog eens de leiding heeft over een instantie die de volgende opvallende virusuitbraak al in het beginstadium kan detecteren, gesprekken in de planningsfase van een akoestische aanval op medewerkers van Amerikaanse ambassades kan oppikken, kan voorkomen dat vitale diensten uitvallen door ransomware-aanvallen en een volgende Jeffrey Epstein kan uitschakelen, om nog maar te zwijgen over wat er met Michael is gebeurd! Arme Michael. Vandaag ben jij in mijn gedachten, kerel, denkt hij, terwijl hij zijn blik omhoog richt in een seculier gebed naar het plafond en de kosmische ruimten daarboven.

De lowres opnamen van de geldautomaat zijn nu op het grote scherm te zien, opgeblazen tot drie meter hoogte. Een programma dat hij zelf heeft gecreëerd zet de video automatisch stil op zijn favoriete frame, trekt groene lijnen over de gezichtsvlakken, meet de afstand tussen de ogen, de vorm van de oren en de gul gevormde mond van Kaitlyn Day, en vergelijkt al die gegevens met een beeld uit een video die tijdens de interviewfase is gemaakt. Perfecte match. Ze kunnen kiezen uit diverse hoeken vanuit de geldautomaat, zodat ze haar gezicht overal kunnen volgen. Hij ziet hoe Zero 10 zich omdraait en uit het beeld loopt. Cy kijkt naar de tijdsaanduiding: drieënvijftig seconden geleden. Een persoon, nu een knipperende stip op de kaart. Washington Street. Ze heeft geen schijn van kans. Als dat zo doorgaat krijgen ze niet eens de kans om hun mooiste gadgets uit te proberen, vreest hij.

'Kunnen we Medusa op haar loslaten?' vraagt Cy. Hij doelt op de superdronehardware die op maar liefst 7500 meter hoogte kan vliegen, diverse camera's aan boord heeft en van geavanceerde optische technieken gebruikmaakt om een perfecte close-up van Zero 10 te maken, zonder de omringende veertig vierkante kilometer uit het oog te verliezen.

Erika schudt haar hoofd. Nee dus.

Hij snapt het. Boston is een van die steden. Je zou toch denken dat ze na die bomaanslag tijdens de marathon erop hadden aangedrongen om een Medusadrone in de lucht te mogen brengen, maar nee.

Erika draait zich weer naar hem toe. 'Maar we hebben compacte drones die die kant op vliegen, en ook beveiligingscamera's. Ze gaat richting Chinatown.'

Terwijl Erika meeluistert met de operators van de vloot NextGenminidrones, elk niet groter dan een pocketboek, komt Cy de wenteltrap af. 'Waar is het arrestatieteam?' vraagt hij.

'In haar appartement. Ze waren net bezig de eerste huiszoeking voor te bereiden. Op vier minuten afstand.'

Cy rolt met zijn schouders om de stress te verlichten die zich daar en in zijn nek ophoopt. 'Nadat ze haar hebben opgepakt, kunnen ze zich aansluiten bij de alarmeringsteams voor Zero's 7 en 4. En heb ik vanavond een yoga-afspraak?'

'Drones zijn in de lucht, en ja, we hebben Kuzo ingevlogen.'

'Wat zou ik zonder jou moeten?' Met haar omgaan is alsof je met nooit crashende software omgaat.

Terwijl Cy opnieuw als een Captain Kirk op het podium plaatsneemt, wordt het grote scherm opgedeeld in een zestal Kaitlyns die door de straat van de geldautomaat lopen, driemaal vanuit vaste camera's gezien en nu ook door drie andere op grotere afstand, die snel dichterbij komen in een reeks luchtopnamen.

'Wie bestuurt ze?' vraagt Cy.

Drie handen in de buurt schieten even omhoog, en hij geeft instructies.

'Een van jullie kiest positie vóór haar en haalt haar manier van lopen door de stapanalyse om die met de vaste camera's te vergelijken.' Echt zinnig is het niet, want ze hebben haar al te pakken, maar zo wordt het algoritme getraind en zo blijven de jongens en meisjes in de Void alert totdat het arrestatieteam ter plaatse is.

Een beeldje op het scherm maakt een duikvlucht en draait rond terwijl een van de drones voor de andere uit snelt en dan omkeert. Terwijl hij de gebeurtenissen op het scherm volgt en tegelijk af en toe een blik werpt op de operator aan de knoppen, bedenkt hij dat dit op zo'n ronddraaiende theekopjesattractie voor kinderen lijkt. De beelden zijn niet schokkerig, daar zorgt de stabilisering in de camera voor, en dankzij de hoge verwerkingssnelheid en de 5G-verbinding is er niet de geringste hapering. Cy leunt naar voren en selecteert een paar opties uit de uitklapmenu's op zijn eigen scherm, zodat hij de realtime analyse van Kaitlyns bewegingen kan volgen: hoe haar heupen wiegen, haar benen zich strekken en haar armen heen en weer zwaaien, stuk voor stuk veel voorkomend in de catalogus van de mensheid, maar hier weergegeven als spiraalvormige lijnen van kille getallen die voor iets intiems, persoonlijks, specifieks staan. Hij kijkt naar een machine die echt denkt. Schitterend om te zien hoe een van de mysteries van de mensheid wordt gecodeerd, homo erectus in beweging. Opeens is het beeld weg. Op geen van de zes schermen is Kaitlyn nog te zien.

Hij kijkt op.

'Waar is ze?'

'Ze is daar naar binnen gegaan,' zegt Erika. Een van de dronecamera's toont een treurig buurtwinkeltje.

'Beveiligingscamera binnen?'

'Niets,' roept een van de teamleden die specifiek aan Zero 10 is toegewezen. 'Ze zijn niet aangesloten. Moeten we wachten?'

Cy zucht in het besef dat ze daadwerkelijk naar hem kijken, op zoek naar een antwoord. Hij moet nog het nodige leren over de taak van een generaal in actieve dienst in een gevechtssituatie. Dit moment voelt heel anders dan een bestuursvergadering voorzitten, een jaarverslag ondertekenen of de laatste software-update goedkeuren. 'Heeft deze winkel toevallig een achterdeur?' vraagt hij op goed geluk.

Een van de drones vliegt rakelings over het dak, daalt neer in de steeg aan de achterkant en blijft als een kolibrie in de lucht wachten. Er komt een branddeur in beeld die net dichtklapt. Maar de steeg is leeg.

Cy draait maakt een cirkelbeweging met zijn vinger en de piloot draait de drone in een tergend langzame cirkel rond: vuilnisbak... brandtrap... garagedeuren... Daar! 'De garage!'

De drone schokt even na Cy's kreet, stabiliseert, schiet als een jachthond door de steeg en bereikt nog net op tijd de straat om vast te leggen hoe Kaitlyn Day... in een taxi stapt.

'Vertel op!' roept Cy. Plotseling is hij niet meer verveeld.

'Arrestatieteam op twee minuten. En we hebben de taxi geïdentificeerd.'

Op het scherm verschijnt een rijbewijs van een taxichauffeur met een badgenummer, kort daarna gevolgd door vrijwel alles wat er bekend is over de eigenaar van de vergunning, een Moldavische vader van drie kinderen wiens visum verlopen is.

De andere Zeroteams kijken nu ook vol aandacht naar het grote scherm, door de zenuwslopende achtervolging afgeleid van hun eigen werk in de Void en elders.

De dronepiloot die Kaitlyn heeft betrapt toen ze in de taxi stapte, achtervolgt haar nog steeds. Gebruikmakend van de behendigheid in het gamen die zijn generatie eigen is, beweegt hij de joystick alle kanten op. Hij ontwijkt het straatmeubilair, draait om bomen heen en schiet laag onder het viaduct op Washington Avenue door. Maar net op het moment dat hem het zicht wordt belemmerd, voegt de taxi in de verkeersstroom in, tussen andere taxi's, zodat het hele achtervolgingsteam nu plaatsvervangend over de rijstroken op Stuart Street laveert, dan noordwaarts op Charles om een bus heen slingert en van het trottoir wegdraait, terwijl een tweede drone een kortere route onder de bomen door neemt en over de hoofden van starende toeristen die niets te verbergen hebben heen duikt ('Er zou een wet moeten zijn tegen die drones'), nog net op tijd om te zien hoe de taxi voor hem onder luid getoeter scherp links afslaat. De drone trilt even, reageert en pakt de achtervolging weer op.

'Daar!' brult Cy terwijl de taxi plotseling stopt naast de ingang van het metrostation Park Street, waar een meute scholieren de trap af loopt. Hij vangt nog een glimp op van een slanke, donkerharige vrouw die in de mensenmenigte duikt.

En weg is ze. Terwijl de drones werkeloos boven de ingang van de metro hangen, duikt het arrestatieteam in een verduisterde SUV op en rennen ze op twee na allemaal de straat op in hun zwarte uniformen, anonieme jacks. De twee die achterblijven trekken de chauffeur uit zijn taxi en houden hem hun penningen voor. De chauffeur lijkt niet bepaald blij om hen te zien.

Terwijl het arrestatieteam de achtervolging inzet, slaat Cy grijnzend met zijn handpalmen op het tafelblad, vooral uit waardering voor de onverwachte talenten van de bibliothecaresse en zijn enthousiasme dat ze toch nog een flinke uitdaging blijkt te zijn! Is dat cool of niet? Dankzij de bodycams van het team kan Cy de achtervolging meebeleven, en hij ziet hoe ze (ongewapend natuurlijk) in het gedrang de trap aflopen en zich langs de tieners op de smalle roltrap wurmen.

'Gezichtsherkenning in het station wordt niets,' zegt een van de Zero 10-volgers. 'En ze heeft haar chipcard niet gebruikt bij de draaihekjes.'

Nu zijn teamleden op het bewakingsnetwerk van het station inloggen toont het flikkerende scherm een hele reeks beelden uit het station. Een massa Bostonians, in alle vormen, maten en kleuren. Allemaal bewegen ze, veranderen ze van richting, lopen ze door elkaar. Cy bijt op zijn lip. Het zijn er te veel, te veel Red Soxpetten, wintermutsen en opgezette jaskragen (zelfs in mei nog). In al dat stadsrumoer buitelen zijn gezichtsherkenningsalgoritmen over elkaar heen om de onnavolgbare wiskunde van de normale menselijke diversiteit bij te houden. Park Street. Twee metrolijnen, vier richtingen om uit te kiezen. Blinde vlekken. Pijlers. De eerste minuut is hij nog vol hoop, maar als de tweede minuut bijna verstreken is, moet hij gaan aannemen dat ze weg is. Ze is ontsnapt.

Dat verdient nog een waarderende grijns. Tjonge, wie had dat gedacht? 'Splits het team op. Stuur de helft terug naar haar huis om de huiszoeking te voltooien, hou de andere helft daar en zorg dat de gezichtsherkenning actief blijft bij alle camera's in het centrum. Ach wat, doe maar in de hele stad.'

Hij gaat terug naar zijn kantoor, nog steeds glimlachend, en denkt met pervers plezier: zet hem op, Kaitlyn.

29 dagen, 20 uur, 47 minuten

BOSTON, MASSACHUSETTS

Dus ze hebben mijn gezicht, denkt ze. Vrijwel zeker. Haar unieke tronie is nu officieel opgenomen in nationale databanken: Kaitlyn Day, Zero 10. Dat betekent dat ze dit gezicht voortaan heel goed moet verbergen, overal waar ze besluit het mee naartoe te nemen.

Nadat ze tijdens de intakeprocedure de geheimhoudingsverklaring had getekend, hadden de Fusionmedewerkers tot haar verrassing niet eens vingerafdrukken afgenomen en zelfs geen kopie van haar rijbewijs gemaakt. Dat behoorde allemaal tot de uitdaging die de Fusionmensen zichzelf hadden gesteld, legden ze uit, en die hield in dat ze zo weinig mogelijk over hun prooi wilden weten, behalve het noodzakelijke inzake hun geschiktheid voor de opdracht en geestelijke gezondheid. Ze hadden een goede dwarsdoorsnede van persoonlijkheden en vaardigheden nodig om te testen hoe goed ze voorbereid waren op reële dreigingen, maar wilden het zichzelf ook moeilijk maken. Ze beloofden dat er een verscheidenheid aan kandidaten zou worden uitgekozen, met verschillende wereldbeelden, perspectieven en vaardigheden. Ze moet daarom aannemen dat ze geselecteerd is om te testen hoe effectief hun wapenarsenaal beschermt tegen alle toekomstige alleenstaande, kinderloze, bijziende vrouwelijke boekenuitleners die de nationale veiligheid in gevaar kunnen brengen.

Gehaast loopt ze via de Winter Street Concourse naar Downtown Crossing en hangt aan de riem in de metro naar Back Bay. Ze ziet een tiental anderen die mondkapjes dragen. Misschien blijven sommigen dat voorgoed doen, wat de toekomst ook moge brengen, een eeuwige verwarring over virale ladingen die hun verbeelding beheerst, een existentiële angst over de bedreiging die andere mensen vormen en die het noodzakelijk maakt jezelf te beschermen, en dan bedenkt ze hoe snel de wereld er vijandig uit kan zien. Misschien voelt ze dat zo intens omdat de best getrainde professionals ter wereld haar nu proberen op te pakken. Maar ze heeft ook al een hele tijd het gevoel dat ze op de een of andere manier uit het maatschappelijk bestel is gevallen en niet alleen tot de opgejaagden, maar ook tot de afgedankte bannelingen en vogelvrijverklaarden behoort en in een onderwereld van ongewenste elementen leeft.

Ze wijzigt haar koers richting State Street, trekt haar capuchon op en loopt snel de trap op naar het trottoir van rode baksteen. Bij een kiosk blijft ze even staan om de *Washington Post* te kopen. Geen fouten, prent ze zichzelf in. Ze moet waakzaam blijven. Wie van deze voorbijgangers zou een bedreiging kunnen vormen? De oudere vrouw met een gerimpeld voorhoofd die haar fronsend aankijkt? De tiener met het smalle gezicht en het piekhaar in zijn opgeblazen, fluorescerende donsjack om zijn magere gestalte, die haar toeknikt alsof ze elkaar kennen? De oude man met het witte haar, wiens gezicht rood is van de kou en die onmiddellijk terugdeinst voor het gevaar dat hij in iedereen ziet? En wat zien de camera's die naar Kaitlyn Day zoeken eigenlijk? Wat herkennen ze?

Terwijl ze langs de ene na de andere bewakingscamera in Congress Street loopt, weet ze dat de Fusion Initiativesoftware een eind hiervandaan zal proberen uit te zoeken of die vrouw in de hoody in de hal van het metrostation Kaitlyn Day zou kunnen zijn, of ze een match hebben, of de gedaante die ze nu aan de camera toont als Kaitlyn Day beweegt en zich als haar gedraagt. En daarom concentreert ze zich erop – en dat is tegelijk haar enige strijdwapen – om niet Kaitlyn Day te zijn. Niet Kaitlyn Day. Niet Kaitlyn Day. Niet lopen zoals zij, niet denken zoals zij. Ze herhaalt deze mantra voor zichzelf terwijl ze onder de loerende camera's doorloopt en niet kan weten of de onzichtbare matrix, gekalibreerd om haar te detecteren, het unieke in haar herkent, dat onveranderbare element dat ze nimmer kan verbergen, het merkteken van haar eigen ik.

Ze begeeft zich weer in het daglicht en loopt richting busstation, al een eeuw lang de favoriete verblijfplaats van weglopers, verslaafden, voortvluchtigen, armen, wanhopigen en iedereen die de hoop koestert dat elders een betere toekomst wacht. Ze haalt haar sjofele rugzak op bij het bagagedepot (een belangrijk onderdeel van haar planning) en koopt met contant geld een kaartje bij de automaat. Haar bus wacht. Het is een van de budgetmaatschappijen, gescheurde stoelen, geen camera's aan boord. Ze verwisselt haar topje, stopt de hoody in de rugzak. Haalt diep adem. Ze voelt zich bijna als een nieuw persoon. De bus rijdt de stad uit.

29 dagen, 20 uur

FUSION CENTRAL, WASHINGTON, DC

Ze zijn pas twee uur bezig!

Sinds het begin van de achtervolging niet meer dan 120 minuten oftewel 7200 seconden. Er is nog zoveel tijd over dat het gewoon belachelijk is, een hele melkweg aan tijd: dertig dagen maar liefst, of zie het als 720 uur, of als 43.200 minuten, zie het zo of ga helemaal tot aan de kern en zie het als 3,25 miljoen hartslagen. Ze moeten hartslagen wegtikken.

Terug in zijn kantoor speelt Cy wat met zijn laptop, en meteen verspreidt de kalmte zich over zijn ledematen, tot diep in zijn botten. In zijn geval kalmeert technologie beter dan Xanax. Pas wanneer zijn vingers over een toetsenbord dansen en hele werelden door zijn toetsdrukken plotseling tot leven komen, heeft hij het gevoel dat de wereld werkelijk *in Ordnung* is. Ja, hij houdt van de natuur en levert zelf een belangrijke bijdrage aan de redding van de eindige aarde (elektrische auto's, koolstofneutrale huizen, ontwikkeling van drijvende steden, subsidies om de kettingzagen in het Amazonegebied, Daintree en Congo stil te leggen, investeringen in de volgende generatie kleine modulaire reactoren), maar waar hij echt plezier in heeft en wat hem echt opwindt en stimuleert is de wereld van de maakindustrie, het intelligente product van inventieve geesten aan tekentafels. Als het aan hem lag, zou het universum naar nieuwe auto's ruiken.

Uiteindelijk gaat het allemaal om controle. Hij geeft toe dat hij onrustig wordt als die hem wordt ontzegd. Hoe zorg je ervoor dat je de controle hebt? Door te excelleren, door carrière te maken totdat je de leiding hebt en je in de positie bent om de wereld naar eigen inzicht te ordenen. Hij gelooft dat winnen – en hij is beslist een winnaar – slechts het bijproduct is van jezelf echt kennen en je speciale talenten gebruiken, van die scherpzinnigheid en geniale trekjes die iedereen in zekere mate bezit, maar die slechts weinigen weten te verfijnen en kunnen omzetten in een isotoop die tot verantwoordelijkheid nemen noopt. Cy heeft zichzelf gemaakt tot wat hij is. Hij heeft zelf dat bouwwerk opgericht dat hijzelf is. Hij heeft het onderdeurtje op de speelplaats dat dankzij de elleboog van een pestkop ooit een tand kwijtraakte (melktand, gelukkig) inmiddels heel ver achter zich gelaten. Dit jaar is hij volgens *Forbes* acht plaatsen gestegen op de lijst van rijkste mensen, naar nummer 47 – hij had nog hoger gestaan als hij niet zulke grootse dromen had en niet zoveel geld in risicovolle ondernemingen had gepompt die in een faillissement eindigden of niet zoveel geld aan goede doelen gaf, zonder daar ruchtbaarheid aan te geven uiteraard. Met al zijn ambities probeert hij toch zoveel mogelijk het goede te doen. Perfect? Zeker niet. Maar probeert hij dat? Ja, zeker weten. *Vincit qui se vincit.*

En Fusion is de volgende stap, daar gelooft hij in. Misschien zelfs wel de laatste stap op weg naar de wereld die de mensheid verdient. Zeker, hij kent alle tegenargumenten. Dat privacy die eenmaal is opgeofferd niet meer hersteld kan worden en dat er in de toekomst toch nog steeds misbruik van gemaakt kan worden, maar hij weet dat de voordelen van bescherming veel zwaarder wegen dan dergelijke zorgen. Wie in de gaten wordt gehouden, is simpelweg aardiger, gelooft hij, en wie over de schreef gaat, kan een snelle tegenreactie verwachten. Is dit de duistere, fascistische fantasie van een politiestaat? Nee, nee. Die verwerpt hij. Denk aan een eerlijker wereld waarin slechts de impuls om kwaad te doen veel minder aantrekkelijk is geworden. Had hij ooit een beter geschenk kunnen geven?

Nieuwsgierig naar hun nipte misser concentreert Cy zich weer op zijn laptop en bekijkt het dossier dat over Zero 10 wordt aangelegd. Er staat al heel wat in. Best wel interessant. Weinig verrassingen. Zeker wel een apart type, en op haar eigen manier nogal onopvallend: gefrustreerd, ongelukkig, niet erg succesvol, onstabiel (afgaande op haar medicijnen en geschiedenis betreffende geestelijke gezondheid), een eenling voor wie het leven bepaald geen feest is. Heeft haar heil tussen de boeken gezocht. Jammer dus voor Kaitlyn Day dat haar glibberige ontsnapping in het ondergrondse Boston haar niet zal redden. Drie miljoen dollar winnen zou haar leven zeker op zijn kop zetten. Misschien kan hij iets voor haar doen als dit allemaal voorbij is.

Tweede aandachtspunt bij deze deelnemer: waarom is ze geselecteerd? Als dit een schaakwedstrijd was geweest, was het dit groentje uit Boston dus gelukt om van alle mogelijke openingszetten (1327 volgens *The Oxford Companion to Chess*) een klassieker te kiezen (Spaanse opening bijvoorbeeld, vroege paardensprong, agressieve loper), wat alleen een goede opening is als je weet hoe je die vervolgens moet ontwikkelen. Geen geringe prestatie. Hij wil haar zelf nog een keer doorlichten. Ze intrigeert hem nu, deze geest op het onzichtbare schaakbord. Waren de redenen voor haar selectie mysterieuzer dan hem bekend is? Toch is zijn voorspelling: mat, over drie zetten.

Hij leunt achterover, weg van het scherm, en probeert zich te herinneren wanneer hij voor het laatst in het openbaar vervoer heeft gezeten. Dat moet in New York zijn geweest, in de eerste dagen van WorldShare, toen hij en Erika elke ochtend vanuit Williamsburg naar Midtown forensden om aan de bankiers uit te leggen wat hij had gemaakt. Vaak bleven ze te lang in de stad hangen om daar tot aan de limiet van hun creditcards veel te dure cocktails te drinken, waarna ze terugreden naar hun huurwoning, waar hij ontnuchterde met energiedrankjes en amfetamine en dan tot het ochtendgloren zat te coderen terwijl zij sliep.

Erika leerde de taal van de bankiers al snel. Ze vertaalde voor hem en vertaalde hem voor hen, en legde alles uit over dataontwerp en digitalisering, op een manier die Wall Street kon begrijpen. Ze liet hun de enorme hoeveelheid informatie zien die de enthousiaste early adopters van WorldShare creëerden terwijl ze in hun digitale wondere wereld ronddwaalden, met hun wensen en verlangens, recepten en breipatronen, samenzweringstheorieën, seksuele voorkeuren. Alles wat ze aanraakten, bekeken, zochten en deelden creëerde een digitaal kielzog waar ze uitleg over kon geven. Dat kielzog, of spoor, kon worden gebundeld en zelfs als product worden verhandeld, legde ze dan uit. Vervolgens kon je individuele personen met advertenties bestoken die op hun smaak waren afgestemd, zodat je kansen op een geslaagde verkoop enorm toenamen. Die pitch had succes.

Erika had het al snel te druk om zich nog met de software bezig te houden. Ze bemoeide zich er verder niet mee en zorgde ervoor net genoeg te weten om het juiste jargon te kunnen hanteren, terwijl ze zich er verder op concentreerde de juiste mensen aan te stellen voor de details. Ze stelde er heel wat aan – advocaten, financieel analisten, publicisten, een stijlvol en toch nerdy verkoopteam – terwijl Cy deed wat hij het beste kon, te weten hun gouden databerg omzetten in voorspellingen van toekomstige aankooppatronen of politieke connecties, met wereldschokkende gevolgen. Hé, geen kwaad in de zin, betoogde hij, ik zoek gewoon de juiste clientèle voor jullie. Hoe kom je aan al die persoonlijke informatie? vroegen ze dan. Makkelijk zat. We hebben prettige methoden gevonden om gewone mensen over te halen die uit eigen beweging aan ons te geven. Klik, klaar. Niemand leest de kleine lettertjes. En zo betaalden ze een enorm bedrag voor de toegang tot Cy's verslavende babybox van schijnbaar onschuldige vriendengroepen, gedeelde foto's en video's met geotags, gedeeld nieuws en gezichtsherkenning, kortom tot een gigantisch informatiereservoir waarin de publieksreacties op gebeurtenissen en de evoluerende menselijke gewoonten werden gedocumenteerd. Uiteraard kon je die informatie ook gebruiken om mensen verdrietig, boos, optimistisch, depressief of hebzuchtig te maken. Dankzij de al te gretige vingers op personal computers heeft de psyche van de mens zich vrijwillig opengesteld voor diepgaand onderzoek. Het blijkt dat we niet zo ingewikkeld in elkaar zitten als we dachten. We deden alleen maar alsof we zo complex waren. Maar we zijn echt niet meer dan een kudde. Nu dreef WorldShare die kudde legitiem met zweep, stijgbeugel en roltongfluit voort. *Yeehaw.*

'Cy?'

Erika's stem in zijn koptelefoon. Zij is de enige die direct toegang heeft tot zijn oor. 'Het VR-team is momenteel in Zero 5's appartement. Zin in een tochtje?'

Een kwartier later heeft hij een VR-headset op en staat hij (of lijkt hij te staan) in een gewone huiskamer in Boise, Idaho. Het Zero 5-arrestatieteam is het huis daadwerkelijk binnengedrongen en doorzoekt, ten behoeve van Cy bij Fusion, de hal en de slaapkamers: te grote tv, ietwat sjofele bank, voedselvlekken op de kussens, vloer vol kinderspeelgoed. En Cy is daar ook, precies op die plek, en kijkt naar links en naar rechts.

'Wat weten we over haar?' vraagt Cy terwijl hij in zijn illusoire versie van dezelfde kamer rondloopt, honderden kilometers verderop, met een VR-headset voor zijn ogen.

Erika antwoordt in zijn oortje. 'Zero 5. Rose Yeo. Alleenstaande moeder. Twee kinderen.'

Dat verklaart al die rondslingerende spullen. Cy loopt dwars door de spooksofa naar de spookschoorsteenmantel. Bestudeert de spookfamiliefoto's. Alweer een burgerlijk type, denkt hij, op het eerste gezicht verstoken van unieke talenten, dus op grond van welke innerlijke complexiteit werd zij geselecteerd? Tja, misschien was er iets mysterieus vastgesteld, iets atypisch waardoor ze nog moeilijker te doorgronden was dan de gemiddelde burger, en was ze uiteindelijk toch een geschikte tegenstander in dit monolithische verstoppertje spelen.

De VR-interface werkt niet zo goed als Cy zou willen, en de beelden flikkeren, verdwijnen en komen flikkerend weer op. De bril is ook zwaarder dan je zou willen, een ondeugdelijke proprioceptie, omdat je lichaam probeert te ontdekken waarom je hoofd plotseling te groot en uit evenwicht is.

Dat had via de techniek opgelost moeten worden. De bril moet contragewichten krijgen en dunner glas. Hij tilt zijn hand op, en de sensoren op zijn polsen produceren een versie van zijn vingers in het schijnbeeld van Rose Yeo's woonkamer om te voorkomen dat zijn onderbewustzijn met hem op de loop gaat. De tekening is wat grof, een nevel van blauwe belletjes, maar toch goed genoeg, zodat zijn brein weet: 'Oké, dat is nu mijn hand' en hij zich weer kan oriënteren.

'Weet je hoe je kunt zien of je droomt?' vraagt hij aan de dichtstbijzijnde Fusionmedewerker, wiens hart prompt begint te fibrilleren. Een schijngezicht draait zich naar hem toe, verrukt om door de grote man van Fusion aangesproken te worden, en dan nog wel bijna in persoon.

'Nee, meneer. Ik...'

'Kijk naar je handen. In een droom hebben onze hersenen er moeite mee ze te verbeelden. Je handpalmen zien er raar uit, misschien heb je extra vingers. En als je naar je voeten kijkt, komen ze de helft van de tijd niet helemaal tot op de grond.'

Cy kijkt omlaag, net als de assistent. Hun voeten mogen dan wazig blauw zijn, maar ze bevinden zich recht op het tapijt.

'Moet nog aan gewerkt worden, maar we doen het tenminste beter dan de gemiddelde droom.' Oké. Aan de slag.

De helft van de foto's op de schoorsteenmantel zijn van de kinderen. Een jongen en een meisje. Als hij zijn blik erop richt, verschijnen hun namen en leeftijden in de lucht naast de foto's. Zeven en vijf, respectievelijk. Hij trekt zijn vinger door de lucht om verder door de info te scrollen. Deze nieuwe interface werkt goed. Goede schoolrapporten. Meisje heeft een beugel nodig.

Hij richt zich nu op een foto van Rose, genomen in een bar met een paar vriendinnen, met de glazen opgeheven naar de camera. De informatie over de andere twee vrouwen wordt meteen zichtbaar in de lucht boven de foto. Ze zijn allebei vriendinnen van Rose op WorldShare, dus zijn hun gegevens al in de eerste momenten van de achtervolging verzameld. Gabrielle en Kaisa. De ene getrouwd, de andere vrijgezel. Geen van beiden heeft kinderen. Ze werken allebei bij hetzelfde lokale data-entrybedrijf als Rose.

Volgende foto. Ouder Aziatisch koppel, Rose tussen hen in. Mama en papa. Daar in de buurt. Mama zit vaak op WorldShare. Ze heeft de laatste dagen niet zoveel gepost als normaal, wat de analisten misschien iets zou kunnen zeggen. Maar dan vinden ze iets wat zeker opmerkelijk is – het detail trilt oranje in de lucht, een oranje vlag, het equivalent van een pauzerend algoritme dat zegt: 'Hm, interessant' – namelijk de supermarktbon van mama. Het bedrag was vorige week hoger dan gewoonlijk. Veel hoger. En ze is dinsdagavond niet naar haar breiclubje geweest. Steeds meer oranje schuine strepen over de gegevens. Nog niets wat automatisch een alarmbel laat afgaan. En papa dan? Papa is een digibeet. Een e-mailaccount dat hij met zijn vrouw deelt. Geen sociale media. Heeft geen smartphone. Zulke mensen bestaan. Cy kijkt hoe de financiële gegevens van de man verwerkt worden, alert op de oranje gekleurde signalen. Hij pakt de documenten uit de lucht op, scrolt erdoorheen en werpt ze met zijn cartooneske vingers over zijn schouders. Papa Yeo is dol op kortingscoupons. Krijgt altijd spaarpunten als hij zijn auto voltankt. Het algoritme heeft de laatste drie tankbeurten gemarkeerd, niet de gebruikelijke wekelijkse rit naar de pomp. Hij is elke ochtend langs de benzinepomp gegaan en heeft zijn Ford steeds volgetankt.

'Huisadres,' zegt hij. 'Laat zien.'

De kaart hangt in het midden van de kamer, compleet met een knipperende rode stip.

'Route hiervandaan.'

Een strakke rode lijn, van huis A naar huis B.

Cy heeft zijn hypothese klaar. 'De ouders.'

Even later in zijn oor: 'We hebben opa's auto.'

'Hoe dan?'

'Aan de hand van zijn kenteken hebben we de boordcomputer van de auto getraceerd en de ECU gehackt. We volgen die nu.'

Een nieuwe kaart, met daarop een knipperende stip, verstuurd door de elektronische regelunit van de auto. Route 84. 'Zit hij alleen in de auto?'

'We nemen aan van wel.'

'Hoezo?'

'Hij luistert naar John Denver, keihard. Wil je weten welk nummer?'

'Zeker.'

'"Country Roads".'

Cy begint zachtjes voor zijn team te zingen: '*Almost heaven, West Virginia, Blue Ridge Mountains, Shenandoah River.*'

En Lakshmi Patel, ex-FBI en al in het begin bij Fusion in dienst gekomen, een vrouw van begin dertig met gestraight zwart haar, voegt eraan toe: '*Life is old there, older than the trees...*'

Toch minder grappig.

Cy onderbreekt haar: 'Kunnen we een lokale drone op hem loslaten?'

'Is al de lucht in.'

'Houd afstand. Laat hem niet schrikken. Hij zal ons naar hen toe leiden.'

Meridian, Idaho, vijftien kilometer buiten Boise. Daar voert Opa Yeo het Fusionteam naartoe. Een kwartier later komt hij aan. Terwijl ze hem vanuit de lucht in de gaten houden, parkeert hij achter Big Daddy's BBQ. Fusion bekijkt de geschiedenis van het restaurant, dat al vele jaren bestaat. Er blijkt een link te zijn. De ex-man van een neef van Yeo's vrouw is daar de manager. De Yeo'sens dachten kennelijk dat de familieband vaag genoeg zou zijn. Verkeerd gedacht.

Het arrestatieteam treft Rose en de twee kinderen in de bergruimte aan. Al snel blijkt dat ze het plan had dat paps hen hier zou ophalen, waarna ze naar Snakey zouden rijden, het roofvogelreservaat Morley Nelson Snake River. Daar zouden ze gaan kamperen. Geen slecht plan, want het zou best moeilijk zijn geweest hen daar te vinden, maar zo ver zijn ze niet gekomen.

Als het gezin aan de achterkant van Big Daddy's achter het arrestatieteam naar buiten komt, blijft een van de meisjes staan en zwaait ze naar de drone die boven hen zweeft. Cy, die in Washington omlaag kijkt, betrapt zich erop dat hij terugzwaait. Wat een schatje.

'Goed werk, Cy,' zegt Erika. 'Dat is er eentje minder.'

Cy legt zijn VR-headset terug in het rek en trekt aan het klittenband om zijn polsen om de sensoren te verwijderen. Hij vraagt zich af waar Rose haar eerste fout maakte. Misschien wilde ze de kinderen bij haar ouders achterlaten, maar kon ze dat uiteindelijk niet over haar hart verkrijgen. Als ze op reis gingen, had Cy's moeder er nooit moeite mee gehad hem achter te laten bij een oppas die ze nauwelijks kende. Mama Rose had een voorbeeld aan haar moeten nemen. De eerste familie waar Cy zich echt bij betrokken voelde waren de Coogans. Hun huis lag net zo vol met spullen als dit hier. Hij had daar talloze nachten doorgebracht, terwijl Erika aan tafel studeerde en hij met Michael zat te programmeren. Lang geleden. Tjonge. Familie deed rare dingen met je hoofd.

Eén gepakt. Nog negen te gaan.

28 dagen, 5 uur

MILWAUKEE, WISCONSIN

Terwijl de tweede Go Zerodag ten einde loopt – volgens de biologische klok van alle spelers is middernacht inmiddels twaalf uur 's middags – krijgt Ray Johnson, Zero 1, door zijn hoge leeftijd plotseling te kampen met uitputtingsverschijnselen. Hij ruikt de muffe geur van de nederlaag op zijn eigen huid. Hij is nog steeds sterk, kan elke ochtend een half uur hardlopen en van een rondje golf met zijn vrienden genieten (hij slaat 170 meter ver) en is beter geconserveerd dan de meeste mannen van zijn bouwjaar, de bierbuiken, de rimpelkoppen, de overkammers. Sinds zijn pensionering heeft hij veel hobby's opgepakt, en hij en zijn vrouw hebben ontdekt dat zolang ze elke doordeweekse dag minstens vijf uur zonder elkaar doorbrengen, ze nog steeds een best goed huwelijk hebben. Minder dan dat? Vraag dat maar niet.

Hij had lang getwijfeld of hij zich voor dit doldwaze avontuur zou opgeven, maar *boy oh boy*, daar was dat ouwe vertrouwde plichtsbesef weer. Ze hadden mannen zoals hij nodig, hadden ze gezegd, mannen die nooit zelfs maar de neiging hadden gehad om foto's op WorldShare te delen, die e-mail niet vertrouwden, een man die nog steeds – Christus, wat moest het lastig zijn geweest om iemand als hij te vinden, nu hij erover nadenkt – cheques gebruikte. Cheques! Een man die zijn bankzaken graag persoonlijk deed met iemand die hij aan de overkant van het bureau herkende, iemand die zijn voornaam kende, zijn kinderen, de auto waarin hij reed. Dat soort persoonlijke gegevens moesten bepaalde vertrouwde relaties over hem weten. Hij vond een dergelijke uitwisseling van gegevens essentieel. Dat maakte het leven (alle 4500 hartslagen per uur) de moeite waard.

Marjory, al drieënveertig helemaal niet slechte jaren lang zijn echtgenote, logeert bij haar zus totdat dit allemaal voorbij is. De hemel zij dank. Het siert haar dat ze van meet af aan heeft geaccepteerd dat dit zijn plicht was en weet dat ze niet hoeft te verwachten ook maar iets van hem te horen, maar dat is geen zware last voor beiden na drieënveertig keer 'Auld Lang Syne' met Nieuwjaar.

Hij heeft niet veel hoop op de grote prijs. Hij accepteert dat de controlemogelijkheden van de moderne staat voor hem een mysterie zijn, dus hij gaat ervan uit dat hij weinig kans heeft om effectieve tegenmaatregelen te nemen. Hij is te sterk gehecht aan zijn ouderwetse gewoonten. Het type man dat op zijn vrouw vertrouwt om hem te vertellen waar de kinderen mee bezig zijn, hoe het met hun vrienden gaat en hem aan verjaardagen te herinneren. Pas toen hij zich voor het Fusionintakegesprek meldde, viel het hem op dat ze haar informatie inmiddels van haar telefoon haalt in plaats van de computer. Hij weet inmiddels hoe hij Wikipedia moet gebruiken (die volgens hem de *Britannica* zo ongeveer de nek heeft omgedraaid), maar het voelt allemaal te haastig, te gladjes, en hij heeft er geen vertrouwen meer in sinds hij te weten kwam dat zelfs een kind de gegevens kan veranderen als het eenmaal heeft ontdekt hoe dat moet. Dat kon je bij de *Britannica* wel vergeten.

Dat Fusion hem nog niet heeft opgepakt, is eerlijk gezegd een verrassing. Hij had niet verwacht het langer dan een paar uur vol te houden. Om twaalf uur 's middags, toen hij op de parkeerplaats van de Home Depotbouwmarkt in de auto zat, piepte het Go Zero-alarm op zijn dinosaurustelefoon, zoals zijn kleinkinderen die noemen. Hij had thuis willen zijn voordat het begon, maar door een ongeluk op de snelweg had hij in een voortkruipende file gestaan. Hij stapte uit en herinnerde zich dat hij de batterij uit die onzinnige telefoon moest halen – dat had zijn vrouw bedacht, ze had dat in een documentaire gezien – en nam een bus naar het stadscentrum. Hij zette zijn vermomming op. Niet echt een vermomming. Een wollen muts tot vlak boven zijn ogen en een oude leesbril die hem het zicht belemmerde en die hij laag op zijn neus moest zetten, zodat hij over het montuur heen kon kijken. Hij was gestopt met scheren toen hij te horen had gekregen dat hij finalist was. Nou, dat was niet niks.

Hij houdt zich nu al meer dan een dag in het busstation op, voorzien van een ticket naar Florida (geen ID nodig), waar hij af en toe als een zwerver in de hoek ligt te dutten. Van tijd tot tijd wordt hem gevraagd of alles in orde is. Dan laat hij het ticket zien en laten ze hem met rust. Daklozen Hilton.

In Florida wonen een paar maten uit zijn marinetijd. Ze willen de ploeg weer bij elkaar brengen en van Fusion een strikt geheim project maken. Als Ray erin slaagt naar Orlando te reizen zonder gepakt te worden, hebben ze tegen hem gezegd, nemen zij het vanaf dat moment over. 'Zelfs de duivel zelf zal je niet vinden, dat garandeer ik je, *hombre*,' had Scooter McIlleney lachend gezegd.

Tot nu toe geen problemen, denkt Ray terwijl de bus de snelweg op rijdt en schommelend koers zet naar het zuiden, waar de zon en misschien, heel misschien, drie miljoen dollar op hem wachten. Hij ziet al voor zich hoe hij in korte broek en een katoenen shirt met een biertje bij het zwembad ligt te luieren en naar al het moois kijkt dat langskomt, en dan 's avonds lekker steak eten met de maten.

28 dagen, 1 uur

FUSION CENTRAL, WASHINGTON, DC

Het team dat aan Ray Johnson is toegewezen werkt snel. Spindiagrammen van zijn huidige en vroegere compagnons, voor zover bekend, worden al getoond, en die blijken in diverse gebieden in de Verenigde Staten bij elkaar te zitten, met een opvallende concentratie in Florida. In Orlando met name. Een cluster waar drie van zijn veronderstelde beste vrienden wonen is gemarkeerd. Hun model is goed. Een van de NSA-jongens had een aardige manier bedacht om de marinekameraden in kaart te brengen en die te waarderen op basis van het aantal jaren dat ze samen hadden gediend en de vermeldingen van gezamenlijke acties in de militaire dossiers, om erachter te komen wie Ray naar alle waarschijnlijkheid zou benaderen. Zijn eerste keuze: onderofficier eerste klas Scooter McIlleney, gepensioneerd.

Die gegevens hebben ze vergeleken met alle keren dat er op de telefoon van zijn vrouw 'Florida seniorencomplex' werd gegoogeld terwijl zij op dat moment volgens haar fitnesslogboek in een aquafitnessles zat. Oeps. Het Zero 1-team kan nu met een waarschijnlijkheid van 73 procent aangeven dat Ray op enig moment in week 1 van de operatie een trein of een bus – hoogstwaarschijnlijk een bus – naar de Sunshine State zal nemen en adviseert daarom het arrestatieteam nu vanuit Chicago te verplaatsen, zodat ze zich snel naar de trein- en busstations in Milwaukee kunnen begeven zodra de gezichts- en loopherkenningsalgoritmen met een match komen. De loopanalyse is al bezig elke zijstraat, weg, winkel en stoep te scannen. De verkeerscamera's hebben ze al in 'bezit'. Bovendien heeft een slimmerik de dashcams achterop auto's van na 2016 weten te hacken. Het algoritme raast door de overvloed aan videogegevens, slokt de mensenmenigte op en verwijdert de stevige stapper, de sluiper, de schuifelaar, de kromme rug (waarschijnlijk een kantoormedewerker), de snelwandelaar (duidelijk een burgertrut).

Cy gedraagt zich als een goede baas en spreekt in bevestigingen, genoeg om hun gezichtjes te laten stralen. Opeens een *ping*.

De loopherkenning heeft een verdachte. Milwaukee Central Bus Station. Negentig minuten geleden.

Cy keert terug naar zijn kantoor en kijkt toe hoe zijn teamleden in actie komen en uit verschillende bronnen beelden verzamelen, die in een mum van tijd duidelijk maken dat Ray Johnson in de bus van 9.35 uur naar Orlando via Nashville zit. Over zeven uur pauzeren ze vlak voor Nashville om de benen te strekken en om te tanken. De teams worden bijeengeroepen.

Voor het Zero 1-team, dat de opdracht heeft prioriteit aan Ray Johnson te geven totdat hij opgepakt is, glijden de uren met steeds grotere spanning voorbij, alsof het een sportwedstrijd betreft. Als het tijd is, loopt Cy naar de glaswand van zijn kantoor en kijkt neer op Ray, die op het scherm in superieure HD-kleuren uit de bus stapt en zijn oude botten strekt. De andere teams komen ook een kijkje nemen om deze opdoemende arrestatie in stilte toe te juichen.

Een café vlak bij het station heeft zijn beveiligingscamera's via wifi verbonden voor het gemak van de managers, die het personeel in de gaten willen houden als ze er niet zijn. De beelden worden gedeeld met een aantal belanghebbenden, wat resulteert in een leuke korting voor de koper, en een buitengewoon relevante dataset voor verzekeraars, voedselproducenten en analisten van consumentengedrag die hun upsellingtechnieken willen verfijnen, en niet te vergeten het veiligheidsapparaat van de Verenigde Staten. De natie is u dankbaar, Cornbread Cafe.

Fusion Central ziet hoe Ray op een zitje plaatsneemt, met zijn kont schuift om de goede houding te vinden en zichzelf dan trakteert op de beste hete kip van Nashville.

'Zullen we hem nu oppakken?' vraagt Erika aan Cy.

'Wacht. Ik mag deze man wel. Wacht.'

De serveerster geeft Rays bestelling via Bluetooth aan de keuken door en daarmee tegelijkertijd aan Rays bende registrerende engelen in Washington. Ray maakt zich vanavond geen zorgen over zijn cholesterol. Hete kip, frietjes en appeltaart met slagroom en ijs met chocoladesaus en walnotentopping – heel wat anders dan het salade-en-gebakken-visdieet dat hij thuis voorgezet krijgt, volgens de bankpasbonnetjes van zijn vrouw. Deze bestelling oogst een applausje van het Fusionteam. Iedereen mag deze man meteen.

'Nu?' vraagt Erika.

Cy schudt nog steeds zijn hoofd. 'Laat hem eten.'

Erika glimlacht. Op dergelijke momenten weet ze weer waarom ze van Cy houdt. Ze probeert de zekerheid op te bergen voor de volgende keer dat ze die nodig denkt te hebben.

27 dagen, 17 uur

CORNBREAD CAFE, NASHVILLE, TENNESSEE

Ray mag van zijn dessert genieten. Hij heeft zijn laatste volle lepel met smaak genuttigd en de kom leeggeschraapt. Een minuut later komt Benson, leider van de Tennesseeploeg, het café binnen om de oude man te laten weten dat hij er gloeiend bij is. Hij gaat simpelweg tegenover hem op de bank zitten en laat zijn penning zien.

'Goedenavond, meneer Johnson. Hoe was de kip?'

Ray, die voor het thuisfront met Bensons bodycam wordt gefilmd, lijkt niet te schrikken. Hij knikt zelfs, alsof hij het half verwachtte.

'Hoe heb je me gevonden? Ik heb contant betaald.'

Benson lacht. 'U hebt het geweldig gedaan.'

'Was ik moeilijk te vinden?'

'Niet slecht.'

'Ik ben zeker niet de eerste die je wist te pakken?'

'Nou, de tweede.'

'Fuck. Oké. Wat doe je eraan?'

'Niet veel, meneer.'

'Dus het is voorbij?'

'Daar komt het op neer.'

De serveerster biedt Ray koffie aan, maar hij schudt zijn hoofd. Hij trekt een servet uit de houder, zo'n ouderwetse met Coca-Colalogo, en veegt zijn vingers zorgvuldig af.

'Wat gaat er nu gebeuren?'

'We brengen u naar huis terug.' Benson houdt nu zijn hand tegen zijn oortje.

Er komt een vraag binnen. 'Eén vraag, meneer, van het hoofdkantoor.

We willen onze voorspellingen over uw toekomstige gedrag checken. Was u van plan om tijdens de opdracht in Orlando te blijven?'

'Dat was min of meer het plan, ja. Ik heb daar goede oude vrienden.'

'Dat weten we.'

'Uiteraard.'

Met een simpel formulier op Bensons iPad wordt Ray verzocht te bevestigen dat hij opgepakt is en dat hij de geheimhoudingsverklaring zal respecteren. Ray zet heel zorgvuldig zijn paraaf met de digitale pen, die de neiging heeft weg te glijden in een hand die aan echte inkt en echt papier gewend is. Dan schraapt hij zijn keel en kijkt Benson aan met een smekende, vochtige blik.

'Ik heb ook een vraag voor jou, jongen. Moeten we… moeten we mijn vrouw vertellen dat deze exercitie nu al afgelopen is?'

27 dagen, 13 uur

UTICA, NEW YORK

'Passagiers voor Utica, passagiers voor Utica!' De microfoon van de chauffeur kraakt en zoemt, en daarop volgt een verscheidenheid aan reacties van de ontwakende passagiers: berustend gekreun van degenen die op hun bestemming zijn aangekomen, verontwaardigd gegeeuw van degenen die nog uren moeten doorbrengen in de muffe atmosfeer, het vale tl-licht en de harde stoelen.

De vrouw op stoel 14A rolt met haar schouders. Vier uur geleden is ze uit Boston vertrokken. Ze heeft niet geslapen. Ze verkeerde meestal in min of meer halfbewuste toestand, blauw gekleurd door de schermpjes van de andere passagiers, met haar hoofd tegen het koude raam, terwijl haar ogen beschenen werden door passerende koplampen. Ze heeft gelezen over de effecten van een overmaat aan adrenaline in het menselijk lichaam. Dat is niet goed. Dan wordt er een vecht-of-vluchtimpuls naar het hart en het hoofd gestuurd. In de prehistorie zou een jager-verzamelaar in een boom gevlucht zijn, weg van de door krokodillen geteisterde rivier of de muil van de leeuw, of weg van de grotere belager met de grotere stok, maar bij de moderne mens wordt die impuls uren- en dagenlang steeds weer geactiveerd door zijn zoemende, piepende telefoon. Uiteindelijk tast die voortdurende cortison- en dopaminevloed je gewrichten aan, waardoor de verbindingen in je overbelaste hersenen beginnen te sissen tot de boel opzwelt en uiteindelijk knapt. Het moderne leven.

U scoort driedubbele punten als u de volgende vraag met ja beantwoordt: wordt er momenteel actief op u gejaagd door een samenwerkingsverband van een socialemediagigant en de machtigste, best toegeruste overheid ter wereld?

Ze vraagt zich voortdurend af: het is toch wel de moeite waard, of niet? Ja, zeker wel. Het is het enige wat ze kan doen. Misschien wordt haar levensverwachting een paar jaar lager, maar wat dan nog? Misschien raakt ze wat eerder in de war dan haar leeftijdgenoten? Prima. Misschien zal ze wat eerder moe en lusteloos zijn? Best hoor. Het is een hoge prijs, zeker, maar wat heeft ze aan meer tijd als ze hiervan afziet? Wat stelde haar leven eigenlijk nog voor? Het is tijd voor een paar flinke knallen in haar leven, want aan diggelen ligt het toch al.

Ze kijkt op haar horloge. Haar derde dag van Go Zero is nu elf uur oud, dus het wordt tijd voor de volgende fase van het plan.

Terwijl ze toekijkt hoe de eerste medepassagiers uitstappen, opent ze de rugzak aan haar voeten en haalt haar mobiele telefoon eruit. Ze stopt de batterij er weer in, zet hem aan en ziet hoe het schermpje oplicht. Binnen een paar seconden vindt het toestel een sterk signaal. Ze is terug op het netwerk.

27 dagen, 11 uur

VOLTA PLACE NW, GEORGETOWN, WASHINGTON, DC

Om 1.00 uur gaat zacht zoemend het alarm op Cy's horloge af, maar hij slaapt rustig verder bij het nieuws dat er een arrestatieteam is ingezet nadat er een signaal ontvangen is van Zero 10's telefoon, ergens in de staat New York. Om 5.00 uur wordt hij wakker, kijkt op zijn horloge en gromt zachtjes. Kaitlyn? Welke Kaitlyn? denkt hij. O, die Kaitlyn.

In het luxe huurhuis (zwembad, tuin, fitnessruimte, thuisbioscoop) dat WorldShare in Washington hem ter beschikking heeft gesteld, rolt hij uit bed en slaat de lakens – vrij van chemicaliën en met een draaddichtheid van duizend – terug. Erika slaapt verder, elegant en discreet. Hij rekt zich uit en raakt zijn tenen aan om zijn lichaam voor te bereiden op de dag die voor hem ligt. Erika zegt dat hij eigenlijk elke ochtend iemand nodig heeft om de mechanische sleutel die uit zijn rug steekt heel strak op te winden, teneinde de uitdagende dagelijkse taak om Cy Baxter te zijn te kunnen vervullen.

Hij draait zich om en kijkt naar haar. Hij bestudeert haar graag terwijl ze slaapt. Ze is Instagramready, zelfs in haar slaap, met haar zacht golvende haar en haar gevouwen handen onder haar wang, alsof ze in gebed is. Soms lijkt het hier net iets te veel op de foto's in een glossy woonblad. Hij twijfelt er zelden aan dat hij van haar houdt. Twijfelt hij er nu aan? Nee, dat niet. Ze passen enorm goed bij elkaar en zijn zelfs soulmates. De seks is nog steeds goed, al is de frequentie natuurlijk gedaald. Ze lachen veel met elkaar. Maar zijn bindingsangst is niet verdwenen en blijft als een doornstruik tussen hen in staan. Zielsverwanten hoeven niet per se voor de wet te trouwen, redeneert hij. Waarom kunnen ze niet gewoon maandag, woensdag en zaterdag de avond met elkaar doorbrengen? Daar komt bij dat liefde absoluut geen prioriteit voor hem is, hij vindt zijn bevrediging voor 90 procent in zijn werk.

Hoe dan ook, op die trouwkwestie na hebben ze het goed met elkaar, en in plaats daarvan kan hij haar minstens wel de beste lakens ter wereld geven.

Tegen de tijd dat hij uitgewasemd en geneeskrachtig geurend onder de douche vandaan komt en zich aankleedt in gepast subtiele, bescheiden luxe, heeft het arrestatieteam de bus waarin Zero 10 zit al in het oog. De teamleden hebben gepland om hem bij de volgende stop op de route over hoogstens tien minuten te onderscheppen. Geweldig. Perfect. Schitterend. Hij is blij dat ze de derde dag nog heeft gehaald. Toch is het waarschijnlijk goed om haar uit te schakelen. Een bibliothecaresse die te lang op vrije voeten is, wordt algauw een gênante vertoning.

Cy roept de auto en neemt ontspannen op de koele, luxueus beklede achterbank plaats. Hij schakelt de massagefunctie in om spierknopen te bewerken die met geen enkele douche of rekoefening te bereiken zijn en begint zijn volgende ronkende voortgangsverslag aan Burt Walker te plannen.

Maar tegen de tijd dat hij Fusion Central binnenrijdt, krijgt hij te horen dat er een probleem is: ze hebben Zero 10 toch niet te pakken gekregen.

De bibliothecaresse zat niet in de bus. Het arrestatieteam dat bij de bushalte stond te wachten, trof haar telefoon tussen de stoelen aan. Ze had die duidelijk opzettelijk daar laten liggen om hen te misleiden. Zero 10 kon dus best in Utica uitgestapt zijn, of op een eerder punt van de reis. Een nadere analyse van de camerabeelden tijdens elke uitstaphalte op de route geeft geen uitsluitsel. De chauffeur kan zich deze passagier niet duidelijk herinneren en weet evenmin of ze uitgestapt is. Het was laat, de bus was vol en hij telt nooit koppen. 'Het is geen schoolbus, makker.'

'Een truc die een twaalfjarige had kunnen uithalen,' zegt Cy tegen de sombere groep die hij in zijn kantoor op de eerste verdieping heeft verzameld. Zij staan. Hij zit en bekijkt de gezichten van het Zero 10-team aandachtig. Ze zien eruit zoals ze zijn: mensen die in de kleine uurtjes in giftige druppeltjes slecht nieuws hebben gekregen en nu voor hun toekomst vrezen. Ze hebben hem teleurgesteld. Dat weten ze. Ze voelen het. En hij wil eerlijk gezegd ook dat ze het voelen. Ze moeten peentjes zweten. Gewoonlijk wil iedereen Cy's aandacht trekken, een extra knikje krijgen, een extra moment van verbinding beleven, maar niet vandaag. Niemand wil hem aankijken.

'Oké,' zucht hij. 'Wat nog meer?'

'We hebben iets gemist,' meldt Zack Bass, de teamleider van Zero 10. 'Gisteren, in Boston. Nadat we de trackingdata van Kaitlyn Days telefoon van de afgelopen zes weken hadden opgevraagd en die met de camerabeelden van de winkel en de kassabonnen hebben vergeleken, geloven we nu dat ze... eh, dat ze minstens acht verschillende telefoons heeft gekocht in drie verschillende winkels in de binnenstad van Boston. Ze zijn online geregistreerd op haar naam, maar dan telkens met kleine spelfoutjes.' Hij schraapt zijn keel. 'Zeven van de telefoons zijn online en in beweging, op verschillende plaatsen. Eentje is offline. Lege batterij.'

Cy staat nu op. De heilzame effecten van de ochtenddouche, de zorgvuldig uitgezochte kleding, het geurtje en de massage in de auto op weg vallen een beetje weg nu zich opeens een zekere spanning manifesteert. Hij is nog altijd blij met de vindingrijkheid van deze bibliothecaresse – ze is echt heel slim – maar slordigheid van zijn kant is voor hem altijd onverteerbaar. Hij voelt een lichte woede opkomen en het lijkt hem verstandig die al op dit moment aan zijn team te tonen.

'Oké. Op het moment dat ze in de metro verdween, hadden jullie moeten aannemen dat ze slimmer is dan jullie tevoren hadden ingeschat. Alle informatie die jullie nu over de extra telefoons hebben, hadden jullie gisteren in de middag al paraat moeten hebben. Gisteren. In de middag.'

Hij keert ze theatraal de rug toe, laat ze zijn ongenoegen voelen, laat ze opzettelijk het ongemak beleven terwijl hij zich concentreert op het natuurwonder in de vorm van een prachtig sequoiawoud, dat in perfecte kleuren en met een resolutie van 1200 pixels per inch op de achterwand van zijn kantoor groeit. Uiteindelijk draait hij zich weer naar hen toe.

'Wie is deze vrouw? Dat is een simpele vraag. Hier bij Fusion moeten we onszelf die vraag kunnen stellen en sneller beantwoorden dan ooit tevoren in de geschiedenis van de mensheid. Dat is ons werk hier. En dat is ook alles. Meer niet. Dat is jullie werk. Wie is deze persoon? Wie van jullie heeft iets dat op een antwoord lijkt? Iemand?' Hij wacht, kijkt van het ene angstige gezicht naar het andere. 'Niemand? Oké. Blijf kalm. Blijf allemaal kalm. Een simpele vraag om mee te beginnen: wat is ze van plan?'

'Ze wil ons in de maling nemen.' Een vrouwenstem.

Hij richt zijn blik op haar. Ze is nieuw.

'Hoe heet je?' vraagt Cy.

'Sonia Duvall.'

'Hoe dan?'

Sonia is mooi. Een jaar of zevenentwintig. Beetje kakkineus type. Vijftig kilo ambitie om een rank lichaam en – zo veronderstelt hij – een ijskoud hart.

Ze gaat verder: 'Ze wilde niet dat we die telefoons meteen zouden vinden, maar ze wil wel degelijk dat we ze aan haar linken als we eenmaal orde op zaken hebben gesteld. Vandaar de spelfouten.'

'Goed. Wat nog meer?'

Zack Bass, snor als een streepjescode, wil iets zinnigs zeggen, maar weet niet zo gauw iets.

Sonia is hem voor: 'Ik, eh, heb alle CharlieCards gecheckt die in een periode van een uur in het centrum zijn gebruikt vanaf het moment dat Zero 10 uit de taxi stapte.'

Het enige wat Zack kan doen is minachtend grijnzen en proberen haar belachelijk te maken: 'Waarom zou ze een geregistreerde chipkaart gebruiken?'

Cy kijkt de bijna-niet-meer-teamleider aan – die het niet waagt nog iets te zeggen – en richt zijn aandacht weer op Sonia. 'Ga verder.'

'Dat zou ze zeker niet doen, maar ik dacht dat ik misschien iets kon zien wat het algoritme zou missen. En dat was het geval. Ik bedoel dat ik iets zag. Een chipkaart die de slagbomen van Downtown Crossing passeerde, drie minuten nadat we haar kwijt waren geraakt, stond op naam van...'

'Van?'

'Van... Cy Baxter, en het daarmee verbonden e-mailaccount is...'

'Wat?' vraagt Cy.

'CyBaxterknowswhereyouare at gmail.com.'

Vijftien seconden stilte. Cy probeert dit nieuws te verwerken. En dan grijnst hij. De bibliothecaresse speelt met hem. Houdt hem voor de gek. Neemt hem in de zeik. 'Ongelooflijk.'

Sonia is nog niet klaar. 'Deze vrouw is dus duidelijk slim. En ze houdt van een spelletje.'

Er klinkt bewondering in haar stem door, wat Cy zelf niet langer kan opbrengen omdat zijn gedachten een moment lang blokkeren: zoiets gebeurt maar heel zelden. De mechanische sleutel in zijn rug, Erika's grap, moest duidelijk een slag opgewonden worden. Hij knikt Sonia toe. 'Waar zijn die telefoons die ze heeft gekocht?'

Sonia kijkt naar een teamgenoot die deze informatie heeft.

'Vijf bevinden zich in Boston en omgeving,' zegt de teamgenoot met een blik op de tablet die hij in zijn hand heeft. 'Een ervan is uitgeschakeld, geen batterij. Eentje bevindt zich sinds afgelopen vrijdag in New York, een andere in het Verenigd Koninkrijk, centrum Londen. Degene die die telefoon bij zich heeft – zonder dat zelf te weten, vermoeden we – is gisteren naar *The Lion King: the Musical* geweest en bevindt zich momenteel in de... in de Egyptische afdeling van het British Museum.' Hij zwijgt even. 'En kijkt naar het standbeeld van Thoth, de god van het schrift.'

'Wat geweldig. Conclusie?'

Sonia is de enige die dapper genoeg is om een antwoord te wagen. 'Ik vermoed dat ze deze telefoons stiekem in andermans tassen heeft gestopt om een misleidende datacloud te creëren.'

'En waar is ze zelf?'

'Ik neem aan op dezelfde plek als de telefoon zonder batterij,' antwoordt Sonia. 'Ze houdt die zelf voor noodgevallen.'

Cy tikt met zijn vingers op het bureau. Hij kan zijn gedachten weer ordenen. 'Eerste prijs voor Sonia! Het lijkt er dus op dat we met een grapjas te maken hebben. Complimenten voor haar. En complimenten voor het selectiepanel. Ik vroeg me af waarom ze uitgekozen was. Ze wisten duidelijk iets, zagen iets. Hoe dan ook, dit is precies wat we zochten. Ja toch? We zullen dus nog veel fanatieker achter deze deelnemer aan moeten gaan. Hebben we haar appartement gescand en gelogd?'

'Jazeker,' zegt Sonia.

'Ik wil het graag inspecteren. Breng de VR in gereedheid. Wat die dummytelefoons van haar betreft: splits de teams op om die te pakken te krijgen. Ondervraag die man of vrouw in Londen, misschien levert dat nog aanwijzingen op of is er sprake van een eerdere relatie met onze Zero. We moeten orde in de chaos scheppen. Kortom, doe verdomme gewoon je werk. O, Sonia...'

'Ja?'

'Goed gedaan.'

Sonia glimt van trots.

27 dagen, 5 uur

SHREVEPORT, LOUISIANA

Op zijn leeftijd opeens vrijgezel worden was alsof de zwaartekracht wegviel. Freddie Daniels, Zero 4, zesenveertig, vroeger knap – zijn gezicht getuigde van de klappen die hij had opgelopen – voelde zich duizelig, zweverig, alsof zijn hersenen een brij waren. En toen begonnen de fouten op zijn werk, kostbare fouten. Zijn partners bij zijn bouwbedrijf drongen erop aan dat hij een flinke tijd vrijaf zou nemen. Hij volgde hun raad op. Wekenlang keek hij alleen maar tv en ergerde hij zich aan alles wat los en vast zat, maar dat deed hem geen goed. Toen vertelde een FBI-kameraad hem iets vreemds: Fusion, Going Zero, drie miljoen dollar als hij het opneemt tegen de krachten van de 'deep state' en zich dertig dagen schuil weet te houden. Hij dacht: fuck it, hoe moeilijk kan het zijn?

Het idee voor deze schuilplaats kwam uit een film. Hij wist de titel niet meer, maar het sprak hem aan. Een film over een eenzame rebel die het tegen het systeem opneemt. Misschien dat Denzel erin meespeelde. Of die andere kerel, hoe heet hij ook alweer, die in... Ach, fuck it, maakt niet uit. Hoe dan ook, zodra hij de officiële brief las waarin werd bevestigd dat hij was geselecteerd, wist hij wat hij ging doen. Hij schafte het hout, de verf en de pleisterkalk aan en waagde het erop. Toen het Go Zerobericht binnenkwam, was hij er klaar voor.

Dag 1 was spannend geweest. Het was een sensatie op Superbowlniveau om het arrestatieteam door het huis te horen bewegen, flarden van hun gesprekken op te vangen terwijl hij daar zat, op decimeters afstand en toch volledig onzichtbaar achter de nepwand op wielen die hij voor zich had opgetrokken, als de stenen deur van een graftombe, waarna hij die met vijfhonderd schroeven aan de vloer had vastgemaakt. Daarvoor had hij de hele kamer opnieuw geschilderd zodat de nieuwe verf niet afstak tegen het oude witsel. Dankzij de wielen bleven er geen krassen op de vloer achter. Hij had zo'n beetje aan alles gedacht. En naarmate de uren verstreken, groeide zijn vertrouwen en inmiddels dacht hij dat als ze er nu nog niet achter waren, ze er nooit meer in zouden slagen. Het was dus een kwestie van de rit uitzitten.

Hij had gevangenisstraf gekregen, maar hij had genoeg verhalen gehoord over hoe het was om in de nor te zitten. Hij was erop voorbereid. Een streng regime van oefeningen en activiteiten in een uiterst beperkte ruimte. Foto's van familie en vrienden op de muren. Drie nieuwe schetsblokken en een oude middengolfradio met koptelefoon, zodat het stil bleef. Dag 3 inmiddels, en hij hield het goed vol. Meestal tenminste. Blikvoedsel voor zijn rantsoenen. Fruit en sap en dertig blikjes bier in zijn minikoelkast. Oude sapflessen om in te plassen, poepen op een draagbaar toilet dat een kameraad uit de kroeg bij BigShopper voor hem had aangeschaft. 's Avonds fluistert zijn radio hem toe terwijl hij een feestelijk blikje opentrekt. Proost op drie miljoen dollar.

Honderdduizend dollar per dag: de gedachte aan de prijs heeft hem op de been gehouden. Het geld, het geld, het geld. Elke avond heeft hij rond biertijd doorgenomen wat hij met dat geld gaat doen. Terug naar Janey en haar vragen om hem nog een kans te geven. Misschien zou hij wat stapeltjes bankbiljetten in een koffer meenemen en zeggen: 'Dit is jouw helft, schatje.' Beloften doen. Niet meer drinken. Gegarandeerd twee vakanties per jaar. En als er niks anders op zit, zelfs akkoord gaan met IVF, zoals ze altijd al wilde. Hij zou haar twee kinderen geven, ook al ziet hij daar enorm tegen op. Verder ook de bruiloft die ze altijd al wilde, maar die hij haar de vorige keer had ontzegd. Na een bliksembezoek aan het gemeentehuis was er een feest in de achtertuin bij haar ouders geweest, met feeërieke lichtjes aan de waslijn, een barbecue en ijs. Ditmaal zou ze haar japon krijgen, en hij zou een pak aantrekken, ze zouden het doen in een hotel, met hapjes en champagne en een echte fotograaf, niet Janeys neef met zijn waardeloze kiekjes. En de rest? Na de huwelijksreis een groot nieuw huis, een beter busje. Visitekaartjes op geschept papier en misschien wel een receptioniste die zijn boekingen op een computer regelt, de facturen verstuurt en hem 'meneer Daniels' noemt, in plaats van dat hij alles zelf moet doen.

Stemmen.

Hij moet in slaap gevallen zijn. Hij heeft de voordeur niet horen opengaan, maar nu staan er twee mannen te praten, vlakbij. Op zulke momenten houdt hij zijn adem in en zorgt hij ervoor dat het toiletdeksel goed dicht zit en de minikoelkast uit is, zodat het zachte gezoem stopt.

'Volgens mij is hier niemand.' Een diepe basstem, zoals van die beroemde acteur.

'Ja, volgens mij ook.' De tweede stem is hoger, klinkt jonger, bijna prepuberaal. 'Maar iets heeft toch die elektriciteit verbruikt...'

Freddie raakt in het duister de minikoelkast aan. Het was al een blunder om akkoord te gaan met die slimme meter. Maar hij heeft wat met de elektriciteitskabels geknutseld voor de stroom in dit hok, zodat ze nooit kunnen vinden waar hij die aftapt. Hij is voorzichtig genoeg geweest, maar misschien moet hij voortaan toch maar afzien van koude biertjes.

'Oké,' zegt de andere man.

Lange stilte. Freddies hart begint te bonzen.

Stemmen.

Basstem: 'Ja, hier heb ik iets. Dit is net binnengekomen van Fusion Central, van de drone.'

Hogere stem: 'Vertel op. Laat zien.'

Freddie in het donker: wat?

Freddie hoort niets meer van die twee, afgezien van sinistere dingen zoals 'Oké' en 'Dus hier dan?' en 'Het lijkt erop'.

De stemmen komen tot aan zijn nepmuur, drukken ertegenaan, praten, dichtbij, dichtbij...

Basstem: 'Meneer Daniels? Bent u daar? Meneer Daniels?'

Ah, shit. De stem klinkt zo dichtbij dat die vent bij Freddie op schoot lijkt te zitten. Maar Freddie antwoordt niet. Hij geeft niet op. Stel dat hij niets zegt?

'Meneer Daniels? Als u daar zit, luister dan naar me. U kunt zich aan mij overgeven of we kunnen deze muur afbreken. Uw keuze. Meneer Daniels? Kunt u me horen?'

Nee, Freddie zegt nog steeds niets.

'Goed. Dan moeten we deze muur afbreken. Uw beslissing, meneer Daniels.'

Hoge stem: 'Ik ga dit doorbellen, Chester. De omgeving veiligstellen. Waarom maak je niet eerst een temperatuurscan om zeker te weten dat hij daar zit?'

'Nou, hij zit daar echt wel.'

Freddie zit op zijn hurken, verteerd door spijt. Dit was absoluut een waardeloze optie, hij had hier nooit voor moeten kiezen. Hij had op zijn minst een ontsnappingsroute moeten aanleggen, een luik door de vloer, juist voor deze situatie. Dan had hij nu onder het huis kunnen kruipen en kunnen ontsnappen en hier niet als een ingesloten dwaas hoeven afwachten totdat ze met de sloophamer de wand kapotsloegen.

Een paar minuten later nog meer stemmen, nieuwe stemmen, en een ervan waarschuwt hem: 'Meneer Daniels? Hou je hoofd naar beneden en je handen voor je ogen, we komen naar binnen.'

26 dagen, 18 uur

FUSION CENTRAL, WASHINGTON, DC

Ping.

Cy schuift zijn laptop opzij en raakt het glazen bureau aan: op magische wijze wordt het ondoorzichtig. Er verschijnt een kaart van de Verenigde Staten, en dan nog meer.

Los Angeles knippert rood, rood, rood...

Hij tikt op het bureaublad, scrolt en selecteert. Ze hebben nog maar net Zero 4 afgesloten – een drone met een speciale camera ontdekte Freddies verborgen leegte achter de muur door het gebruik van Ground Penetrating Radar (ontwikkeld door de Israëliërs om Hamasterreurtunnels op te sporen) – en nu hebben ze ook al een mogelijke treffer op Zero 3, Maria Chan, een voormalige studentenactiviste uit Hongkong die onlangs asiel heeft gekregen in Amerika. Dat is een gave keuze. Een professionele uitdaging, aangezien ze er jarenlang in geslaagd is om aan arrestatie te ontkomen. Deze jonge vrouw zal vast en zeker heel goed weten dat je je gewone mobiele telefoon thuis moet laten en een wegwerptelefoon moet gebruiken, hoe je simkaarten moet wisselen en telefoons nooit moet hergebruiken omdat elke telefoon een uniek internationaal identificatienummer voor mobiele apparatuur heeft, dat altijd traceerbaar is. Ook zal ze weten hoe je moet wisselen tussen verschillende VPN's – virtuele privénetwerken die de locatie van een gebruiker kunnen verhullen – en dat je met contant geld of niet te traceren prepaid creditcards moet betalen en dat telefoongesprekken alleen als laatste redmiddel in aanmerking komen.

Cy denkt dat het nog veel te vroeg is voor zo'n ervaren deelnemer om in de fout te gaan. Waarom was Maria dan zo snel gesignaleerd?

Hij verneemt dat al haar toestellen om twaalf uur 's middags – Go Zero – uitgeschakeld werden, zoals je zou verwachten, maar het Zero 3-team heeft haar vriendenkring in kaart gebracht en een man geïdentificeerd met wie ze de afgelopen maanden in Los Angeles tijd heeft doorbracht en wiens telefoon op precies hetzelfde moment offline ging. Als de twee echt met elkaar optrokken, was dat goed nieuws voor een spionagenetwerk, want met twee verdachten werd de kans op een misstap ook tweemaal zo groot.

Die vent had zijn eigen telefoon aan moeten laten staan, denkt Cy, maar het valt niet mee om overal aan te denken.

De teams hebben vervolgens de vriendenkring van die man onderzocht. Toen drie van zijn vrienden elkaar ontmoetten in een Starbucks in Koreatown, luisterde Fusion mee. Het openhartige gesprek werd opgenomen door een specialist aan de overkant van de straat via een nieuwe geluidstechnologie, waarbij een apparaatje als een soort laserpointer op een voorwerp wordt gericht, bijvoorbeeld een plastic koffiebekertje (zoals het bekertje dat op dat moment werd gebruikt voor een frappuccino met extra room), en dat voorwerp op wonderbaarlijke wijze in een echte microfoon verandert. Met behulp van vertaalsoftware werd een transcriptie verkregen van een heimelijk, maar geanimeerd gesprek dat details over Maria's verdwijnplannen opleverde, zoals de bevestiging dat ze met haar mannelijke metgezel samenwerkte. Fusion wist de auto van de jongen via de verkeerscamera's in Los Angeles te traceren. Hij was helemaal naar San Bernadino gereden en had de auto daar geparkeerd.

Cy spreekt in zijn headset: 'Kunnen we hem volgen?'

Lakshmi, ex-FBI, weet het antwoord: 'L.A. surveillancedrone hangt in de lucht.'

Na een tijdje ontvangt Cy op zijn bureau livebeelden, zij het in slechte kwaliteit, van het uitgestrekte groene San Manuelreservaat. 'Heeft ze daar vrienden?'

Het antwoord: 'De zwager van onze andere verdachte is met een privévliegtuigje in San Bernardino opgestegen. Hij heeft net een vluchtplan voor Seattle ingediend.'

'Dus ze is op weg naar het vliegveld?'

'Dat voorspellen we inderdaad, meneer.'

'Zeg maar Cy.' Ambtenaren zijn altijd zo formeel.

'Daar lijkt het op, Cy.'

Op de kaart voor hem verschijnt een cirkel met een straal van bijna vijf kilometer rond Maria's positie, met aan de rand het vliegveld van San Bernadino.

Cy: 'Actieverslag?'

In woorden: 'We hebben de luchthavenbeveiliging ingelicht, de piloot aangehouden en het vliegtuig in beslag genomen.'

'Prima werk.' Cy staat op, loopt naar zijn glazen wand en kijkt neer op de teams en het grote scherm, dat tot in het kleinste detail de feiten van Maria's geheime leven in heden en verleden onthult in een degelijk beeldverslag dat zelfs zij niet had kunnen samenstellen. Alles wordt ontleed, bestudeerd, geanalyseerd. Wat een angstaanjagend wapen hebben ze hier gefabriceerd, bedenkt Cy, waarvan het potentieel nog maar nauwelijks is benut. Hij begrijpt de gevaren beter dan wie ook: een leven dat wordt opengelegd, vergelijkbaar met een openhartoperatie, denkt hij, waarbij het borstbeen wordt doorgezaagd en de ribben worden gespreid, zodat de levende inhoud wordt blootgelegd, om vervolgens te worden gespecificeerd, geanalyseerd en gemanipuleerd. Maar hoezeer dit ook als een ongeoorloofde inbreuk gezien kan worden, hij weet – wéét – dat die te billijken is, aangezien hun werk een groter moreel profijt zal opleveren. Als de wereld minder verrot was, zou het wellicht verkeerd zijn geweest om zo te werk te gaan. Maar de wereld wordt steeds grimmiger, daarvoor is bewijs te over, en daarom moet de chirurg niet te beroerd zijn om zijn armen tot aan de ellebogen in het bloed en de vijandige muil te steken. Zo niet, dan wordt de patiënt alleen maar zieker en sterft die.

In zijn headset hoort hij: 'Inmiddels beeld van Medusa', en de rechterkant van het reusachtige scherm toont nu van grote hoogte een kristalhelder beeld van huizen, speelterreinen en een beek, totdat het begint te flikkeren en de camera inzoomt en opnieuw scherpstelt, nogmaals flikkert, inzoomt en opnieuw scherpstelt, en Cy vanaf zesduizend meter hoogte een man en een vrouw langs een opgedroogde rivierbedding ziet rennen. De superdrone, die door een groep investeerders tegen enorme kosten is ontwikkeld, is uitgerust met meerdere camera's en uitzonderlijke optica en kan dus een perfecte close-up van Maria Chan en haar partner maken, terwijl tegelijk de omringende veertig vierkante kilometer in het oog worden gehouden.

'Geluid,' verzoekt Cy.

Dan wordt het onschuldige blauwe waterflesje in Maria's zweterige hand – dankzij een sterke laser – een geluidsspion.

Duidelijk hoorbaar klinkt de zware ademhaling van Maria Chan, bijna haar hartslag. Ongelooflijk. Zelfs de kortste opmerkingen.

Mannenstem: 'Goed?'

Vrouwenstem: 'Ja.'

Cy loopt glimlachend zijn kantoor uit naar het podium en beziet alle activiteit van de wereldverbeteraars onder hem. 'Hoelang nog tot de onderschepping?'

'Twintig minuten. Ze wachten op haar bij de gates.'

Zo moet het, denkt hij. Observatie op zijn best. En op z'n Amerikaans natuurlijk, niet het allesomvattende pakken-wat-je-pakken-kunt-model van de Chinezen, waarbij je op basis van een algoritme al wordt gearresteerd als je simpelweg probeert WhatsApp te downloaden, te regelmatig naar het buitenland reist, je baard laat staan, door de achteruitgang vertrekt of te vaak in de moskee komt en je bij een hele menigte andere onverlaten in een 'heropvoedingskamp' in Xinjiang wordt opgeborgen om te leren je te 'concentreren'. Nee, nee : in Amerika zal zo'n complexe technologie als deze alleen worden ingezet als dat echt nodig is en wordt het recht van de burger op privacy altijd gerespecteerd, totdat dat recht de burger vanwege een duidelijk ondermijnende actie wordt ontzegd, zoals in de zaak die Cy nog steeds achtervolgt en die Cy voorgoed zal achtervolgen – de zaak die in veel opzichten de aanleiding voor dit hele project is geweest. Ik hou van je, Michael, denkt hij. Ik hou van je, bro…

Hij kijkt naar de aftellende klok. Drie dagen voorbij, drie Zero's gepakt, nog zeven te gaan. En dan? *Brave new world, baby. Brave new world.*

26 dagen, 16 uur

MOOSE RIVER PLAINS, NEW YORK

Terwijl de zon ondergaat op de vierde dag dat het haar gelukt is haar vrijheid te behouden – waarbij ze moet toegeven dat ze half had verwacht inmiddels in de fout te zijn gegaan – is Zero 10 slechts van één ding absoluut overtuigd: dat het dofgroene doek van haar tent nog steeds slap hangt, ook al heeft ze alle instructies opgevolgd en stok A wel degelijk in gleuf B gestoken. Ze gaat op een geruite, met plasticfolie gevoerde picknickdeken zitten en staart naar het trieste onderkomen, totdat ze beseft dat ze een volle minuut helemaal niets heeft gedacht.

Het is zo stil in het bos dat ze het gezoem van een drone boven haar zeker gehoord zou hebben, of het gebrom van een motor die over de boomkruinen vliegt, of zelfs het geritsel van een wandelaar voordat ze haar daadwerkelijk hadden opgemerkt, zo ver van de beschaving. Ze is aan het wildkamperen, op drie kilometer van de plek waar ze de trailbike had achtergelaten die ze in Utica had opgepikt. Ze wilde dat mooie fietsje eigenlijk wel houden, alsof je op een boze horzel over de paden reed. Maar ze is inmiddels een enorm eind uit de buurt van Keyes Pancake House in Old Forge, waar ze haar laatste echte ontbijt heeft verorberd. Voorlopig geen pannenkoeken meer voor Kaitlyn Day.

Niemand heeft aan de afsluitbare box gerommeld die ze hier een maand geleden in het struikgewas heeft achtergelaten, dus beschikt ze over het survivaltentje en haar rantsoenen (gevriesdroogde macaroni en vitaminen), en ook heeft ze waterzuiveringstabletten voor de beek die bijna een kilometer verderop stroomt, een heel eind lager dan haar kampeerplek. Verder heeft ze *Anna Karenina* meegenomen. Jammer van de insecten. Ze haalt haar notitieboekje uit haar jaszak. Het is eerder een plakboek dan een notitieboek: haar *brain dump*, om haar hoofd leeg te maken. Ergens achterin zit de folder met instructies om de tent gemakkelijk op te zetten.

Ze leest die nog eens en rolt met haar ogen als ze ziet dat de kleuren van de flenzen tussen paal type 1 en paal type 2 verschillen. Ze klapt het notitieblok dicht en legt het op de deken naast haar. Ze wil opstaan maar hoort een stem – luider dan gewoonlijk – in haar hoofd: *wat zijn de regels?* zegt de stem. (Het is een mannenstem. Helder. Niet onvriendelijk.) *Kom op, wat zijn de regels?* Ze pakt het notitieboekje op en antwoordt hardop: 'Hou altijd het notitieboekje bij je. Hou altijd het geld bij je. Kampvuur 's avonds. Warmtekussen overdag. Blijf nergens langer dan drie nachten.'

Waarom?

'Opgemerkt op dag één, verbaasd bekeken op dag twee, aangegeven op dag drie.'

Kan een stem in je hoofd knikken? Ja, als de stem in haar hoofd van Warren is. *Concentreer je, schatje. Anders kom je nog niet eens halverwege. Blijf waakzaam.*

'Oké.'

Goed zo, meid!

Het notitieboekje verdwijnt in de dijzak van haar combatbroek en ze wijdt zich weer aan de titanenstrijd van vrouw tegen tentstok.

Uiteindelijk blijft de tent staan, maar de grond is hard en chemisch opgewarmde macaroni met kaassaus blijkt niet goed te vallen in haar ingewanden.

Ze wordt wakker in de grijze schemering, dubbel uitgeput door een onrustige nacht. 'Ik ben week geworden,' zegt ze hardop. Het lijkt alsof iemand haar lichaam heeft verwisseld met dat van een tachtigjarige oma. Een oma die is wezen stappen en flink heeft gedronken. Ze probeert niet langer om verder te slapen en gaat rechtop in haar slaapzak zitten, met piekerige haren.

Het is inmiddels licht en ze bladert door een paar outdoorsurvivalbladen die ze op het busstation heeft gekocht, maakt wat aantekeningen en drinkt haar water op. Ze denkt aan de boekenkasten in Boston.

De complete werken van Hemingway. Ze stelt vast dat ze Hemingway maar niks vindt. Hij gaf je in een verhaal als 'Big Two-Hearted River' het idee dat het in de woeste bossen reuze romantisch was. Je spullen pakken en vertrekken, typisch Amerikaans. Hij kon de klere krijgen. En hartelijk dank, Jezus, voor de industriële revolutie. Lang leve de verbrandingsmotor. Op dit moment aanbidt ze de slimme Michael Faraday en de emancipatie van centrale verwarming, wasmachines, koffiezetapparaten. Thuisbezorging? Uber! Just Eat! Niks dan lof!

Maar ze moet zich beheersen.

Ik weet het, Warren, ik weet het. Ik hoor je diepe stem, je milde berisping en advies om altijd beheerst te blijven, om het tempo te vertragen tot de snelheid van de natuur, om één te zijn met die verdomde natuur, omdat we diep vanbinnen allemaal slechts gekooide monsters zijn. Hoe luidde dat mooie Latijnse gezegde ook al weer dat je me altijd voorhield? O ja, nu weet ik het weer: *homo homini lupus est.* De mens is een wolf voor de mens. Helemaal waar, schatje, we zijn inderdaad wolven voor elkaar, en wolven voor onszelf, wat verklaart waarom je nu niet bij me bent. Je werd belaagd door roofzuchtige, wrede schepsels die je met nog grotere minachting behandelden dan een dier zou doen. Blijf in leven, schatje, blijf in leven.

En zo keert ze weer terug in het heden. Hoe zal ze deze dag doorbrengen? En de volgende? En de daaropvolgende? Wat gaat ze doen? Wat zal ze met haar gedachten doen, haar wilde gedachten?

Het enige verstandige antwoord: niets. Helemaal niets, als dat lukt. Eten, drinken, slapen, wassen, plassen, misschien een latrine graven. Wat haar plan vandaag vereist, en dat ze per se wil doorvoeren, is een heleboel niets.

24 dagen, 17 uur

FUSION CENTRAL, WASHINGTON, DC

Om 17.00 uur roepen ze hem weer naar de VR-suite. De polssensoren worden bevestigd, de headset gaat als een duikbril voor de ogen. Terwijl het systeem Cy's oogbollen volgt, synchroniseert een spiraal van piepkleine lichtjes die met de software, en hup, daar bevindt hij zich in een appartement vol boeken, alsof hij in een schilderij aan de wand stapt.

Hij kijkt om zich heen. Dus zo leeft een bibliothecaresse in Boston. Alweer een geheel gestoffeerde bank met een ruitjesdeken erover. Cy loopt naar het raam. Hij neemt het uitzicht in zich op: buiten het raam en de brandtrap begint het te regenen en wordt de oostelijke hemel steeds grauwer.

'Gezellig,' zegt een stem achter hem.

Erika meldt zich bij de sessie. Nu zij virtueel aanwezig is, heeft het VR-programma een benadering van haar lichaam naast Cy geschetst als een wolk blauwe stippen in de vorm van een gedaante. Dat betekent dat ze naar voorwerpen in het appartement kunnen wijzen als ze dat nodig vinden en niet in Fusion Central tegen elkaar aan zullen lopen, wat de gemakkelijkste manier is om je een totale loser te voelen terwijl je op je persoonlijke holodeck van acht miljoen dollar aan het spelen bent.

Cy verwacht bijna de vochtige Bostonkou te voelen en moet zichzelf eraan herinneren dat hij zich in een digitale reproductie bevindt. Hij loopt het keukentje in. Niet bij elkaar passend servies in het droogrek. Een ontbijtkom, een koffiekopje.

'Denk je dat ze meteen heeft afgewassen na het eten,' vraagt Erika, ‘of nog heeft opgeruimd toen ze het Go-alarm kreeg? Dat zou betekenen dat ze een koele kikker is die niet snel in paniek raakt.’

‘Ze was klaar om te vertrekken toen ze het alarm ontving,’ zegt Cy op afwijzende toon.

Typisch Erika, denkt Cy. Zij kent me in deze wereld het beste en probeert me nu wat op te vrolijken nadat ik zo baalde vanwege dat telefoonfiasco. Zoals ze ook de beste remedies voor mijn kwalen kent, aanvoelt hoe ik eraan toe ben en altijd beschikbaar is om daar iets aan te doen. Ik mag me gelukkig prijzen met deze geweldige vrouw.

Cy loopt als een geest door een muur. Zijn lichaam raakt er al aan gewend en de instinctieve paniekkreten van zijn onderbewustzijn als hij met halsbrekende snelheid dwars door vaste objecten heen loopt, vervagen tot een zacht gemor en een ruk aan de amygdala. Het bed is keurig opgemaakt: patchworksprei, vierkantjes van rozenknoppen en ruitjes. Tot nu toe dus een vrouw die alleen woont, en al een hele tijd ook. Kaitlyn heeft de beddensprei waarschijnlijk zelf gemaakt, het ongelijke stiksel oogt weinig professioneel. Een trendy, kunstzinnig type, goedkope kleding en alles biologisch, vastbesloten om dingen zelf te maken, slecht en duur (mogelijk verkwistend) – sokken, rokken, een eindeloze gebreide vlaggetjesslinger, kaarsen van bijenwas – en dan moet hij ineens tot zijn schrik aan zijn moeder denken, die probeerde rond te komen van een miniem budget, omdat ze daar als enige kostwinner toe gedwongen werd, niet om de aarde te redden of voor haar eigen gezondheid, maar om te overleven en een zoon groot te brengen. Er was niets modieus aan het handwerken en de huishoudelijke activiteiten van zijn moeder, en toch is er uit een pauperwoning waar het lang niet zeker was dat er stroom was als je het lichtknopje aanknipte, een persoon als hijzelf tevoorschijn gekomen. Heel bijzonder. Ik hou van jou, mam.

Cy knippert met zijn ogen en probeert te voorkomen dat hij zich weer mee laat voeren door zijn gedachten. Hij loopt door de muur terug naar de huiskamer, waar Erika’s blauwe wolk de planken vol boeken bestudeert: Baudelaire in het Frans, Vergilius in het Latijn, reisgidsen in diverse talen. Dit huis past eigenlijk heel goed bij Erika, denkt hij. Ze vindt nog steeds de tijd om fictie te lezen, hoewel ze het minstens zo druk heeft als hij. Op haar bijzettafeltje ligt altijd een stapel romans, die aan de ezelsoren te zien slechts gedeeltelijk gelezen zijn, en telkens komen er nieuwe boeken bij, die ze online bestelt. Hij schertst vaak dat ze beter in Amazon had kunnen investeren dan in WorldShare, maar dat is een flauwe grap. Met haar nettowaarde staat ze achtentwintigste op de 'Richest SelfMade Women'-lijst van *Forbes*.

De weinige decimeters muur die aan de rijen boeken ontsnapt zijn, zijn bedekt met kunstposters in middelgrote lijsten. Enorme bijna uitgebloeide bloemen in een warboel van pastelkleuren, dichte bossen met cartooneske tijgers die door het gebladerte loeren. Dat schilderij van een pijp, met *Ceci n'est pas une pipe* eronder geschreven. Wat een troep. Surrealisten irriteren hem bijna net zoveel als creatievelingen. Deze explosieve kant van Cy's karakter – zijn prikkelbaarheid, ongeduld en scherpe tong – kan opeens naar boven komen als hij onder immens hoge druk staat. Op dergelijke zeldzame momenten staan zijn communicatiemedewerkers, en zelfs Erika, machteloos. Het lijkt alsof iets anders de leiding overneemt, een wraakzuchtig innerlijk kind, dat gedwongen wordt om een historische fout te herstellen. Hij voelt de aandrang om vanaf een dak te roepen: 'Doe effe normaal! Doe effe normaal!' en dat gaat gepaard met een sterke vernielzucht, een drang om kapot te maken wat zorgvuldig is opgebouwd, en soms valt het voor hem niet mee om de knop weer om te zetten. Maar hij weet ook dat het steeds belangrijker wordt om die knop te vinden en dat hij die destructieve stemmingen de baas wordt, vooral nu ze de financiële markten daadwerkelijk beïnvloeden. Als Wall Street er lucht van kreeg dat het hem allemaal te veel werd, hij zich misdroeg of zich gewoon niet goed voelde, kon WorldShare voor de slotbel zomaar tien tot twintig punten verliezen. Zijn buien hebben een verifieerbare economische impact. Ach wat, ze zijn verzekerbaar.

Maar belangrijker nog is dat hij heel goed weet dat de veiligheid van het land nu ook afhangt van zijn grillige karakter, en de CIA weet er ook van, net als de NSA en de krijgsmacht, en tot op zekere hoogte zelfs het Congres. Hij staat voortdurend in de schijnwerpers en wordt nauwlettend gevolgd, maar toch kost het hem moeite zich te realiseren dat zijn eigen belangrijkheid niet zonder consequenties kan blijven. Hij moet zichzelf nu in toom zien te houden, niet alleen om zijn aandelenkoersen veilig te stellen, maar ook voor het land zelf, letterlijk, want het probleem is – en dit is het levensgrote manco in zijn masterplan – dat hij niet alleen WorldShare is, maar nu ook Fusion. Zonder hem zal alles in het niets verdwijnen. Hoe geavanceerd het netwerk ook is en hoeveel ongekende mogelijkheden hij ook met de grootste precisie heeft ingebouwd, er zit toch een fout in het systeem, een bekende bug, en die bug is hijzelf.

'Cy?' vraagt ze voorzichtig. Ze weet duidelijk dat ze hem kwijt is geraakt.

'Sorry, schat. Ik wil alleen... Het is enorm belangrijk dat we dit zorgvuldig aanpakken.' Hij heeft deze vrouw niet alleen nodig, hij weet ook dat hij haar nooit niet nodig zal hebben. 'Ik weet dat ik wat prikkelbaar word. Maar dit moet gewoon lukken.'

'Het gaat lukken, Cy. Het lukt nu al.'

'Je gelooft er toch nog wel in?'

'Zeker weten, Cy. Ja, absoluut.'

Dat waardeert hij. 'Ik wil niet dat wie dan ook moet meemaken... wat wij hebben meegemaakt,' zegt hij. De blauwe wolk van haar hand komt dichterbij, en hij voelt de aanraking ervan in de echte wereld, de haptische gewaarwording van de echte Erika. 'Dit is Michaels nalatenschap.'

Haar stem hapert even als ze antwoordt: 'Dat weet ik toch, Cy.'

'Ik zou dit niet zonder jou kunnen,' zegt hij.

'Ik vertrek zeker niet. Dat weet jij ook.' Als ze geëmotioneerd is, daalt haar toon.

De muren, zelfs de virtuele muren hier, drukken claustrofobisch op Cy. Je kunt dit VR-gedoe niet lang volhouden. Je wordt er misselijk van. Hij moet hier snel weg, maar hij is nog niet klaar.

De tv is kleiner dan een laptop en heeft een draadantenne. Geen kabel. Een platenspeler. Jazzplaten. Natuurlijk luistert Kaitlyn naar jazz. Dit huis staat hem tegen.

Fysiek is Cy niet eens echt hier, maar toch reageert hij erop. Hij wil hoesten, zijn huid jeukt, hij wil handschoenen aandoen, een masker dragen.

'Vertel me over haar. Vertel me alles.'

24 dagen, 16 uur

MOOSE RIVER PLAINS, NEW YORK

Na twee dagen kamperen heeft ze geen drinkwater meer. Geen groot probleem, daar heeft ze rekening mee gehouden.

Ze probeert te bewegen om de stijfheid in haar botten te verdrijven na drie nachten slapen op te harde grond. Ze kruipt op haar hurken uit de tent, de zonovergoten buitenlucht in, en baant zich door de bladermassa een weg naar de beek, met een lege waterfles in haar hand.

De stilte begint op haar zenuwen te werken. De eenzaamheid van het woud is een uitdaging. Ze glibbert en glijdt de heuvel af naar de kreek, hurkt aan de waterkant, wast haar handen en voelt hoe ze langzaam ontwaakt dankzij de intense inwerking van het koude water. Ze besprenkelt haar gezicht met handenvol van het zuiverste H_2O dat ze ooit heeft gezien. Ze denkt aan een andere reis, lang geleden, met Warren.

Hij was ook geen kampeerder. Ja, hij zei altijd dat hij van het buitenleven hield, en het was waar dat hij best een stukje wilde wandelen of in het donker een beetje wilde zwemmen, maar op hun tochten genoot hij vooral van de avonden in de hut bij de open haard met een fles whiskey en een schapenvacht. Een beetje luxe als ze het geld hadden.

Maar zo moet je niet denken, zegt ze tegen zichzelf. Hou je hoofd erbij. Ze tilt haar hoofd op en kijkt rond. De bomen zitten vol nieuw lenteblad. De zon is nog niet te zien. Ze vult de fles, doet er een waterzuiveringstablet in, schudt en begint dan aan de terugtocht naar het kampement. Haar hoofd zoemt door alle stilte, een soort oorsuizen. Of is het haar eigen bloed dat tegen haar praat? Haar eigen hart?

Haar emoties toelaten valt niet mee in haar mentale toestand, maar wat kan ze nog meer doen? De dagen, uren en minuten aftellen, alsof het om een gevangenisstraf gaat... Misschien had ze gewoon naar Las Vegas moeten afreizen om een show bij te wonen. Nee, nee. Discipline, dame. Ga terug naar het kamp, verman je, maak een tijdschema. Ze houdt van schema's: wanneer te eten, te slapen, te sporten, te lezen, haar brander aan te steken, te koken, haar pannen af te wassen, haar kleren, slapen, slapen als ze kan. Ze knapt wat op bij het idee dat ze een zekere routine kan volgen om te doen wat ze moet doen. Zo vermindert het gevoel dat ze bedreigd wordt. Ze moet haar gedachten onder controle houden en de zaken op orde houden om te kunnen winnen.

Als ze bovenaan de helling komt, volgt ze het spoor van haar eigen voetstappen in de bladermassa terug naar haar kampement. Dwars door haar pad lopen eerdere sporen van crossmotoren. Ze deelt deze bossen blijkbaar niet alleen met eekhoorns, herten, vogels en bataljons insecten, maar ook met tieners die in dit afgelegen bos zonder paden hun vertier zoeken.

Let op, houdt ze zichzelf voor. Wees voorzichtig. Niemand mag haar hier zien. De motorsporen verdwijnen en al snel loopt ze waar ze alleen zelf is geweest. Ze zegt hardop: 'Twee wegen scheidden in een geel woud / En spijtig genoeg kon ik niet beide volgen / Als eenzame reiziger...' Ai, ze kende dat hele gedicht van Robert Frost ooit uit haar hoofd. Maar waar het om gaat, is dat ze van alle opties 'de minst bewandelde weg' heeft gekozen. En ja, ze bevindt zich zeker op die weg. Voorlopig in ieder geval. En dat is precies wat ze denkt – ik ben hier veilig, ik ben veilig – op het moment dat de wereld verdwijnt.

Bam. Het licht dooft. Daarna is alles zwart.

24 dagen, 16 uur

FUSION CENTRAL, WASHINGTON, DC

‘Bibliothecaresse in een openbare bibliotheek,’ begint Erika haar verslag aan Cy. ‘Ze woont nu vijf jaar in dit appartement. Sociale huur. Ontmoet anderen in levenden lijve, via de bibliotheek. Is niet aanwezig op sociale media.’

‘Is dat echt nog mogelijk?’

‘Deze dame is volstrekt Googleproof. Geen enkele treffer. Een leven zonder verleden.’

‘Huh.’

‘Dossier over psychische problemen.’

‘Het wordt steeds merkwaardiger.’

Haar fluïde blauwe gedaante begeeft zich naar de boekenplanken. ‘Groot liefhebber van detectives en thrillers, zoals je kunt zien… Waarschijnlijk heeft ze daar het idee van de telefoon vandaan. Maar momenteel leest ze *Anna Karenina*.’

‘Hoe weet je dat?’

‘Ze heeft het geleend, maar het boek ligt niet in haar huis, dus we nemen aan dat ze het bij zich heeft.’

‘Waarom zou ze een boek meenemen?’

‘Omdat ze graag leest, nemen we aan.’

‘Laten we een analyse van het boek maken. Misschien inspireert dat boek haar ergens toe.’

‘Om zich onder een trein te werpen?’

‘Wat?’

‘Anna werpt zichzelf onder een trein in het boek. Aan het eind. Ik heb het een paar jaar geleden gelezen, weet je nog?’

‘Wat gebeurt er voor die tijd?’

‘Ze verlaat haar man voor haar minnaar.’

‘Heeft Kaitlyn een minnaar?’

‘Niet dat we weten.’

‘Terug naar de psychische problemen.’

‘Ze is in haar late tienerjaren gediagnosticeerd met een bipolaire stoornis, twee keer opgenomen in het ziekenhuis. Sindsdien gebruikt ze regelmatig medicijnen. Een jaar geleden dook ze op blote voeten op de luchthaven op en klaagde ze dat ze haar vliegticket kwijt was en dat de president in haar appartement zat. Ze lijkt nu weer van de pillen af te zijn. Het laatste recept is zes maanden geleden uitgeschreven. Een voorraadje voor vier weken.’

‘Ik dacht dat ze de malloten eruit hadden moeten halen?’

‘Het selectieteam heeft volgens plan een grote verscheidenheid aan types uitgekozen. Misschien vonden ze dat we ook met gekte overweg moesten kunnen. Onze vijanden zullen af en toe ook niet goed bij hun hoofd zijn.’

Cy haalt zijn schouders op. ‘Je hebt gelijk.’ Hij bekijkt de volle boekenplanken van de bibliothecaresse. Je zou toch denken dat ze overdag genoeg boeken om zich heen had. Hij ziet veel oranje en groene omslagen, met gebarsten randen door ouderdom, pocketedities van klassieke Britse en Amerikaanse romans, en van die polsbrekende Russische titels die hij af en toe bekijkt in de bekende ‘Wat ik lees’-lijstjes, maar nooit echt gelezen heeft. De ruggen zijn stuk voor stuk gebarsten en ruw. Cy daarentegen, die het altijd druk heeft en te weinig tijd heeft, luistert op anderhalve snelheid naar zijn boeken, alleen maar non-fictie en dan ook nog tijdens zijn fitnesstraining. Veel efficiënter, en toch krijgt hij de essentie mee.

De VR-herschepping hier is perfect. Je zou bijna geloven dat je een boek kunt pakken en de bladzijden kunt omslaan.

‘Wat nog meer?’

Cy loopt weer door de bank, op zoek naar familiefoto’s of andere afbeeldingen waarmee ze via *reverse image search* mensen of plaatsen kunnen terugvinden. Niets. Alleen maar nog meer kunstansichtkaarten. De kamer is natuurlijk al helemaal doorzocht. De boeken zijn gecatalogiseerd, de prenten geïdentificeerd, alles wat nodig is om hun dossier over Kaitlyn de afvallige boekenwurm aan te vullen.

'Ze is waanzinnig slim,' zegt Erika. 'We hebben haar schoolrapporten en collegedictaten. Haar IQ is bizar hoog, wat waarschijnlijk de reden is dat ze uiteindelijk werd geselecteerd.'

Cy knikt. Dit klinkt al logischer. Ze is een intellectueel. Maar waarom verspilt zo'n genie dan haar tijd in een bibliotheek?

Het Zero 10-team heeft nieuwe informatie die ze aan Erika willen doorgeven. 'Cy, de FBI is net bij iemand aangekomen die een van Kaitlyns loktelefoons bij zich heeft. Ze kunnen die voor ons VR'en. Wil je ook meedoen?'

'En wie is dat?'

'Een vrouw die ermee akkoord is gegaan om een van de acht wegwerptelefoons te nemen. Ze kent Kaitlyn.'

'Natuurlijk. Kom maar op.'

En dan verschijnt Kaitlyns vriendin uit Boston, Wendy Hammerback geheten, holografisch in een beverig, korrelig beeld en met een halo van haar eigen secundaire locatie, in deze primaire simulatie, een venster van een wereld binnen een wereld. Wendy oogt nerveus en lijkt bezorgd dat ze iets verkeerd heeft gedaan. Ze is een jaar of veertig en zoekt in haar handtas. Ze heeft krullend haar met grijze strengen, dat half onder een wollen muts in regenboogkleuren verstopt zit.

'Ja,' zegt ze, terwijl de agent die haar heeft aangehouden (en wiens bodycam deze livebeelden levert) zijn FBI-penning in beeld brengt. 'Kaitlyn heeft die me een paar weken geleden gegeven. Ze vroeg alleen maar of ik hem bij me kon houden voor haar. Ik speel een spelletje Candy Crush of maak af en toe een foto. Ze zei dat er mogelijk iemand kon opdagen die hem van me zou afnemen.'

'En vond u dat niet vreemd?' vraagt de onzichtbare agent.

De vrouw lacht gul en diep vanuit haar keel, wat haar meteen jonger doet lijken.

'Natuurlijk was het vreemd, maar Kaitlyn ís ook vreemd!' Ze schudt haar hoofd. 'Ik bedoel, ze is een schat. Ze paste om de dag op mijn kinderen toen mijn man chemotherapie kreeg. En ze zette hen ook niet alleen maar voor een scherm neer. Ze leerde hun hoe ze lasagne moesten bereiden en ging met ze kamperen in de achtertuin. Ze doet dergelijke dingen graag. Maar ze heeft rare ideeën, zoals' – ze kijkt een beetje beschaamd – 'die hele Witte Huistoestand.'

'En u laat die vrouw op uw kinderen passen?'

Wendy zet nu haar stekels op, ze fronst haar wenkbrauwen en kijkt de man in de bodycam recht aan. Schouders naar achteren. Haar gegevens verschijnen op het scherm: getrouwd, twee kinderen, architect. Veel foto's op WorldShare waarop ze in demonstraties meeloopt.

'Ze was stabiel en nam haar medicijnen. Als u het mij vraagt, geloven heel veel mensen in allerlei vreemde zaken. Luister, Kaitlyn vroeg me gewoon om een simpele gunst, en dat wilde ik graag doen.'

'Mevrouw,' zegt de agent na een pauze, 'uit uw telefoongegevens blijkt dat u de laatste tijd geen contact heeft gehad met mevrouw Day. Hebt u haar persoonlijk gesproken?'

'Nee. Ze is al een paar weken niet in de bibliotheek geweest. En hoe bent u aan mijn telefoongegevens gekomen? Daar heb ik geen toestemming voor gegeven.'

Het zal niet lang duren voordat uit de gegevens blijkt dat de helft van de actiegroepen waarbij Wendy betrokken is in Kaitlyns bibliotheek samenkomt.

'En mogen we nu de telefoon hebben die mevrouw Day u heeft gegeven? Het is onderdeel van een operatie van het ministerie van Binnenlandse Veiligheid.'

Wendy steekt de telefoon naar hem uit, maar als de agent zijn vlezige hand erop legt, laat ze niet los.

'U moet goed begrijpen dat ik u deze telefoon geef omdat Kaitlyn tegen me heeft gezegd om hem te overhandigen aan iedereen die erom vraagt. Anders zou ik een bevelschrift moeten zien. Toen ze me vroeg om de telefoon bij me te houden, maakte ik me natuurlijk zorgen dat ze een episode had, dus nam ik me voor om haar in de gaten te houden. Elke keer dat ik haar sindsdien heb gesproken, was er niets met haar aan de hand.' Haar blik dwaalt omlaag totdat ze rechtstreeks in de bodycam van de agent kijkt, naar Cy en naar Erika, naar de jongelui in de Void die meekijken op het grote scherm. 'En nu bent u hier met een penning en een camera en mijn telefoongegevens, dus het lijkt me dat Kaitlyn toch niet zo paranoïde was.'

Cy heeft genoeg gezien. Hij verbreekt de verbinding. 'En de andere loktelefoons? Wie heeft die?'

'Geen rechtstreekse beelden, maar ik kan je de details geven.'

'Laat eens zien.'

Opnieuw verschijnt de informatie in de lucht. Hij leest de korte samenvatting over een stel van de andere telefoonbezitters. Het blijken ofwel vrienden of buren, of ze hebben Kaitlyn ontmoet via een boekenclub waarover zij de leiding heeft, dan wel een maatschappelijke actiegroep die bijeenkomt in de bibliotheek. Een soortgelijk verhaal geldt voor de houder van de telefoon die in Londen belandde. Cy worstelt zich door de data heen. Overal zijn onderlinge verbanden te vinden, rechtstreekse kruisingen, diverse snijpunten, hetzij via de bibliotheek dan wel via hun WorldSharepagina's, ouders-lerarengroepen, chatgroepen, Twitter, Instagram. Maar Kaitlyn zit op geen van deze platforms. Ze is zelf nergens. Ze leeft haar leven in de echte wereld. Wat ontzettend vreemd om te zien.

24 dagen, 15 uur

MOOSE RIVER PLAINS, NEW YORK

Kou. Kou en schaduwen. Ze droomt. Opeens een pijnkreet, luid als een claxon. Plotseling komt ze helemaal bij bewustzijn door de huiveringwekkende schreeuw. Wat krijgen we nou verdomme? Waar ben ik en wat gebeurt er in godsnaam allemaal? Ze dwingt zichzelf diep adem te halen tot de pijn en de eerste paniekgolf wat wegebben.

Ik ben Kaitlyn Day. Ik heb me in het bos verstopt.

Ik ben Kaitlyn Day. Ik heb me in het bos verstopt.

Dat helpt daadwerkelijk.

Er zit iets in haar ogen. Ze knippert, wrijft erin. Het duurt ontzettend lang voordat ze begint te begrijpen waar ze is, en als ze dat eenmaal doorheeft, is ze er niet echt blij mee. Ze zit in een gat. Een diep gat. Letterlijk. Ze kreunt en zodra ze haar gewicht verplaatst, schiet de pijn vanuit haar enkel door haar been omhoog en ontbrandt er achter haar ogen een schitterend vuurwerk.

'Nu hang je' leest ze in de vonken.

Kijk er nu maar naar, schatje, zegt die stem in haar hoofd tegen haar. Vastberaden.

Haar verbeelding schotelt haar beelden voor van gutsende slagaders en een versplinterd dijbeen dat door de huid steekt. Nee. Als dat gebeurd was, zou ze niet meer bij kennis zijn.

Kijk nu maar.

Ze kijkt. Ze buigt voorover vanaf haar middel en trekt de pijp van haar combatbroek omhoog. Geen glimmend wit bot, geen donkere bloedvlek. Alleen maar roze, geïrriteerde huid, die begint op te zwellen. Oké. Risico om de komende tien minuten te sterven door bloedverlies:

minimaal. Tenzij ze op een spijker terecht is gekomen en dat nog niet heeft opgemerkt. Zoiets kan gebeuren.

Maar goed, waarom zit ze in een gat en wat voor gat is het? Heel voorzichtig komt ze overeind en drukt zich tegen de aarden wand aan, terwijl ze probeert haar slechte enkel niet te belasten. Het gat is door mensen gemaakt, geen twijfel mogelijk. Het lijkt met bakstenen bekleed, zoals een ondergrondse kamer of een ijskelder.

Wat is dit in godsnaam?

De ruimte heeft een doorsnede van zo'n drie meter, rond als een schoorsteen. Ze herinnert zich vaag iets over een oude mijn toen ze onderzoek deed naar dit bosgebied. Blijkbaar heeft de natuur haar werk gedaan sinds het vertrek van de mijnwerkers en hebben boomwortels zich een weg gebaand door de wanden, waardoor heel wat bakstenen losgeraakt zijn. Die liggen nu verspreid op de grond. Ze kijkt op.

Als ze een stap naar voren doet, sist ze grimmig vanwege haar enkel, maar de eerste pijngolf is in elk geval weggetrokken. Het is hier vochtig en koud. Het riekt naar compost. Tegenover haar is de zijmuur gedeeltelijk ingestort, zodat de toegang tot de rest van de mijn geblokkeerd is. Geen probleem. Ze is hier niet gekomen om grotten te exploreren. Ze stoot tegen iets in het duister bij haar voeten, op circa dertig centimeter van de plek waar ze terechtgekomen is. Het is een roestig hekwerk van gelast metaal. Juist. Het is zo'n rooster dat ze op schoorstenen leggen om te voorkomen dat... Weet ik veel, misschien wel om te voorkomen dat paranoïde bibliothecaressen die op de vlucht zijn voor een overheid/Big Techpartnerschap erin vallen. Ze denkt aan een man die het op zijn plek metselt en wegloopt met de gedachte dat hij goed werk heeft geleverd en geen seconde overweegt dat de verbindingen in de loop der tijd wegroesten door de inwerking van water en die mooie veiligheidsmaatregel in een perfecte valkuil verandert voor iemand die zijn gewicht per ongeluk aan dat gaaswerk van verwrongen staal toevertrouwt.

Christus, stel dat ze daarop terecht was gekomen! Ze huivert, bekijkt de muren nog eens goed, en de grijze lichtkring ver boven haar. Kan ze via het verbrokkelde metselwerk omhoogklimmen? Ze steekt haar hand in haar zak om haar waterfles te pakken. Niets. Terwijl ze haar andere zakken controleert, vormt zich paniekzweet in haar nek. Niets. Ze kijkt weer omhoog en schermt haar ogen af. De fles hangt over de rand van de schoorsteen. Oké. Oké. Geen probleem. Klim gewoon uit dat gat, mens. Alles komt goed, dit is niet meer dan een ongelukje. Ze zet haar goede voet in een spleet tussen de bakstenen, steekt haar rechterhand uit en trekt zich op. Zodra ze haar gewicht erop zet, vallen de twee stenen uit de aarden wand. Ze waren toevallig op hun plek blijven liggen. Ze glijdt uit, struikelt, ploft terug op haar achterste. Ze krijgt geen lucht meer, vervolgens stopt ze helemaal met ademen. Haar hand is nog maar een centimeter verwijderd van de verwrongen scherpe punten van het rooster. Een centimeter verwijderd van bloedverlies, gangreen, tetanus. Ze sluit haar ogen. Taak nummer één: dat ding moet weg.

Driemaal probeert ze omhoog te klimmen, driemaal valt ze weer, smekend om hulp vanuit de stilte. Haar keel doet zeer, haar hoofd bonkt. Dan slaat ze zichzelf bijna de hersens in als ze stenen naar de waterfles hoog boven haar gooit, in de hoop dat die loskomt en naar haar toe valt. Werkt niet. Ze bedenkt dat ze hier weleens zou kunnen sterven, en dan maanden later pas gevonden wordt, of zelfs jaren later.

'Het spijt me vreselijk, schat,' zegt ze tegen de kale muren van haar levende graf. En misschien komt het door de uitputting of angst, of is ze duizelig geworden na die laatste valpartij, maar ze zweert dat Warrens stem nu tegen haar spreekt.

Het is al goed, schatje. Spaar je krachten. Dit kan even duren.

Hij gebruikte haar naam alleen als ze iets had gedaan wat hem echt kwaad maakte. De rest van de tijd die ene lettergreep, met nadruk uitgesproken om grappig te zijn, of berispend, liefhebbend, hartstochtelijk, verbaasd, licht geërgerd, smekend, vragend.

Ze haalt de telefoon uit haar zak. En de batterij. Ze kijkt nog één keer omhoog voor het geval er op het laatste moment nog een onwaarschijnlijk wonder gebeurt, een vos met een touwladder tussen zijn tanden, een merel met een gouden draad, een sprookjesfiguur die haar uit deze koboldenkuil helpt. Maar het is geen koboldenkuil. En het is geen sprookjesbos.

'Ik heb je in de steek gelaten.'

Doe al het mogelijke om te overleven. Maak je geen zorgen om mij.

Ze zucht, alsof ze het gewicht van zijn troostende hand op haar schouder kan voelen. Ze weet wat haar nu te doen staat. Opgeven. Het is voorbij. De tranen wellen op. Het is voorbij. Zeg het nog eens…

Het is voorbij.

Het is voorbij.

Het is voorbij.

En in het besef dat overleven nu haar voornaamste probleem is, wil ze de batterij weer in de telefoon stoppen en die aanzetten.

Maar toch aarzelt ze. Ze verzet zich tegen Warren in haar hoofd en heeft een klein meningsverschil met hem.

En zo besteedt ze nog twee uur aan het gooien van stenen en aan zes vruchteloze pogingen om de put uit te klimmen. Maar daardoor wordt ze alleen maar zwakker en groeit haar frustratie.

Uiteindelijk stopt ze de batterij zo snel in de telefoon dat ze zich niet meer bedenkt, alsof iemand anders het voor haar doet.

Klik. Zo, die zit erin. De telefoon is ingeschakeld. Ze tuurt naar het toestel in haar handpalm. Het scherm licht op en de zachte wekgeluiden klinken als een doodsklok. Maar dan. Niets. Geen signaal. Een starende blik vol ongeloof, maar al snel begint ze te lachen. Geen signaal hierbeneden. Vanzelfsprekend. Een hoop commotie en gedoe en dan doet dat verdomde ding het niet. Geen signaal! Natuurlijk is er geen signaal. Geen signaal. Onmogelijk om gepakt te worden, en dus ook om gevonden te worden. Ze bestaat niet meer, bedenkt ze. Een Zero. Ze heeft het spel in alle opzichten gewonnen.

Uiteindelijk blijft er natuurlijk maar één optie over om te proberen, en je hoeft geen Monsieur Dupin te zijn om daarachter te komen.

Ze komt moeizaam overeind, met haar rug tegen de muur gedrukt. Terwijl haar verstuikte enkel bliksemschichten door haar ruggengraat stuurt, weet ze zich tot een pijnlijke houding op te werken waarin ze in elk geval een volledige zwaai met haar rechterarm kan maken. Ze maant zichzelf tot kalmte en bereidt zich voor. Hoogte van de schoorsteen? Ongeveer vijf meter. Min of meer. Ze kan het. Het moet lukken. Ze heeft een redelijke werparm. Als ze faalt, dan faalt ze.

Eerste keer: niet eens in de buurt. De telefoon komt maar tot halverwege, klapt tegen de aarden wand en valt weer terug. Ze weet hem gelukkig op te vangen. Tweede poging. Je kunt het. Het moet lukken.

Tweede keer, beter: de telefoon bereikt bijna de bovenkant, maar de hoek is verkeerd en hij stuitert vlak onder de rand tegen de wand zodat hij wild bewegend omlaag valt, uit haar uitgestrekte handen glijdt en in de modder belandt. Heeft ze hem kapotgemaakt? De telefoon ligt als een klein lichaampje voor haar. Ze veegt met trillende handen de aarde eraf. Het scherm licht nog steeds op, hij doet het nog.

Haar derde poging is niet zo goed als de tweede. Intussen enorme pijn in haar been. Kut. Het voelt als huilen. Haar armen voelen al aan als te gare spaghetti. Het zal niet lang meer duren voordat ze verzwakt. De volgende pogingen zullen haar laatste en beste kansen zijn. Een vierde poging, niks. Lieve God, help me toch. De vijfde is beter. De zesde slechter. Het wordt steeds donkerder. En telkens denkt ze dat ze haar telefoon ditmaal kapot laat vallen en er geen enkele hoop meer is. Het is verdomd moeilijk om de juiste hoek en de afstand te schatten om boven het gat uit te komen en de foutmarge om de telefoon bovengronds terecht te laten komen is uiterst gering, en dan loopt ze ook nog telkens het risico de telefoon tegen de wand kapot te gooien. Ze had in elk geval enige ervaring opgedaan door stenen naar de waterfles te gooien. De spieren in haar armen trillen pijnlijk en haar hart begint sneller te kloppen. Ze gelooft niet in God. Niet echt. Niet zoals ze als kind deed. Niet meer dan ze in vossen met touwladders gelooft, maar ze bidt toch. En ze gooit nogmaals. Ditmaal valt de telefoon niet terug.

De telefoon is niet teruggevallen, herhaalt ze vanbinnen. Eerst kan ze het niet geloven. Ze betast de modder bij haar voeten met haar handen. In het duister voelt ze de natte leem tussen haar vingers. De telefoon ligt er niet. Nee, die ligt ergens daarboven. Is hij door het gat gevlogen of ligt hij nu toch nog op een richeltje halverwege en kan hij elk moment op haar hoofd terugvallen? Ze zal dus zeker krankzinnig worden voordat ze van dorst en honger sterft. Uiteindelijk schreeuwt ze. Een schreeuw naar boven, die vanuit de put naar de hemel reikt, waarin zware wolken opeens wijken, zodat een streep zilverig maanlicht tot aan een derde van haar tombe doordringt en de metalen glinstering van haar telefoon zichtbaar wordt, precies in evenwicht op de binnenrand. Daar ligt haar laatste wankele reddingslijn, op de rand van de put. Is ze gered? Daar valt geen antwoord op te geven. Als de telefoon niet beschadigd is en een signaal heeft gevonden, is er nu in elk geval een kans dat haar achtervolgers snel ter plaatse zullen zijn.

24 dagen, 7 uur

PHOENIX, ARIZONA

Catherine Sawyers, Zero 6, is woest. Iemand had het haar moeten vertellen. Ze hadden haar veel andere dingen verteld: dat een carrière bij de politie niet samenging met het gezinsleven, dat je, als je eenmaal inspecteur bent, in feite een politicus wordt, dat ze als vrouw drieënhalf keer zo effectief moest zijn als een man in dezelfde rang, ook al deed iedereen alsof ze die promotie alleen kreeg omdat de burgemeester daarmee een goed figuur sloeg. Ze hadden haar zelfs gewaarschuwd dat het salaris slecht was. Dat laatste klopte in elk geval.

Maar niemand had haar verteld dat er een dag zou komen waarop het universum een schakelaar zou omzetten en je van een opgewekte, ambitieuze rijzende ster in een oude, bittere mislukkeling zou veranderen. Na je veertigste was het strompelen geblazen, geplaagd door torenhoge afbetalingstermijnen van je auto en een huizenhoge onroerendezaakbelasting, terwijl je je telkens als het zweet je uitbrak afvroeg of dat een teken van een vroege menopauze was en het begin van een neerwaartse glijvlucht op weg naar een faillissement en de vergetelheid. Ook waren ze vergeten te vertellen dat naarmate de wereld grauwer en ingewikkelder werd en naarmate de kliko's buitenzetten op vuilnisophaaldag steeds meer een even grote prestatie leek als haar succesvolste arrestaties, een aantal van de criminelen en slechteriken die ze in Alhambra had opgepakt uiteindelijk in mooie herenhuizen in Paradise Valley zouden komen te wonen, met fraai aangelegde tuinen en gloednieuwe SUV's op de oprit. Net als deze. Gerechtigheid? Waar dan? Waar dan in godsnaam?

Vijf dagen lang had George Rivera haar laten wachten en gezegd dat hij haar voorstel, dat neerkwam op één miljoen dollar van haar prijzengeld met als tegenprestatie dat hij haar dertig dagen lang zou verstoppen, in overweging wilde nemen. Hij liet haar wachten, en zo zat ze zwetend en worstelend met de ijsblokjesmachine stompzinnig tv te kijken in een hotel langs de I-17 dat kamers per uur verhuurde, totdat het bericht op haar telefoon binnenkwam.

'Kom langs,' instrueerde hij. 'Wanneer je maar wilt.'

Klootzak.

En nu is ze er dus, een uur later. George Rivera's huis heeft een fraai zwembad aan de voorkant, en een vlaggenmast met de Amerikaanse vlag. Het zwembad is omringd met roze en rode bloemen. Hier zie je dat misdaad loont.

Catherine belt aan en wacht. Binnen hoort ze George een keffende hond sussen, en als hij de deur opent, heeft hij hem in zijn armen. Het is een wit, pluizig beest met gemene zwarte ogen, dat Catherine aan haar vroegere schoonzus doet denken.

'Inspecteur. Welkom in mijn huis.'

Ze stapt binnen, veegt haar Timberlands af aan een welkomstmat en volgt hem door een roze marmeren gang naar een open keuken met uitzicht op de achtertuin. Nog meer sierbeplanting. In de patio is een vuurplaats, met daarachter een zwembad.

Zodra George de hond op de grond zet, vlucht die meteen het huis in. Hij schenkt haar citroenlimonade in uit een kan in de koelkast.

Die smaakt heerlijk.

'Wie zegt dat misdaad niet loont?'

'Inspecteur, ik dank de Heer elke dag dat ik mijn ondernemerstalenten ondanks mijn vroegere vergrijpen zo goed mogelijk heb kunnen inzetten om mijn gezin de Amerikaanse droom te bezorgen.'

Drugs, met andere woorden. En gestolen auto's. Na zijn vrijlating volgden stripclubs en bars, vervolgens werk in de bouw en de liefdadigheid, stoelen in Symphony Hall en twee kinderen op particuliere scholen. Catherine drinkt haar citroenlimonade op.

Wees niet zo nors, zegt ze tegen zichzelf. Je hebt hem nodig. 'Dus we hebben een deal?'

Hij haalt half zijn schouders op, gaat op een barkruk zitten en leunt met zijn ellebogen op het granieten aanrecht van zijn kookeiland. Zijn overhemd is spierwit, met een dunne rode streep. Ze loopt naar hem toe, gaat op een kruk zitten en legt haar mobiele telefoon op het aanrecht. Zijn blik valt erop.

'Uiteraard zou ik niets illegaals doen, mevrouw Sawyer,' zegt hij. 'Maar in het licht van onze lange relatie, en gezien uw verzekering dat dit geheime 'project' waarbij u betrokken bent het nationale belang dient, ben ik inderdaad bereid naar uw voorstel te luisteren.'

'Niet vanwege die miljoen dollar?'

Hij lacht. 'Nou, dat speelt ook mee. Zoals ik al zei, ik ben ondernemer.' Hij schuift haar telefoon naar zich toe. 'En wat is dit?'

'Een wegwerptelefoon. Ik heb hem net aangeschaft. Ik weet wat ik doe. Alleen voor noodgevallen,' antwoordt ze.

'Les nummer één. Van crimineel tot smeris.'

Ze merkt de afwijzende blik in zijn ogen op, waaruit blijkt dat hij haar maar een amateur vindt op dit gebied.

'Niet je telefoon is het probleem, maar wie je belt.'

Zijn blik zegt dat hij verwacht dat ze deze criminele instructie bevestigt, en ze voldoet daaraan met een knikje.

Hij vervolgt: 'Ze zitten in de telefoons van al je contacten. Allemaal. Weg ermee. Je bent nu in mijn wereld. Neem van mij aan dat ze elke klootzak afluisteren die je ooit hebt ontmoet.'

'Jij en ik hebben elkaar nooit ontmoet.'

'Nou, je was elke dag bij me, inspecteur. Elke dag, zeven jaar lang.'

Een wraakzuchtige blik in zijn ogen, die ze zeker verwachtte maar nog steeds niet op prijs stelt. Zeven jaar in de cel voor een autodiefstaloperatie in acht staten. Uiteindelijk meer dan zeshonderd auto's. Zelfs nadat ze George was gaan verdenken, had het haar nog vier jaar gekost om erachter te komen hoe hij te werk ging en hem de schuld in de schoenen te schuiven. De moeilijkste zaak die ze ooit had moeten oplossen. Het grootste deel van de tijd had ze geen idee gehad hoe het bedrog in elkaar stak, maar uiteindelijk had ze het in de gaten gekregen. Een zwendel in twee delen. Het eerste deel van de zwendel had elke doorsnee crimineel kunnen bedenken: auto's huren van verhuurbedrijven, dan de kentekenplaten verwisselen en vervolgens de pas gestolen auto's verkopen aan nietsvermoedende particuliere kopers op de tweedehands automarkt. Maar het ging om het tweede deel. Dat was bijzonder en de reden dat zijn vergrijpen zo lang onopgemerkt konden blijven en George tot een duister genie bestempelde. Nadat hij de eerste helft van deze zwendel had voltooid, stal hij dezelfde auto's weer van de nieuwe eigenaren – hij jatte ze van opritten en uit garages – om vervolgens de originele kentekenplaten weer te monteren en de auto's terug te brengen naar het verhuurbedrijf, nog voordat de huurperiode zelfs maar was verstreken! Autoverhuurbedrijf? Had niks in de gaten en was er blij mee. En de nieuwe eigenaars en de politie krabden zich op het hoofd, want wie zou denken dat deze zoekgeraakte auto's gewoon op de parkleerplaats bij Hertz of Avis stonden? Dat was goed werk. Dat was te gek zelfs.

'Les nummer twee,' zegt hij terwijl hij haar koffie inschenkt uit een glazen pot en het kopje naar haar toe schuift. 'Denk na. Denk zoals je tegenstanders zullen denken, en denk dan anders. Ze zien het niet, omdat ze het niet kunnen. We denken allemaal in patronen. Als je je niet aan dat patroon houdt, kun je uit het zicht blijven.'

Hoezeer ze ook aanstoot neemt aan zijn arrogante toon, dit is de reden waarom ze hier is, waarom ze hem heeft gekozen, waarom ze hiernaartoe is gekomen om deze man te zien, die zij gevangen heeft gezet: hij is een van de weinigen die weten hoe je ontdekking kunt voorkomen.

'Een miljoen dollar dus?' vraagt hij voor alle zekerheid.

'In contanten. Dat is veertig mille per dag. Dat is elke dag een nieuwe SUV. Een nieuw zwembad om de drie dagen.'

'Alleen om jou te verbergen?'

'Juist.'

'Zit je in de problemen?'

'Zo zou ik het niet zeggen, nee.'

Uiteindelijk haalt hij zijn schouders op. 'Oké. Jouw geld. Maar je kunt beter precies doen wat ik zeg.'

'En anders trek je een zak over mijn hoofd of zo?'

'Nu? Drink eerst je koffie op. Ik heb hulp ingeroepen. Vrienden van me.'

‘Goed. Wanneer ontmoet ik die vrienden? Waar gaan ze me verbergen?’

‘Dat zul je nog wel zien.’ Hij is voorbereid en haalt een paisley bandana uit zijn zak. ‘Of eigenlijk niet. Doe deze om. Les drie. Je zult niet weten waar je heen gaat. Die gasten zijn echt bijgelovig, en met reden. Trouwens, hoe ben je hierheen gereden? Huurauto? Jezus.’

Ze houdt haar hand op om de bandana te weigeren. ‘Geen sprake van. Rot op zeg. En ik heb een auto geleend.’

‘Van een vriend?’

Catherine wil nee zeggen, maar bedenkt zich. ‘Kennis. Vage kennis.’

Hij schudt zijn hoofd, niet onder de indruk. ‘Noem jij jezelf politieagent? Dit is knap slordig, Catherine.’

‘Rustig maar. Ik heb die kennis al twintig jaar niet meer gesproken.’

‘Hoe ben je dan aan die auto gekomen?’

‘Ik ben haar naar huis gevolgd en heb hem gestolen.’

‘Je hebt hem gestolen? Je zei dat je hem had geleend.’

‘Ik heb hem gestolen. We hebben elkaar dus niet getroffen. Geen spoor.’

‘Maar nu rij je in een gestolen auto?’

‘Ik heb de nummerplaten verwisseld. Les nummer één. Dus er is geen spoor.’

‘Er is altijd een spoor. Altijd. Gevangenissen zitten vol met sukkels die denken dat ze nooit een spoor hebben achtergelaten. Doe dat ding om. Anders geen deal.’

Ze wacht tot hij zijn schouders ophaalt en haar een blik toewerpt die duidelijk maakt dat er geen andere optie is. Pas dan geeft ze toe en bindt de blinddoek voor haar ogen.

‘Strak,’ instrueert hij.

Ze trekt hem strak aan en knoopt hem vast. Geen spoortje licht meer.

‘Goed,’ hoort ze hem zeggen vlak voordat ze plotseling voelt hoe haar handen naar achteren worden getrokken en aan elkaar worden vastgebonden met een kabelbinder, vermoedt ze. Het is al gebeurd voordat ze hem kan tegenhouden. Geërgerd probeert ze haar handen los te wurmen. ‘Nee, nee, nee. Echt niet. Ik heb mijn handen nodig. Laat me gaan. Wat is dit verdomme? George?’

‘Hoe voelt het nou om geboeid te worden? Alleen deed ik het minder gewelddadig. Jullie dwongen me met mijn gezicht op straat terwijl mijn kinderen toekeken, met een schoen op mijn rug en een pistool tegen mijn slaap. Weet je dat nog? Weet je dat nog, Catherine?'

'Kalmeer een beetje, George. En snij die kabelbinders door. Anders hebben we geen deal.'

'Waar mijn kinderen bij waren. Ik vroeg je nog om me netjes in de politieauto te zetten, ter wille van mijn kinderen, en dan zou ik rustig meegaan.'

'Wat heeft dit te betekenen, George?'

'Ik heb wat onderzoek gedaan.'

'George?'

'Dus jij brengt mij onder de aandacht van de FBI, na alles wat ik gedaan heb om dat allemaal de rug toe te keren? Ik heb nota bene een dochter op het Juilliardconservatorium!'

'George, ik bied je een miljoen dollar.'

'Veertig mille per dag, toch? Feitelijk niet, ik heb het uitgerekend en dat zou neerkomen op veertig dollar per dag… voor elke dag dat ik in de nor zat en niet bij mijn kinderen was. Niet echt veel.'

'George, auto's stelen was jouw idee.'

'Veertig dollar per dag, Catherine. Dus je kunt er twee miljoen aan overhouden?'

Voordat ze kan proberen de deal te redden, hoort Catherine dat er grote auto's in aantocht zijn, die snelheid minderen.

'Het zou je nooit lukken,' zegt hij. 'Jij hebt geen crimineel karakter, als ik zo vrij mag zijn. Dit is niks voor jou. En trouwens, ik kom niet meer uit bed voor een miljoen dollar.'

'Heb je me verlinkt?'

'Nee. Ze hebben dit zien aankomen. Ze hebben me eerder gebeld dan jij. Ze zeiden dat een of ander algoritme dit had voorspeld. Joost mag weten wat. En jawel hoor, daar was je al met je ideetje dat ze ons niet met elkaar in verband zouden brengen omdat jij me zeven jaar geleden had gearresteerd. Ze zijn zo slim tegenwoordig. Veel te slim. Ik zal je wat vertellen: dit is een slechte tijd voor criminelen.'

Catherine hoort nu geklop op de deur, stemmen.

'Je ziet er trouwens geweldig uit,' gaat hij verder. 'God, wat was het leuk om even bij te praten.'

24 dagen, 5 uur

MOOSE RIVER PLAINS, NEW YORK

De nacht is kouder en donkerder dan ze ooit heeft meegemaakt, en ze heeft al heel wat meegemaakt. Op zeker moment wordt ze uitgedroogd en gedesoriënteerd wakker, in de ochtendschemering. Het is nu of nooit. Ze haalt diep adem en laat de paniekbel in haar borst ploffen en verdwijnen. De telefoon ligt nog steeds daarboven, maar er is vast en zeker geen signaal, anders zou er inmiddels wel iemand zijn opgedoken. Dus nu is ze weer terug bij af.

Ze leegt haar zakken. Ze heeft haar notitieboekje, geld, een honing-en-haverreep en een paracordsurvivalarmband. Die armband was een last-minute-aankoop. Ze had er een stel in fluorescerende kleuren in een doos bij de kassa zien liggen toen ze de kampeerspullen kocht en er eentje zonder er langer dan een nanoseconde over na te denken bij de stapel aankopen gelegd. Tien dollar. Ze had de bijsluiter niet eens gelezen, maar de armband bij Go Zero simpelweg in haar zak gestoken en daarna vergeten.

Ze haalt hem uit elkaar. Een eind gekleurd nylonkoord, een visdraad en haken in een stalen doosje ter grootte van een postzegel, een stomp soort sleuteltje waarmee je volgens haar vuur kunt maken als je geen afgesloten doosje waterdichte lucifers bij je hebt, een stukje polyethyleen, in de kern van het omwikkelde touw gerold en gedraaid, en een vlijmscherpe schraper. Ze gaat achterover zitten en denkt na. Het touw is te goedkoop en te kort om uit de put te klimmen. De vishaak is te klein om als enterhaak te gebruiken. Het scheermesje? Dat is in elk geval een uitweg. Maar eerst water.

Ze speurt de wanden af op vochtige plekken en graaft dan als een mijnwerker met de schraper in de aarde tot ze een plek vindt waar het water in de aarde een plasje vormt. Ze graaft een geul door de modder, leidt de druppels naar een reservoir dat ze van de gevallen bakstenen heeft gebouwd en bekleedt dat met de plasticfolie.

Zodra het water erin vloeit, kan ze haar ogen er niet meer van afhouden. Als er een laagje van een paar centimeter in staat, bukt ze zich en drinkt ervan. Het smaakt naar compost. Het smaakt naar nog een dag overleven. Het smaakt naar een gedwarsboomd leven. Als ze lang genoeg heeft gekeken en gewacht en driemaal water heeft gedronken, beseft ze dat ze weer aan zaken buiten dit gat kan gaan denken. Ze denkt aan Warren. Het onuitsprekelijke leed van talloos veel miljoenen. De rampspoed in de wereld die Kaitlyn Day zich zo vaak aantrekt. Oude vrijster uit Boston. Bibliothecaresse en superintelligente zot. Die zorgen zijn geslonken en volgens de wetten van het perspectief in het gareel gevallen en worden overschaduwd door de primaire behoeften: water, lucht, voedsel, een volgende ademteug en weer een dag overleven. Ze eet de halve haverreep op en denkt terug aan het pad dat ze naar de rivier is gevolgd. Die bandensporen. De veroorzakers van die sporen. Schreeuwen heeft niets opgeleverd. Luisteren naar een menselijk geluid heeft niets opgeleverd. De telefoon deed het niet. Ze heeft geen postduif of tamtam. Rooksignalen?

Misschien niet eens zo'n gek idee. Bij gebrek aan beter zaagt ze wortels af met het scheermesje en gebruikt pagina's uit het notitieboekje als aanmaakhout. Na twee uur proberen heeft ze trillend van uitputting een eerste vlammetje brandende. Er komen zulke grote rookwolken van af dat ze moet hoesten en kokhalzen, maar ze ziet ook dat de rook iets doet wat ze zelf niet kan: opstijgen naar een plek die ze zelf niet kan bereiken. Nu komt het erop aan het vuur zo lang mogelijk brandende te houden. Ik ben een vrouw. Ik hou de vlam brandende. Ze drinkt nog meer en eet de rest van de reep op.

Ochtend. Dag 7. Drie ervan hier doorgebracht. In de hel. Bevend van de kou, van uitdroging, honger. Net als een gevangene heeft ze elke dag een streep op een steen gekrast. Een verslag en dagboek voor als ze haar vinden, áls ze haar vinden.

Er klinkt geloei in haar oren. Het kost haar moeite het te duiden. Betekent het alleen maar dat ze weer iets verder wegzakt? Nee. Als het dichterbij komt, herinnert ze zich wat een dergelijk geluid maakt – het eerste niet-natuurlijke geluid dat ze hoorde sinds ze in deze put is gevallen, crossmotoren – en dus staat ze op en roept om hulp, schreeuwt voor wat ze waard is. Zo hard als ze kan. Als het haar jagers zijn, is dat ook prima, denkt ze. Ze stopt, luistert, hoort één en dan twee offroadmotoren door het bos ronken en langs de ingang van de put scheuren. Even later zijn ze verdwenen. Het geloei verzwakt tot gepruttel en gaat over in stilte. Dit vertrek verplettert haar.

Maar dan hoort ze steeds luider een derde motor, een achterblijver, en deze klinkt nog luider dan de andere. Hij komt steeds dichterbij en in plaats van te passeren, knettert de motor een paar keer en blijft dan stationair draaien.

Kaitlyn schreeuwt: 'Help!'

Uiteindelijk een tienerhoofd over de rand van de put, een gehelmde jongen: 'Krijg nou wat!'

22 dagen, 5 uur

CARTHAGE, NEW YORK

'Hallo? Kun je me horen? Kun je me je naam vertellen, lieverd?'

Ze doet haar ogen half open. Ze ligt in een kleine ziekenhuiskamer met een bezorgd kijkende vrouw van in de vijftig. Het komt allemaal terug: de man met het tuig die als een god naar beneden komt (ze herinnert zich niet dat ze 'Je bent mooier dan een vos' mompelde voordat ze tegen hem aan in elkaar zakte), dat ze er eenmaal boven nog aan dacht de telefoon uit te zetten en de batterij eruit te halen, goddank ook geen signaal daarboven, vervolgens de ambulancerit naar Carthage, onbekenden die haar naam vragen. Ze nam niet de moeite die te geven, alsof ze haar tong verloren had.

'Waar ben ik?'

'Je bent in het ziekenhuis, schat.'

'Waar?'

'In Carthage. Nu is het mijn beurt. Ik moet je naam weten.'

'Hoelang ben ik hier al?'

'De hele nacht. We willen je zo snel mogelijk naar een zaal brengen. Ik moet alleen het papierwerk nog regelen.'

De vrouw die tegen haar spreekt draagt gebloemde operatiekleding en heeft een iPad in haar handen, of iets dergelijks. Kaitlyn ziet nu pas dat ze is aangesloten op een infuus. Zoutoplossing, glucose. Ze heeft pijn, maar ze zit niet meer in het gat. Ze ziet in haar ooghoek dat haar kleren over de stoel hangen.

'Pijn.'

'Je hebt je enkel beschadigd, een paar snijwonden en kneuzingen, maar niets gebroken.'

'Juist. Het voelt als...' Ze probeert de enkel te bewegen en dat lukt haar, zij het huiverend. 'Als... het ATF.'

'ATF?'

'Anterieur talofibulair ligament.'

'Huh,' zegt de verpleegster. 'Nou, we hebben je vocht toegediend en je gewassen. Je spulletjes liggen in je kastje. Je hebt wel veel geld bij je, hè?'

'Voor een camper die ik wil kopen.' Dat was een zin die ze lang geleden had bedacht.

'Aha. Maar je moet het zeggen als ik andere instanties moet bellen.'

'Nee.'

'Heb je nog nergens hulp bij nodig?'

'Nee.'

'Weet je dat echt zeker?'

'Ja. Maar ze moeten die oude schachten wel afsluiten.'

De vinger van de verpleegster blijft boven de tablet rusten. 'Dus, je naam?'

Haar botten lijken los te zitten, als van marsepein. Haar ogen voelen zwaar en haar gedachten vertragen. Het lijkt alsof ze weer toekijkt hoe het water van de aarden wanden druipt.

'Je bent niet van hier, hè?'

'Op vakantie.'

De verpleegster knikt. Ze wacht. Met engelengeduld.

Het ligt op het puntje van haar tong: Kaitlyn Day. Zeg het gewoon. Je kunt nog voor bedtijd terug zijn in het appartement in Boston. 'O... K.'

'Hoezo O-K?'

'O-apostrof-K-E-E-F-F-E. O'Keeffe.'

'O'Keeffe. Is dat je achternaam?'

'Jawel.'

'Wat is je voornaam?'

Kaitlyns houdt haar blik gericht op twee krukken die tegen de muur rusten.

22 dagen, 4 uur

FUSION CENTRAL, WASHINGTON, DC

Een week als deze, vol gebroken ritmes van deze bètatestfase, stormen en windstilte, successen en frustraties, vreet aan Cy's zenuwen. Misschien komt het gewoon doordat hij voortdurend alert en betrokken moet zijn en door de intense opwinding dat zijn techscenario's eindelijk toepassing in de realiteit vinden, alsof je verwikkeld bent in een filmthriller van zeven dagen waar maar geen einde aan komt: achtervolging van een auto, volgend op een listige ontsnapping, volgend op een liefdevol menselijk moment, volgend op een flitsend spektakel, en dan weer een achtervolging van een auto – tot uiteindelijk zelfs de kicks dodelijk vermoeiend zijn.

Hij is eraan gewend om een tijdlang keihard te werken, dagen of weken met weinig of geen slaap, beeldschermen en energiedrankjes totdat de code plotseling uitmondt in zoiets moois als de geometrie van een spinnenweb, maar de laatste tijd is hij gewend om hard te werken teneinde een deal te sluiten en dan triomfantelijk op een privéstrand neer te zijgen: cafeïnevrije cocktails met kunstig gesneden fruit, een persoonlijke kok die glutenvrije maaltijden zonder vlees verzorgt, yoga, en slechts af en toe een telefoontje van uitzinnige investeerders.

En dan Zero 10, die nu helemaal van de radar is verdwenen, al dagenlang geen enkel nieuws meer over haar... Hoezeer hij ook onder de indruk blijft, het wordt nu wel een beetje veel, nietwaar? Een bibliothecaresse?

Hij kan deze hele ervaring tenminste nog wel met Erika delen. Fusion is nog meer haar kindje dan het zijne. Hoe zou dat anders kunnen, na wat Michael is overkomen?

Cy heeft Erika voor het eerst ontmoet toen Michael, zijn eerstejaarskamergenoot, hem tijdens een collegevrije periode bij de Coogans thuis had uitgenodigd. Hij werd aan de familie voorgesteld als Michaels nieuwe programmeermaatje. Cy was achttien – onhandig, puisterig – en Erika tweeëntwintig. Daarna waren ze gedrieën als gezworen kameraden en brachten ze heel veel tijd met elkaar door, de jongens simpelweg lomp en brutaal, zij als hun beschermer en verdediger. Feitelijk was ze al sinds hij vier was voor haar broertje opgekomen, toen hij de cd-speler van hun grootvader kapot had gemaakt door hem uit elkaar te halen om te kijken hoe hij werkte. Het leek vanzelfsprekend dat ze zich over deze twee digitale sukkels zou ontfermen terwijl zij, in hun roofzuchtige verlangen om uit niets anders dan getallen nieuwe werelden te scheppen, vergaten te eten of in de stress schoten over *flame wars* in obscure chatrooms. Later, toen duidelijk werd dat ze daadwerkelijk waardevolle activa creëerden, werd het haar taak ervoor te zorgen dat ze op de hoogte waren van het auteursrecht en de wetgeving inzake intellectuele eigendom. Op die manier had het trio gezamenlijk het fundament van WorldShare gelegd. Omdat ze zich geen champagne konden veroorloven, trokken ze ter gelegenheid van de lancering van hun eerste website een biertje open. Ze klonken met de flessen. Michael stak een joint op. Iedereen zei dat dit nog maar het begin was. Erika huilde van trots.

Maar op zijn zesentwintigste kwam Michael om het leven bij een grootschalige schietpartij in Flagstaff, Arizona, een gebeurtenis die zo gruwelijk was dat die drie weken lang als een weerhaak in de collectieve Amerikaanse geest bleef hangen vanwege de beelden die ooggetuigen met hun telefoons hadden gemaakt. Niet dat je die online nog kunt zien: Cy heeft ervoor gezorgd dat ze definitief van het internet werden verwijderd. Hij blijft op zijn hoede als het om die opnamen gaat en laat een zoek-en-wisprogrammaatje voortdurend het internet afspeuren, zodat Erika nooit meer (behalve in haar nachtmerries) hoeft toe te kijken hoe haar gevallen broer weer opstaat, en dan nogmaals sterft, en nogmaals, en nogmaals…

Na de eerste moord in Flagstaff die dag gingen er drieëntwintig minuten voorbij voordat Michael werd omgebracht. Drieëntwintig volle minuten, meer dan genoeg tijd om een eind te maken aan de moordpartij. Zijn moordenaar had het bloedbad dat hij aanrichtte zelfs op beeld vastgelegd: moordend, postend, moordend, postend. Het duurde dertig minuten voordat de politie ter plaatse was en de schutter kon aanvallen. In dat half uur waren elf mensenlevens te betreuren, en in dat tijdsbestek had Michaels leven gered kunnen worden als de politie beter toegerust en voorbereid was geweest.

Cy had Erika beloofd dat iets dergelijks bij Fusion onmogelijk zou zijn. In de toekomst die zij samen voor zich zagen, had de schutter nooit een semiautomatisch vuurwapen gekregen, omdat er een arrestatiebevel tegen hem was uitgevaardigd wegens huiselijk geweld en hij zelfs onder de geldende wapenwetten geen wapen had mogen aanschaffen. Al zijn activiteiten en aankopen hadden moeten worden vastgelegd, zodat er meteen alarm was geslagen over de illegale aanschaf, net als over zijn afschuwelijke berichten op sociale media in de dagen voor de schietpartij. Als Fusion al had bestaan, had Michaels leven gered kunnen worden – daarvan is Cy overtuigd – evenals het leven van de anderen. Daarna ontwikkelde Erika een passie voor Fusion. Ze hielp Cy bij de ontwikkeling, zorgde ervoor dat Cy het plan volgde en stimuleerde hem om er prioriteit aan te geven. Sterker nog: haar passie voor het project is zelfs groter dan de zijne.

'Cy?' Erika's stem in zijn oortje. 'We hebben iets.'

'Wat dan?' Cy schiet rechtop, ontwakend uit een dutje. Hij wrijft in zijn ogen.

'Er is een vrouw gevonden na een wandelongeluk in het Moose River Plainsrecreatiegebied in New York. Ze zei dat ze Georgia O'Keeffe heette. Wij denken...'

Cy snapt het niet, en hij baalt enorm als hij het niet snapt.

Hij tilt zijn hoofd op als er beelden op zijn glazen bureaublad verschijnen: het zijn de grote rode bloemen van de poster in Kaitlyn Days appartement.

'De poster op de muur van Zero 10,' zegt Erika. 'De naam van de kunstenaar...'

'Georgia O'Keeffe.' Klinkt lichtelijk bekend, eigenlijk. 'Kijk eens aan,' zegt hij terwijl het beeld op zijn bureau verandert. 'En wat is dit?'

'Een kopie van het incidentenverslag van de plaatselijke brandweer, en nu een livestream van twee tieners met crossmotoren die vertellen hoe ze een wandelaarster hebben gered die in een oude mijn in het bos was gevallen.'

'En jij denkt… ?'

'Kijk zelf maar,' zegt Erika.

Terwijl hij naar zijn eigen bureau kijkt, lichten er trefwoorden op – *camping, bos, vrouw alleen* – die nog verfijnd worden: *solo, vrouw, afgelegen gebied*. Dan toont het scherm een locatie op honderdtien kilometer van de plaats waar Zero 10 volgens hun inschatting uit de bus stapte. Cy ziet hoe alles samenvalt dankzij de realtime inspanningen van Fusion, zowel van de medewerkers als de apparatuur. Vervolgens krijgen ze rechtstreekse beelden van de bewakingscamera's van het ziekenhuis gepresenteerd.

Erika zegt: 'Arrestatieteam nadert nu het ziekenhuis.'

En dan zijn ze binnen in het ziekenhuis waar Kaitlyn Day ligt.

22 dagen, 3 uur

CARTHAGE, NEW YORK

De verpleegster, Tabitha genaamd, leidt de twee agenten van het arrestatieteam op een drafje naar het gesloten gordijn. Ze wist dat deze arme vrouw in de problemen zat, ze wist het gewoon. Tabitha, met nieuwe sneakers aan die *piep-piep-piep* doen op de linoleumvloer, houdt haar tablet tegen haar borst. Zo'n vrouw had een verzekering moeten hebben, zegt ze tegen de onbekende mannen. Haar kleren waren van goede kwaliteit, en hoewel haar warrige haar ongewassen was en naar houtrook stonk, was het Tabitha niet ontgaan dat het vakkundig geknipt en geverfd was. Ze was net in gesprek met de verpleegster die bereikbare dienst had over de mogelijkheid dat O'Keeffe uit Georgia misschien op de vlucht was voor een gewelddadige partner, toen de agenten opdoken. Ze bekijkt de elektronische patiëntenstatus nog eens. Dr. Travers had de enkel (vervelende verstuiking) verstevigd met een orthopedische schoen, een overnachting bevolen om de patiënt te controleren op inwendig letsel of een hersenschudding en geregeld dat ze voldoende werd gehydrateerd. Het viel Tabitha ook op dat ze geen pijnstillers wilde.

'Ik hoop echt dat ze niets verkeerd heeft gedaan,' zegt Tabitha, maar daarmee jaagt ze hen niet op de kast. Dan leidt ze de agenten langzaam naar de kamer van de patiënt. 'Ze is heel beleefd geweest. Alleen een beetje afwezig.'

Tabitha pakt de rand van het bedgordijn vast en maakt zich ineens zorgen. Zal Georgia gaan schreeuwen of huilen, of de agenten omarmen als haar redders? Ze trekt het doek opzij met de geestdrift van een goochelaar.

Het bed is leeg. Op de verfomfaaide lakens ligt een ziekenhuispyjama en de infuuslijn zwaait heen en weer aan de rehydratiezak. Tabitha staart een tijdje en kijkt dan in het persoonlijke kastje naast het bed. De met rook doortrokken kleren zijn verdwenen. Een van de agenten deinst achteruit alsof iemand tegen hem heeft geschreeuwd. De andere begint bevelen te geven in zijn polsmicrofoon. Tabitha hoort woorden als 'opsluiting' en 'grondige huiszoeking'.

Ze roept de andere verpleegkundigen: 'Jongens! Heeft iemand mijn patiënt gezien?'

Ze kijken op van hun telefoons en schermen. Ze schudden hun hoofd.

Ze wendt zich tot de agent die de leiding heeft. 'Ik moet de beveiliging bellen.'

Hij kijkt haar aan alsof ze krankzinnig is en spreekt dan tegen zijn collega. 'Team A werkt in een straalvormige formatie vanuit het ziekenhuis. Stuur Team B naar de plaats van het ongeval en zoek in het bos waar ze gekampeerd heeft.'

Hij loopt Tabitha voorbij, niet botweg, maar gewoon alsof ze er niet is, en houdt zijn telefoon bij het glas water op het kastje. De telefoon werpt een lichtgroen licht op het plastic bekertje. Door de vreemde glinstering knippert Tabitha met haar ogen. Als er een klik klinkt, kijkt de agent even op het scherm en spreekt weer in zijn pols.

'Vingerafdrukken zijn identiek.'

21 dagen, 18 uur

VOLTA PLACE NW, GEORGETOWN, WASHINGTON, DC

Op voorstel van Erika stemt Cy ermee in er een paar uur tussenuit te gaan om 'zich op te frissen en te heroriënteren'. (Als ze haar no-nonsense stem opzet, doet hij meestal wat hem gezegd wordt.) Hij laat zich te veel meeslepen en moet het even wat rustiger aan doen, laat ze hem weten, hij kan dit onmogelijk dertig dagen volhouden. Ze herinnert hem er ook aan dat hij niet tot de opgejaagden behoort, tot de voortvluchtigen. Dat (en Fusion zelf) zijn de enigen die nooit mogen slapen. En dan nog iets: ze wil hem laten weten dat ze het heerlijk vindt om zo'n enorme opwinding bij hem te zien. Echt. Het is al een tijdje geleden dat hij zoveel hartstocht en concentratie heeft getoond, en het betekent veel voor haar dat dit monument voor Michael dat blijkbaar teweeg heeft gebracht.

Hij is ontroerd en weet niet meer uit te brengen dan: 'Begin daar niet over.' Hij knijpt in haar hand.

Als hij thuiskomt, speelt hij een potje tennis. In zijn eentje. Tegenover het apparaat dat met *fut-fut*-geluiden ballen met spin uitspuwt, slaat hij zijn returns naar niemand. Zo zou iedereen tennis moeten spelen: zonder dat het je een moer kan schelen of de bal in of uit is, maar wel met al je opgekropte energie op de pluizige gele ballen gericht, en die als ultrasnelle kogels tegen het net of het hekwerk laten afketsen.

Forehand! Vier Zero's gepakt, nog zes te gaan.

Backhand! Zero 10. Wat fascineert me toch zo aan die vrouw? De volstrekte onwaarschijnlijkheid van haar deelname?

Forehand! Bibliothecaresse 30, Fusion 0.

Backhand! Twee uur. De tijd die het mijn experts kostte om met behulp van haar loopanalyse uit Boston elke bewakingscamera af te speuren naar beelden van de bibliothecaresse in Carthage, voordat een helder licht zich realiseerde dat hé, misschien, het feit dat ze net haar enkel heeft geblesseerd en een kruk heeft gestolen, die aanpak ietwat onbetrouwbaar kan maken.

Smash! Het kostte het arrestatieteam negentig minuten om Zero 10's kampement te vinden en het gebied te doorzoeken. En alles wat ze vonden was een goedgevulde rugzak, een paar tijdschriften, bewijs dat ze gevriesdroogde macaroni met kaassaus had gegeten en dat Kaitlyn niet behoorlijk een tent op kon zetten. Tjonge, die tien miljard waren goed besteed.

Forehand! Drieënhalve minuut. De tijd die ik nodig had om aan alle teams luid en duidelijk uit te leggen dat ze Kaitlyn Day, de laatste burgerkandidaat, niet langer mochten onderschatten, omdat ze blijk gaf van uitzonderlijke veerkracht en vindingrijkheid. Fouten waren te verwachten, maar moesten nu worden geëlimineerd. Het moest beter, completer, sneller. Niemands functie was permanent als niet aan de verwachtingen van de financiers werd voldaan, ook de zijne niet.

Backhand! Onmetelijk kort – de tijd tussen het einde van deze tirade en Erika die me met een kalmerend kusje op mijn wang vertelt dat ik even pauze moet nemen, naar huis moet gaan en me moet 'opfrissen en heroriënteren'.

Het wordt donker als Cy opzij stapt en de volgende zes ballen laat stuiteren tot ze stilliggen, zonder ze te slaan. *Fut. Fut. Fut.* Als hij wegloopt en de lichten van de baan automatisch aangaan, vervolgt het apparaat zijn werk zonder hem, totdat de ballen op zijn en het alleen in de avondkoelte blijft mokken.

21 dagen, 16 uur

WRIGHT'S LANDING MARINA, LAKE STREET, OSWEGO, NEW YORK

In het laatste licht beëindigt een oude man zijn rituelen aan de kade. Hij rolt de touwen netjes op aan dek van zijn houten kits en klikt het hangslot op het luik vast. Voordat hij brandstofjerrycan oppakt en op de planken van de ponton stapt, laat hij zijn hand even op het kajuitdak rusten. Zijn kits, die in 1954 is gebouwd op een scheepswerf aan de oever van Lake Michigan, ziet eruit als een museumstuk naast de gloednieuwe speedboten en fiberglas jachten die ernaast liggen afgemeerd, maar hij weet dat elke echte zeiler die langskomt even kwijlt bij het dik gelakte dek, het messing beslag en het verloren vakmanschap.

Hij loopt terug naar de loods, zijn uitvalsbasis, waar hij allerlei soorten boten verhuurt aan weekendzeilers en dagjesmensen uit Syracuse. De zomer komt eraan, wat langere dagen en warmer weer betekent. Morgen is het woensdag, en hij zou zich vandaag gereed moeten maken voor de weekendvaarders, maar als het een dag als vandaag is – met een stralende zon en een stevige bries – zal hij misschien nogmaals spijbelen en op zoek gaan naar sint-jakobsschelpen, drijvend op het tij, en een chablis opentrekken. Een meevaller als vandaag mag je niet laten lopen. Hij grinnikt.

Hij gaat zo op in zijn plannen dat hij de twee mannen in zwarte windjacks en combatbroeken pas opmerkt als ze bijna bij hem zijn. Het schemert nu en de portiekverlichting in West Third Street gaat aan, terwijl de gouden lucht roze en paars kleurt en de avondster begint te fonkelen.

'Meneer Steinsvik? Lasse Steinsvik?' vraagt een van de twee.

'Misschien.'

De man houdt kort een penning voor Lasse omhoog. Hij ziet een glimp van een overheidsembleem.

'Bent u wel of niet Lasse Steinsvik?'

Lasse zet zijn jerrycan neer. 'Wat kan ik voor jullie doen?'

De man haalt een telefoon uit zijn zak en toont hem een foto van een vrouw. Ze lacht. Effen witte achtergrond.

'Kent u deze vrouw?'

Lasse wrijft over zijn neus. Verdomme zeg. 'Het papierwerk van die boot is allemaal in orde. Ligt in mijn winkel. De wet zegt dat alles binnen vijf werkdagen moet worden gedocumenteerd. Mijn vrouw doet dat, en zij is tot morgenavond bij onze dochter. Kan ik verder nog iets voor jullie doen?'

21 dagen, 14 uur

FUSION CENTRAL, WASHINGTON, DC

Cy merkt de zijdelingse blikken op als hij Fusion Central binnenstapt, op zijn Captain Kirkstoel plaatsneemt, de headset opzet en het beeld op het grote scherm oproept.

'Breng me op de hoogte,' zegt hij.

'Het team heeft twee uur geleden met deze meneer gesproken,' antwoordt weer zo'n jonge kerel in een chino opgewonden. 'Dus zoeken we Lake Ontario af, met steun van de kustwacht, sectie 9.'

'En hoe heb je hem gevonden?' vraagt Cy met een blik op het scherm met een fronsende Lasse Steinsvik. 'Dat zijn nog eens wenkbrauwen.'

Sonia, die slimme nieuweling – het beste meisje van de klas, dat ontdekt heeft dat Kaitlyn in de metro van Boston een creditcard op naam van Cy Baxter had gebruikt – heeft dit bedacht. 'In het tijdschrift *Outside*, dat het arrestatieteam op de kampeerplek van Zero 10 heeft aangetroffen. Op een pagina met rubrieksadvertenties vonden we een surplus aan vingerafdrukken. We presumeerden dat haar toekomstplannen deels bepaald werden door wat haar steeds weer naar die pagina bracht. Dus hebben we agenten naar alle bedrijven gestuurd die op die pagina advertenties hadden.'

Cy knikt goedkeurend. Het woord 'surplus' vindt hij naar niks. Net als 'presumeerden'. Wie denkt ze wel dat ze is, die Emily Dickinson? 'Goed werk. Goed zo.' En terwijl de dopamine in kleine golfjes bij dit team vrijkomt na Cy's bemoediging, vraagt hij: 'En wat nu?'

De niet-zo-slim-als-Sonia-gast in de chino neemt het woord. 'We hebben een vaartuig gelokaliseerd dat op weg is naar Canada en geen signaal uitstuurt, geen tracking, telefoons of actieve apparaten, niets.

Daarom blijft onze warmtebeelddrone het volgen. De boot passeert over zeven minuten de grens en is dan buiten onze jurisdictie, begrijp je? Moeten we iemand in Canada inschakelen?'

Nee, zegt Cy's blik. 'Blijf bij haar. We delen het luchtruim met Canada. Hoelang duurt het voordat de drone contact maakt?'

De chino stottert. 'M-maar, Cy, eh, hoe zit het met de machtigingen voor onze grondteams om daarheen te gaan? Met de toestemmingen?'

Cy bijt op zijn tong en biedt zijn beste help-me-om-jou-te-helpen-blik. 'Hebben we de Pakistani op de hoogte gebracht voordat we Bin Laden oppakten?'

'Eh...'

Cy knijpt in zijn neusbrug. 'Luister... Hoe heet je?'

'Leo.'

'Er zijn geen grenzen meer, Leo, en geen landen. Van de honderd rijkste financiële entiteiten ter wereld zijn er negenenveertig naties en eenenvijftig multinationals. Een grens oversteken valt niet alleen binnen de regels van deze bètatest, maar is ook een goede test voor scenario's in de werkelijkheid. Waar Zero's gaan, gaan wij. Ga door.'

Drie minuten later komen de nachtzichtbeelden binnen van een achtervolgingshelikopter die vanuit Buffalo Lake Michigan oversteekt. Tegelijkertijd bereikt een grondteam de Canadese grens. Met Zero 10 nu op drie minuten van de grens, begint Cy's been al op en neer te wippen.

'Grondteam?'

'Nadert nu de grens,' meldt Sonia, terwijl ze met haar tablet in de hand tussen de bureaus door laveert. 'Verzoekt om voortvluchtige te achtervolgen tot grensposten.'

Cy verstrakt van de spanning en kijkt toe hoe het echostipje van de boot de oever nadert, terwijl de helikopter steeds dichterbij komt en het arrestatieteam de grens met Canada oversteekt om zich naar de vermoedelijke aanlegplek te begeven.

Cy's gedachten gaan naar Kaitlyn Day. Hij bewondert haar enorm. Die vrouw is in een mijnschacht gevallen en bleef toch doorgaan! Bijna in Canada, en waarschijnlijk ziet ze zichzelf als de toekomstige winnares van het prijzengeld, als een rijke vrouw. Ze doet nog steeds mee, ondanks alle psychische problemen waarmee ze zich geconfronteerd ziet. Op papier zou zij als eerste gepakt moeten zijn. Zo zie je maar weer: beoordeel een boekenuitlener nooit aan het omslag. Hij wenst bijna – als dat mogelijk was – dat ze allebei winnen, zowel Kaitlyn als hijzelf.

'Arrestatieteam naar schatting vijfentwintig minuten van voorspelde landingsplaats,' zegt Sonia. 'Helikopterachtervolgingsteam twaalf minuten. Thermische beelden van de drone vanuit Langley nu online. We hebben beeld.'

En daar is ze. Haar warmtebeeld, een warme vlek in het donker tussen het afkoelende land en het koude water. Iedereen in de controlekamer kijkt toe hoe ze aan land komt en de boot vastmaakt aan een steiger. Het valt hun op hoe mank ze door die verstuikte enkel het pad op loopt. Ze voelen haar pijn.

'Nachtkijker,' beveelt Cy. 'Waar gaat ze heen? Voorspellingskaart.'

Op de schermen maakt de thermische wereld plaats voor de wereld zoals die door katten wordt gezien. Beelden worden intenser, zwak sterrenlicht volstaat voor een schemerbeeld van een gedaante die zich in het donker in de richting van vier felverlichte gebouwen begeeft.

'Waarschijnlijk op weg naar een van die huizen.'

Aan de randen van de schermen verschijnen afbeeldingen en gegevens: de identiteit van de Canadese huiseigenaren, hun foto's, alle info die er is. De fysieke landgrens vormt geen probleem, want de database van Fusion zoekt nu koortsachtig een Canadese connectie met Kaitlyn Day.

Maar terwijl de gegevens tevergeefs rondgaan, dwaalt het subject over het pad van de huizen af, bereikt een brug, steekt de treinsporen over en begeeft zich noordwaarts. Het is duidelijk dat ze maar langzaam vordert en moeite heeft zich te verplaatsen. Een pulserend stipje op de kaart toont nu ook de positie van de helikopter en het grondteam, die haar gestaag naderen, zodat voorspellingen achterhaald zijn. Het is een intens drama, zoals in een natuurdocumentaire waar een reekalfje onwetend staat te grazen terwijl wolven zich in het verborgene verzamelen.

Als Zero 10 onder een rij bomen onzichtbaar wordt voor de nachtkijker, neemt het warmtebeeld het weer over. Een breed bosperceel wordt doorkruist door houtvesterspaden.

'Grondteam op eindnadering,' roept Sonia enthousiast terwijl Cy's oog op een wazige plek valt.

'Wat is dat?'

'Wat?' vraagt Sonia.

'Op de weg, kijk naar het nachtbeeld. Bijna een kilometer vóór haar.' Cy wijst naar het hoofdscherm. 'Zoom in en verbeter dat beeld.'

Het beeld op het hoofdscherm schokt en vervaagt, maar wordt dan weer scherp. Groene tinten. Een voertuig. Een auto.

'Merk en model,' instrueert Sonia, nu geheel zonder de vrolijke ondertoon in haar stem. 'Breng de kentekenplaat in beeld.'

'Mini Cooper 2005. We wachten op kenteken.'

Zero 10 strompelt dichter naar de auto toe, maar ze kunnen zien hoeveel moeite dat haar kost. Haar gang is traag en slepend. Ze kunnen zelfs de glinstering van een metalen kruk zien, en een enorme orthopedische schoen die de rechtervoet omklemt. Jezus. Tweehonderd meter.

'Focus op die auto en neem hem over,' roept Cy. 'Infiltreer in de boordcomputer. Uitschakeling op afstand.'

'Model is te oud,' meldt Sonia. 'Er is geen boordcomputer. Geen gps. Geen LoJack-antidiefstalsysteem. Auto is niet verbonden.'

Een ander teamlid: 'Arrestatieteam op zeven minuten van onderschepping.'

Ze kijken allemaal toe hoe de gedaante op de weg blijft staan, zich omdraait (misschien om te luisteren), iets lijkt te horen en dan haar tempo verhoogt tot een waarschijnlijk uiterst pijnlijk drafje. Flits, flits, flits van de krukken.

Op een ander scherm verschijnt een deel van de nummerplaat.

Sonia: 'Extrapoleer de ontbrekende tekens!'

Als bij een hangslot draaien letters en cijfers op het scherm in alle mogelijke combinaties rond, totdat er eentje wordt geselecteerd. Sonia: 'De auto staat op naam van Briony Parker uit Boston, Massachusetts. Het lijkt erop dat ze in Beacon Hill woont. Vermoedelijk verband... Openbare bibliotheek Boston, vaste bezoeker.'

'Vaste bezoeker?' herhaalt Cy. 'Goed zo. Nog boeken die te laat zijn?'

‘En ze is drie weken geleden voor een periode van achtenveertig uur in Canada geweest.’

Alle ogen zijn gericht op Zero 10, die bij de auto aankomt, zich bij een achterwiel bukt, kennelijk de verborgen sleutel vindt en het portier opent. Binnen. Op het thermobeeld is te zien hoe de uitlaat warme dampen uitpuft.

‘Drie minuten tot onderschepping.’

‘Raak haar niet kwijt,’ roept Cy nu, als een sportfan in de laatste momenten van de extra speeltijd. ‘Wat voor drone heeft Langley de lucht in gestuurd?’

‘Een Predator.’

‘Dus die is gewapend?’ Als meer dan twintig hoofden zich opeens naar hem toe draaien, voegt hij er met opgestoken hand aan toe: ‘Gewoon een vraag.’

Op dat moment komt Erika de Void binnen. Misschien maar beter ook dat ze de vraag niet heeft gehoord.

‘Wat weten we nog meer over de Predator?’

‘Laser.’

De Mini verdwijnt uit beeld, onder de bomen. De dronecamera draait nog net op tijd mee om te zien dat de auto met hoge snelheid een zijpad inslaat. Een paar seconden later mist de auto van het eerste arrestatieteam dezelfde bocht.

‘Volg haar auto met de laser,’ blaft Cy. ‘Stuur realtime coördinaten naar het team. En zeg dat ze verdomme moeten leren rijden.’

Twee minuten gaan voorbij. Dan drie, dan vijf minuten…

De beeldhoek van het nachtvizier van de drone moet steeds verbreed worden om zowel de Mini als de achtervolgende voertuigen in beeld te houden, terwijl de Mini oostwaarts rijdt over paden die helemaal niet op de kaartsoftware zichtbaar zijn en uiteindelijk een grindweg in noordelijke richting bereikt. De SUV van het eerste grondteam blijft opeens stilstaan in het bos.

‘Wat is er aan de hand?’ schreeuwt Cy.

‘Het pad is te smal voor de auto.’

‘Predator ingesteld op doel.’

‘Cy, Zero 10 nu nog maar anderhalve kilometer, max, van Ontario

401,' informeert Sonia hem. 'We naderen de Highway of Heroes, 401.'

'Hoe... hoe druk is het op de 401?'

'Drukste snelweg van Noord-Amerika.'

'Dus...'

Ze denkt te weten waar Cy op doelt met deze gedachte: 'Elke vorm van interventie met een drone wordt onmogelijk als haar auto in het drukke verkeer opgaat.'

Alle gekheid op een stokje: Cy kan zich op dit moment heel goed de opwinding voorstellen van de militaire dronepiloten als ze op een buitenlandse missie toestemming hebben om een raket te lanceren die vanuit het niets het luchtruim doorklieft en in een rookwolkje op het scherm een nietsvermoedend doelwit, een bedreiging of een heleboel levens kan vernietigen. Wat een afschrikwekkende macht is zo'n drone, goddelijk in de snelheid waarmee hij recht doet.

Cy's grimmige blikken vanaf het podium blijven zeker niet verborgen voor zijn medewerkers, nu de ouwe brik van Kaitlyn de snelweg op rijdt en in de stroom koplampen invoegt.

Sonia: 'Cy? Canadese luchtverkeersleiding. Ze willen weten waarom we het door hen gecontroleerde luchtruim binnen willen gaan.'

Erika: 'Cy?'

Alle ogen zijn op Cy gericht.

'Ga door met de droneachtervolging,' zegt hij uiteindelijk.

Nog meer geschokte blikken.

Sonia: 'Adjunct-directeur Walker is ook aan de lijn. Cy? Dringend.'

'Ik bel hem terug.'

21 dagen, 13 uur

HIGHWAY 401, ONTARIO, CANADA

Verdomme, haar hart blijft maar bonzen. Vanaf het moment dat ze meerdere auto's hoorde naderen, kan ze het idee niet meer van zich afzetten dat ze gefaald heeft, dat ze de kracht of het strategisch inzicht mist om door te gaan. Dankzij de orthopedische schoen om haar enkel voelde ze niet meer dan een zeurende pijn toen ze op weg ging naar de auto, maar na haar zielige drafje om die uiteindelijk te bereiken, dreigt ze van haar stokje te gaan.

Kaitlyn, zegt ze tegen zichzelf in een poging de pijn te verdrijven, je hebt heel veel geluk met je vrienden. Briony van de bibliotheek wilde haar Mini Cooper best voor een maand uitlenen. Toen haar werd gevraagd of ze de auto naar een ander land wilde rijden en die precies op bepaalde coördinaten op een volstrekt afgelegen plek wilde achterlaten, zei Briony alweer ja. Sleutels verborgen op het achterwiel aan de chauffeurskant? Oké, zei Briony, ze zou er een leuk weekend van maken, in konvooi rijden met haar man, dan de auto achterlaten en in zijn cabriolet vertrekken om een beetje te toeren rond Kawartha Lakes. Het is waar dat Kaitlyn Briony daarvoor ook een envelop met een heleboel kraaknieuwe honderddollarbiljetten had overhandigd. Het totale bedrag was hoger dan de auto waard was, en daarbij ook nog genoeg voor de hotelkosten en de twee flessen goede witte wijn die Briony en haar man tijdens het diner in de Riverside Inn soldaat maakten, maar toch had Kaitlyn zeker wel geluk met haar vrienden.

Nu ze op de snelweg rijdt, omklemt ze het stuur iets minder strak en laat ze de besturing aan haar spiergeheugen over, zodat ze haar gedachten kan vrijmaken voor de analyse van haar kantje-boordontsnapping.

De technologie waarover Fusion nu blijkbaar beschikt is beangstigend, zowel vanwege de snelheid als het bereik. Persoonlijke informatie is tegenwoordig gewoon te makkelijk te verkrijgen. Facebook, WorldShare en Google beschikten daar volop over. Maar gezichtsherkenning in het ziekenhuis? Had de verpleegster een foto van haar genomen om in haar elektronische medisch dossier op te nemen? Niet dat ze zich kon herinneren. En de boot? Niets in Kaitlyns appartement gaf hun aanleiding te denken dat ze ruime ervaring op het water had. Ze concludeert dat het tijdschrift met de ouderwetse advertentie haar fout moet zijn geweest. Ze had dat tijdschrift niet achter moeten laten. Ze was de hele tijd al van plan geweest het te verbranden. Nu kan het haar ondergang worden.

Ze is moe, kan zich niet meer concentreren en heeft pijn. Menselijke fouten sluipen erin. En terwijl zij verzwakt, blijft haar rivaal sterk, en wordt misschien nog wel sterker, naarmate die meer informatie verzamelt. De weegschaal slaat steeds verder naar de andere kant uit. En toch is ze hun driemaal te slim af geweest, als je dat plaagstootje in Boston meetelt, en dat moet hen toch ook aan het denken zetten. De oplossing is duidelijk: om haar afnemende fysieke reserves te compenseren, moet ze nog meer vastberadenheid tonen. Hoe angstwekkender en moeilijker het wordt, hoe meer ze erin moet geloven dat ze het juiste doet. Op die manier heeft ze nog een kans.

Haar gepeins wordt verstoord door het doffe gedreun van helikopterbladen. Ze concludeert zonder bedenkingen dat de piloot haar in het oog heeft. Ze pakt het stuur steviger vast. Het zware gedreun van de bladen wordt luider. Veel luider. Dan wordt ze getroffen door het zoeklicht. Ze zwenkt opzij en raakt een moment verblind door de schittering, maar weet de controle weer terug te krijgen. In een Mini Cooper kun je een helikopter niet te snel af zijn. Gelukkig heeft ze een plan. Het is volgens de wegwijzer die ze zojuist passeerde nog maar vijftien kilometer naar het vliegveld. Vijftien kilometer. Ze drukt het gaspedaal verder in en de Mini springt naar voren als een puppy die van zijn riem is bevrijd. Oké, pup. Eens kijken wat we allemaal kunnen, goed?

Als ze op een kilometer van het knooppunt in Pelmo Park in een tunnel verdwijnt, trapt Kaitlin op de rem. Over drie rijstroken laverend zoekt ze de vluchtstrook op, vlak achter een passagiersbus op de rechter rijstrook. Als de bus, de Mini en het nu vastgelopen verkeer op de twee andere rijstroken weer uit de tunnel tevoorschijn komen, blijft ze vlak tegen de bus aan rijden, zodat ze vanuit de lucht niet zichtbaar is. Ze ziet de helikopter een paar honderd meter voor haar boven de weg hangen, met zijn zoeklichten naar haar racende Mini speurend. De vluchtstrook is smal. Geen probleem voor een Mini, wel een probleem voor al het andere verkeer. Ze accelereert en neemt de eerste afslag die ze tegenkomt. Ze kan de helikopter nog steeds horen, maar niet meer zien.

FUSION CENTRAL, WASHINGTON, DC

Cy en het team zagen op de schermen met groeiende ontzetting hoe Zero 10 het Detroithelikopterteam voor schut zette. Maar het kost hun drone geen enkele moeite om de Mini te vinden en te blijven volgen. Die geeft nu de huidige locatie van de auto door aan de helikopterpiloten en een paar minuten later richten die hun zoeklicht op de auto, terwijl die de bestemming nadert die volgens de voorspellende instrumenten van Fusion het meest waarschijnlijk is: de luchthaven.

Iedereen kijkt zo aandachtig naar het scherm dat slechts weinigen opmerken dat Justin Amari, speciaal assistent van adjunct-directeur Walker, stilletjes de controlekamer binnenkomt, een reep kauwgum uit de verpakking haalt, tegen een deuropening aanleunt en zijn armen over elkaar slaat.

'Maar waarom rijdt ze naar het vliegveld?' vraagt Erika aan iedereen die mogelijk het antwoord weet terwijl ze naar de reeks lampjes, alarmen en beelden kijkt. 'Denkt ze echt dat we haar zomaar op een vliegtuig laten stappen?'

Het antwoord laat niet lang op zich wachten, want de helikopterpiloot krijgt van zijn eigen commandanten het bevel de achtervolging af te breken zodra hij de no-flyzone van het vliegveld bereikt. Zou hij dat negeren, dan kan dat een gevaar vormen voor passagiersvliegtuigen. Dezelfde regel geldt ook voor de Fusiondrone.

'Ah, slim,' zegt Erika. 'We kunnen haar niet volgen in de buurt van een burgerluchthaven.'

'Droneteam, blijf bij haar in de buurt,' beveelt Cy terwijl hij met opgewonden blik gebiologeerd naar de beelden van de achtervolgende drone kijkt. ‘Volg haar, alleen de drone.’

‘Cy,’ protesteert Erika. ‘Dat kan niet.’ Ze genoot altijd van hem als hij ergens helemaal in opging, maar dit gaat veel te ver.

‘Gaat best. Alleen de drone.’

‘Cy! Dat is onmogelijk. Er landen en stijgen voortdurend vliegtuigen op.’

Hij spreekt nu luider. ‘Mijn beslissing. Míjn beslissing. Volg haar met de drone.’

Erika rukt haar headset af en loopt naar hem toe om hem onder vier ogen aan te spreken. Op zachtere toon, maar des te dringender verzekert ze hem: ‘Dat kunnen we niet doen.’

Maar voordat hij kan antwoorden, beginnen de beelden van de drone te flikkeren en te haperen. Een paar seconden later ziet de dronezoeker de drone niet meer. Hij is verdwenen.

‘Drone is weg,’ meldt iemand.

‘Wat is er gebeurd?’ roept Cy geërgerd uit.

Sonia heeft het antwoord: ‘De Canadese luchtverkeersleiding heeft hem waarschijnlijk neergehaald met antidronetechnologie. Ze hebben ons signaal verstoord en de motor uitgezet.’

Cy wendt zijn blik van het scherm af, kijkt om zich heen en beseft dan pas dat de hele bezetting van de Void hem aanstaart en al zijn bewegingen aandachtig volgt.

Ze verwachten van hem dat hij zich uitspreekt.

‘Oké. Zeg dat ze… stoppen. Zeg dat ze moeten stoppen.’

Pas dan draait hij zich om en ziet hij lichtelijk geschrokken de kauwgom kauwende Justin Amari staan. De twee mannen kijken elkaar aan. Ze glimlachen niet. Geen vriendelijke gebaren.

Met zijn blik nog steeds op Justin gericht beveelt hij: ‘Hou je aan de luchthavenregels voor het vliegverkeer, maar… maar stuur de arrestatieteams erheen om de luchthaven te doorzoeken. En jongens, hou elke passagier in elk vliegtuig in de gaten.’

Als Cy uit de controlekamer vertrekt, loopt hij langs Erika. Ook zij heeft Justin zien staan.

‘Fuck,’ fluistert hij zachtjes in het voorbijgaan nadat hij zijn headset heeft gedempt. Hij schakelt hem weer in en terwijl hij de trap naar het podium op loopt zegt hij op besliste toon: 'Zero 10 mag dat vliegveld niet verlaten.'

Als hij naar zijn kantoor is vertrokken, knikt Erika Justin eindelijk toe, en na een weloverwogen pauze maakt hij haar met een knikje duidelijk dat er waarschijnlijk een gesprek moet volgen over wat er zojuist is gebeurd, en wel op korte termijn.

21 dagen, 4 uur

FUSION CENTRAL, WASHINGTON, DC

In de loop der jaren heeft Erika de nodige helse lange dagen met Cy doorstaan. Ze heeft meegemaakt dat hij zich misdroeg en in talloze details over de schreef ging, maar alleen als hij onder enorme druk stond. De oorzaak was steeds zijn existentiële angst dat hij hen beiden teleur zou stellen en alles waarvoor ze zo hard gewerkt hadden zou verkwanselen. Wanneer hij in zo'n toestand verstrikt raakt en zich doemscenario's begint voor te stellen, waarbij hij zich onredelijk of bot gedraagt, is dat het moment voor Erika om haar belangrijkste zakelijke rol te vervullen en haar partner weer op het rechte spoor te brengen. Ze veroordeelt hem op zulke momenten niet, zelfs niet als hij zijn geduld verliest en verwerpelijke taal uitslaat. Zulke bijzondere persoonlijkheden verdienen enige consideratie. Bij dergelijke genieën geeft het geen pas om te klagen dat ze zich soms niet zoals alle anderen gedragen.

Maar zelfs als je dat allemaal in aanmerking nam, was zijn bevel om met een drone het luchtruim van een drukke burgerluchthaven in een ander land binnen te vliegen iets nieuws, en zij wist dat het zonder precedent was. Het was gewoon, nou ja, maf, volstrekt ongebruikelijk, zelfs voor zo'n onverzadigbaar iemand als Cy, die erop gebrand was om te winnen. Ze is uiteraard tussenbeide gekomen en heeft het netjes afgehandeld, zoals altijd. Eerst heeft ze de vertegenwoordigers van Transport Canada Civil Aviation gekalmeerd, die ronduit woest waren over de drone, vervolgens heeft ze Burt Walker gekalmeerd (beter om meteen zelf naar hem toe te stappen dan dat aan Justin Amari over te laten), een paar halve waarheden verteld en andere details vervalst – ongeveer dezelfde aanpak als met de cd-speler – maar de ware uitdaging voor haar is nu misschien wel om uit te zoeken wat er met haar partner aan de hand was, met haar oudste en enige echte vriend, zodat ze ervoor kan zorgen dat het niet weer gebeurt.

Terwijl ze in de openluchtfoyer aan haar ochtendkoffie nipt, kijkt Erika op haar tablet. Het apparaat geeft aan dat Cy nog steeds in hun gehuurde huis is. Waarschijnlijk slaapt hij. Ze neemt even pauze op een bank bij het reusachtige ledscherm, waarop een digitale zilverberk in versneld tempo in het atrium groeit. Winters van negentig seconden, al even korte lentes en het leven van bladeren, vlinders en vogels ingekort, maar kortstondig schitterend. Dan kijkt ze naar het publiek dat de sap- en koffiebars in- en uitloopt om aan een lange, zonnige dag te beginnen. Talentvolle jonge mensen. Door jong talent te scouten en te koesteren, heeft Erika Cy geholpen om vele, vele miljoenen dollars te verdienen. Ze ziet er eentje, een meisje, te dun, haar blauw geverfd, dat blijft staan als ze ziet dat Erika naar haar kijkt.

'Alles oké?' roept Erika.

Het meisje komt aarzelend dichterbij. Hoody. Spijkerbroek. Allbirdssneakers.

'Ja, dank je.' Ze haalt haar hand door haar haar. 'Nou...'

'Vertel op.'

'Ik denk dat ik misschien een manier heb gevonden om betere trackinggegevens te verkrijgen over individuele gebruikers, als ze wegwerptelefoons gebruiken.'

Ze lijkt nog iets willen zeggen, maar staart dan naar haar sneakers.

Erika knikt bemoedigend. 'Dat is geweldig. Goed gedaan.'

'Maar, is het oké... is het juist? Ik bedoel, is het oké om ze te volgen terwijl ze nooit toestemming hebben gegeven?'

Erika wacht even, alsof ze nadenkt, maar ze hoeft niet na te denken. Ze heeft deze kwesties al ettelijke keren onder ogen gezien. Ze tuurt omhoog naar de verlichte trillende bladeren van de snelgroeiende digitale boom (tempo: één dag per seconde) en dan naar het glazen atriumdak en de rode ochtend daarachter. Eerst het gemakkelijke antwoord. 'Als andere gebruikers in het netwerk hun toestemming hebben gegeven, de voorwaarden van toepassing zijn en de rest ook, dan handelen we zeker binnen de kaders van de wet. Maar... hoe heet je?'

'Josie.'

Erika heeft het gevoel dat ze dit meisje even snel kan zien opgroeien als de digitale zilverberk, met een hoofd dat twee keer zoveel bevat als een zo jong hoofd zou moeten bevatten, waarbij ze worstelt met de aloude manipulaties van goed en fout in een op hol geslagen wereld, met het algemeen belang en de individuele vrijheid versus de veiligheid van het geheel. Verdomme, drieduizend jaar geleden lieten ze Socrates dolle kervel drinken omdat hij te veel van zulke vragen stelde.

'Er is geen goed of slecht, maar het denken maakt het ervan,' citeert Erika Shakespeare.

Het meisje wipt van de ene voet op de andere, volstrekt in verwarring door deze opmerking. 'Het spijt me, ik begrijp niet wat je bedoelt.'

'Sorry, Josie. Kom, ga even zitten.'

Het meisje gehoorzaamt.

Als ze zitten: 'Je weet waarschijnlijk dat veel van deze dingen mij persoonlijk raken?'

Ping. Er komt een bericht van Cy binnen op de iPad, drie woorden: *Sorry voor vandaag.* Erika legt de tablet neer.

'Ja, vreselijk wat er met je broer is gebeurd,' zegt Josie. 'Ik... Ik kan het me niet voorstellen.'

'Dankjewel. Die gebeurtenis was voor ons de reden de technologie te gebruiken om te voorkomen dat zoiets nogmaals gebeurt, of in elk geval de kans te beperken. En als we Fusion even machtig kunnen maken als volgens ons zou moeten en als Cy datgene wat hij voor zijn geestesoog ziet werkelijkheid kan laten worden, dan komt de volgende schutter niet eens meer van zijn oprit af.'

Erika ziet in gedachten voor de zoveelste keer de imaginaire situatie voor zich dat Michael nog leeft en inmiddels vader is, terwijl zij in de weekends haar neefjes en nichtjes verwent. Ze kan bijna hun gezichten zien, in een glimp van een zo ver verwijderd en toch zo voorstelbaar multiversum, het bijna-leven.

'Ik heb ook iemand verloren,' zegt Josie.

'O ja?'

'Een neef van me. Schietpartij op school.'

'Het is even Amerikaans geworden als Halloween.'

'Daarom wilde ik hier werken.'

'Prima gedaan.' Tijd om Josie te laten gaan. 'Toch is dit echt ingewikkelde materie. En we geven echt om privacy. Als je iets ziet wat je niet bevalt, breng het dan ter sprake. Altijd. We hebben hier ook afwijkende stemmen nodig. Ga nu met Aidan praten. Hij is hoofd van de ethische commissie. Zeg tegen hem dat ik je gestuurd heb. Wees nooit bang om je mening te geven. Zo zijn wij.'

Josie staat opgelucht op. 'Bedankt, Erika.'

Met rechte rug en hernieuwde vastberadenheid vertrekt ze naar het hokje dat haar in het enorme gebouw is toebedeeld.

Het is al het werk waard, denkt Erika, zelfs de fouten die Fusion zal maken. Het is allemaal de moeite waard, gezien het mogelijke doel.

Nu Josie weg is, kijkt ze op haar horloge. Vijf voor half negen. Lieve God. Opeens wil ze naar huis, bij Cy zijn als hij wakker wordt. Ze wil het zelfs goedmaken met hem. Maar in plaats daarvan gaat ze weer naar binnen, de Void in, waar ze druk bezig zijn met spionage, en na een blik op de grote klok en vervolgens op de portretten van de nog niet opgespoorde Zero's, loopt ze naar haar kantoor.

20 dagen, 22 uur

DALLAS, TEXAS

Voor James Kenner, zesentwintig, Zero 2, is de prijs van drie miljoen dollar irrelevant. Een schijntje. Hij is nu al veel meer waard dan dat. Nee, wat deze senior privacydeveloper had overtuigd om ja te zeggen toen hem werd gevraagd om deel te nemen aan het specialistische gedeelte van dit programma, was de kans om de besten te verslaan en daarmee aan zichzelf en zijn investeerders de doeltreffendheid van zijn gloednieuwe maskeertechnologie te bewijzen. Daarmee kun je online aliassen – of maskers – maken, zodat je online kunt opereren zonder ooit te onthullen wie je bent: een geest in de machine. Verborgen in je alias en met een gemaskeerde creditcard, een gemaskeerde telefoon en een gemaskeerd e-mailaccount kun je op het World Wide Web, zoals ze het vroeger noemden, vrijelijk je gang gaan, in de zekerheid dat je onbekend blijft voor iedereen die kennis over jou wil vergaren. En daarmee neem je de macht weer in eigen hand.

In het kort: als figuren als Cy Baxter geld kunnen verdienen door internetgebruikers hun privégegevens te ontfutselen, wil hij juist een fortuin verdienen door die gegevens te beschermen.

Even voorstellen: MaskIt.

Na acht jaar ontwikkeling – met gebruikmaking van AES-256 met *row-level salt* voor extra gevoelige gegevens, informatieminimalisatie en *host-proof hosting* (zodat zelfs de ingenieurs van MaskIt je wachtwoorden en ware identiteit niet kunnen achterhalen) – is deze opgestoken vinger tegen het schaamteloze verzamelen van vertrouwelijke gegevens door WorldShare, Google, Facebook en Twitter gereed om getest te worden. En bestaat er een betere test (en zakelijke kans) dan het op te nemen tegen de eigen revolutionaire bètatest van de overheid?

Pas maar op, Cy Baxter.

Ja, zeker, Fusion – en de bètatest, inclusief alles wat daarmee samenhangt – mag na afronding van het project niet in het nieuws komen en zijn deelname moet voor altijd door een geheimhoudingsovereenkomst gewaarborgd blijven, maar hij is van plan deze belofte te breken. Klaag me maar aan, dat vergroot de aandacht voor MaskIt alleen maar. Als de dertig dagen voorbij zijn en hij deze bescheiden krachtmeting heeft gewonnen, komt hij uit zijn schuilplaats en zal hij zijn verhaal aan Wall Street en durfinvesteerders vertellen.

Tot nu toe loopt het gesmeerd.

Dag 1 van zijn verdwijning was spannend geweest. Het was een absolute kick om de Go Zero-opdracht te krijgen en dat tijdframe van twee uur te gebruiken om naar zijn kleine grafkelder te verhuizen, een bedrijfsopslagruimte die hij met zijn MaskItcreditcard en onder een van zijn MaskItaliassen heeft betaald. En in die ruimte? Alles wat je nodig zou kunnen hebben. Kleine badkamer met wastafel en toilet. Bed. Een goedgevulde koelkast, plus veel ingeblikt voedsel, voor geval van nood of bij stroomuitval. Maar hij bestelt vol vertrouwen vooral verse maaltijden bij Just Eat! en vinkt 'bij de deur achterlaten' aan, zoals iedereen zou doen. Entertainment? Een tv-abonnement onder de naam (hij kon deze kinderachtigheid niet weerstaan) 'E. Jack Ulayte'. 's Avonds streamt zijn computer zijn favoriete muziek en films, terwijl hij een feestelijke fles champagne opent. Geen enkele noodzaak om van luxe af te zien, dankzij MaskIt. Het gaat erom te bewijzen dat je volledig normaal online kunt leven en toch onvindbaar kunt blijven.

Om fit te blijven heeft James een Peloton-fiets gekocht (onder de naam 'Mike Litoris'.) Hij wil na deze maand in de beste conditie van zijn hele leven weer tevoorschijn komen, zodat hij gereed is om een veelvormig figuur in het Amerikaanse leven te worden, de *white knight*, die de territoriumwinst van Big Tech terugdringt en ondertussen wel een Big Techinkomen vergaart.

Zeker, Fusion zal dubbel gemotiveerd zijn om zijn encryptietechnologie te kraken en hem te vernietigen, omdat hij een bedreiging voor de hegemonie van het bedrijf vormt, maar baanbrekend aan MaskIt is dat het programma bij elk gebruik willekeurige nieuwe versleutelingen creëert, een moderne Enigmamachine die cyclisch nieuwe permutaties van de code genereert, zodat je ongeveer 20^{600} codebrekers nodig hebt om zelfs maar de afzender of ontvanger van een e-mail te lokaliseren.

En zo groeit zijn vertrouwen met de dag en met elk uur dat voorbijgaat. Hij weet zeker dat zijn verstopplek niet ontdekt wordt. Het is gewoon een kwestie van afwachten. Hij heeft in principe al gewonnen.

20 dagen, 6 uur

FUSION CENTRAL, WASHINGTON, DC

Als hij 's ochtends binnenkomt, wordt hij overal in de Void begroet met high fives. Cy kijkt op naar het grote scherm. Er zijn nog geen tien dagen voorbij, en vijf van de Zero's zijn al opgepakt, onder wie één professional, het meisje uit Hongkong. Alleen James Kenner, Brad Williams, Jenn May en Don White zijn nog niet gepakt – stuk voor stuk beveiligingsexperts, maar niemand twijfelde eraan dat die geen makkelijke prooi zouden zijn – en natuurlijk ook die bibliothecaresse. Hij weet nu zeker dat hij zich nog een paar weken kan gedragen, zichzelf in bedwang kan houden, de brave jongen kan zijn die hij van Erika moet zijn teneinde de overheidssteun te krijgen die hij nodig heeft. Pas dan, en alleen dan, kan hij zich uitleven en terugkeren naar Californië en zijn echte leven.

Terwijl hij door de Void loopt, glimlacht hij naar zijn personeel, geeft hier een daar een schouderklopje en knijpt zelfs snel in de handwortelbeentjes van die chinojongen. 'Ga zo door,' zegt hij bemoedigend, waarna hij de glazen trap naar zijn hoge kantoor beklimt. Neerkijkend op al die talentvolle jonge mensen, die zoveel scholing en noeste arbeid vertegenwoordigen, verwondert hij zich erover dat ze bereid zijn alles te geven en voor hem hun individuele waarde willen bewijzen, voor Cy Baxter, de man die ooit als laatste werd gekozen bij de teamselectie op de speelplaats. Door zelf keihard te werken heeft hij zichzelf verheven, en als hij nu boven de anderen uitsteekt, dan is dat in een geest van dienstbaarheid, niet van ijdelheid of verlate speelplaatswraak. Hij heeft geen rekeningen te vereffenen met het verleden, alleen met de toekomst. Slechts vijf mensen staan zijn succes in de weg, en hun namen zijn zo alledaags als James, Brad, Jen, Don, Kaitlyn.

19 dagen, 23 uur

RENFREW, ONTARIO, CANADA

Ze stelt zich aan de pensionhoudster voor als Jemima Reynolds. Diep in haar moneybelt heeft ze een rijbewijs op die naam verstopt, dat ze van de gevonden voorwerpen van haar bibliotheek heeft meegenomen.

De pensionhoudster, een knappe vrouw van in de zestig met een Europees accent en een wijde blouse met een patroon van exotische vogels, bekijkt het rijbewijs door haar leesbril en noteert de details in haar in leer gebonden gastenboek.

De B&B gaat prat op zijn ouderwetsheid gezien het houten bordje met VRIJ/BEZET onder het grotere bord met de tekst HET PRIEEL. Maar wat Kaitlyn echt opviel toen ze deze buurt vóór Go Zero online onderzocht, was de tekst op de deur: SORRY, GEEN WIFI, DUS VRAAG ER NIET NAAR. Ze is uit een VW Golf gestapt met drie mooie jongens van begin twintig, die bij zonsopgang met een vlot de rivier af wilden varen en die haar – omdat het nu eenmaal Canadezen waren – best een lift wilden geven vanaf de parkeergarage op het vliegveld. Buiten beeld van de camera en omdat de helikopter haar niet kon traceren vanwege het vliegverbod, heeft ze de Mini daar achtergelaten en is ze in de Golf gestapt. Toen de winkels eenmaal open waren, heeft ze in het centrum van deze plaats met contant geld een nieuwe rugzak gekocht, evenals schone kleren, een andere waterfles en kompas en een andere overlevingsarmband (nooit meer zonder zo'n armband, nooit meer), en is ze gaan kijken of deze wifiloze B&B een kamer vrij had.

Na een vrijblijvend kletspraatje – mevrouw houdt van wandelen, echtgenoot vindt er niets aan – verstopt Kaitlyn zich in haar kamer tot het avondeten: een stoofpotje, geserveerd met zelfgebakken brood en salade, dat ze in haar eentje opeet in een kleine serre. Dan gaat ze terug naar haar kamer.

'Heb je alles wat je nodig hebt?' vraagt de uitbaatster terwijl ze haar hoofd om de hoek van de woonkamer steekt. 'Je hebt thee en koffie in je kamer, en ik heb daar ook wat van mijn koekjes neergezet. Ze zijn vers. Ik heb ze vanmiddag gebakken.'

De gedachte aan een zelfgemaakt koekje maakt haar sentimenteel en misselijk tegelijk.

'Dank u.'

'En vertrek je dan morgenochtend?'

'Dat heb ik nog niet besloten, mevrouw. Het is hier zo mooi.'

De vrouw kijkt haar nu met bedeesde trots aan.

'Kan ik u dat morgen laten weten?'

'Zeker, absoluut, jazeker, natuurlijk.'

Kaitlyn klimt vermoeid de trap op, terwijl ze overweegt gewoon hier te blijven, zich schuil te houden en het risico voor lief te nemen. Het hotel ligt afgelegen, zonder internetverbinding. Zolang ze geen gezelschap zoekt, in haar eentje eet en alle boeken op de planken in het hotel leest, hoe kunnen ze haar hier dan ooit vinden? Zelfs Fusion heeft aanwijzingen nodig.

Maar dat is natuurlijk niet haar plan, dat kan haar plan niet zijn. Als het haar alleen maar om de drie miljoen dollar te doen was geweest, was het misschien een optie geweest.

Haar kamer is klein en gedecoreerd met een stuk of zes chintz quilts, die met elkaar vloeken. Het doet haar denken aan het huis van haar oma, hoewel zelfs haar oma niet zoveel foto's van Jezus had. Op bed liggend eet ze een koekje, pakt dan haar notitieboekje, voelt in de achterflap en haalt de foto van Warren tevoorschijn. Ze kan zich dat zichzelf nu toestaan. Haar beloning voor de ontsnapping van de luchthaven. Ze wil Warren er alles over vertellen. Misschien had Warren haar er ooit op gewezen dat een luchtruim gesloten kan zijn. Hij wist daar natuurlijk alles van. Encyclopedische kennis van veiligheidsmaatregelen. Veel meer zijn terrein dan het hare. Maar hij had niet kunnen weten dat zij dankzij dit feit in leven zou blijven of, minder dramatisch, dat haar kansen op succes (en de zijne, als je erover nadacht) in stand zouden blijven, omdat ze de Mini in die ondergrondse parkeergarage onopgemerkt achter had kunnen laten en vervolgens van de luchthaven had kunnen vertrekken dankzij een lift van drie aardige jongens.

'Ha, schatje,' zegt ze tegen de foto, tegelijk slaperig en in een suikerrush. Ze is bang, maar voelt zich toch ook heel erg op haar gemak. Warren grijnst terug naar haar. Vrolijke zomerkleding. Knap. Niet typisch Amerikaans met van die hoekige kaken en zo, nee, veel beter dan dat. Hij is slank, pezig. Dik zwart haar en net genoeg kenmerken van zijn Algerijnse moeder dat hij door de luchthavenbeveiliging steevast werd gefouilleerd. Hij ziet eruit zoals hij is. Verdomd slim, verduiveld grappig, liefdevol. De hare.

Nu ziet ze voor zich hoe ze onder de sterrenhemel op de ponton in het meer liggen. Twee jaar samen. De week voordat hij vertrok. Maar daar op die ponton voor de hut, met de champagne in een koelbox met twee plastic glazen, dat bleef nog steeds een gelukkig moment. Grotendeels...

'Ik heb een slecht voorgevoel, dat is alles,' zei ze tegen hem terwijl ze naar de Grote Beer staarde.

'Bij mijn vorige reis had je ook een slecht voorgevoel,' antwoordde hij. Zijn accent doet dankzij zijn afkomst zowel aan de Upper East Side als aan Frans denken. Af en toe een rollende r, een aparte woordvolgorde, geërfd van zijn moeder.

'En ik had gelijk, niet?'

Ze had gelijk. Zijn laatste opdracht betrof het volgen van betalingen tussen de Golfstaten en Syrië. Bij een controlepost had hij iets vreselijks meegemaakt. Warren had met een Marokkaans paspoort in zijn hand aan de Syrische grens gestaan, als tweede in de rij achter een oude pick-up waarvan de chauffeur ruzie maakte met de grenswacht, vast over smeergeld, vermoedde Warren. Opeens was er een jongen in uniform met een AK-47 aan komen lopen, die de pick-upchauffeur in het hoofd had geschoten. Het was vooral de terloopse brutaliteit geweest waardoor er iets bij hem was geknapt, vertelde hij haar later. Verveling, alarm, knal. Weg. De gedachte: wat doe ik hier?

Maar toch keerde hij nog steeds terug. Warren brengt zichzelf in gevaar, maar dat levert hem ook iets op. Hij zegt dat het goed verdient, en hij is hoe dan ook een patriot. Hij wil geloven dat zijn regering zijn hulp nodig heeft en die waard is. Ze snapt het. Ze gelooft in hem, maar baalt ervan dat alles zo geheim moet blijven, vertelt hem keer op keer dat ze daar nooit aan kan wennen en staat erop dat hij alle mogelijke voorzorgsmaatregelen neemt en er serieus over nadenkt ermee op te houden.

Hij keek ook op naar de sterren, keek haar niet aan, maar ze voelde hoe zijn vingers zich om de hare klemden. Warren heeft alle mogelijke moeite gedaan om zijn eigen leven te bemoeilijken. Heeft na zijn studie twee jaar lesgegeven op scholen in de binnenstad. Heeft Farsi geleerd. Heeft een doctorstitel gehaald en kreeg een vaste aanstelling, waarna hij zijn diensten aan de Amerikaanse overheid aanbood, in plaats van aan hedgefondsen of private equity… Trouwde met haar.

'Denk toch niet steeds aan worstcasescenario's,' zei hij tegen haar.

Ze zuchtte alleen maar.

Nu dringt haar eigen stem zich op. Ik moet wel aan worstcasescenario's denken, want dat zijn de enige scenario's die ons gaan helpen.

Hij was van onderwerp veranderd, richtte zich op één schouder op en keek haar aan. 'Ik wil hier niet over praten op onze jaardag, schat. Ik wil het hebben over hoe mooi je eruitziet, als een blauwe gaai in het maanlicht.'

'En waarom zou je precies daarover willen praten?'

Ze kan nog steeds de wolfachtige grijns in zijn stem horen. 'Ik wil praten over bestcasescenario's.'

'Hier zul je het mee moeten doen,' zei ze terwijl ze haar benen optrok en soepeltjes opstond. In een flits dook ze het meer in. 'Je krijgt niets als je niet eerder dan ik de oever bereikt.'

Ze voelde hoe het donkere water haar omhulde. Terwijl ze weer bovenkwam en met de champagne in haar bloed in een snelle crawl richting oever zwom, kwam Warren, de sterkere zwemmer, al snel naast haar. Met zijn tweeën sloegen ze onder de sterren door het water, totdat ze de oever bereikten, op hun wollen kleed vielen en in elkaar rolden, hij bovenop, zij bovenop, hij bovenop.

Maar als ze midden in de nacht wakker wordt, is de droom ver weg en wazig, en Warren is nergens te vinden, weer verloren voor haar, nauwelijks nog echt, een vage flikkering, een herinnering die soms niet meer dan een verzinsel lijkt. Voor haarzelf geldt dat ze in een wereld vol worstcasescenario's verkeert. Geen sterren nu, geen seks of champagne.

Bj het eerste ochtendlicht staat ze op en stopt ze het notitieboekje in de zak van haar wandelbroek terug, checkt uit bij de kleine B&B en vertrekt te voet over het pad.

17 dagen, 20 uur

FUSION CENTRAL, WASHINGTON, DC

Burt Walker en Sandra Cliffe worden bij een ongepland bezoek vergezeld door de altijd waakzame Justin Amari.

Erika ontmoet de delegatie voor het eerst sinds het incident in Canada en ze heeft zich mentaal voorbereid op een negatieve reactie van de CIA en de roep om meer toezicht op Cy. Gelukkig laat Walker haar stilletjes weten dat zowel de CIA als Ottawa bereid is om te doen alsof er niets is voorgevallen, omdat beide partijen inzien hoe belangrijk het is om Go Zero uit het nieuws te houden.

'Gaat Cy met ons mee?' vraagt Walker met slechts een spoortje ergernis.

'Ik heb hem net geappt. Hij had nog een andere vergadering.' Erika steekt ter bevestiging haar telefoon omhoog. 'Onderweg.'

Gelukkig verandert het gespreksonderwerp en algauw schept iedereen op over hoe Fusion de Zero's heeft ingerekend die ze inmiddels te pakken hebben.

Na de lunch begeeft de delegatie zich naar de vergaderzaal van de Void voor een voorproefje van de speeltjes die ze gaan inzetten om de laatste vijf op te pakken. Op de matglazen tafel worden de vijf gevangen Zero's digitaal getoond, plus portretten van de overige vijf die nog op de vlucht zijn.

'Zoals we weten blijven voortvluchtigen zichzelf. Onder druk gaan ze zelfs meer op zichzelf lijken.' Met deze woorden geeft Erika het woord aan Lakshmi Patel, een kleine jonge vrouw vol door yoga opgewekte energie. Haar zwarte haar is strak naar achteren getrokken en haar grote, oplettende ogen zijn even bruin als uiensoep.

Ze praat deze CIA-vertegenwoordigers bij over twee zeer bijzondere programma's die ze hier testen: Clear-Voyant en Weeping Angel. Volgens Lakshmi zijn ze allebei supercool en zullen ze van groot belang zijn om de vier technisch onderlegde Zero's op te pakken. Ze zegt bewust niets over de bibliothecaresse.

'Twee uur na Go Zero,' laat ze weten, 'hebben we op afstand malware geactiveerd in elk apparaat van elke deelnemer, zodat die apparaten veranderden in instrumenten die wij kunnen controleren.'

Justin Amari heeft een vraag: 'Dus jullie maken gebruik van methoden die in een werkelijk praktijkscenario illegaal zouden zijn? In het geheim malware installeren is een schending van de privacywetgeving.'

Daar heb je hem ook weer, denkt Erika.

'Niet precies. Maar goede vraag. Uit respect voor de privacywetgeving hebben we alleen maar de malware gebruikt die mensen al op hun telefoon hebben, in plaats van iets nieuws te installeren, want we hebben allemaal vijandige artefacten in onze apparaten, zoals je darmen bacteriën hebben. Het geval wil dat drie Zero's – Brad Williams, Jenn May en Don White –hun kostbare tijdframe van twee uur tussen Go Zero en het begin van onze jacht op hen gebruikten om hun apparaten te geoblocken, zodat we daar feitelijk geen toegang toe hadden. En dat betekent dat ze van plan waren deze apparaten mee te nemen, ondanks de risico's. Ze zijn duidelijk van mening dat die noodzakelijk zijn voor hun plannen.'

'Hoe kunnen die apparaten noodzakelijk zijn als ze die nooit kunnen gebruiken?'

'Heel goede vraag. We voorspellen dat ze allemaal weten dat elke kleine misstap in een gebied met hoge 5G-dekking tot ontdekking kan leiden, zelfs als hun apparaten geblokkeerd en uitgeschakeld zijn. Daarom gaan we ervan uit dat ze waarschijnlijk zijn verhuisd naar – als je de kaart nu tevoorschijn kunt brengen – gebieden met een lage 5G-dekking, die grijs zijn weergegeven.'

De truc met de vergadertafel is gelukt en het blad is veranderd in een kaart van de Verenigde Staten, met diverse geaccentueerde gebieden. Uit hun blikken blijkt dat de meeste delegatieleden onder de indruk zijn, en zelfs Justin lijkt even perplex door deze verrassende transformatie.

'Dat is wat onze voorspellingsmodellen ons vertellen. Dus als we dezer dagen spreken over onzichtbaar zijn, dan hebben we het in wezen over de grijze gebieden.' Lakshmi geniet hiervan. 'Ze hebben een paar gemeenschappelijke kenmerken. Het zijn meestal gebieden op het platteland, met veel bos of bergen. Slechts zelden gaat het om stedelijke achterstandswijken. 5G heeft microtracking in steden en dorpen tot kinderspel gemaakt, maar de ontvangst kent een paar problemen. Het signaal heeft moeite met muren, met bomen, met regen. In de steden houdt dat in dat er een fijnmazig netwerk van relaisstations en signaalversterkers moet zijn. Oké. Overal waar mensen geld uitgeven, is dat netwerk al dicht genoeg. Maar buiten de stad nemen de blinde vlekken toe en moeten de data door oude leidingen worden geperst. Die data komen nog steeds aan, maar eerder in druppelvorm dan als stroom.'

Burt Walker lijkt in verwarring. 'Ik heb een technische vraag. Als je geen toegang hebt tot hun apparaten en ze het slim spelen en zich simpelweg ergens in een van deze grijze zones schuilhouden, welke andere instrumenten heb je dan tot je beschikking om ze op te pakken?'

'Juist, daar komen onze Clear-Voyant- en Weeping Angelprogramma's om de hoek kijken.' Lakshmi delegeert dit aan haar baas. 'Erika, misschien kun jij…'

'Natuurlijk. Graag.' Dit is het moment waarop Erika iets gaat onthullen waarvan zelfs haar CIA-partners het bestaan niet kennen. 'We beschikken over twee extra programma's, die we onafhankelijk van elkaar hebben ontwikkeld. Heel recent hebben we besloten die ook online te brengen en voor Fusion beschikbaar te maken. Het eerste is Clear-Voyant. Dit programma houdt feitelijk in dat enorme hoeveelheden persoonlijke gegevens worden verwerkt om karakterologische inzichten te verkrijgen. Iemands persoonlijke eigenschappen worden afgeleid uit een volledige analyse van zijn online en offline verleden, universitaire toelatingstesten, meest gebruikte communicatiestrategieen en geschreven en gesproken woorden. Uit het psychologische profiel dat zo ontstaat, genereren wij vervolgens voorspellende scenario's met zeer nauwkeurige waarschijnlijkheidsschattingen, waarbij gebruik wordt gemaakt van *post-processing* en verfijnde zoekheuristieken als epistemologische basis.'

'Met welk succes?' vraagt Sandra Cliffe.

'We weten bijvoorbeeld dat iedereen onder de vijfendertig die in de Verenigde Staten woont, psychologisch sterk afhankelijk is van de toegang tot schermtijd. Desondanks hebben we in het geval van Zero 7, Brad Williams, vijfendertig jaar en beveiligingsexpert, met behulp van Clear-Voyant vastgesteld dat er een grote kans is dat hij erin slaagt zich te onthouden van het gebruik van alle wifi-apparaten. We hebben echter op basis van zijn gewoonten en andere bronnen ook voorspeld dat hij tijdens deze zware dagen op de vlucht af en toe een stimulans zal zoeken door naar de reguliere tv-stations te kijken. Hij kan gewoon niet zonder. En gezien zijn psychologische profiel denken we dat hij iemand heeft meegenomen. Hij kan ook niet zonder meisje.'

Sandra Cliffe onderbreekt haar. 'Een man met zijn training zal toch wel beseffen dat het risico verdubbelt als hij iemand meeneemt?'

'Nogmaals, onder druk worden we meer onszelf, niet minder. Hij kent het risico, maar wij denken dat hij het niet alleen afkan. Brad is opgegroeid in een groot gezin. Hij heeft geld genoeg om een eigen huishouden te beginnen, maar hij deelt nog steeds een huis met twee studievrienden. Hij heeft iemand om zich heen nodig.' Erika brengt aan de overkant van de tafel een afbeelding op het scherm van een slanke vrouw met hoge jukbeenderen in een avondjurk. 'Deze vrouw noemde hem onlangs in haar sociale feeds, maar sinds het begin van de bètatests zwijgt ze, hoewel ze altijd veelvuldig gebruikmaakt van sociale media. Eerder vlogen de hartje-emoji's heen en weer, en zelfs berichten met "Ik zal je missen", die volgens ons listige opzet waren.'

'Wat betekent dat voor ons?' vraagt Burt.

'Voor ons betekent dat Weeping Angel,' antwoordt Lakshmi.

'Ik wil er liever niet aan denken hoe je aan die naam bent gekomen,' zegt Sandra Cliffe droogjes.

Lakshmi legt uit dat de term werd bedacht toen ze het choquerende materiaal doornamen dat alle kandidaten op hun schermen bekeken. 'Erika, was jij het niet die zei dat zelfs de engelen daarom zouden wenen? Hoe dan ook, het bleef hangen.'

Erika meent dat dit een goed moment is om nog eens koffie aan te bieden. De twee CIA-prominenten bedanken.

'Dus als we naar het model kijken, denken we dat Brad en zijn metgezel ergens in een grijze zone voor een tv zitten,' vervolgt Erika. 'Dit is een perfect moment om Weeping Angel in te zetten. We gebruiken tv-toestellen in een grijze zone om ons te vertellen wie er in de buurt is.'

'Kun je dat uitleggen?' vraagt Burt.

Erika richt zich nu tot de adjunct-directeur. 'Het werkt zo. Door in de uitzendfrequenties te infiltreren, kunnen we toegang krijgen tot een bepaalde tv. Zodra we de controle daarover hebben, zetten we hem in "nep-uitstand", zoals wij het noemen, zodat de eigenaar denkt dat de tv uitstaat, terwijl die in feite nog aanstaat. Hij lijkt alleen maar uit. De tv werkt nu als een afluisterapparaat waarmee we extern geluid kunnen opvangen en de gegevens naar ons kunnen terugsturen. Onze software selecteert automatisch de sleutelwoorden of de eigen naam van het doelwit of de namen van dierbaren of vrienden, enzovoort. En dat is slechts één functie van Weeping Angel. Het programma is zelfs in staat om de controle over bijna alle apparatuur met een siliciumchip over te nemen.'

'Dus...' zegt Justin Amari, die langzaam zijn stem weer terugvindt, 'jullie... luisteren naar de... naar de privégesprekken van miljoenen Amerikanen... bespioneren hen... via hun tv-toestellen... om één enkel individu op te sporen?'

Burt komt tussenbeide. Hij snapt het. 'Rustig aan, Justin. Wat ze volgens mij zeggen is dat ze hen slechts als filter gebruiken om verdachten te elimineren. En het klopt toch dat alleen Fusioncomputers die informatie krijgen? Het is toch niet zo dat jullie teams daadwerkelijk toegang hebben tot al deze privégegevens?'

'Dat klopt inderdaad,' antwoordt Erika. 'Het systeem schift alle informatie automatisch, en pas als het systeem met een waarschijnlijkheid van minstens vijfentachtig procent vaststelt dat die persoon ons doelwit kan zijn, komt er een analist van vlees en bloed aan te pas. Aangezien al onze medewerkers gebonden zijn aan strikte geheimhoudingsovereenkomsten, kun je dit beschouwen als volledige privacybescherming.'

'Vijfentachtig procent zeg je?' vraagt dr. Cliffe. 'En hoe ben je aan dat percentage gekomen?'

'Nou,' zegt Erika, 'dat is ongeveer het aantal waarbij onze modellen zeggen dat de data met een menselijk oog bekeken moeten worden. Menselijke intelligentie om de uiteindelijke analyse te maken. Maar uiteindelijk zijn de geheimen van de burgers veilig.'

'Veilig bij jou,' vult Amari aan.

Sandra Cliffe lijkt zich helemaal niet op haar gemak te voelen in haar stoel.

'Dus voor alle duidelijkheid,' gaat Justin verder, 'je kunt elke kamer met een recente tv erin afluisteren, of die nu aan- of uitstaat, en nog wel zonder vertraging, door een paar regels code uit te voeren? Als je daarbeneden in de Void op een toets van een willekeurige computer drukt, kun je een tv dus in een nep-uitstand zetten?'

Erika: 'Klopt.'

'En in die stand kan een tv die uitgeschakeld lijkt gesprekken registreren?"

'Klopt.'

'En als je zou willen, kun je dus terug in de tijd gaan en die gesprekken doorzoeken op trefwoorden waar je later toevallig benieuwd naar bent?'

'In theorie.'

'In dat geval begint het er toch sterk op te lijken dat jullie alle Amerikanen zonder hun medeweten of toestemming afluisteren.'

'Lopen we nu niet het risico te vergeten waar we hier mee bezig zijn?' antwoordt Erika.

Het CIA-triumviraat staart haar aan. Hoewel Walker niet onder de indruk lijkt te zijn en 'Helemaal niet' zegt, staat de bezorgdheid duidelijk op de gezichten van dr. Cliffe en Justin Amari te lezen.

'Het hele doel van dit project,' zegt Erika op besliste toon, 'is om nieuwe instrumenten te verschaffen teneinde onze veiligheid te garanderen.'

Justin: 'Maar aangezien de CIA tot op heden niet op de hoogte was van deze programma's, zou het goed zijn om te weten hoelang dit programma al actief is en tot hoeveel tv-toestellen jullie tot nu toe toegang hebben gekregen. Een getal?'

Als Erika aarzelt om te antwoorden, meldt dr. Cliffe zich: 'We zouden een antwoord allemaal op prijs stellen, denk ik.'

'Niet op grote schaal actief. We zijn nog steeds aan het testen, maar deze bèta maakt natuurlijk deel uit van onze totale testprocedure.'

Door de glazen wanden van de vergaderzaal zien al Erika's gasten dat Cy in aantocht is.

'De cavalerie,' grapt Justin Amari.

Bij binnenkomst lijkt Cy ietwat gestrest, maar hij weet een lachje op zijn gezicht te toveren.

'Hallo, allemaal. Wat heb ik gemist? 'Waar zijn we? Excuses.'

'Perfecte timing eigenlijk,' antwoordt dr. Cliffe. 'We hebben net gehoord dat jullie die nieuwe programma's aan het testen zijn, Weeping Angel en ClearVoyant, en ik had een vraag die Erika net ging beantwoorden, namelijk tot hoeveel tv-toestellen jullie in heel Amerika toegang hebben gekregen.'

'Hoeveel wat? Televisies? O, miljoenen,' antwoordt Cy zonder aarzeling. Hij gaat zitten en observeert Erika's blik. 'Is er een probleem? Dit is een proefprogramma, ontwikkeld door en eigendom van WorldShare in het kader van onze overeenkomst met jullie instantie. Jullie hoeven het niet te gebruiken. Maar we wilden het ook niet achterhouden als het hier duidelijk van nut is.'

'En hoeveel miljoenen huizen en hotelkamers, luisteren jullie nu af, volgens jou?' vraagt Justin.

'Als we het alleen over tv's hebben? O, ik zou zeggen dat in wezen elke tv in het land die na 2018 is geproduceerd, de afgelopen zes maanden wel eens in valse offmodus heeft gestaan.'

'Echt waar?' Er valt een korte stilte voordat Justin verder gaat. 'En al die audio-informatie die jullie hebben verzameld? Hebben jullie die in bezit?'

'Dat is juist.'

'Waar?'

'In een van onze datafarms. Een superbeveiligde opslagplaats.'

'Dus die data worden passief verzameld, en wel voortdurend, en al die gesprekken zijn nu in particuliere handen?'

Cy kijkt het zaaltje rond, verbaasd over de bezorgde blikken. 'Is er soms een probleem?'

Justin zegt: 'Ik vermoed dat sommigen dat zouden denken als die erover zouden horen.'

'Echt waar?' roept Cy uit. 'Met alle respect, maar jullie zijn de CIA.' Cy taxeert de blikken van de drie CIA-vertegenwoordigers. 'Jullie zijn bij uitstek gewend om te doen wat noodzakelijk is, daarom willen we zo graag met jullie samenwerken.' Hij laat deze laatste zin even naklinken alvorens verder te gaan. 'En het is alom bekend dat jullie activiteiten in het binnenland door de wetgeving beperkt worden, maar niet volledig onmogelijk zijn. Verbeter me als ik het fout heb, maar tot nu toe mocht jullie binnenlandse divisie, de National Resources Division, op Amerikaans grondgebied alleen operaties uitvoeren tegen buitenlandse doelen. We veronderstellen dat onze waarde voor jullie eruit bestaat dat jullie via ons de binnenlandse inlichtingenactiviteiten kunnen uitbreiden, mocht de wetgeving herzien worden, om het zo maar te stellen. Als ik het mis heb, hoor ik dat graag, want wij bij Fusion hebben alles op het spel gezet. En dan bedoel ik echt alles. En dat allemaal voor jullie. Als dat niet gewaardeerd wordt...' Hij laat deze laatste zin even bezinken.

Burt Walker luistert ditmaal echt. Hij heeft absoluut grootse plannen. 'Staat genoteerd. Maar we moeten de rechtvaardiging voor deze informatievergaring nog altijd kunnen verkopen.'

'Nou,' gaat Cy verder, 'de informatie wordt alleen gebruikt om Amerikanen te beschermen. Persoonlijk heb ik er geen moeite mee om dat te rechtvaardigen, en ik vermoed dat voor een paar honderd miljoen Amerikanen hetzelfde geldt. Je wilde de veiligheid van Amerika toch naar een hoger niveau tillen? Zo ziet dat eruit. Welkom op het volgende niveau. Om vooruitgang te boeken, moeten we super agressief zijn, dat verzeker ik je. Dat is het ethos dat we bij WorldShare hebben ontwikkeld, in Fusion hebben geïmplementeerd en nu aan jullie aanbieden.'

Justin Amari is niet gediend van dergelijke frasen, en uit zijn blik blijkt dat hij allerminst overtuigd is. 'Een onbeperkte uitbreiding van de observatiemogelijkheden ten koste van de rechten van de burgers is niet realistisch. En dat is nog maar probleem nummer één.'

Sandra Cliffe houdt een slag om de arm. 'Ik vraag me gewoon af of deze specifieke technologie, waarover we nu pas van jullie vernemen, voor deze proef gebruikt zou moeten worden. Een dergelijk observatieniveau is zonder precedent in dit land en zal waarschijnlijk nooit worden toegestaan voor binnenlands gebruik. Dus waarom zouden we nu een technologie gebruiken die Fusion in de toekomst niet meer tot zijn beschikking heeft? Ook zal dr. Walker dit project na deze bètatest aan de directeur moeten verkopen, vervolgens aan het Congres en uiteindelijk aan de president. Elk van deze instanties zal de procedures kritisch tegen het licht houden, adviescommissies instellen en het gebruik van elke technologie moeten goedkeuren, en daarmee mogelijk voor het eerst ook de heimelijke uitbreiding van de CIA-operaties naar het eigen grondgebied. Dus om Justins woorden te gebruiken: ja, probleem.'

Burt Walker doet er nog een schepje bovenop. 'Kijk, we willen hier allemaal langzame, gestage vooruitgang boeken zonder onnodige publieke aandacht te trekken. Stapje voor stapje, als het ware. Zonder ophef. En uit jarenlange ervaring weet de CIA beter dan wie ook dat elke zweem van een "observatiemaatschappij" de burgers vreselijk zal afschrikken. Die wordt als on-Amerikaans beschouwd en zal zoveel weerstand oproepen dat het uiteindelijk ten koste zal gaan van onze macht en invloed. Dus moeten we subtiele stapjes zetten, en hoezeer ik ze wetenschappelijk gezien ook bewonder, deze twee programma's van jullie kan niemand als subtiel beschouwen.'

Sandra Cliffe vult aan: "Als iets naar het Russische of Chinese model riekt, moeten we heel voorzichtig zijn. Je preekt voor de min of meer bekeerden in deze zaal, maar Weeping Angel in het bijzonder... voelt heel... nou ja... Chinees aan.'

Burt neemt het over: 'Ik denk dat dat een goed punt is. In Chongqing zijn vijftienduizend taxi's met vergunning bijvoorbeeld uitgerust met camera's met gezichtsherkenning. Stel je dat eens voor in Amerika. Wie zou ooit een taxi nemen als alles wat je zegt of doet door de overheid wordt geregistreerd? Als binnenlands beleid is dat on-Amerikaans. Internationaal, oké, informatie verzamelen is onze kracht. We hebben daar een enorme speelruimte. Ik weet zeker dat er zowel bij de CIA als in het Congres veel steun zou zijn voor een plan om een nep-uitstand te installeren in tv's in Moskou, Peking, Teheran, Pyongyang... maar niet hier in Amerika. Nog niet in ieder geval.'

‘Wat vraag je ons nu eigenlijk om te doen, want ik snap het niet goed?’ vraagt Cy.

Walker: ‘Zet Weeping Angel voorlopig stop.’

‘Stopzetten?’

‘Ik denk dat we hier op zoek zijn naar evenwicht,’ vat Cliffe samen terwijl ze zich naar Justin toe draait en hem aankijkt, klaarblijkelijk om diens goedkeuring te vragen, alsof ze nu een script volgt dat hij heeft geschreven.

Die snelle blik van een hoge ambtenaar naar een lagere wekt Cy’s woede. ‘Zijn we daarvoor hier bij elkaar?’

‘We maken vorderingen,’ voegt Cliffe eraan toe. ‘Ja, inderdaad. Een evenwicht tussen wat de Chinezen het algemeen belang noemen en wat een politiestaat legitimeert, en wat wij hier in Amerika burgerrechten en vrijheid noemen.’

Bij het horen van zulke belegen, voor de hand liggende, regressieve argumenten kan Cy een luide zucht niet onderdrukken. Zijn blik treft eerst de irritant zwijgzame Erika, dan de verdwaasde Sandra Cliffe, de ruggengraatloze Burt Walker en als laatste en zeker de minste, de zelfingenomen Justin Amari, die belachelijk veel invloed heeft. Er volgt een langdurige stilte, die merkwaardig passend is voor een vergaderzaal vol behoedzame deelnemers die elkaar voortdurend in de gaten houden en beseffen dat de volgende opmerking buitengewoon schadelijk kan zijn.

16 dagen, 23 uur

BLUE RIDGE MOUNTAINS, DILLARD, GEORGIA

Brad Williams, Zero 7, IQ van 169, (volgens deze maatstaf eigenlijk een genie) heeft veel spijt van de subgeniale beslissing om zijn vriendin mee te nemen. Ze zijn pas bij elkaar, hij en Kimmy, en toen hij de brief kreeg dat hij was toegelaten tot het Going Zeroprogramma, verkeerde hij nog in een roes, vol van lust en verlangen. Ze kwam zo vaak voor in zijn erotische dromen, die over wat hij met die drie miljoen zou doen, dat een uitnodiging behoorlijk pro fucking forma werd. En niet alle dagdromen waren zelfs maar sexy. Hij zag haar al voor zich na de gezamenlijke overwinning, in het nieuwe huis dat hij met het gewonnen bedrag zou kopen, in die gele jurk van haar met die blote rug, zonder slipje eronder, terwijl ze zijn exclusieve zakelijke klanten met haar prachtige glimlach verwelkomde aan zijn enorme voordeur. Of Kimmy in het clubhuis, die hem samen met de andere vrouwen en vriendinnen opwachtte als hij binnenkwam na een nipt-boven-par-rondje met de CEO. Of anders Kimmy, als hij ooit een aanzoek zou doen, met hun bloedjes van kinderen op de gezinskerstkaart: 'Ons gezin, klaar om het jouwe te beschermen.' Brad begreep dat deze proef uiterst geheim was, maar meende toch dat hij op een of andere manier kon laten weten dat hij met die overwinning de gecombineerde Amerikaanse inlichtingendiensten op heroïsche wijze eigenhandig te slim af was geweest en had aangetoond waar die beter moesten presteren. Een medaille zou leuk zijn. Maar het geld is ook voldoende.

Brad Williams: ex-militair, nu een gerenommeerde online RHS: reputatieherstelspecialist. Negen-tot-vijfbaan ten dienste van *Fortune 500*-bedrijven en Hollywoodsterren. Hij weet hoe ellendig het is als jarenlang gezwoeg alleen vanwege wat negatieve publiciteit online door het putje gaat, hoe frustrerend het is als je in je jeugd een foutje hebt gemaakt dat je wilt uitwissen en rechtzetten, maar daar niet in slaagt, terwijl je nu een fantastisch bedrijf hebt dat bij de eerste de beste simpele betrouwbaarheidscheck door de mand valt. Al op zijn negentiende zag hij hier een markt. Hij schreef zijn eerste programmacode en ontwikkelde een technologie om beschadigde reputaties snel te herstellen, die kwetsbaarheid onschadelijk te maken en een getroffen persoon of merk in staat te stellen nog beter te presteren dan daarvoor. Hij noemde zijn bedrijf SecondChanceSaloon. Voor een riant honorarium stuurt hij mannen, vrouwen en bedrijven frisgewassen en hersteld naar hun echtgenoten, werkgevers, opdrachtgevers en aandeelhouders terug. En tot dusver gaan de zaken goed. Afkloppen natuurlijk, maar er is geen tekort aan kandidaten die hulp nodig hebben om hun foutjes weg te poetsen. Probleem is dat hij nu ernstig stagneert. Er zijn te veel concurrenten in zijn branche opgedoken, dus een grote, met veel publiciteit gelardeerde overwinning op Fusion zou hem echt naar een heel nieuw niveau tillen en hem onderscheiden van zijn rivalen. Met een nieuw pand, verbeterde marketing en de juiste pr (de ideale echtgenote) zou hij dominant zijn in de sector en die durfkapitaalmiljardairs van zich af kunnen slaan.

Maar Kimmy… Tja, ze is het gewoon net niet. Onder haar vlotte glimlach koestert ze Bepaalde Ideeën, en daarbij heeft ze last van een ijzeren willetje. Ze bezit tot zijn verbazing ook de gave om narigheid die ze niet wil horen volstrekt te negeren. Op dag 2 al wist hij in het schattigste boetiekje buiten Savannah nog net te verhinderen dat ze met haar eigen creditcard betaalde voor kleding die ze wilde kopen en nadat ze de hele nacht hadden doorgereden om zo ver mogelijk van die volgens haar 'volstrekt noodzakelijke' aankoop vandaan te komen, moest hij haar tegenhouden toen ze die verdomde kaart weer wilde gebruiken voor een hoop rommel uit een Indiaanse cadeauwinkel waar ze helemaal gek van was.

Hoe moeilijk kan het zijn? Hij houdt zich al vele jaren bezig met de nieuwste observatie- en dataminingtechnieken. Deze materie is zijn beroep, of liever gezegd zijn nevenberoep. Hij heeft de locatieservice van hun telefoons en laptops meteen aan het begin uitgeschakeld. Hij heeft Kimmy speels op kleine digitale verraders gefouilleerd die mogelijk bij haar waren beland, wat uiteindelijk best sexy bleek. In kamer 18 van een goedkoop motel buiten Atlanta bereed ze hem als een wild paard, uitzinnig jammerend als een banshee toen ze klaarkwam. Dat zette de toon voor de volgende dagen: ze smeedden plannen, ze neukten, smeedden plannen en neukten. Maar de lol was er wel af toen hij haar Fitbit en calorieënteller aantrof, hoewel ze beloofd had die niet mee te nemen, en die boos naar huis opstuurde. Godskolere.

Toen begonnen de ruzies pas echt. Ze zei dat hij niet echt een kans maakte op de overwinning en verdomme eens normaal moest doen. Hij zei dat het echt iets voor haar was om geen vertrouwen in hem te hebben, en vroeg haar zijn dromen voortaan niet meer te dwarsbomen.

En verder is nu duidelijk dat als Kimmy niet haar laatste triviale kletspraat op Instagram kwijt kan of niet om kattenvideo's op WorldShare kan giechelen, ze niet veel te melden heeft.

Hoe uitgebreid hun voorzorgsmaatregelen ook zijn – steden vermijden, zich van de ene grijze zone naar de andere verplaatsen (geen mobiele masten of gezichtsherkenning) – blijven reizen zou gewoon te veel digitale slapende honden wakker maken. En zo zijn ze hier uiteindelijk blijven steken, onder valse namen in een hotelletje midden in de Little Tennessee Valley. Ze hebben contant twee weken vooruit betaald. Het hotel ligt diep in de bossen in een van de beste 5G-loze grijze zones die hij van tevoren heeft aangewezen en is gebouwd voor solipsistische retraites, ver weg van alles en de rest. De spa moest Kimmy tevreden houden (gratis badjassen, slippers, 24-uursroomservice, lymfedrainagemassages), maar ze mekkert nog steeds.

Afgezien van zijn grondige kennis van Amerika's zwakke plekken in het observeren van burgers – die gebieden in het land waar statistisch gezien nooit schadelijke informatie van digitale aard is opgedoken – is er nog een verrassend voordeel verbonden aan zijn zwart-zijn, en daarvoor hoeft hij zijn speciale talenten niet te gebruiken. Weinig bekend feit: Gezichtsherkenningsalgoritmen, ontworpen door witte ingenieurs, gaan er inmiddels van uit dat alle zwarten – wat een verrassing –

er min of meer hetzelfde uitzien, wat betekent dat het Fusionsysteem overspoeld zal worden met valse treffers wanneer het naar hem op zoek gaat. Dan duikt er een heel legioen Brad Williamsdubbelgangers op, naar wie Fusion in hopeloze achtervolgingen van gigantische omvang door het hele land op jacht gaat.

'Ik verveel me rot, ik heb vandaag een heel boek gelezen,' klaagt Kimmy terwijl ze de deur opent en de kamer binnenkomt.

Brad kijkt hoe ze op blote voeten tussen hem en de televisie door trippelt. Haar bikini is minuscuul, maar ze kan het hebben. Hij tuurt te aandachtig naar haar kont om het boek op te merken dat zijn kant op vliegt. Het treft hem recht in zijn kruis.

Wanneer de echo van zijn kreet wegebt, en veel later de pijn, en nadat hij haar verontschuldiging heeft aanvaard, ziet hij dat haar blik niet veranderd is.

'Kunnen we vanavond niet gewoon uitgaan, schatje?' vraagt ze. 'Ik verveel me rot. Laten we naar de stad rijden en ergens gaan dansen. Ik word hier knettergek.'

Hij zet de tv uit waarop hij een misdaadserie zat te kijken met een geniale maffioso, op wie Brad losjes zijn eigen stijl heeft gebaseerd. Hij pakt het boek op. Een baksteen van een ding met zilverfolie en krulletters op het omslag. *Verlangen*. Het zal wel.

'Nee. Ik heb je al duizend keer gezegd dat we niet de stad in gaan. Ze hebben daar verdomme camera's op elke straatlantaarn. Zinloos om zoveel risico te nemen. Die apparaten leren snel.'

'Kun je geen vermomming dragen of zo?'

'Nee! Ze kunnen door vermommingen heen kijken. Snap je het dan echt niet? De nieuwste generatie kan dwars door een N95-masker heen kijken. Jezus, waarom is het zo moeilijk voor jou om een paar weken bij een zwembad te blijven zitten en je reet bij te kleuren? Of lees godverdomme nog een boek.'

'Dit is de ergste vakantie die ik ooit heb meegemaakt! Punt uit. En ik kan niet eens mijn vriendinnen bellen en ze erover vertellen.'

'Het is geen vakantie! Het is geen...'

'Nou, zeg dat wel, Bradley!'

Uit een hoek van haar koffer pakt ze een lap groene stof op. Ze trekt de jurk aan over haar piepkleine, diep gedecolleteerde bikini en zakt dan naast hem op de bank, haar lichamelijke kwaliteiten etalerend. Voor hem ruikt ze naar chloor.

'We zijn op de vlucht,' zegt hij nog maar eens terwijl hij met zijn hand over haar linkerborst wrijft zonder dat ze bezwaar maakt.

'Maar je hebt toch niets verkeerds gedaan?' Ze bijt als een kind op de zijkant van haar duim.

'Nee. Het is een test. Dat heb ik je al gezegd. Die Fusionlui willen zeker weten dat die zooi van hen werkt. Ik ben speciaal geselecteerd om hen te helpen erachter te komen waar ze de laatste gaten moeten dichten. Ik dus, de allerbeste onder de besten. Ze hebben tegen me gezegd dat ik Go Zero moest gaan, en daar zijn we nu mee bezig. Going Zero. Dus dat betekent geen mobieltjes, geen computers, geen creditcards, geen Fitbits. En we blijven in de grijze zones.'

'Grijze zones,' kreunt ze.

'Ja, grijze zones. En over twee weken is de test voorbij. Brad één, Amerikaanse overheid nul. Christus, Kimmy, je weet dit verdomme allemaal allang.'

'Die Cy Baxter is wel leuk. Heeft hij een vriendin?'

'Ik zal hem aan je voorstellen nadat die klootzak me die drie miljoen heeft gegeven.'

'Ons,' zegt ze. 'Hij geeft ons de drie miljoen. Ons, schatje.'

Brad is oprecht verbaasd. 'Hoe bedoel je, ons?'

'Ons!'

'Ze hebben mij gerekruteerd, hoor. Ik doe al het werk en betaal alle kosten. En wat is jouw bijdrage?'

'Denk je dat dit makkelijk is voor mij?' vraagt Kimmy. 'Afgesneden van alles? De helft van die beloning is van mij, klootzak. Anders ga ik je meteen aangeven.'

'Je krijgt geen anderhalf miljoen dollar om in een spa te zitten en een boek te lezen, idioot. Laat dat hier ter plekke duidelijk zijn.'

Nu blijkt dat Kimmy toch heel wat te vertellen heeft, en ze slingert een spervuur van beledigingen op hem af, alsof het kogels uit een, laten we zeggen, M16-aanvalsgeweer zijn, *rat-a-tat-tat*, allemaal raak en vlak in de buurt van de Sony Bravia OLED-tv, die donker en onschuldig op een tafel tegen de muur staat, met een klein rood stand-bylampje als enige indicatie van zijn geheime innerlijke leven.

Als het Fusionarrestatieteam de volgende ochtend om zes uur arriveert, is Brad bijna blij ze te zien.

14 dagen, 22 uur

AMERIKAANS-CANADESE GRENS

Haar enkel houdt zich redelijk goed. Ibuprofen helpt. En de afgelopen week, waarin ze van de ene naar de andere plaats reed en in onmodieuze kamers logeerde bij oudere B&B-eigenaren, die hun boodschappen doen op boerenmarkten en elkaar nog steeds ansichtkaarten schrijven, heeft haar goed gedaan. Ze is rustiger. Ze heeft eindelijk geslapen. Ze nam de tijd om na te denken, echt na te denken, over Warren en waar ze mee bezig is.

En dat laatste blijkt de moeite waard te zijn. Ja, het is veel moeilijker geweest dan ze had gedacht – de nachtmerrie in de mijnschacht, haar verwondingen, de ontsnapping uit het ziekenhuis, de stress die regelmatig alle kanten op schiet, de hele zooi – maar haar plan om naar het noorden te rijden, de grens per boot over te steken, in veiligheid de tijd te doden in Canada, zoals ze had gepland, dat is tot nu toe eigenlijk best goed gelukt, toch? Een bemoedigend woord zou fijn zijn, smeekt ze Warren in gedachten. Een imaginaire knuffel?

Ze koopt een *Washington Post* en leest de rubrieksadvertenties. Niets. Jezus. Waar zit je?

Ze vindt een kamer voor de nacht bij de grens in Hamilton, Ontario, en besluit om morgen uit Canada te vertrekken om dichter bij de plek te komen waar ze moet zijn. De meest recente uitbaatster heeft zelfgebakken kip voor haar en kletst over haar kleinkinderen.

13 dagen, 21 uur

BRYCE CANYON, UTAH

Jenn May, Zero 8, heeft een vrij eenvoudige filosofie in het leven: hou je afzijdig. Ze is opgegroeid in een groot katholiek gezin in New York City. In achttien jaar vol huiselijke drama heeft ze genoeg menselijke contacten voor haar hele leven gehad.

In de plaatselijke bibliotheek kwam ze voor het eerst met computers in aanraking, en de logica ervan sprak haar meteen aan. Ze waren nooit humeurig of wreed. Een binair systeem, ja en nee, duidelijke keuzes, uitwaaierend als een delta. Jazeker, Jenn en computers konden het goed met elkaar vinden.

Op de universiteit bleken haar steeds grotere vaardigheden meer dan voldoende om de corpsballen bij te houden die drie dagen voor een toets nog zaten te gamen, en in dat klimaat slaagde ze probleemloos voor elke uitdaging waaraan de hoogleraren haar onderwierpen, terwijl die jongens lawaaiig om haar heen bakkeleiden en luidruchtig op de vuist gingen. Ze deed alsof ze er niet waren. Ze konden hun ogen niet van haar afhouden.

Na haar afstuderen lonkte de cybersecurity. Een geweldig bedrijf bood haar een stabiel, behoorlijk inkomen en de mogelijkheid om thuis te werken. Ze nam de baan en betrok een minimalistisch appartement in Sacramento. Ze komt regelmatig in de yogastudio verderop en heeft af en toe een discrete affaire als ze op zakenreis is. Toen een van die jongens haar onlangs zijn liefde verklaarde, vond ze dat lichtelijk weerzinwekkend. Tijdens een consult bij een therapeut daarover probeerde ze de vinger op de oorzaak van een dergelijke reactie te leggen. Haar broers en zussen hebben haar adres of haar mobiele nummer niet eens, en dat bevalt haar prima.

Een van haar overheidscontacten vroeg haar zich kandidaat te stellen voor de Fusion Initiativebètatest. Ze hadden iemand nodig die het systeem daadwerkelijk op de proef kon stellen. Ze stemde toe, trof voorbereidingen en ontving het Go Zero-alarm met de ijzige kalmte waarmee ze elke uitdaging aangaat. Ze schakelde de locatietoegang van al haar apparaten uit. Aan sociale media deed ze toch al niet. In haar zakelijke e-mailaccount heeft ze voor mogelijke klanten een melding ingesteld dat ze een maand lang weg is. Haar huidige klanten heeft ze de nummers gegeven van drie uitmuntende technici die haar en haar werk kenden en spoedeisende problemen direct konden oplossen.

Ze heeft een bitcoinaccount, zodat het niet veel moeite kostte om via het darkweb een goed gelijkend vals rijbewijs en een creditcard aan te schaffen. Daarmee is ze uit de stad vertrokken.

13 dagen, 18 uur

AMERIKAANS-CANADESE GRENS

Bij het eerste licht stopt een eenzame wandelaar op een overwoekerd zijpad bij de grens voor een eenvoudig bord op een stalen paal.

WAARSCHUWING:
GRENS US.
DOORGANG VOOR VOETGANGERS VERBODEN.
OVERTREDERS WORDEN GEARRESTEERD, BEBOET
EN/OF EIGENDOMMEN VERBEURD VERKLAARD.
DOUANE EN GRENSWACHT US.
MELD VERDACHTE ACTIVITEITEN AAN 1-800-218-9788.

Ze blijft staan, drinkt water uit een fles. God zegene Amerika, land waar ik van hou. Waarom, o waarom hebt u mij verlaten?

Maar ze moet het land opnieuw binnengaan. Dat was haar oorspronkelijke plan: Canada, maar dan weer terugkeren, want ze wordt in de States verwacht. Ze heeft een afspraak die ze niet mag missen.

Ze schroeft het deksel weer op de fles en bergt hem op. Ze raakt het bord aan om geluk af te dwingen en loopt verder, zich een weg banend door het gebladerte, vindt het zelden gebruikte pad, raakt het weer kwijt en vindt het weer terug.

12 dagen, 21 uur

FUSION CENTRAL, WASHINGTON, DC

Sonia Duvall, die op eigen verzoek is overgeplaatst naar Jenn Mays Arrestatieteam, heeft de kansen van deze Zero altijd hoog ingeschat en geniet van haar eigen rol in de jacht op haar. Als iemand aan opsporing en gevangenneming kan ontsnappen, is het Jenn wel, en Sonia is iemand die graag een hoop te doen heeft.

Nadat ze in Jenns privéleven was gedoken, op zoek naar aanwijzingen, identificeerde Sonia zich sterk met wat ze aantrof: enig kind, vader jong gestorven, en wat relaties betreft raakt Sonia ook snel verveeld bij de mannen die ze kan krijgen en verlangt ze naar degenen die ze niet kan krijgen. In combinatie met de vele andere sterke gelijkenissen – haarkleur, lengte, zet een streepje door haar zevens – wekt het geen verbazing dat Sonia het gevoel heeft dat ze op jacht is naar een reproductie van zichzelf.

De dagen gleden voorbij. Niets concreets. Pas toen ze de overzichten doornam van elke autoverhuurbedrijf dat Jenn de afgelopen vijf jaar had gekozen, ontdekte ze een patroon dat zelfs de computers niet hadden gezien. Vervolgens paste haar team gezichtsherkenning toe met behulp van verkeerscamera's, waarbij het zich richtte op grijze zones – het soort weidse landschappen waar Jenn voor leek te kiezen als ze in haar vrije tijd op reis ging – en vergeleek die met haar favoriete autotypes. Ze zocht de beelden van de verkeerscamera's af op alle automerken waarin Jenn ooit had gereden en leerde de algoritmen de kenmerken van haar rijstijl, zoals hoe ze vaart minderde voor verkeerslichten maar daarbij zoveel mogelijk vermeed om te stoppen, hoe ze vooruit inparkeerde door met het voorwiel de stoeprand op te rijden, hoe ze altijd haar knipperlichten lang voordat ze afsloeg al aanzette, hoe slecht ze in het donker zag en daarom voor de rechter rijstrook koos en ver onder de maximumsnelheid bleef.

Twaalf dagen later hadden ze achttienduizend mogelijke matches. De camera's op de tolwegen, die getraind waren om kentekens te lezen, gingen op zoek naar haar gezicht. De algoritmen pasten zich voortdurend aan, glurend door de voorruiten.

Sonia denkt dat Jenn de tolwegen waarschijnlijk helemaal zal vermijden, maar ze moeten die toch controleren. Na aftrek van alle mannelijke chauffeurs resteren er zevenduizend kandidaten. En nadat de gezichtsherkenningssoftware de meeste anderen eruit had gefilterd, slonk de lijst al snel tot vierentachtig chauffeurs wier gezichten ofwel op die van Jenn leken ofwel te vaag zichtbaar waren achter de vuile voorruit om definitief uit te sluiten. Toen alle zichtbare gezichten waren verworpen – neus te lang, ogen te dicht bij elkaar, lippen te vol – hadden deze analisten na grondig onderzoek van de onzichtbare tweede groep Sonja op dag 17 voorzien van het kenteken van een auto die eigendom bleek te zijn van een achternicht van een zekere Jenn May.

Daarna was het niet moeilijk meer de auto te vinden.

12 dagen, 20 uur

BRYCE CANYON, UTAH

De lucht is hier ijl en helder. Jenn May is niet iemand die diep ontzag heeft voor de natuur, zelfs niet voor deze slanke rode rotsnaalden die zo'n onaards landschap vormen, maar ze kijkt er toch een tijdje naar, terwijl de dalende zon schaduwen als van een zonnewijzer over het land werpt. Na haar yoga-oefeningen stapt ze in haar auto, gereed om de rest van de dag onderweg te zijn, een negen uur durende rit naar Jackson Hole. Daar schijnt een uitstekend logies zonder bereik te zijn waar ze kan verblijven.

Als ze twee uur onderweg is op Route 89 maakt de cantate van Bach op de autoradio ineens plaats voor een hardstylecompositie met een refrein waarin viermaal de woorden 'Die bitch' herhaald worden. Jenn kijkt fronsend. Ze zoekt Bach weer op. Twintig seconden later weer 'Die Bitch'. Er is iets vreemds met het geluidssysteem. Om een of andere reden kiest het zelf een bepaalde zender. Ze zet de radio uit. Ze geniet een paar seconden van de stilte voordat het apparaat zichzelf weer inschakelt! Wat is dit in godsnaam?

Jenn trekt een wenkbrauw op en kijkt of ze een afslag ziet die haar van de snelweg naar een klein plaatsje brengt waar ze kan stoppen en het systeem kan uitschakelen, ook als dat betekent dat ze er met een steen tegenaan moet slaan. Maar dan accelereert de auto ineens. Ze trapt op de rem. Niets. Ze kan wel nog steeds sturen. Het lukt haar om de controle over de auto te houden terwijl ze tussen het weinige verkeer door laveert, maar het zweet staat inmiddels in haar handen en haar hart begint te bonzen. Na tien jaar serieuze meditatieoefeningen slaagt ze er nog net in haar paniek te bedwingen. Nog net. Maar dan kan ze ineens ook niet meer sturen. De auto remt af, versnelt weer en begint dan angstaanjagend stuivertje te wisselen met wazig kijkende gezinnen in campers en gebutste pick-ups. Steeds weer schreeuwt ze het uit, terwijl de radio 'Die Bitch' blèrt. Hoe ze ook aan het stuur draait, er is geen verbinding met de wielbasis meer. Acht angstaanjagende minuten lang voelt ze zich zo machteloos als in een achtbaan, terwijl de spookchauffeur haar als een krankzinnige tussen het verkeer door voert, waarbij hij over de vluchtstrook inhaalt, trucks met oplegger met knipperende alarmlichten achtervolgt en voortdurend claxonneert, en dat allemaal onder de zich herhalende marteling van 'Die Bitch'.

Opeens is het voorbij. De auto schiet nog eenmaal naar voren, maar mindert dan vaart. 'Die Bitch' maakt weer plaats voor Bach. De airco gaat aan en blaast zachtjes over haar heen terwijl ze nu rustig en niet sneller dan de toegestane maximum snelheid naar een parkeerplaats bij Holden wordt gebracht, waar de auto door onbekende krachten vakkundig in de schaduw wordt geparkeerd. Met haar handen op het nutteloze stuur blijft ze toekijken. Op een plek met uitzicht op de bergen probeert ze het portier. Nog steeds op slot. Ze maakt haar gordel los, reikt naar het passagiersportier en probeert dat te openen. Ook op slot. Dan probeert ze de elektrische ramen te laten zakken door op de schakelaar te drukken. Niets. Na een tijdje komt er een andere auto aanrijden. Ze zwaait. Ze zwaait wanhopig. Ze schreeuwt het uit. Ze drukt zelfs op de claxon, maar de claxon maakt geen geluid. Haar gezwaai blijft onopgemerkt of wordt genegeerd. De auto verdwijnt uit het zicht. Een half uur lang huilt ze terwijl ze daar opgesloten zit. Af en toe barst de woede los en probeert ze tevergeefs de ramen in te slaan. Ze zijn onbreekbaar, in ieder geval voor haar. Uiteindelijk geeft ze het op. Deze spookauto, van het kwaad bezeten, heeft haar in zijn macht.

Het kost het arrestatieteam twee uur om Jenn May te bereiken. Ze krijgt een tablet van hen. Terwijl het team op een afstandje blijft staan, tekent zij de arrestatiedocumenten, tegen haar auto leunend, en sluit dan het oortje aan, zoals haar geïnstrueerd is, om met Sonia Duvall verbonden te worden. Op het iPadscherm verschijnt het beeld van Sonia, met haar haar strak naar achteren en gekleed in een grijs jasje en een vuurrode blouse. Vreemd genoeg lijkt ze in een sequoiabos te zitten.

'Herinner je je een zekere George Phillipson van de universiteit?' vraagt Sonia haar.

Jenn kan zich hem vaag herinneren: zijn ogen, een huiveringwekkend gebochelde man, bij vlagen slim, maar de rest van de tijd fulminerend vol opgekropte wrok.

'Ja, hij heeft me ooit mee uit gevraagd. Ik heb nee gezegd.'

'Puur toeval, maar hij heeft hier gewerkt. We hebben veel uitstekende programmeurs,' zegt Sonia. 'Hoe dan ook, zodra we jouw collegedictaten hadden, wisten we van zijn band met jou, en toen bevestigde hij dat hij je kende, wat strikt genomen niet tegen de regels is. Hij wist ons ervan te overtuigen dat dat een voordeel was en dat er geen persoonlijke vijandigheid tussen jullie bestond. Het spijt me dat ik ongelijk had.'

Sonia houdt oogcontact en Jenn voelt dat deze vrouw haar op afstand doorziet, maar neemt er geen aanstoot aan.

'Dus dat verklaart "Die Bitch"?

'Ja.'

'Mag ik aannemen dat hij niet meer voor jullie werkt?'

'Dat mag je inderdaad aannemen.'

'Eikel.'

'Met die kwalificatie zouden we het niet oneens zijn.'

11 dagen, 13 uur

COUNTY ROUTE 17, TEN NOORDEN VAN MOIRA, NEW YORK

Ze doet iets wat mogelijkerwijs heel dom kan blijken. Iedereen doet af en toe wel zoiets, en vaker nog als je uitgeput bent of er sprake is van pijn, of als je emotioneel aan je eind van je Latijn bent of gewoon wanneer ook honger of dorst nog om de hoek komen kijken.

Op dit punt, op een stille weg in de amberkleurige avondschemering, na drie uur wandelen, waarvan de helft gehinderd door een gewonde voet, is ze helemaal van streek. Het ene moment denkt ze aan Warren, het volgende aan een liedje uit haar kindertijd om de moed erin te houden: *If you like Ukulele Lady, Ukulele Lady like a'you. If you like to linger where it's shady, Ukulele Lady linger too...* En dan vraagt ze zich weer af waar ze zich op de kaart precies bevindt. Bovendien wordt het koud, zonder B&B in zicht. Een strakke bries teistert haar gezicht. Ze moet van deze weg af en een schuilplaats zoeken. Ze ziet wolven links en rechts in het bos, spinnen die over haar slapende gezicht lopen, mocht ze zich in de vochtige ondergroei te ruste leggen. Ze zou misschien nooit meer wakker worden na zo'n avond! Als afwisselende paukenslagen – *bonk, tsjak, bonk, tsjak, bonk, tsjak* – klikken en klakken haar plastic *rocker*-zoolschoenen en haar vertrouwde leren Timberland afwisselend op het asfalt. *Maybe she'll sigh... dodadodado... Maybe she'll cry.* Koplampen doemen op in de verte. Op dat moment begint ze te zwaaien, in plaats van zich te verstoppen. De auto komt dichterbij. Haar ogen afschermend tegen het licht zwaait ze nog fanatieker, en gelukkig remt de chauffeur af.

Tot nu toe is ze tijdens haar avontuur echt heel voorzichtig geweest door vrouwelijke chauffeurs te selecteren (met uitzondering van de drie mooie Canadese jongens) en heeft ze de mannen gebaard om door te rijden, maar niets is normaal aan dit moment, en de pick-up is sowieso al naast haar gestopt voordat ze ziet dat het een oudere man alleen is.

Ze schat de risico's in en besluit dat ze deze man waarschijnlijk wel aankan. Hij is in de vijftig, leunt over het stuur en beoordeelt haar, ongetwijfeld behoorlijk verbaasd om een vrouw op zo'n afgelegen plek te zien, in haar eentje nog wel. Ze vertrouwt hem. Geruit overhemd. Pezig. Geen open bierblikjes op het dashboard. Een beetje roest hier en daar op het plaatwerk, wat suggereert dat deze man het niet altijd even gemakkelijk heeft gehad.

Verlicht door zijn eigen koplampen kijkt hij haar met een strak gezicht aan. Een plukje rughaar dat boven de kraag uitkomt. Hij vraagt: 'Alles goed met je?'

'Ik kan wel een lift gebruiken.'

'Stap dan maar in. Gooi je spullen achterin.'

Nadat ze haar rugzak in de bak van de pick-up heeft gelegd, neemt ze plaats op de passagiersstoel en trekt het portier dicht. Een enorme opluchting om uit de kou te zijn.

'Wat doe je in godsnaam op zo'n oude weg als deze?' Hij kijkt in de spiegel, schakelt en rijdt het stille asfalt op.

Ze verzint een verhaal dat ze van flinke wandelingen houdt en net op weg is naar huis.

Hij schakelt weer en kijkt haar vragend aan. 'Zit je echt niet een beetje in de problemen?'

'Nee. Hoezo?'

'Die snijwonden in je gezicht, blauwe plekken. Zo te zien ben je daar behoorlijk toegetakeld. Ben je een beer tegengekomen of zo?'

Glimlach. 'Geen beren,' zegt ze. 'Het gaat prima met me.'

'Als jij het zegt.'

Hoe slecht ze zich ook op haar gemak voelt omdat haar leugens flinterdun lijken, en omdat hij haar iets te vaak aankijkt, waardoor ze voor het eerst denkt dat ze een grote fout heeft gemaakt door in deze pick-up te stappen, daar staat tegenover dat haar enkel verschrikkelijk pijnlijk is, dat het enige effect van de zes pijnstillers die ze heeft geslikt is dat ze zich duizelig en wazig voelt en dat het sowieso veel te koud werd om buiten in het donker te kunnen slapen. Terwijl ze worstelt om haar met ibuprofen doordrenkte gedachten te ordenen, dringt zich het beeld op van een heerlijk warm stoombad. Ah, alleen al de gedachte: wegzakken, soppen! Sommige van die B&B's hebben kleine flesjes badbubbels. Warren had ooit een luxe bad voor haar klaargemaakt na een rotdag op het werk. Kaarsen, wijn, bubbels. Ze had zich erin laten zakken, de schuimvlokken met haar handen verspreid en zich ermee bedekt, maar na tien minuten begon ze zich te vervelen. Ze was naar de keuken gelopen en had tegen hem geklaagd dat het spul haar haar plakkerig maakte en dat er nu gesmolten was op de tegels lag. 'Nu jij weer, prins van mijn dromen.' Hij had haar uitgelachen. Nu ziet ze hem weer voor zich. Zijn gezicht werd plotseling ernstig, alsof hij gevaar zag aankomen.

Word wakker, schat. Nu meteen!

Ze is weer bij de les en ziet een richtingbord: MOIRA, 19 KILOMETER. Ze herinnert zich de oefening die Warren haar had geleerd en voordat de oude chauffeur kan protesteren, richt ze zich op en doet het cabinelampje aan.

'Vindt u het goed?'

Zodra hij niet kijkt, brengt ze haar telefoon snel naar haar oor, waarbij ze het scherm verbergt zodat ze, wanneer hij weer naar haar kijkt, al aandachtig naar haar telefoon kijkt.

Als hij nogmaals een blik op haar werpt, vindt Kaitlyn het tijd hem in te lichten: 'Ik bel mijn man Warren.' Dan zegt ze in de telefoon: 'Schat? Ja hoor. O, alles goed met me nu. Ik had zo'n mazzel, ik heb een lift gekregen van...' Ze kijkt de chauffeur weer aan. 'Van? Sorry, uw naam, meneer?'

'Bill,' zegt de chauffeur met tegenzin.

'Bill,' zegt ze in de telefoon. 'O, we zitten precies negentien kilometer ten noorden van Moira, New York, op County Route 17. Ja, 17. O nee. Maak je geen zorgen. Er is niets met me aan de hand. Ja, ik schrijf de kentekens altijd op. Ze glimlacht tegen Bill. 'Oude rode Ford-pick-up, kenteken PJL69243. New Yorkkentekenplaten, ja. Zoals je me hebt opgedragen. Wat maak je je toch altijd zorgen! Met mij gaat het prima. En

Bill is zo aardig om me een lift te geven. Hij brengt me naar…' Tegen Bill: 'Waarheen eigenlijk? Hoe ver gaat u, meneer?'

Bill, nu chagrijnig: 'Potsdam.'

'Naar Potsdam, schatje. Nee, dat hoeft niet. Het gaat nu goed met me. Weet je het zeker? Oké. Ik hou van je.' Snel beëindigt ze het toneelstukje en stopt de telefoon weer in haar zak, zonder het scherm te hebben getoond.

'Warren is u hier ontzettend dankbaar voor. Hij zegt dat ik u moet bedanken.'

'Ja, ja.'

Bill, misschien beledigd door wat hij daarnet heeft gehoord – Ze heeft verdomme mijn kenteken genoteerd? Wie denkt ze wel niet dat ik ben? – zegt niet 'lief meissie' of iets anders tot ze in Moira zijn. Die saaie Bill blijkt slechts de eerste van een aantal zwijgende, licht gepikeerde mannelijke chauffeurs die sluwe Kaitlyn de komende anderhalve dag zonder incidenten zo'n 260 kilometer verder zullen brengen.

10 dagen, 5 uur

FUSION CENTRAL, WASHINGTON, DC

Burt Walker vindt dat Fusion Central te veel op een pretpark lijkt. De portiers zijn niet verkleed als antropomorfe knaagdieren, maar dat had wel gekund. Van de gebeitelde glimlach van de receptionisten tot de high-def illusie van het indoor arboretum en de Voidmedewerkers die rondhuppelen als probleemoplossende Oempa Loempa's in een tech-versie van *Sjakie en de chocoladefabriek*, alles is ontworpen om je betrokken, veilig en gelukkig te maken, zodat in deze onderneming vooral plezier voorop lijkt te staan. Het bezorgt hem de rillingen. Zijn zalen, de zalen in Langley, zijn sober, kil, kaal en praktisch. De CIA heeft daadwerkelijk een dresscode. Het is een plek voor serieuze medewerkers om serieus werk te doen, en deze medewerkers weten één ding: dat stabiliteit fragiel is en bij de geringste trilling van Gods duimen als een theekopje op een tegelvloer in stukken kan vallen. Plezier? Wanneer je geconfronteerd wordt met een crisis met het kaliber van Oekraïne, waarbij de wereld in één ochtend van vrede in code rood is gestort, waarbij het buitenlandse luchtruim zich vult met bommenwerpers vol explosieven, waarbij de hel op democratieën neerdaalt en onschuldige inwoners met miljoenen tegelijk op de vlucht moeten slaan, en waarbij de egoïstische westerse wereld als antwoord zijn geringe aanspraken op enige nobelheid moet herwinnen, waar is dan nog plek voor T-shirts met Mickey Mouseafbeeldingen, voor high fives, voor gratis snoepjes in reusachtige schalen, voor flipperkasten in de hal, voor 'plezier'?

Burt, die op de achterbank van een limousine op weg is naar Cy's magische koninkrijk, met zijn aktetas open op de stoel naast hem, negeert de rapporten die erin zitten. In plaats daarvan maakt hij zich druk over Cy's nieuwe speeltjes, zoals het nep-uitmodusprogramma en Clear-Voyant, beide aantoonbaar waardevol maar tegelijk aantoonbaar rampzalig, en hij is nu hoe dan ook medeplichtig aan de toekomstige impact ervan.

Door het geld en de steun voor de inzet ervan te verschaffen, had hij ze evengoed zelf kunnen uitvinden! Als wetenschapper kan hij voorspellen welke nieuwe bedreigingen deze wapens vormen, maar niet welke schade ze zullen toebrengen aan de persoonlijke levenssfeer. Dat debat, een twintigste-eeuws curiositeit, is slechts futiele achtergrondruis: het recht op privacy is al definitief verdwenen, of althans zo aangetast dat het feitelijk zonder betekenis is. Nee, de echte huidige en toekomstige bedreiging is manipulatie, het opleggen van voorgeschreven standpunten en gedragswijzen aan een onwetende burgerij, de onopgemerkte verschuiving van overheidstoezicht naar overheidscontrole, het laatste hoofdstuk van het lange verhaal van de democratie, waarbij de vrije wil wordt vervormd tot gewillige onderdanigheid.

In deze buitengewoon belangrijke kwestie, en als wetenschapper, staat hij in het geheim achter de verdedigers van de burgerlijke vrijheden, en dat is altijd zo geweest, ook al vertegenwoordigt hij de CIA. Ik ben niet uw vijand. Vanbinnen probeert hij op dit moment zelfs met een zuiver geweten en met al zijn scherpzinnigheid een *sweet spot* te vinden tussen wat deze technologie biedt en wat die vernietigt, tussen schepping en vernietiging, tussen een moreel en een immoreel universum, maar zijn conclusie is dat hem dat niet lukt. Terwijl zijn auto bij de ingang stopt, waar Erika Coogan hem opwacht, lijkt het nu een scherp omlijste keuze tussen het een of het ander.

Hij stapt uit de auto, de late meizon in. Ze kiest voor de vriendelijke aanraking op de arm en de handdruk.

'Burt, bedankt dat je vandaag tijd voor ons hebt vrijgemaakt.'

'Geen probleem.'

'Ik dacht, eerst een wandelingetje met mij op het terrein, zodat we kunnen praten?'

'Prima.'

Zij aan zij lopen ze langzaam over het met mozaïek beklede voorplein. Ze slaan af naar een pad langs een namaakbeekje. Burt heeft gehoord dat het geluid van stromend water goed zou zijn voor creatieve denkers. Hij wil een voorbehoud maken: niet als je boven de zestig bent. Dan vraag je je alleen nog maar af waar het toilet is.

Hij komt ter zake: 'Erika, hoezeer ik ook onder de indruk en enthousiast ben over het enorme potentieel van deze technologie, en hoe enthousiast ik ook over de proefben, die... Weeping Angel- en Clear-Voyantprogramma's hebben... We vragen ons eigenlijk af wat je nog meer hebt waar wij niets van afweten. Ik weet niet of er in onze relatie ruimte is voor verrassingen. Dit partnerschap... We moeten weten wat je allemaal hebt, waarvan je gebruikmaakt en vooral ook wat je allemaal verzamelt.'

Erika zwijgt een moment. 'Dat kan ik begrijpen. Maar wat we hier doen, bestaat grotendeels uit het rangschikken van data die hier of elders al routineus worden verzameld. Maar ik denk zeker dat we, met jouw hulp, iedereen bij beide partijen gerust kunnen stellen dat de veiligheidsmaatregelen bij Fusion zowel uiterst geavanceerd als gestandaardiseerd zijn.

'Laat ik het dan zo stellen, Erika. Het is een simpel sommetje. We zullen allebei in staat moeten zijn om alles wat we hier doen met zo min mogelijk heisa te verdedigen.' Hij is wetenschapper, maar is tegelijk diep in de politiek verwikkeld, en zijn inschattingen zijn van een geheel ander kaliber. 'Naar onze mening kan de balans in dit partnerschap niet in jouw voordeel doorslaan, willen we ons er prettig bij blijven voelen. Dat kan gewoon niet. We laten ons niet op de achterbank zetten.'

'Natuurlijk niet.'

'Met dit partnerschap krijgt Fusion gedeeltelijk toegang tot kolossale hoeveelheden geheime gegevens, die cruciaal zijn voor de veiligheid van dit land. Op elk niveau, van individu tot de staat zelf.'

'Snap ik helemaal, we...'

'Dus vanaf nu moeten wij, en ik reken Cy daar ook onder, elkaar volledig begrijpen.'

'Honderd procent.'

'Oké. Genoeg hierover. Hoe gaat het met Cy?'

'Prima. Hij is... Nou ja, het is voor ons allemaal nogal veel momenteel. Maar het is enorm enerverend.'

Haar lichte aarzeling over het onderwerp Cy is genoeg om de geruststellende glimlach die ze Burt wil schenken even uit te stellen, en alert als hij is op dit onuitgesproken onbehagen, kijkt hij aandachtig naar haar gezicht, op zoek naar verdere aanwijzingen.

'De CIA zet hier noodgedwongen heel voorzichtig een voetje op Amerikaanse bodem. Voor de eerste keer. Een historische gebeurtenis. Laten we dat niet verklo… verknallen.'

'Ik geef je mijn woord.'

'Goed. Wafels?'

'Sorry?'

'Ik hoorde dat je hier wafels maakt, in de cafetaria. Zoetekauw.'

9 dagen, 19 uur

KANSAS CITY, KANSAS

Don White, Zero 9, is al lang genoeg een hedendaagse premiejager om te weten dat de daklozen nog tot de weinigen behoren die nog onzichtbaar zijn. De armen zijn dan wel altijd onder ons, maar iedereen stapt over ze heen. Mensen ontwijken hun uitgestoken handen zonder hun eigen gesprekken te pauzeren of drukken het gaspedaal verder in, de blik strak naar voren gericht en de raampjes potdicht als ze door een kampement rijden of bij een stoplicht worden aangeklampt door zo'n arme sloeber.

Wil je helemaal van de radar verdwijnen? Sla dan je kamp op bij de lowlifes, de junkies en zuiplappen, de laagste kaste onder de zwervers, de gekken met wie zelfs de inrichtingen niets meer kunnen beginnen, de moordenaars die strafvermindering hebben gekregen wegens verminderde toerekeningsvatbaarheid, de militaire veteranen die, beroofd van hun toekomst, de voorkeur geven aan de kameraadschap in dit stedelijke niemandsland, onder de spoorbruggen, in kampementen, in die smalle stroken die zo ver van de beschaving af liggen dat ze jarenlang ongestoord mogen bestaan.

Don houdt zich afzijdig. Hij heeft geld verstopt in een paar bergplaatsen aan de rand van de stad, zijn baard laten groeien en is eraan gewend geraakt om in smerige kleren te slapen. Hij is sterk en fit genoeg om zich te kunnen verdedigen, niemand durft in de buurt te komen. In een mum van tijd heeft hij de dwazen laten denken dat hij gek is. Hij slaat wartaal uit, drinkt water uit een wodkafles, lijkt zich niet te kunnen herinneren wie hij is of waar hij vandaan komt, heft zijn vuisten, slaat medebewoners hardhandig van zich af als dat nodig is. Natuurlijk heeft hij een wegwerptelefoon in zijn zak. Op straat gekocht. De enige die het nummer van deze telefoon heeft, is een buur van zijn moeder.

Zijn vaste patroon: de hele dag slapen, de hele nacht lopen. Dat is alles. Smerige dingen eten. Uit de buurt van de politie blijven. De walging is moeilijk in toom te houden. De verveling is intens. Hij heeft zelfs een fles wodka (een echte) weggegeven aan een verward, opgefokt joch, zodat hij naar honkbal kon kijken op zijn telefoonschermpje vol krassen. Vergeet die drie miljoen dollar. Nog drie weken, en hij zweert inmiddels bij God dat hij zijn oude leven nooit meer als vanzelfsprekend zal beschouwen. Voortaan zal hij een schoon bed loven, halleluja zingen voor een volle koelkast en 's ochtends in gebed knielen voor zijn douche.

Hij maakt zich geen illusies: de komende negen dagen en negentien uur worden het zwaarst. Je raakt niet gewend aan een dergelijk leven. En hoe meer de prijs in het zicht komt, hoe meer zijn hart op hol slaat en hoe meer hij aan zichzelf en alles begint te twijfelen, in de vrees dat er iets helemaal niet klopt aan zijn plan. Eén nieuwsgierige politieagent en alles valt in duigen. Misschien moet hij gewoon de stad uit, maar net op het moment dat hij definitief, absoluut zeker besloten heeft om van locatie te veranderen, herinnert hij zich – zelf een professional immers – hoe riskant het is om een vers, nieuw spoor te leggen, en dus zit er niets anders op dan zich weer op de drie lagen roestbruin karton onder een brug neer te vlijen, tussen de injectienaalden, de lege flessen en hopeloze levens.

Met die gedachten loopt hij naar het tankstation, waar kerels zoals zijn nieuwe ik naalden, koekjes en goedkope wijn aanschaffen. Hoofd omlaag, want hij weet dat er camera's gericht staan op de parkeerplaatsen en de paden tussen de schappen. Hij verdenkt iedere SUV ervan een Fusionvoertuig te zijn en elke idioot met een fietshelm een politieagent. Hij begrijpt inmiddels een klein beetje hoe het moet voelen als je gek bent. De paranoïde stakkers weten zeker dat ze voortdurend worden geobserveerd en de hele dag door in de gaten worden gehouden, en de grote grap is nu dat dat inderdaad het geval is. Voor ons allemaal! Toen hij een paar nachten geleden een van zijn buren fluisterend in gebed excuses hoorde maken aan aliens die toegang hadden gekregen tot zijn diepste gedachten, kon Don enige medegevoel niet onderdrukken. Het stoort hem, die nieuwe verwantschap met de verdoemden.

Dus misschien trakteert hij zichzelf vanavond, denkt hij. Niet veel. Hij haalt gewoon wat dingetjes bij het tankstation waar hij echt trek in heeft: Oreokoekjes, een paar koude flessen Prairie Weekendbier. Hij komt bij het tankstation aan, trekt zijn pet omlaag zodat zijn gezicht verborgen blijft voor de camera bij de toonbank, pakt een rol koekjes en loopt dan naar het bier. De flessen zijn berijpt, hij kan het gesis horen dat de fles zal maken als hij de dop eraf haalt en kan de opkrullende damp zien, die een intens verlangen opwekt.

Wij zijn onze gewoontes. Hij herinnert zich dat Billy Graham dat steeds weer herhaalde. Niet de evangelist, nee, maar een echt goede ex-detective die een soort mentor voor hem was geweest bij de jacht op misdadigers toen hij net bij de mariniers weg was. En we kunnen die gewoontes niet kwijtraken. Elke keer als de politie iemand zocht die 'm gesmeerd was, ging Billy eropuit om de familie te ondervragen, zocht uit wie het beste met de voortvluchtige overweg kon (meestal zijn moeder), en ging dan voor haar huis zitten wachten. En als er geen moeder of familie meer was, hield hij zich voor de deur van zijn favoriete bar op. Wij zijn onze gewoontes. Billy kreeg de gezochte man altijd te pakken, want hij wist dat we volgens vaste patronen leven en daar altijd naar moeten terugkeren als we willen blijven wie we zijn.

Don legt zijn hand op de deur van de koelkast. Hij betaalt contant. Zelfs als Fusion zijn gewoontes kent, zijn zwak voor Prairie Weekend en Oreo's, kunnen ze een contante aankoop toch zeker niet traceren? Ach wat. Wie weet wat ze allemaal niet kunnen? Misschien zouden ze harder gaan zoeken op plekken waar die twee producten tegelijk waren gekocht. Het is het risico niet waard.

Hij loopt naar de kast ernaast en pakt er een Corona uit. Hij zet zijn Oreo's weer in de display en pakt een zak Doritos. Hij schuifelt terug naar de kassa, ellendig maar rechtschapen.

9 dagen, 19 uur

FUSION CENTRAL, WASHINGTON, DC

'Dames en heren! Zero 9 is gepakt! We hebben hem.'

Godzijdank. Nog maar twee te gaan. Kaitlyn Day en James Kenner, Zero's 10 en 2, en dan zijn het er tien. Alle tien. Ze zullen het zeker halen, met nog negen dagen en een beetje te gaan.

Cy loopt naar de Void beneden, waar hij klappen op de rug uitdeelt en overal handen schudt: 'Jongens! Stalen zenuwen!' Hij duwt hun Zero 9-teamleider, badge met de naam Terry, het podium op en ziet dan in de hoek Burt met Erika staan. Een goed moment om deze treurige apparatsjik te bewijzen hoe hij boft om zaken te mogen doen met coole types als zij. 'Kom op, Terry. Vertel de andere jongelui hoe je het hebt geflikt.'

Gelach. Opluchting in de hele tent, medewerkers die uit hun holen komen, waarin ze drie lange weken opgesloten hebben gezeten en hun rol in deze operatie hebben gespeeld.

Terry kan niet ouder dan vijfentwintig zijn. Nog steeds acne vulgaris. Een gezicht als een met zaden bestrooid broodje. Fysiek van een potlood. Hij begint met een nerveus gilgeluidje, maar dan steekt hij van wal.

'Het komt vooral door Clear-Voyant. We hebben vastgesteld dat Don White in hart en nieren Kansas City is. Hij is marinier geweest, ontdekten we, en daarna premiejager. Dan zijn knie, problemen met zijn knie, dus... hij weet zeker hoe hij zich schuil moet houden, maar hij verlaat Kansas City nauwelijks. Geen kampeerder of wandelaar. Dus hebben we het model samengesteld, het model getest en het model aangepast.'

'Woorden om te onthouden,' zegt Cy.

Een nerveuze lach van Terry. 'Eh, hoe dan ook, het model voorspelde dat hij zich zou verbergen in een, nou ja, een daklozengemeenschap. We dachten dat hij wel een mobiel zou hebben voor noodgevallen, want zijn moeder is nogal bejaard, maar het lukte ons niet om hem in Kansas City en omgeving te lokaliseren. In elk geval niet als hij dezelfde patronen bleef volgen. Daarom richtten we ons op winkels in de buurt van bekende tentenkampementen en pensions. We kenden zijn voorkeur voor bier en snacks al. Vervolgens hebben we controle over de bakens overgenomen.'

Met Burt waakzaam in de hoek is het nu tijd voor Cy om zowel baas als opvoeder te zijn.

'Als ik hier even tussenbeide mag komen, Terry. Bedankt daarvoor. Bakens, onthoud dat woord. Juist... wat weten we? We weten dat gps handig is als we een smartphone naar een adres willen volgen of willen kijken of iemand in zijn eigen huis is, maar voor gedetailleerde observatie is gps niet geschikt.' Hij maakt van deze debriefing een TED-talk. Hij spreekt in een headsetmicrofoon, zijn versterkte stem vult de Void. 'De nauwkeurigheid bedraagt op zijn best zo'n twintig meter. Maar in een grote stad houdt dat in dat ik niet weet of je in de Starbucks zit of in de Dunkin' Donuts ernaast. Maar dat wil ik nu juist weten. En ik wil nog meer weten. Zeker, we kunnen naar je creditcardrekeningen en je klantenkaarten kijken om daar achteraf achter te komen. Makkelijk zat. Maar ik wil in realtime niet alleen weten waar je je bevindt, maar ook of je volkorenrijst koopt in plaats van je normale witte variant... en ik wil weten of je die volkorenrijst pas hebt gekocht nadat je een halve minuut naar de pizza-opties had staan staren. Want dan pas weet ik dat je zestien seconden lang in de ban was van pizza. Met die kennis kan elke sukkel effectiever advertenties verkopen, als ze je op dat moment tenminste bij je kunnen komen... jou kunnen bereiken... Als je dan op weg naar huis bent om een maaltijd voor je gezin te bereiden en je krijgt per app een kortingsbon voor de nieuwe pizzeria verderop, compleet met een eenvoudig "Klik bij akkoord"-aanbod dat binnen veertig minuten vervalt, is de kans groot dat je die gezonde troep in je koelkast laat liggen en pizza bestelt. En voor Fusion? Voor Fusion is dit verschrikkelijk belangrijke kennis om de slechterik te pakken te krijgen. Dankzij de alomtegenwoordige bewakingscamera's en dankzij onze vrienden bij Verizon en AT&T, die geweldig werk hebben verricht door de ouderwetse monolithische mobiele masten uit te breiden met een hoop kleine bakens, en dat nog wel in elk gebouw en elke stad in het hele land, bakens in overvloed, bakens, bakens, bakens, bakens, beschikt Fusion over een compleet fijnmazig netwerk om mee aan de slag te kunnen, zodat we uiterst gedetailleerd en accuraat allerlei gegevens kunnen registreren, en wel realtime. Als je een gewone telefoon hebt en even tussen de schappen voor je favoriete biermerk blijft staan, helpt dat ons om jou op te pakken. Terry, wat is zijn favoriete bier?'

'Prairie Weekend.'

Gelach. Dolle pret.

'Een paar seconden later,' gaat Cy verder, 'stopt de man een paar meter verderop bij zijn favoriete snacks en wij weten wat dat is. Terry, wat is de favoriete snack van deze man?'

'Oreo's.'

Gelach.

'Dus je hebt hem met zijn telefoon gevolgd?' vraagt Cy. 'Hoe dan?'

'Hij was te voorzichtig en heeft zijn wegwerptelefoon niet aangezet. In dit geval leverde de analyse van de bewakingscamera's ons een geschikte man van de juiste leeftijd, lengte en manier van lopen op, die een winkel binnenging. We tapten de camera's in de winkel af en zagen hoe die man, die een capuchon ophad en zo, een hele tijd blijf staan twijfelen welk biertje hij moest kopen, maar toen we de kassascanner pingden, bleek hij zes Corona's te hebben gekocht. Maar het volgende item dat hij bijna kocht...'

'Hij kon niet anders...'

Nog meer gelach.

'Genaaid door een paar Oreo's. Zaak gesloten,' snoeft Cy ter wille van zijn publiek in het algemeen, maar van Burt in het bijzonder. 'Met al deze bakens, 5G en binnenkort 6G en 7G, kunnen we nu dus iedereen doorzien en als een marionet bespelen. Nieuwe wereld, mensen. Nieuwe wereld.'

Onder collegiale opmerkingen zoals 'Geweldig!' en 'Ongelooflijk' toont Cy zijn beste filmstergrijns. 'En wat had je voor hem klaarliggen achter in de arrestatiewagen?'

De teamleider tikt op zijn tablet en op de wand van de Void verschijnt een enorme afbeelding van Don White, die ellendig en ongeschoren achter in de SUV zit. Een agent aan weerszijden van hem, de een met een pakje Oreo's en de ander met een sixpack Prairie Weekend tegen Don Whites borst, terwijl ze allebei naar de camera grijnzen. Hij ziet eruit alsof hij moet overgeven.

Cy gaat voor in het applaus en wijst dan naar het grote bord, waar alleen de foto's van Zero 2 (James Kenner, techondernemer) en Zero 10 (Kaitlyn Day, bibliothecaresse) nog niet gedimd zijn.

8 dagen, 17 uur

SARATOGA SPRINGS, NEW YORK

De straten hebben camera's. Zelfs het plastic tuinhuisje waarin ze 's nachts schuilt heeft camera's. Ze zijn overal. Ik ben Kaitlyn Day, denkt ze terwijl ze consequent probeert te lopen als iemand die niet zijzelf is. Ik neem deel aan een overheidsexperiment om de nieuwste massaobservatietechnieken te testen. Om dat laatste moet ze lachen. Als de waarheid als een paranoïde waanidee klink, waar ben je dan in vredesnaam mee bezig?

In haar broekzak zit het verfrommelde wisselgeld van haar laatste honderddollarbiljet. Ze strijkt de briefjes glad. Twee van 20 dollar, eentje van 10, vier van 1 dollar, twee muntjes van 25 cent, eentje van 10 cent en nog een losse cent. Voor het buskaartje naar haar bestemming heeft ze veertig dollar nodig. Zoveel kan ze niet uitgeven. Ze rolt de twintigdollarbiljetten op en verstopt ze in haar schoen. De rest – 14 dollar en kleingeld – moet genoeg zijn voor twee tot vier dagen eten. Nou ja, heel wat mensen moeten daarvan leven. Shit, driekwart van de mensheid zou dolblij zijn om zoveel te hebben. Goedkoop leven dus. Nu verkrijgbaar in de boekhandel: *Amerika met zeven dollar per dag,* van... Van wie? Goede vraag. Wie is ze eigenlijk? Ze herinnert zichzelf er steeds weer aan als ze langs de randen van de stad dwaalt en zich een weg baant naar de verwaarloosde buurten. Soms denkt ze dat haar horloge stilstaat. Ze tuurt ernaar, wachtend op het rukje van de minutenwijzer, maar de voortgang lijkt onregelmatig. Langzaam, langzaam, snel, snel, langzaam. Ligt dat aan het horloge of is zij het? De tijd houdt niemand voor de gek, zij wel. Niet goed. Niet goed. Ze begint door te draaien.

Warren, ik dreig de grip te verliezen.

Wil je naar huis, schat?

God, ja, maar ik wil ook niet opgeven. Ik kan het niet.

Ze luistert of ze zijn stem hoort. Ze weet zich goed te houden, fluistert in het ritme van haar stappen, waarvan de helft weer pijnlijk is. Hou vol, meid. Blijf doorlopen.

Als ze halverwege de tweede nacht wankelt van slapeloosheid, springt ze over het hek van een stadspark en slaagt erin een paar uur half te dutten onder een stel sierstruiken die een ambitieuze hovenier in een open parapluvorm heeft gesnoeid. Ze koopt een koffie en een muffin van een straatkarretje en daarna – het moet nu eenmaal toch gebeuren – een krant (heel duur!) van de verkoper aan de overkant zodra hij zijn rolluiken omhoog doet. Ze eet wat op het bankje van een ander park. Slaat de *Washington Post* op de laatste pagina's open. Ziet:

Eenzaam meisje. Goed zo. In je eentje nu. Tijd om te stralen. Het is tijd!

Ze wil huilen, schreeuwen. Tegen Warren zegt ze: schat, ik ben er nog.

Terug in het park wrijft ze in haar ogen en kijkt dan naar de orthopedische schoen om haar voet. Ze besluit dat ze van dat ding af moet. Ze trekt de schoen uit, voelt de koude lucht over haar huid stromen, draait haar nog niet belaste enkel langzaam rond en ziet dat ze die kan bewegen. Nog steeds pijnlijk, maar het moet maar. Een dicht bebladerde struik krijgt de nu overbodige schoen. Rust in vrede.

Bij het busstation geeft ze een armoedig uitziende jongen vijf dollar om voor haar een kaartje te kopen aan het loket. Ze strompelt aan boord, hoofd omlaag. Slaapt.

Het is nu allemaal zo dichtbij, denkt ze, terwijl de bus schommelend voortrijdt. Ze hoeft nog maar negen dagen te overleven. Hoeveel andere Zero's ze ook opgepakt hebben, ze moeten nog steeds een willekeurige, verdomd vastberaden bibliothecaresse opsporen, en daar hebben ze niet veel tijd meer voor. Begunstig me, zegt ze tegen Warren. Begunstig me, schat.

8 dagen, 6 uur

DALLAS, TEXAS

Stemmen.

Hij moet weggedut zijn. Had geen voertuig horen stoppen. Maar nu zijn twee mannen voor de deur van zijn opslagruimte aan het praten, en de stemmen zijn vlakbij:

'Deze?

'Deze is het.'

'Zeker weten?'

'Deze is het.'

En dan... dan... wordt er op de deur geklopt.

Er wordt goddomme op de deur geklopt. Hij staart ernaar. Wacht af. En dan... nog luider geklop.

Als James Kenner – Zero 2, privacy-expert, softwareontwikkelaar – ergens geen rekening mee heeft gehouden, is het geklop op de deur.

Hij houdt zijn adem in, zet zijn computer in slaapstand. Schopt zijn schoenen uit. Beweegt zich op kousenvoeten. Lichten uit.

'Meneer Kenner?

O, verdomme.

'Meneer Kenner, we weten dat u binnen zit.'

Een tweede stem: 'Fusionarrestatieteam, meneer Kenner.'

In het donker hoopt James belachelijk genoeg dat als hij op dit kritieke moment niets zegt en doet, ze gewoon weer vertrekken.

'Wilt u opendoen, meneer Kenner?'

Slechts een paar minuten later – een eeuwigheid in Kennertijd – versplintert de houten deur al bij de eerste poging, zodat er ineens een rechthoekige lichtvlek in de zwarte cementen box valt, waar het silhouet van een lange in stapt, die met een voorhamer zwaait.

'Zero 2? James Kenner?'

Nadat hij leunend op een zwarte SUV op een tabletcomputer zijn overgaveformulier heeft getekend, vraagt James vernederd hoe ze hem hebben gevonden.

Hij krijgt te horen: 'Uw afspeellijst heeft geholpen.'

'Mijn afspeellijst? Ik heb alles gestreamd onder een niet te kraken alias. Hebben jullie mijn alias gekraakt?'

'Nee, u beschikt over behoorlijk goede maskeersoftware.'

'Dan snap ik het niet. Mijn afspeellijst?'

'Nou, u was een harde noot om te kraken. We zijn begonnen met een grootschalige poging om MaskIt's structuur te decoderen, in de zekerheid dat u die zou gebruiken, maar tot nu toe zijn onze inspanningen tevergeefs geweest, dus complimenten wat dat aangaat. Toen hebben we uw levensloop onderzocht. En vervolgens uw huis. We hebben ze allebei tot in de kleinste details doorgesnuffeld. Elke handeling en elke aankoop in een mensenleven wekt een myriade van golfjes op, als een kiezelsteen die in een vijver valt. Maar dat weet u ook. Daarna hebben we alle aanwijzingen nagetrokken. Dat leidde tot niets. Totdat we een T-shirt in uw onderste lade vonden. Een doorbraak kan overal vandaan komen.'

'T-shirt?'

'Zo hebben we u gevonden.'

'Maar…'

'We kijken uiteraard naar alles, en in dat kader hebben we ook al uw kledingstukken bekeken.'

'T-shirt? Zei u T-shirt? Jullie hebben me gevonden aan de hand van een T-shirt?'

'Het shirt waarop staat: SURELY NOT EVERYBODY WAS KUNG FU FIGHTING? Bepaald geen top-40-hit meer, dat 'Kung Fu Fighting', dus het leek aannemelijk dat u dat een leuk nummer vond en dat het een favoriet op uw afspeellijst zou zijn. Daarom zijn we de Amerikaanse streams van dat nummer op alle grote internetsites over de hele wereld gaan volgen en hebben iedereen geschrapt die niet met uw profiel overeenkwam. Uiteindelijk resteerde er een tamelijk korte lijst van 'Kung Fu Fighting'-fans, zo u wilt. Niet meer dan zo'n tienduizend per dag. Dat betekende dat er nog heel wat gerekend en gelokaliseerd moest worden, maar daar hebben we Fusion voor. En dat leidde naar het account van een zekere heer Ulayte. Voornamen E. Jack, wat ons weer naar de andere nummers voerde die deze persoon streamde. Deze afspeellijst, zo ontdekten ze bij Fusion, bestond geheel uit nummers waarnaar James Kenner ook veel luistert. Dus vanaf dat moment wisten we dat u mogelijk E. Jack Ulayte was. En al vrij snel, nadat we verschillende websites hadden gehackt om privégegevens te verkrijgen, zagen we meneer Ulayte regelmatig opduiken, en zelfs één of twee maaltijdleveringen op zijn naam en adres. We konden al het internetverkeer van Ulayte volgen en op basis daarvan hebben we de betreffende computer gevonden waarop hij met die alias die nummers streamde. De adressen voor zowel de stream, en o ja, ook de bezorging van penne all'arrabbiata, bingo, hier ter plekke.'

'Bingo,' mompelt James, ongeschoren, stijf, ongewassen, hoofdschuddend. 'T-shirt...'

'Maar zoals ik al zei, u hebt ons heel wat werk bezorgd, dus gefeliciteerd daarmee. En dan zeg ik er nog bij: u hebt de juiste vraag gesteld.'

'O ja? En welke vraag is dat dan wel?'

De agent haalt zijn schouders op. 'Surely not everybody was kung fu fighting?'

7 dagen, 18 uur

SPROUL STATE FOREST, PENNSYLVANIA

Dag. Avond. Nacht. Ochtend. Vijf uur in de bus, zes uur liften, dan drie uur echt wandelen. Haar enkel maakt elke stap pijnlijk. Uiteindelijk laat ze het dichte bos achter zich en blijft ze op de top van een heuvelrug staan, met uitzicht op een kleine hut op een afgelegen open plek, omzoomd door blikeiken en esdoorns. Uit de schoorsteen dwarrelt rook en binnen brandt licht. Ze kan wel huilen.

Als ze het pad af strompelt, ziet ze iemand naar binnen gaan. Ze wil gaan rennen, maar haar benen willen niet. Doodmoe. Op vijf meter van de voordeur blijft ze staan en kan ze de bewoner binnen goed zien. Een bekende gedaante. Ze bukt, raapt een steentje op. Gooit het zo dat het tegen het glas tikt. De gedaante binnen kijkt op. De twee vrouwen kijken elkaar aan.

Een paar seconden later gaat de voordeur open. De vrouw die de veranda op stapt, draagt een yogabroek en een trui in regenboogkleuren. Ze is ongeveer van dezelfde leeftijd. Haar in een zwarte bob geknipt, grote ronde bril. Ze steekt haar hand op ter begroeting.

'Schat, wat zie je er beroerd uit.'

Dat levert een glimlach op, maar wel een vermoeide. 'Hoi, schatje.'

'Je hebt het gehaald.'

'Zo'n beetje.'

Ze vallen elkaar in de armen.

De vrouw in de regenboogtrui fluistert: 'Je hebt geluk. Ik heb soep gemaakt.'

Ze draaien zich om en lopen samen naar binnen. De deur gaat dicht.

7 dagen, 9 uur

FUSION CENTRAL, WASHINGTON, DC

Cy begint zijn ochtend heel vroeg en tuurt naar het grote scherm. Negen van de tien portretten zijn gedimd, inclusief die van de vijf professionals. Ik ben heel dicht bij de terugkeer naar Palo Alto, denkt hij, voordat hij zijn blik naar het laatste niet gedimde portret verplaatst en vervolgens naar de teruglopende klok. Oké, waar zit je, Kaitlyn Day? Het is genoeg geweest.

Zijn eerdere bewondering voor haar is in de afgelopen twee dagen afgenomen, sterk afgenomen zelfs, en heeft plaatsgemaakt voor ergernis en een zekere mystificatie. Ja, ze stelt Fusions slagkracht behoorlijk op de proef, maar er is iets ernstig mis met deze hele zaak, en dat irriteert hem nu. Het irriteert hem zelfs enorm. Ga maar na: een bibliothecaresse, zonder enige expertise op dit gebied, in haar eentje, geplaagd door psychische problemen, die zelfs een orthopedische schoen nodig had voor haar verstuikte enkel, en nu toch de beste observatie-instantie ter wereld voorblijft in een schitterende dans. Het klopt gewoon niet. Hij heeft haar dossier en biografie diverse malen doorgenomen, en niets wees erop dat deze kreupele zwakkeling zo goed kon presteren. In dit tempo gaat ze alles winnen, en zal ze Fusions claim dat iedereen op elk tijdstip en elke plek te vinden is misschien wel op fatale wijze logenstraffen. Aan de pogingen om haar volgende actie te voorspellen zijn al veel meer uren besteed dan hij wilde. Dat ze naar Canada was weggeglipt, bleek een uitstekende zet, want nu moesten ze de Canadezen elke dag weer proberen te sussen, wat Fusion tijd kostte en de observatieopties beperkte. Dat betekende dat het Zero 10-team grote moeite had te bepalen waar ze was of naartoe ging. Als het haar erom te doen was om onder de radar te blijven, dan is ze aan de winnende hand: er is geen enkel bliepje te zien. Het is bijna belachelijk dat Fusion, ondanks zijn enorme overmacht, in het geval van Kaitlyn Day flink tekortschiet.

Sonia Duvall verschijnt, zoals bevolen.

Zonder haar aan te kijken: 'Ik breng een wijziging aan, Sonia. Ik wil dat je terugkeert in het Zero 10-Team. Neem het over van Zack. Jij hebt nu de leiding. Is dat akkoord voor jou?'

De jonge vrouw straalt als een verlichte laptop. 'Absoluut.'

Dan vraagt hij: 'Waarom kunnen we haar niet vinden?'

Sonia neemt een moment de tijd en kijkt samen met Cy naar een lege digitale kaart van de Verenigde Staten en Canada, zonder enig gemarkeerd punt.

'Misschien omdat ze zich niet als zichzelf gedraagt?'

7 dagen, 6 uur

SPROUL STATE FOREST, PENNSYLVANIA

Vanuit de badkamer, waar ze haar haar blond aan het verven is, ruikt ze de soep op het fornuis. Het is het recept van Kaitlyns moeder. Heerlijk. De twee vrouwen eten samen en praten bij over wat er de afgelopen drie weken is gebeurd, een gedetailleerde beschrijving van de hele odyssee, waaruit de wijsheid en effectiviteit duidelijk wordt van haar vermetele masterplan om tegelijkertijd zowel de aandacht op zich te vestigen als aan ontdekking te ontkomen.

Daarna slaapt ze zo diep als een ondergedoken onderzeeër. Doldwaze dromen. Lichtelijk hersteld wordt ze wakker als de zon al ondergaat en het avond wordt, en daarna voegt ze zich weer bij haar vriendin aan de eettafel. Midden op tafel ligt een mobiele telefoon, met de batterij ernaast.

'Bedankt dat je dit doet. Je bent geweldig.'

'Dank je, schat. Maar zorg dat je ze ervan langs geeft en het ze betaald zet.'

'Ik doe mijn best.'

'Dat zie ik.' Een vriendelijke glimlach. 'Oké dan, zullen we dit nu doen?'

'Prima.'

'Doe jij het of zal ik het doen?'

'Doe jij het maar.'

'Oké. Tijd om het bommetje te laten ontploffen.'

Twee handen die naar gehakte uien en verse tijm ruiken schuiven de achterkant van de telefoon open en plaatsen de batterij erin. *Klik.* Een duim drukt op de aan/uittoets en een paar seconden later licht het scherm op. In de rechterbovenhoek twee streepjes. Het signaal is voldoende.

7 dagen, 6 uur

FUSION CENTRAL, WASHINGTON, DC

'Cy!' roept Sonia Duvall, die alweer terug is.

'Hm?'

'We hebben een telefoon! We denken dat die van Zero 10 is. Hij is weer ingeschakeld.'

Haar van opwinding bevende stem klinkt luid in zijn oor.

Aan zijn bureau zittend vraagt hij zich af: is dit de zoveelste afleidingsmanoeuvre, de zoveelste truc van dat verdomde mens om hem grandioos in de maling te nemen?

'Hoe weten we dat zij het echt is en niet weer een poging tot misleiding?

'Nou, het gaat om het laatste nog niet getraceerde toestel dat ze in Boston heeft gekocht, maar er zit een nieuwe simkaart in, dus het is duidelijk dat dit de eerste poging is om de identiteit van een ervan te verbergen. We hebben het toestel gepingd via de IMEI, en we... Cy, we weten de locatie. De vermiste wegwerptelefoon staat aan.'

'Waar?'

'Honderdzestig kilometer ten westen van Scranton, Pennsylvania. Ergens midden in de bossen. Het signaal is maar net sterk genoeg.'

Er wordt op zijn deur geklopt. Het is Erika. Ze staren elkaar aan.

'Heb je het gehoord?' vraagt ze.

Cy voelt aan zijn water dat het ditmaal Kaitlyn Day is. 'Ik wil erbij zijn,' meldt hij tot Erika's verrassing. Het is tenslotte de laatste aanhouding, die op een feestelijk besluit kan uitlopen gezien de miljarden aan federale fondsen die nu naar Fusion zullen vloeien. Ook wil hij deze Zero eigenlijk wel in levenden lijve ontmoeten om te zien of hij antwoorden kan krijgen op het knagende mysterie dat deze bibliothecaresse het zo lang heeft volgehouden.

Tegen Sonia: 'Waar is het dichtstbijzijnde arrestatieteam?'

'New York.'

'Daar wil ik eerst heen.'

Hij richt zijn blik op zijn partner, zijn beste vriend, zijn geliefde: hij ziet ook opwinding in Erika's gezicht. Dit is haar triomf, misschien nog wel meer dan de zijne.

'Oké, we vertrekken,' zegt hij. 'Kom met me mee.'

6 dagen, 23 uur

SPROUL STATE FOREST, PENNSYLVANIA

De helikopter zet hen af op een steile weidehelling. Cy, gekleed in zijn Cybermonkoutfit en met zijn grijze laptoptas in de hand, wordt over de bevroren grond geleid – niet gemakkelijk in Allbirds – en neemt plaats in een SUV van het Pennsylvania Department of Conservation & Natural Resources. Erika wordt naast hem gedirigeerd. Portieren klappen dicht. Geen van beiden zegt een woord. Driehonderdtwintig kilometer, de afstand tussen Cy en deze Zero toen ze haar telefoon vonden, is nu gereduceerd tot niet meer dan drie kilometer onverhard pad. En die drie kilometer worden gereduceerd tot een honkbalveld.

Als hij uit de auto stapt, houdt de chauffeur hem een gewatteerde polyester jas voor, die hij aantrekt. Een lid van het arrestatieteam van de tweede back-uphelikopter roept driftig iets over de omgeving veiligstellen en het afdekken van vluchtroutes, maar Cy beent meteen naar de voordeur van de hut. De lokroep van de rode telefoonpuls is voor hem onweerstaanbaar. Erika volgt hem op de voet.

Cy staat nu op de veranda. Hij klopt en hoort in plaats van commotie: 'Kom binnen.'

Binnen: één grote kamer, een comfortabele open keuken-eetkamer-zitkamer in Amerikaans-ambachtelijke stijl. Als hij naar binnen stapt, ziet hij slechte schilderijen en veel quilts, een open haard en op de bank ervoor een breiende vrouw die hem gul toelacht.

Maar dit is niet Kaitlyn Day. Ze lijkt wel op haar. Zelfde haar, zelfde bril, zelfde leeftijd. Maar haar gezicht niet. En er zit een spleetje tussen de voortanden.

'Hallo, ik ben op zoek naar Kaitlyn Day.'

'Nou, ik weet vrij zeker dat u naar haar kijkt.'

'Kaitlyn Elizabeth Day?' preciseert Cy.

'Kaitlyn Elizabeth Day,' herhaalt de vrouw, 'de laatste keer dat ik het controleerde.'

De overige leden van het arrestatieteam komen nu achter Cy aan binnen en de kamer vult zich met windjacks en honkbalpetten.

'Adres 89 Marlborough Street, Boston, Massachusetts, appartement 7?' zegt Erika achter hem terwijl Cy alleen maar naar de toch behoorlijk gelijkende vrouw kijkt.

'Niet al te groot, maar goed genoeg voor mij.'

Cy's blik valt op de telefoon op tafel.

De vrouw volgt Cy's blik en glimlacht.

'Die is van Kaitlyn,' houdt hij vol. 'Dat weten we.'

'Ja, dat klopt... Die telefoon is inderdaad van Kaitlyn Day. Daar hebt u absoluut gelijk in.'

Cy praat nu luider. 'Wie bent u?'

Erika haalt een foto tevoorschijn en loopt naar de vrouw toe. Ze laat haar de foto zien van de eerste Going Zero-interviewsessie. 'Kent u deze vrouw?'

De vrouw pakt de foto aan, bekijkt die en geeft die terug. 'Ja, natuurlijk ken ik haar.'

'Wie is dat dan?'

'Hebt u dat nu nog niet door?'

6 dagen, 20 uur

SPROUL STATE FOREST, PENNSYLVANIA

Ze heeft Warren ontmoet op een huisfeestje in Georgetown, toen hij zijn promotieonderzoek aan het afronden was en zij in het Inova Fairfax Hospital in Falls Church werkte. Ze dacht dat hij eerst vluchtig naar haar had gekeken. Misschien was hij niet op jacht of had hij iemand anders gezien, maar nadat ze aan elkaar waren voorgesteld, en ze met elkaar in gesprek raakten, had ze het gevoel dat hij dichter bij haar kwam. Een jongen had een hatelijke opmerking gemaakt over vrouwelijke coureurs, en ze had hem deelgenoot gemaakt van de inzichten die ze sinds haar zevende had opgedaan door toedoen van haar vader, die voor veel NASCAR-teams in de pits had gewerkt. Daarna had Warren een en al aandacht voor haar gehad. Ze had ervan genoten. Ze hadden over kroegen in Washington gesproken. Familie. Haar werk. Wat ze graag las als het rustig was. Toen hij haar tussen de dansende gasten meetrok, wist ze dat hij op haar viel.

'Hoe heet je?'

Ze kon aan zijn whisky-adem ruiken dat hij genoot, ook van haar.

'Dat heb ik je al gezegd en je bent het vergeten. Ik ga mezelf niet herhalen.'

De atmosfeer was lawaaiig en klam. Het rook er naar sigarettenrook en bier en alles ademde uit dat het studiesemester ten einde liep. Hij legde zijn hand op haar onderrug, en dat voelde goed. Dat bleef daarna zo.

Toen hij haar wat meer naar zich toe trok en 'Kom op' zei, duwde ze hem een beetje weg, draaide zich om onder zijn arm uit en liet zich weer pakken. Hij liet haar zakken, wat haar verraste en verrukte. Ze lachte hard, een schorre lach, en zijn blik klaarde op toen hij die hoorde.

Toen de muziek met een knal eindigde, draaide hij zich om en ving haar nog een keer op. Iemand maakte ruzie met de zelfbenoemde dj. Om hen heen klonk gejoel, luidruchtige verzoeken om andere muziek. Maar ze zaten al met zijn tweetjes in hun eigen kleine bubbel. Hij had mooie ogen, hoge jukbeenderen, een moedervlekje bij zijn linkeroor. Zij aan zij op de trap, waar ze elkaar konden verstaan, draaide ze er niet omheen.

'Ze zeggen dat je bijna alles wat je in wezen over een ander moet weten, al in het eerste kwartier te weten komt.'

'Dan hebben we nog maar heel weinig tijd.'

'Zo kun je op basis van een geringe hoeveelheid informatie heel nauwkeurige inschattingen maken,' zei ze in haar beschaafdste accent. 'Ze noemen dat *thin-slicing*, blijkbaar.'

'Een geringe hoeveelheid informatie? Interessant, zeg. En hoe smaakt een geringe hoeveelheid van jou?'

Ze rolde met haar ogen. 'Echt?'

Hij trok een quasi zielig gezicht. 'Goed, wat kun je me over mij vertellen, nu we onze eerste vijftien minuten hebben volgemaakt? Wat heb je ontdekt, Sherlock, nu je me hebt kunnen inschatten?'

'Wil je het weten?'

'Ik krijg er vast spijt van, maar vertel het me toch maar.'

'Nou, je bent een slimme jongen, natuurlijk, maar je hebt een paar drankjes nodig om het zelfvertrouwen te krijgen dat je van nature zou willen hebben. Slim maar verlegen, en op zoek naar compensatie.'

'Oei. Verder nog iets?'

'En door te proberen zo'n coole gast te zijn, door daarnaar te streven, mis je een groot deel van de essentiële zaken die je echt nodig hebt, maar daar zul je later pas achter komen.'

'Jemig. De essentiële zaken missen? Zoals?'

Hij hield inmiddels haar hand vast.

'Zoals mijn naam.'

Hij lachte en schudde zijn hoofd. 'Ja, natuurlijk. Toon dan wat medelijden met me. Voor een nieuwe kans trakteer ik je morgenavond op een etentje in een redelijk geprijsd restaurant in de stad. Dus vertel op, hoe heet je?'

Ze keek naar hem op. Hij was niet zoals de andere slimme jongens vol boekenwijsheid die ze de laatste tijd had ontmoet. Ze voelde iets anders in hem roepen, en iets soortgelijks in haar binnenste riep terug.

Een kosmische echo. En toen vroeg ze zich af hoe iemand zich op zijn gemak, veilig en op vertrouwd terrein kon voelen, en op precies datzelfde moment ook opgewonden, in gevaar en op de rand van een geheel nieuwe wereld.

Ze vonden enige privacy aan de overkant van de straat. Benzinestation, gesloten. De bijna volle maan die het voorplein belichtte. Tussen benzine en diesel kusten ze elkaar. 'Samantha. Mijn naam is Samantha.'

6 dagen, 20 uur

SPROUL STATE FOREST, PENNSYLVANIA

‘Samantha,’ zegt Kaitlyn Day. ‘Mijn vriendin Sam. Stoere meid. Veel succes met de zoektocht naar haar.’

Cy kan het nog niet helemaal verwerken: ‘Samantha?’

‘Samantha Crewe. Ze lijkt een beetje op mij. Heeft een beter gebit. Maar ze draagt geen bril. Niet in het echt, als dit tenminste allemaal echt is. Had ik al gezegd dat er soep is?’ Ze kijkt Cy aan. ‘U ziet eruit alsof u wel een kop soep kunt gebruiken.’

6 dagen, 19 uur

SPROUL STATE FOREST, PENNSYLVANIA

Samantha Crewe, geboren Warhurst, verpleegkundige op de spoedeisende hulp, eenendertig, blond van nature, visus 1.0, bierdrinkster (geen K. Day'-achtig spleetje tussen haar tanden), kijkt nu vanaf een beboste heuvelrug op bijna een kilometer van de hut door een verrekijker, terwijl Cy Baxter zelf (wow!) en een vrouw die volgens haar Erika Coogan moet zijn (dubbel wow!) de veranda op lopen. Sam weet dat ze eigenlijk nog te dichtbij is, maar ze wil ook een teken krijgen dat alles goed is met haar vriendin Kaitlyn. Terwijl ze door de kijker tuurt, ziet ze hoe Cy zijn gewatteerde jack uittrekt en op de grond gooit. Dat heeft alle schijn van een spectaculaire driftbui. En Erika Coogan, die wacht tot Cy niet langer tegen het jack op de grond schopt voordat ze zijn arm beetpakt en zich naar hem toe buigt alsof ze iets geruststellends, iets vriendelijks zegt, waarop Baxter zijn schouders laat hangen. Hij luistert. Blijkbaar kan hij dat nog. Uiteindelijk klikt hij en laat hij zich weer mee naar binnen voeren.

Sam wacht nog twee minuten, tot ze steeds luider het gedreun van een helikopter hoort. Ze zullen het bos nu vanuit de lucht afzoeken, en God weet wat voor andere speeltjes ze nog kunnen inzetten. Ze bergt de verrekijker op in haar schone nieuwe rugzak, controleert of ze haar notitieboekje, haar waterfles en haar overlevingsarmband bij zich heeft. Tot dusverre verloopt fase 2 van haar plan vlekkeloos. Ze heeft nu tenminste hun onverdeelde aandacht, precies zoals ze wilde: dat Baxter en Coogan helemaal hierheen zijn gereisd, is daarvan het bewijs. En ze hoopt niet alleen de aandacht van Baxter en het Fusion Initiative te hebben, maar ook de volledige aandacht van alle veiligheidsdiensten in de Verenigde Staten. Vanaf dit moment gaat ze daar volledig gebruik van maken.

Fase twee

6 dagen, 19 uur

SPROUL STATE FOREST, PENNSYLVANIA

In de blokhut vervolgt Cy in een doorgezakte leunstoel tegenover de welwillend glimlachende Kaitlyn Day zijn ondervraging van deze gekmakende vrouw. Maar in plaats van geïntimideerd lijkt de ondervraagde vrouw vergenoegd, alsof ze niet wil dat hieraan een einde komt.

'U moet ons alles vertellen wat u weet.'

'Natuurlijk. Dat is het plan.'

'Het plan?'

'Ze wil dat ik u bijna alles vertel. Zoveel als ik ervan weet. Volledige opening van zaken.'

Cy en Erika kijken elkaar aan.

'Is ze hier geweest?'

'Jazekers.'

'Wanneer is ze vertrokken?'

'Volgende vraag.'

'U zei alles.'

'Ik zei bijna alles.'

'Waarheen is ze nu op weg?'

'Geen idee. Ik heb het niet gevraagd. Volgende vraag.'

'U lijkt hiervan te genieten.'

'Klaag me maar aan.'

'Waarom is ze hierheen gekomen om u te ontmoeten?'

'Om me te vertellen dat het tijd was om de telefoon aan te zetten.'

'We moeten terug naar het begin. Vertel me over Samantha's plan.'

Terwijl Kaitlyn een denkbeeldig stofje van haar spijkerbroek veegt, gaat ze terug naar het begin.

'Ah, even kijken... Sam kwam dus naar me toe met de aanvraagformulieren en een paar andere documenten die ze had gedownload en zei dat ze mee wilde doen aan dit proefproject, en hoe zou ik het vinden om de overheid en de surveillancekapitalisten flink te naaien vanwege hun inbreuk op de privacy van de burgers en hun heimelijke beïnvloeding van de publieke opinie. Zoiets dergelijks. Als u me kende, zou u weten dat dit een retorische vraag was. Dergelijke zaken zijn mij echt een gruwel, dus ik zei: "Waarom zou ik", want ik hou van mijn land, ik bedoel ik hou echt van mijn land, meneer Baxter, om wat het zou kunnen en moeten zijn, bedoel ik, niet om wat het nu is en waar het naar op weg is. Het concept van dit land. Maar de overheid doet zulke vreselijke en idiote dingen, zulke hersendode, achterlijke onzin, waartegen ik in mijn hele volwassen leven heb geprotesteerd of dat heb geprobeerd en talloze brieven heb geschreven, maar ze hebben nooit ook maar iets veranderd.'

Ze haalt nu adem, omdat ze dat al een tijdje is vergeten.

'En breek me de bek niet open over WorldShare en over jullie twee, want jullie zijn ook sukkels. Hoe dan ook, ik heb ja gezegd, en toen hebben we dus een plan gemaakt. Dat was heel spannend omdat ik natuurlijk al die telefoons moest kopen en zo, en mijn vrienden moest vragen om die bij zich te houden en auto's en zo moest lenen en blokhutten,' waarbij ze met haar handen naar de gezellige kamer om haar heen gebaart. 'Natuurlijk heeft Sam me al het geld gegeven en spraken we er dagelijks over, totdat ze ontslag nam als verpleegster en naar mijn appartement verhuisde en haar haar verfde en ik al mijn vakantiedagen van de bibliotheek opnam en incognito met de bus hierheen kwam en Sam regelde dat er zat eten en boeken en zo voor me klaarlagen. Ik heb me eigenlijk prima vermaakt, want je kunt maar beter in je eentje zijn in de wereld van tegenwoordig. Ik heb net *Vijftig tinten grijs* en *Het kapitaal* achter elkaar gelezen. We leven allemaal in slavernij, dat was eigenlijk de boodschap van allebei de boeken.' Ze moet daar langdurig om lachen.

Als de vrolijkheid van deze nieuwe Kaitlyn is weggeëbd, leunt Erika naar voren. Ze toont zich lang niet zo geïrriteerd als Cy.

'Kaitlyn, ik zou zo graag willen proberen je te overtuigen van het belang van ons werk.'

Kaitlyn haalt haar schouders op. 'Zelf dacht ik dat het belangrijk was om me te verzetten tegen elke organisatie die zoveel mogelijk informatie van iedereen wil verzamelen en die voorgoed wil bewaren. Zo gaan jullie toch te werk, daar bij die ouwe vertrouwde C-I-A? Ik citeer trouwens jullie eigen Gus Hunt, in zijn toespraak van 2013. Het staat op YouTube. Neem me niet kwalijk, maar brr.'

Erika blijkt gefascineerd door deze excentrieke, dynamische vrouw, die overloopt van de grote en kleine ergernissen. Weer iemand die anderen de wet wil voorschrijven maar daartoe niet de macht heeft.

'En ik vrees dat ik mijn goedkeuring niet kan geven aan een particuliere onderneming die van algoritmische versterking, verspreiding en microtargeting van gemanipuleerde informatie profiteert, die grotendeels wordt geproduceerd door gecoördineerde desinformatiecampagnes die onze gezamenlijke werkelijkheid versplinteren, het maatschappelijk discours vergiftigen en de democratische politiek verlammen,' vervolgt Kaitlyn. 'En met welk doel, denken jullie? Met welk doel? Om een executieplaats voor de waarheid te creëren en op die manier dodelijke gewelddadigheden aan te wakkeren, met als uiteindelijk doel om de democratie zelf op te offeren aan het particuliere surveillancekapitalisme en ons allemaal naar Armageddon te leiden? Nee, mevrouw. Daar pas ik toch echt voor. Wist u trouwens dat Armageddon echt bestaat? Dat is een plaats in het noorden van Israël. Ik neem aan dat de huizenprijzen daar laag blijven. O ja, alles wat we hier deden – de hut, Sam en ik, alles – was volledig legaal, voor het geval jullie je dat afvragen. We hebben de overeenkomsten gelezen die jullie hebben gestuurd. Ik heb de papieren ondertekend dat jullie in mijn persoonlijke data mochten kijken, dus ik ben veilig en zij ook. Maar wat ik eigenlijk wil zeggen is dat jullie mijn rug op kunnen.'

Cy wekt niet de indruk dat hij iets wil zeggen, dus Erika vervolgt: 'Ik krijg nu een idee van je principes, Kaitlyn. Dat is nuttig, dank je. Maar kun je ons meer vertellen over Samantha? Ik neem aan dat zij hetzelfde denkt als jij over... wat wij hier doen?

Kaitlyn negeert deze vraag, haar gedachten zijn al ergens anders. 'Ik heb ook het periodiek systeem uit mijn hoofd geleerd, toen ik hier zat. Ik had tijd zat. Heeft altijd op mijn to-dolijstje gestaan sinds mijn beste vriendin dat in de eerste klas al uit haar hoofd kende. Wil je het horen? Waterstof, helium, lithium, beryllium, boor, koolstof, stikstof, zuurstof, fluor, neon, natrium, magnesium, *aluminum* – maar de Britten noemen het *aluminium* – silicium, fosfor...'

Erika probeert haar te onderbreken.

'Zwavel, chloor, argon...'

'Mevrouw Day, alstublieft!!!'

De stemverheffing werkt. Nu haar woordenstroom is afgekapt, richt Kaitlyn haar blik op Erika, wat ze liever lijkt te doen dan Cy aan te kijken. 'Mevrouw Day? Niemand heeft me de laatste tijd zo genoemd. Ik ben ongetrouwd, maar gekkie die ik ben, daar weet u alles al van, denk ik. Ik heb nooit de ware gevonden. En nu? Uitgesloten. Ik zie er niet meer uit, en het was toch al niet veel. Ik heb de liefde nooit gevonden, niet zoals Sam en Warren. Maar waar was ik gebleven? O ja... Kalium, calcium, scandium, titanium, vanadium... Het is zo vreselijk voor Sam sinds hij, u weet wel... vreselijk... Chroom, mangaan, ijzer, kobalt, nikkel, koper, zink, gallium, germanium... Verdween en zo. Wat komt er na germanium? O, ik ben het kwijt. Weg. Rustig maar, ik speel gewoon met jullie. Met mij gaat het prima. Geestelijk stabiel...'

'Zo is het genoeg! schreeuwt Cy. 'Er werd u een vraag gesteld. U moet antwoorden. Overigens kan ik u nu al vertellen dat u geen cent van het prijzengeld krijgt. U bent... ik bedoel, uw vriendin is gediskwalificeerd. De bètatest is afgelopen.'

Erika ziet dat Cy's onbehouwen jochie, ik-neem-mijn-bal-mee-terug-naar-huis-karaktertrekje nu volledig en onaangenaam opspeelt. Hij is werkelijk ontdaan door deze hele vertoning.

'Waarom is die afgelopen?' vraagt Kaitlyn, waarmee ze hem verder uitdaagt. 'Jullie hebben haar nog niet gepakt. En zij is toch degene die jullie moeten oppakken, niet? Mij in elk geval niet.'

'Ze heeft zich anders voorgedaan dan ze is,' antwoordt hij. 'Ze heeft ons misleid.'

'O. Ik dacht dat dit een test was om te zien of jullie terroristen en vijanden van de staat en dergelijke te slim af konden zijn? Als je de test afblaast, lijkt het erop dat zij gewonnen heeft.'

Hij slaakt een zucht en probeert zijn kalmte terug te vinden. 'Dus je zegt dat Samantha denkt dat we nog steeds voor de lol op haar blijven jagen? Waarom zouden we dat willen?'

'Blijven jullie dan niet naar haar op jacht?'

'We hebben Kaitlyn Day opgepakt.'

'Maar jullie waren op zoek naar Samantha Crewe, alleen wisten jullie dat niet.' Het raakt hem hard: alsof hij op het strand door een plotselinge golf steeds weer omrolt in het prikkende zand en het zoute water, omdat hij het nu begint te begrijpen, dat knagende raadsel van deze vrouw, waarom iemand die slim genoeg is om in de hele databrij valse sporen te leggen, zoiets stoms kon doen als een geldautomaat gebruiken in een drukke straat en haar gezicht openlijk aan de camera tonen, – allemaal ten voordele van Fusion – zodat Sams gezicht aan de naam Kaitlyn Day gekoppeld werd, maar niet voordat, niet voordat Sam haar gezicht blijkbaar op Kaitlyns rijbewijs en paspoort had laten zetten, die allebei recentelijk zijn vernieuwd!

Als ze dat allemaal niet had gedaan, had Fusion er meer moeite in gestoken om oudere foto's op te sporen en deze gewiekste plotselinge verandering dagen eerder ontdekt.

'Hoe hebben jullie gecommuniceerd?' vraagt hij.

'Sorry?'

'Ik zei: hoe hebben jullie gecommuniceerd? Heb je soms nog een wegwerptelefoon?'

'O, dit zul je ook wel grappig vinden: we hebben gewoon rechtstreeks gecommuniceerd. Gewoon persoonlijk contact. Curieus, niet? Meestal in de bibliotheek, als ze binnenkwam, of als we samen gingen wandelen. Ze houdt niet echt van wandelen, maar het was een training om de horzel in de pels van de natie te zijn. Arme Sam. Ze was zo eenzaam. Zwaar bedrogen. Niemand geloofde haar. Zelfs haar familie niet. Maar goed, waar was ik gebleven? O ja. We hebben elkaar persoonlijk gesproken. Apparaten vertrouw ik niet, een van de voordelen als je een paranoïde stoornis hebt. Maar goed, wandelen. Ik heb Sue, van wie deze hut is, dus via onze wandelclubje ontmoet. O, en via de rubrieksadvertenties, zo communiceren we. We plaatsen advertenties in de rubrieken. Als er iets misging moest ik een advertentie in de *Washington Post* – papieren krant – zetten, gericht aan Eenzaam Meisje. Maar er ging niets mis, dus hoefde ik nooit een noodoproep te doen. Weten jullie zeker dat jullie geen soep willen? Erwtensoep met ham. Recept van mijn moeder. Ze is dood. We konden niet met elkaar overweg, maar zo was het nu eenmaal. Dat mens kon wél koken.'

'Ik wil geen soep,' zegt Cy.

'Geen soep. O. En dit dan?' Kaitlyn herinnert zich iets, haalt een usb-stick uit haar zak en geeft die aan Cy. 'Misschien is dit wel interessant voor jullie.'

'Wat is het?'

'Een bericht van Sam. Ik heb jullie mijn redenen al verteld... waarom ik dit gedaan heb. Dit is haar waarom, waarom zij het deed.'

Cy weet dat er bij haar niet veel meer te halen valt. Hij pakt de usb-stick aan, staat snel op, steekt zijn laptop onder zijn arm en loopt naar de deur.

'Je hebt het wachtwoord nodig om hem te openen,' zegt Kaitlyn tegen hem.

Cy blijft tandenknarsend bij de deur staan. 'En dat is... ?'

Allemaal letters. Hoofdletter T, kleine letters o-m-y-r-i-s. Tomyris.'

Cy en Erika tikken dit allebei in op hun telefoon, maar Kaitlyn blijft doorpraten. 'Jullie kennen Tomyris toch? De koningin die Cyrus de Grote vernietigde. Cyrus was een groot leider, tweeënhalf duizend jaar geleden. Het leek erop dat Cyrus de hele wereld zou overnemen, maar toen neukte hij met de verkeerde vrouw. Ze vermoordde hem uiteindelijk, liet zijn lijk onthoofden en kruisigen en stak zijn hoofd in een wijnzak gevuld met mensenbloed.' Dan richt ze zich tot Cy: 'Hij is begraven in Iran. Het grootste deel van hem althans.'

Cy krijgt het gevoel alsof deze krankzinnige vrouw alle lucht uit zijn longen heeft gezogen. Geen sprake van dat zij hier het laatste woord mag hebben. Vandaag al helemaal niet. Met de usb-stick stevig in zijn vuist duwt hij de deurkruk omlaag, maar opent de deur slechts op een kier en draait zich weer om. 'Je hebt het overigens helemaal mis met wat je daarnet zei over privacy. Mensen willen inmiddels geen privacy meer. Privacy is passé. Privacy is een gevangenis. Mensen willen daar zo snel mogelijk vanaf, als je echt de waarheid wilt weten. Feit is dat ze zo verdomd eenzaam zijn – en misschien, heel misschien, weet je daar iets van – dat ze hun privacy opgelucht opgeven zodra ze dat kunnen. En weet je waarom? Dat zal ik je vertellen. Omdat ze ernaar hunkeren om bekend te zijn, niet om onbekend te blijven… om transparant te zijn, bekeken, alsof ze ertoe doen, als bewijs dat ze ertoe doen, met al hun geheimen in de openbaarheid, al hun zonden blootgelegd, geopenbaard zelfs! Niets in het verborgene. Zo willen ze het. En waarom? Wilt u weten waarom, mevrouw Day? Omdat in de gaten gehouden worden… een beetje voelt alsof je geliefd bent.'

Klik van het slot. Deur dicht. Hij is weg.

6 dagen, 18 uur

SPROUL STATE FOREST, PENNSYLVANIA

Erika haalt Cy in voordat hij bij de SUV is. 'Cy... Cy, wacht. Zitten we nog steeds achter haar aan?'

'Ja hoor. Ja. Zeker. Wel.'

Nadat hij Erika heeft aangegeven dat hij een moment alleen wil zijn, stopt Cy de usb-stick in de laptop en tikt het wachtwoord in: *tok, tok, tok, tok, tok, tok, tok*. Tomyris? Stomme trut.

Slechts één videobestand op de usb-stick. Naam: 'Speel me af'. Schattig. De virusdetectiesoftware toont een 'bestand vertrouwen?'-venster. Klik. En daar is ze dan eindelijk, in felle kleuren en slechte kwaliteit, staatsvijand nummer 1, Zero 10, de persoon die Kaitlyn Day zou zijn en wier identiteit nu is vastgesteld als die van Samantha Crewe. Ze kijkt hem aan. Geen bril op haar neus. Blond nu. Ze heeft zichzelf gefilmd in de hut en zit in dezelfde stoel als waarin Cy net met Bizarro Kaitlyn heeft zitten praten. Samantha Crewe wacht even en begint dan.

'Nou, ik denk dat ik me niet hoef voor te stellen. Je weet immers alles al over iedereen, waar iedereen op elk willekeurig moment is en bijna alles wat we ooit gedaan hebben? Dat hoop ik tenminste. Omdat ik nu van jou gebruik moet maken. Ik moet namelijk mijn man terugvinden. Weet je, daarom heb ik besloten om mee te doen aan jouw tienmiljard-dollargedoe – hoop geld trouwens – en je moet echt proberen het niet te verknallen. Ik wilde je motiveren. Heb ik dat gedaan? Mijn man wordt vermist, en ik wil hem terug. Ik moet hem terugkrijgen. Jij hebt nu toegang tot alle overheidsdatabases, meneer Baxter. Ik weet dat ze je als deel van je deal de sleutels van het koninkrijk hebben gegeven. Dus je moet hem voor me terugvinden, want ze weten waar hij is. Als je hem vindt, krijg je mij ook. Zijn naam is Warren.

Warren Crewe. Voormalig hoogleraar economie aan Harvard. Hij raakte vermist toen hij heimelijk werk deed voor de CIA, ergens in het Midden-Oosten, denken we. Een dienaar van dit land. De politie, het ministerie van Buitenlandse Zaken en zelfs het Witte Huis hebben allemaal ontkend dat hij voor hen werkt, en beweren niet te weten waar hij is. Ze hebben tegen me gezegd dat het waarschijnlijker is dat hij me gewoon heeft verlaten. Zomaar weggelopen. Dat hij met opzet is verdwenen en waarschijnlijk ergens op een strand in Cambodja zit. Het probleem daarmee is dat ik hem ken. Ik ken mijn man. En nu wil ik dat jij hem ook leert kennen. Ik weet dat hij voor elementen binnen de Amerikaanse overheid werkte en dat mijn eigen overheid tegen me liegt als die beweert niet te weten waar hij is. Ik denk dat ze dat heel goed weten. Ik geloof dat er bepaalde redenen zijn die ze niet kunnen onthullen en die hen verhinderen mij te vertellen wat ze weten. Ik bied je een deal aan. Als je mijn man weet te vinden, krijg je mij in ruil daarvoor erbij. Je krijgt mij, je redt je project en als bonus zal ik niemand laten weten met welke duistere zaken je je daar bij WorldShare werkelijk bezighoudt. Ik weet het een en ander, Cy. En ik heb bewijs dat ik van jou beslist niet mag delen. Zoals... Virginia Global Technologies. Dus dat is de afspraak. Mij in ruil voor Warren Crewe. Ik wacht af. En ik kijk toe. O... en Kaitlyn weet me te bereiken als je de antwoorden vindt op mijn vragen.'

Cy bekijkt de clip zeker tien keer. Het zou al te gemakkelijk zijn om die te karakteriseren als de hysterische noodkreet van een in de steek gelaten vrouw, die in gedachten naar de prullenbak te slepen en op 'prullenbak leegmaken' te klikken, *skruntsj*, maar haar verwijzing naar Virginia Global Technologies – die ene naam – verhoogt het dreigingsniveau dat zij vormt ineens naar reëel. Ook zou een vrouw die zo slim is als zij – want slim is ze zonder twijfel – en die zoveel levensgevaarlijke risico's neemt als zij heeft genomen door in dit project te infiltreren (op manieren die hij nog altijd moet doorgronden), en hem dan toevertrouwt dat ze over schadelijke informatie over zijn bedrijf beschikt, dat niet voor de grap doen. Nee, die vlieger gaat niet op. Wat er ook met haar man gebeurd is, ze moet serieus genomen worden, zo niet op haar woord worden geloofd.

Op een zeker moment klopt Erika op het autoraam. Tijd om te vertrekken. Door het opengedraaide raampje werpt Cy nog een laatste blik op Kaitlyn Day op de veranda, waarna het team in de SUV's vertrekt. Kaitlyn zwaait, alsof het om een vriend gaat. In zekere zin zou hij willen dat deze waanzinnige vrouw de wereld krijgt waarnaar ze verlangt, al was het maar om te zien wat een catastrofe die vormt. Om een of andere reden zwaait hij terug.

Al snel zitten ze weer in de helikopter en vliegen ze zuidwaarts, hoog boven het boerenland van Pennsylvania.

6 dagen, 1 uur

FUSION CENTRAL, WASHINGTON, DC

De stemming is somber, het feest afgelast, de spreekwoordelijke champagne staat zeker niet op ijs.

Met spoed roept Cy de slimsten en besten onder zijn medewerkers naar zijn kantoor, waar de ware gedaante van Samantha in de plaats is gekomen van de sequoiabosfoto. Cy beveelt dat de jacht op Zero 10 voortgezet en geïntensiveerd wordt, dat de test nog niet voorbij is, en dat – of het bedrog van Kaitlyn/Sam nu wel of niet binnen de grenzen van de oorspronkelijke regels valt – de slechteriken zich niet aan de regels houden en ze zich dus moeten aanpassen en de jacht moeten vervolgen. Door deze aankondiging verdampt elk vertrouwen in de goede afloop bij alle aanwezigen en in plaats daarvan vormt zich een nieuw soort wanhoop, tastbaar gemaakt door de grote terugtellende digitale klok, die beneden in de Void zichtbaar is en blijft illustreren hoe angstwekkend weinig tijd er nog maar resteert voordat deze missie op een totale mislukking uitloopt.

'Goed. Eerst het goede nieuws: wij allemaal kunnen al onze middelen er nu op richten om deze laatste nog voortvluchtige Zero op te sporen. En daarvoor hebben we een hele week. Het slechte nieuws: dit is… dit is geen gewone situatie meer, zoals inmiddels duidelijk is geworden.'

Hij verzwijgt veel van wat hij weet, over wat Samantha zou kunnen weten – in feite verbergt hij het bestaan van de usb-stick met haar eisen en onthullingen voor hen allemaal, behalve voor Erika – en geeft het woord aan Sonia Duvall om de besloten briefing te leiden.

'Samantha Crewe. Eenendertig. Meisjesnaam Warhurst. Moeder

was huisvrouw, vader ingenieur, heeft gewerkt bij enkele NASCAR-teams. Sam heeft geleerd haar handen vuil te maken. Wildebras. Goede student, maar niet spectaculair. Dacht erover om arts te worden, maar dan wordt haar vader ziek en kan ze de studieschuld niet aan. Gaat in plaats daarvan de verpleging in. Drie broers, allemaal in de auto-industrie. Had vroeger een hechte band met hen, maar minder sinds ze getrouwd is. En de laatste tijd nog veel minder. Nu wordt het interessant. Trouwt met Warren Crewe, die ze hier in Washington heeft ontmoet toen hij postdoctoraal onderzoek deed naar wereldwijde mechanismen van inkomensongelijkheid. Daarna doceert hij met een vaste aanstelling economie aan Harvard, maar hij vertrekt om actie te voeren in de echte wereld. Samantha heeft sinds de verdwijning van Warren – waarover dadelijk meer – publiekelijk beweerd dat hij zich bezighield met geavanceerde wiskundige projecten, en zij gelooft dat dit ten dienste van de CIA of aanverwante organisaties was, waarvoor hij inlichtingen verzamelde. Op zijn laatste buitenlandse reis laat Warren Samantha weten dat hij het land uit gaat en over een week terug is. Hij is altijd vaag over zijn bestemmingen, maar het valt haar op dat hij een taalgids Farsi meeneemt. Dat is het laatste wat van hem wordt vernomen, inmiddels drie jaar geleden. Samantha is sindsdien actief. Ze schrijft naar ambtenaren hier in de VS, kranten en iedereen die wil luisteren, eist antwoorden en beweert dat iemand iets weet. De CIA heeft op zijn beurt het nodige speurwerk verricht en haar een vluchtlogboek en bewakingscamerabeelden overhandigd van een man die duidelijk Warren Crewe lijkt te zijn. Hij is naar Bangkok gevlogen op de dag dat er voor het laatst iets van hem is vernomen, en bij gebrek aan verdere informatie gaat de CIA ervan uit dat hij nog steeds in Thailand is en dus zijn visum heeft overschreden.'

Lakshmi Patel wil iets opmerken. Cy herkent haar als de vrouw die ze bij de FBI hebben ingehuurd, een jonge boekenwurm, zonder humor, een roos in de knop die niet open wil.

'Samantha weerlegde dit bewijs echter. Ze beweerde in e-mails die we hebben teruggevonden en berichten in relevante chatgroepen dat dit allemaal onderdeel is van een uitgebreide doofpotactie en dat Warren in Iran zit. Waarom zou hij anders een woordenboek Farsi hebben meegenomen? Het is haar ook gelukt de aandacht van de media te trekken… Een paar artikelen in regionale kranten, een artikel in de *New York Times*, waarin ze met haar ouders een oproep aan de Amerikaanse overheid doet om onderzoek te doen, en waarin ze haar bewering herhaalde dat Warren in dienst van de CIA was.'

Sonia besluit: 'Als de CIA ontkent dat dit ooit het geval is geweest, start Samantha een online petitie voor directe interventie van de Amerikaanse overheid, vijftienduizend handtekeningen, maar tot nu toe is er geen actie ondernomen. Er komt voortdurend nieuwe achtergrondinfo binnen, maar dit is vast een begin.'

Sonia slaat haar map dicht en kijkt de zaal rond. Klikt met een overbodige pen.

'Goed,' zegt Cy. 'Terwijl we onze zoektocht naar de vrouw intensiveren, zullen we ook een klein nevenonderzoek naar de man openen. Als we de vrouw vinden, is de zaak gesloten. Maar als we erachter komen waar de man zit, zullen we de vrouw vermoedelijk ook te pakken krijgen. Twee vliegen in één klap. Wat nog meer? Sonia, jij lijkt alle kaarten in handen te hebben vandaag?'

'Nou, voor een gedragsanalyse van Samantha wil ik graag het woord geven aan Lakshmi,' zegt Sonia. Sonia wendt zich tot haar collega, die nu het woord neemt:

'Goed… afgaande op wat we tot nu toe hebben gezien van Samantha Crewe en wat we over haar verleden weten, gaat het om een zeer gemotiveerde vrouw die enorm toegewijd is aan haar zaak. Ze gelooft in haar beweringen, of ze nu waar zijn of niet. Ze gelooft dat de Amerikaanse overheid haar bedriegt en de verblijfplaats van haar echtgenoot bewust voor haar verbergt. Ze heeft een intens wantrouwen jegens overheidsinstituties ontwikkeld, heeft zich steeds verder van het normale leven geïsoleerd en drijft steeds verder af naar een extreme, antagonistische relatie met haar vaderland, en nu met deze organisatie. Ik geloof dat ze tot een breed scala van mogelijke acties in staat is.'

Na een kort moment zegt Cy langzaam en duidelijk: 'Misschien, Lakshmi, kun je ons dit vertellen: wie ben jij precies aan het belazeren?'

'S-s-sorry?' stottert Lakshmi.

'Ik vroeg: wie ben jij aan het belazeren? Want iemand heeft jou toegang gegeven tot deze zaal vol mensen met een gemiddeld IQ van honderdvijfenzestig, dus dat moet een tamelijk belangrijk persoon zijn. Dus wie belazer je dan? Want als jij met al je FBI-ervaring ons niet meer kan vertellen dan dat Samantha Crewe tot een breed scala aan mogelijke acties in staat is, dan ben je hier absoluut niet op basis van je kwaliteiten binnengekomen.'

Lakshmi's gezicht is vuurrood en haar mond hangt open.

Het is alweer een poosje geleden dat Erika hem zo kwaadaardig heeft gezien. 'Cy...' begint ze.

Maar Lakshmi kiest ervoor zichzelf te verdedigen: 'Met alle respect, Cy, ik maak me er juist enorm zorgen over hoe dit hele project door Samantha Crewe is verknald en hoe wij nu zelf moeten knallen.'

Terwijl de doodstille zaal tijdelijk in opperste verbazing met een onderlaag van zelfhaat verkeert, slaat Lakshmi haar ordner dicht en staat zo elegant mogelijk op.

Cy haalt diep adem bindt een klein beetje in. 'Lakshmi, het spijt me. Blijf zitten alsjeblieft. Laten we verder gaan. Dit is zware kost, maar het spijt me. Dit heb je niet verdiend.'

Lakshmi, die een moment lang aangedaan haar opties overdenkt, haar toekomst, gaat weer zitten en Cy gaat verder.

'Verder nog iemand? Wie heeft er nog iets?'

Weer stilte.

'Goed dan. Wat hebben we besloten? Iemand? Kom op, ik begin me eenzaam te voelen hier.'

Na een angstig moment meldt Sonia zich weer, met een blik op haar aantekeningen: 'Verdubbel de inspanningen om Samantha te vinden en open een nevenonderzoek op Warren Crewe...'

'Maar wel uit het zicht, als het om Warren gaat. Blijf in het verborgene. Laat de teams alleen aan jou rapporteren. Als hij van de CIA was, zullen sommige zaken geheim moeten blijven, en ik wil niet dat de CIA me nog dichter op de huid zit dan al het geval is. Niet nu.' Hij staat op uit zijn stoel en steekt zijn laptop onder zijn arm. 'Laten we Samantha opsporen. Onze focus: één gediplomeerde verpleegster, zesenhalve dag. Aan de slag.' Op weg naar buiten veegt hij de muur weg, als een afwijzende swipe op een datingapp, waarna de digitale Samantha plaatsmaakt voor een verlaten strand met aanrollende golfjes, glad als stoffen bekleding, geruis van rollende steentjes in zee.

Nu Cy weg is en de deur dicht zit, is het net als wanneer de cabinedruk plotseling verandert.

De eerste die het woord neemt is Sonia. 'Dus we moeten nu onderzoek gaan doen naar de CIA? Dat is toch totaal geschift?'

Erika laat de spanning van zich af vallen en denkt terug aan haar wandeling in de tuin met Burt Walker, en daarmee ook aan het existentiële gevaar om geheimen te bewaren voor hun voornaamste opdrachtgever. Ze vult de leegte die Cy in de zaal heeft achtergelaten: 'Laten we gewoon aannemen dat de CIA de waarheid spreekt en dat Warren Crewe niet voor de CIA werkte. Maar blijf alle opties openhouden. Alles blijft mogelijk, en alles aan hem is van belang.' Tegen de rest van de zaal: 'Maar laten we niet vergeten dat Samantha onze primaire focus is. We moeten de nieuwe spookalgoritmes in de verkeerscamera's implementeren. We denken dat ze niet in een recent model auto rijdt. Ze lijkt voorzien te hebben dat er een programma zoals Weeping Angel zou zijn en is low-tech gegaan om ons te dwarsbomen. Maar mogelijk kunnen we haar rijgewoonten oppikken en haar loopprofiel updaten. Dat gehink is echt. Zoals Sonia het zo kernachtig uitdrukte: dat zou voor ons al genoeg moeten zijn om...'

En dan levert de hele zaal de rest van de zin: '... te knallen.'

5 dagen, 16 uur

VOLTA PLACE NW, GEORGETOWN, WASHINGTON, DC

Hij kauwt zich zwijgend door het avondeten met Erika heen. Fatsoen is hard werken op zulke momenten. Later zwemt hij baantjes in zijn overdekte zwembad, in zijn eentje, en doorklieft hij klauwend en trekkend met zijn korte, dikke armen het gladde, lila wateroppervlak. Gewoonlijk zwemt hij twintig baantjes, maar vandaag vijftig. Hij moet de frustraties van deze klotedag tot in de verste haarvaten van zijn wezen wegpompen en vandaar uit zijn hele lichaam spoelen.

Uitgeput zit hij naakt in zijn sauna naar zijn handen te kijken, die langzaam beginnen te parelen van het zweet. In de klamme hitte probeert hij verwoed het mysterie en het peilloze raadsel te ontrafelen dat Samantha Crewe vormt. Ze is nu niet meer zo schattig, deze vrouw die geselecteerd werd als een van de vijf vertegenwoordigers van het gewone, slecht geïnformeerde en goedgelovige Amerika. Onder die gemakkelijk te onderschatten gedaante ging absoluut een genie schuil. Dat was hun eerste fout: om haar af te schrijven en haar vervolgens te vernederen. Al hun voorspellende instrumenten waren gekalibreerd om een slaperige burger op te pakken die slechts een elementair begrip had van het geweldige potentieel dat inmiddels beschikbaar is om iemand op te sporen, te leren kennen, zijn identiteit te onthullen en te beïnvloeden. Uit deze essentiële fout was al het overige voortgekomen.

Voordeel Samantha Crewe. Maar hij moet en zal winnen. Nog vijf dagen en zestien uur te gaan. Er staan tientallen miljarden op het spel. Hij neemt haar zaak nog eens door. Wat mist hij? Iets. Iets klopt er nog steeds niet. Ze is te behendig en bezit een verdomd goede kennis van Fusions strategieën. Neem bijvoorbeeld haar keuze voor een oud model auto, zodat Weeping Angel in feite waardeloos werd. Zou een willekeurige burger echt weten dat het noodzakelijk was om in een oldtimer te rijden? Fusion had de CIA niet eens op de hoogte gebracht van Weeping Angel toen de bètatest begon. En er is nog meer. Loopherkenning: via het schitterende netwerk van camera's die over het hele land verspreid waren, had Fusion deze vrouw niet één keer te voet zien reizen. Hoe kon ze weten dat een te onregelmatige manier van lopen een alarm zou doen afgaan? Nee, het was duidelijk dat ze hulp van iemand kreeg, en niet alleen van dat bozige malle wijf, de echte Kaitlyn Day. En nu hij erover nadenkt, valt het hem op dat die ander een insider moet zijn die nu voor Fusion werkt, of voor de CIA, een mol met een diep verlangen om dit project te zien mislukken. Wat greep alles ineens in elkaar! Nu was het een kwestie van optellen en aftrekken. Natuurlijk hebben ze haar onderschat, omdat ze ten onrechte op zoek waren naar een eenzame amateur, terwijl ze eigenlijk hadden moeten zoeken naar iemand die banden heeft met een expert die de geheimen van Fusion kent en de expertise bezit van een doorgewinterde veteraan in de observatiebranche, iemand die bovendien een serieuze rekening te vereffenen heeft met de CIA, en misschien zelfs een soort alliantie binnen de instantie zelf.

En op dat moment, terwijl hij naakt in de sauna zit onder een gehuurd herenhuis, realiseert Cy Baxter zich dat al zijn fortuin en zelfs zijn toekomst, en ook die van Erika, en niet te vergeten die van al zijn dierbaren in deze wereld, nu in de handen ligt van een knettergekke vrouw en iedereen met wie ze onder één hoedje speelt! O, o, o, wacht maar tot ik die collaborateurs heb gevonden, die samenzweerders, neemt hij zich voor. Wacht maar tot ik ze heb gevonden. Het zal slecht met die lui aflopen.

Hij beent de sauna uit, een bezielende wereld in waar alles helder en beheerst is en hij nu ook helder en beheerst zal zijn. *No more Mr. Nice Guy*: nee, Cy gaat niet langer de populaire jongen uithangen. Hij laat zijn handdoek vallen, klaar om in het dompelbad te springen – klein, diep, ijskoud – en voelt zich kalm en beheerst, ondanks de adrenalinevloed, want hij kan nu bogen op een voordeel dat hij een paar minuten geleden nog niet had: hij weet dingen, dingen waarvan zijn vijand nog niet weet dat hij ze weet, en daarin, beste mensen, schuilt de ware macht. Voordeel Cy Baxter, zegt hij tegen zichzelf terwijl hij naakt voor het ijzige water staat en zich dan zonder enige angst met zijn voeten eerst in de schokkend koude diepte laat vallen.

5 dagen, 23 uur

GREEN RIDGE STATE FOREST, MARYLAND

Geplaagd door zwermen zwarte vliegen zet Sam haar nieuwe tent onder de bomen op om zich tegen de middagzon en spionnen in de lucht te beschermen. Ze is dolblij dat ze de tijd heeft genomen om haar haar weer te verven bij Kaitlyn, zodat het weer blond is. Ze was het zat om Kaitlyn te zijn en is opgelucht eindelijk Samantha Crewe opnieuw te leren kennen.

Maar is ze nog wel dezelfde Sam die aan deze test begonnen is? Ten eerste heeft deze doldwaze rit haar heel veel nieuwe dingen over zichzelf geleerd: ze wist niet dat ze zoveel moed, agressie en uithoudingsvermogen in zich had, maar dat gold ook voor wraakzucht, opstandigheid en anarchie. Ze slaagt er tot haar eigen verbazing in nieuwe denkwijzen te ontwikkelen, op andere manieren te reageren, oude gewoonten te herformuleren en zichzelf tot atypische actie aan te zetten. Wie is ze eigenlijk nog? Haar naam is nog steeds Samantha Crewe, ze is eenendertig jaar, ze is nog steeds verpleegster met ervaring op een drukke spoedeisende hulp, maar wat veranderd is, is dat de Amerikaanse overheid en het hele inlichtingenapparaat nu achter haar aan zitten, en tot nu toe is het haar gelukt hen te verslaan. Ze is bezig hen te verslaan, verdomme, en de CIA, die medeplichtig is aan de verdwijning van haar man, is aan de verliezende hand.

Ook achtervolgt Warren haar meer dan eerst, ze hoort zijn stem vaker in haar hoofd. O, Warren, denkt ze terwijl ze weer met de tent worstelt, met de segmenten en scheerlijnen, met de buigzame stokken en weinig hoopgevende slappe doek.

Ze herinnert zich hoe boos ze op hem was geweest toen ze hem voor het laatst had gezien, nadat zijn taxi was besteld, met al zijn bagage bij de deur, en hij vertrok voor een reis die nog steeds niet ten einde was.

'Schatje, ik begrijp niet waarom je zo boos bent,' had hij tegen haar gezegd. 'Kalm maar.'

Sam had de borden met veel geweld in de vaatwasser gestopt en zichzelf vervloekt. Ze hield van die borden. Ze waren een huwelijkscadeau geweest. Tel tot tien.

'Omdat ik het verschrikkelijk vind dat je van mij een vrouw maakt die thuisblijft en haar man vraagt om zich niet in het gevaar te storten.'

Hij was teruggedeinsd. 'Je blijft niet thuis. De helft van je avonden ben je op de spoedeisende hulp bezig schotwonden te behandelen.'

Ze had zich omgedraaid, was tegen het aanrecht aan gaan staan en had haar handen aan een theedoek afgeveegd. 'Maar ik ga daar niet naar op zoek.'

'Nou, om te beginnen hebben we het geld nodig.'

'We redden het best! We hebben het geld niet nodig.'

Ze had haar glas bier gepakt. Ze wist waarom hij het deed, en dat was niet vanwege het geld. De reden was dat hij meende het juiste te doen. Ze kon hem wel wurgen. In plaats daarvan hing ze de droogdoek op.

'Je bent met me getrouwd omdat ik slim ben, schat,' had ze hem in herinnering gebracht.

'Inderdaad, en omdat je een prachtig lichaam hebt.'

Ze had gezucht.

'Oké, sorry,' had hij gezegd. 'Ja, ik ben met je getrouwd omdat ik niemand ken die zo slim is. En je bent ook een goed mens. Dus weet je best wel dat ik dit moet doen. Is dat niet wat je echt dwarszit? Dat je het wel degelijk begrijpt, ook al baal je er vreselijk van?'

Waarschijnlijk wel. Eikel.

'Waarom kunnen ze je dan niet gewoon als werknemer in dienst nemen, zodat je er officieel werkt?

Hij had haar blik ontweken. 'Misschien is het tegenwoordig veiliger om buiten de boeken te blijven.'

'Veiliger voor wie? Voor jou of voor hen? Vertel me nou eindelijk eens wat er allemaal aan de hand is.'

Maar hij had zijn handen omhoog gestoken. 'Zelfs de muren hebben oren, weet je nog. Daarom vertel ik je niet waar ik mee bezig ben. Maar geloof me, het is belangrijk. Als we kinderen hadden, zou ik zeggen dat we dat voor hen doen, en voor hun kinderen. Maar voor ons geldt dat ik het voor jou doe.'

Ze kon er niet tegen als hij zo keek. Nobel en vol emotie, een heldhaftige softie. Ze had haar biertje opgepakt en hem op zijn hoofd gekust.

'Ik hou van je, Sam,' had hij gezegd.

'Dat weet ik.'

De tent staat. Ze stapt opzij en bekijkt het resultaat van haar werk. Deze plek ligt goed verdekt onder de populieren. Ze zullen het gebied met drones uitkammen, op zoek naar beweging onder het bladerdak. Maar ze is hier goed beschermd, waarschijnlijk voor een paar dagen.

In de tent bladert ze in het schemerlicht onder het doek een paar romans door die ze bij Kaitlyn heeft meegenomen, kruipt dan in haar slaapzak en stelt zich voor hoe Fusions machtige technologie nu hopelijk ten dienste van haar wordt ingezet en dat ze Warren daarmee kunnen vinden. Met een beetje geluk heeft ze binnenkort antwoorden op alle vragen die haar uit de slaap houden, genoeg om de afgelopen vierentwintig dagen waarin ze op de vlucht was en in vermomming moest zien te overleven te rechtvaardigen. En die antwoorden zullen ook de twijfel wegnemen die ze af en toe over Warren heeft, over dat idiote idee dat als een virus door de CIA in haar is geïnjecteerd en zich vanbinnen vermenigvuldigt, dat Warren naar Thailand is vertrokken en daar nog altijd is, dat hij haar verraden heeft en dat haar leven met hem één grote leugen is geweest. Ze had in de loop van haar loyale campagne bij drie gelegenheden in Washington laaggeplaatste CIA-vertegenwoordigers ontmoet, en telkens was de implicatie dezelfde geweest: hoe goed kende ze haar echtgenoot? Echt? Zoals zij het zagen, wees namelijk al het bewijs erop dat hij in het niets had willen verdwijnen. Maar welk bewijs hadden ze daarvoor? Warren had een eigen zaak: wist ze dat? Wist ze dat hij ten tijde van zijn verdwijning bankroet dreigde te gaan en uitstel van betaling had aangevraagd? Ze schudde haar hoofd. Nee, dat wist ze niet. En dat hij een apart postadres aanhield? Ze wilde geen kopie van de documenten die ze als bewijs daarvoor toonden of die waaruit bleek dat hij op die vlucht naar Bangkok had gezeten. Had hij haar daar echt helemaal niets over verteld? vroegen ze haar steeds weer.

Nee, antwoordde ze. Nee, nee, nee.

Ze zou niet de eerste vrouw zijn die dit overkwam: een schijnbaar perfect huwelijk dat kapot gaat bij het lezen van de appjes van een echtgenoot, een per ongeluk geopend creditcardafschrift, een overzicht van merkwaardige aankopen, hotelkamers in de verkeerde steden, verkeerde dagen, de hele kristallijne architectuur van een leven dat in één verstikkend ogenblik uiteenvalt, omdat de persoon die je dacht te kennen en met wie je het bed en je leven deelde, die persoon helemaal niet blijkt te zijn. Of althans niet de hele tijd.

Naarmate de maanden jaren werden, heeft ze met de sluipende twijfel moeten omgaan om haar vertrouwen te bewaren in de Warren die zijzelf dag in dag uit had meegemaakt. Die man deed precies wat hij zei. Geen leuterpraatjes. Als hij echt een zelfstandig bedrijf had en dat haar niet had verteld, dan had hij dat gedaan om haar te beschermen. Financiële problemen? Waren die overheidsdocumenten wel geloofwaardig? Nee, ze vertrouwt haar man en niet de Amerikaanse overheidsmacht en houdt dus vast aan wat ze wél gelooft: dat hij niet naar Bangkok is gevlogen, maar naar een plaats in het Midden-Oosten en daar is verdwenen, en dat de CIA-agenten niet alleen veel meer weten dan ze willen zeggen over wat er met hem gebeurd is, maar haar ook actief belazeren en misleiden, haar willen laten denken dat ze gek wordt, haar willen laten twijfelen aan Warren en zelfs, uiteindelijk, aan zichzelf.

Ze herinnert zichzelf aan al het harde bewijs dat haar eigen tegengestelde versie van het verhaal ondersteunt. De taxichauffeur in Boston die ze had gesproken, had bevestigd dat hij Warren die dag naar de luchthaven Logan had gebracht en had hem de terminal zien binnengaan. Ze had ook de bankafschriften van hun gezamenlijke rekening bekeken en de lege vennootschap gevonden die de cheques verstuurde. Een aardige vrouw had haar daar weliswaar beleefd maar toch een beetje druk klinkend, je weet wel, midden op een werkdag, verteld dat ze Warren Crewe inderdaad hadden betaald, maar dat had betrekking op een zestal onderzoeksrapporten voor verschillende cliënten over investeringsmogelijkheden in Oost-Europa. Daarvoor hoefde je niet te reizen. Niet meer dan een gegevensanalyse. Nee, natuurlijk hadden ze niets te maken met de overheid. Sam belde een maand later weer en kreeg dezelfde antwoorden. De maand daarop weer, en ook toen hetzelfde verhaal. Het enige was dat ze steeds met andere medewerkers had gesproken en dat ze allemaal precies hetzelfde zeiden. Woord voor woord, alsof ze een script oplazen. Ze had zelfs tegen de laatste gezegd dat ze het vreemd vond dat steeds iemand anders de telefoon opnam. Daarna kreeg ze altijd de eerste vrouw weer aan de lijn. Is dat niet precies wat je zou verwachten van een doofpotaffaire op hoog niveau?

Dus, tot de waarheid aan het licht komt zal ze zich vastklampen aan Warrens stem, die haar in de wind toefluistert.

In de vroege ochtend wurmt ze zich uit de slaapzak, kijkt op haar horloge en telt haar geld. Ze blijft hier echt niet dagenlang liggen. Zo ziet de volgende fase van haar plan er niet uit.

4 dagen, 7 uur

VOLTA PLACE NW, GEORGETOWN, WASHINGTON, DC

‘U hebt gasten,’ fluistert de geüniformeerde Hongaarse conciërge die bij het huis inbegrepen was tegen Cy, terwijl hij zijn baas de trap af volgt en het ochtendlicht door de ramen schijnt. ‘In de salon.’

Het herenhuis is zo groot dat de salon een verrassing is. Cy kan zich niet herinneren hier eerder te zijn geweest. En huurde hij dit huis of had hij het gekocht om van de belasting af te trekken? Dankzij zijn accountants is het zelfs voor hem een uitdaging om uit te zoeken wat hij in eigendom heeft en wat hij alleen maar in beheer heeft. Het maakt hem niet veel uit, zolang ze de belastingaanslagen van WorldShare maar op nihil weten te houden.

De kamer is groot en beige en wit, zoals de meeste omgevingen waarin hij vertoeft, maar met enorme moderne abstracte afbeeldingen in rood en geel als ‘accent’. Bankstellen gegroepeerd rond eiken salontafels, elk met een discrete waaier van actuele tijdschriften, met de nadruk op technologie en cultuur. Dubbelhoge ramen bieden uitzicht op een terras en een geometrische tuin, en als Cy binnenkomt, staan bij deze ramen drie mannen in hun deftige donkere pakken op hem te wachten, het uitzicht in zich opnemend.

‘Heren. Morgen.’

Burt Walker, Justin Amari en een derde zwaargebouwde man die Cy niet herkent draaien zich naar hem om. Kan hij iemand van hen nu vertrouwen? Mogelijk werken ze gedrieën samen tegen hem en is Cy slechts een onbeduidende pion in hun gecompliceerde schaakspel?

‘Mooie plek,’ begint Burt.

'Hm. Meer dan ik nodig heb. Maar wat kan ik voor jullie doen op deze zonnige ochtend? Nu al huisbezoekjes?'

'Kunnen we even gaan zitten?'

'Natuurlijk, neem plaats.'

Nadat ze op bij elkaar passende banken zijn gaan zitten (de onbekende man blijft staan, een soort bodyguard?), kijkt Cy, met in elkaar gestrengelde vingers, zijn ernstig kijkende partners aan.

Burt begint: 'Ondanks deze nieuwe ontwikkeling dat je naar de verkeerde vrouw op zoek was en zo, zijn we het erover eens dat het nog steeds noodzakelijk is om de laatste Zero op te sporen. Als we daarin niet slagen binnen het tijdsbestek van de bètatest, zullen we er allemaal... nou ja, van beschuldigd worden dat de bètatest geen succes is. Ik denk dat we moeten laten zien dat we alle tien de Zero's binnen de dertig dagen die ervoor stonden hebben opgepakt. Geen gerommel. Maar...' Hier pauzeert hij, zijn blik is ernstig tussen ernstige gezichten. 'Jij moet je niet met Warren Crewe bemoeien.'

Dit verrast Cy, maar ook weer niet enorm. Uiteraard heeft een menselijke of digitale informant hem al verraden en aan deze toezichthouders onthuld dat Cy opdracht heeft gegeven de zoektocht tot Warren uit te breiden. Hij knikt ten antwoord. Hou het hoofd koel. 'Dus Warren werkt inderdaad voor jullie?'

Burt toont hem een nieuwe, maar duidelijk goed geoefende pokerface. 'We willen alleen dat je je niet met Warren Crewe bemoeit. Zo simpel is het.'

Cy probeert de zich opstapelende implicaties van deze eis te verwerken, en de resulterende datadump in zijn brein zal enige sortering vergen, maar in de tussentijd grapt hij: 'Korte bijeenkomst dan.'

'Heel kort zelfs, met jouw instemming.'

De eerste vraag die uit zijn data-analyse oprijst: 'Dus jij volgt ons ook, Burt?'

'Jullie? Tja, laten we zeggen dat wanneer jouw teams in een paar uur tijd duizend mislukte pogingen doen om toegang te krijgen tot onze geheime digitale bestanden, je mag hopen dat we dat zouden merken, ja.'

Cy besluit iets te proberen. 'Stel dat ik hem nodig heb? Schrap dat maar, ik heb hem zeker nodig... om zijn vrouw te vinden. Als hij de reden is waarom ze dit doet, is hij relevant voor ons.'

Ze blijken alle drie over een tamelijk goede pokerface te beschikken. Heel bijzonder, denkt Cy, dat Warrens verblijfplaats mogelijk zelfs bekend is bij deze gezanten en toch is er niets aan de gezichten te zien: geheimen, geheimen overal, en geen ervan valt te hacken zolang die in een menselijk brein opgesloten zit.

'Blijf gewoon weg bij Warren Crewe,' herhaalt Burt. 'De directeur doet je trouwens de groeten.'

'Dus dat is een... hoe noem je dat ook al weer... een bevel?'

'Goeie god, nee. We zijn partners. Noem het... gewoon een vriendelijk advies.'

"En stel dat...'

'We gaan nu niet met "stel dat"-theorieën beginnen.'

'Stel dat ik je advies niet opvolg, teneinde ons partnerschap te doen slagen?'

De blik die deze laatste opmerking op het tot nu toe neutrale gezicht van Burt opwekt, zou de opwarming van de aarde kunnen terugdraaien.

Cy haalt adem, dubbelklikt op een nieuwe strategie en toont een van zijn Cy-lachjes, waarbij hij zijn handen opsteekt. 'Het enige wat ik zeg, Burt, is dat we de proef mogelijk verknallen.'

'Ik heb misschien wel meer vertrouwen in jou dan jij in jezelf.'

'Wat is hier aan de hand? Denk eens met me mee. Jullie komen hier binnen...'

Justin Amari doet voor het eerst zijn mond open, en zijn toon is bepaald vijandig. 'Weet je, Cy, we hebben zelf enig onderzoek verricht voordat de CIA besloot met jou in zee te gaan. Onze onderzoeken zijn niet zo hightech als jij gewend bent. Een beetje ouderwets naar jouw maatstaven, vermoed ik. Maar wij zijn al langer bezig. Jouw werk voor buitenlandse overheden, lucratieve verkoop van technologie aan China, Rusland, zodat de cyberdreiging die deze landen voor de Verenigde Staten vormen alleen maar toeneemt. Dat ziet er momenteel niet bepaald goed uit, hè?'

'Ho, ho, ho, ik heb als consultant nooit één handelsverbod of sanctie overtreden, noch heb ik ooit enige illegale transactie verricht. En ik betwijfel of de CIA mij nu zou vertrouwen als dat wel het geval was, gezien het feit dat ik toegang heb tot informatie.'

'Tot bepaalde informatie.'

Het was waar dat de enorme geheime dossiers van de CIA, de FBI en de NSA nog niet ter beschikking stonden van Fusion. Ze bleven nog steeds verborgen, verscholen achter extreem robuuste firewalls.

Burt meldt zich weer: 'Tot nu toe waren we bereid een oogje dicht te knijpen, omdat je gelukkig veel betere technologie aan je eigen land verkocht. En het is altijd gunstig om te weten waar de andere teams mee werken.'

'Noem je mij nu een bedreiging voor mijn land?'

'De CIA heeft een lange geschiedenis,' zegt Justin. 'Na 1945 hebben we zelfs naziraketgeleerden aangenomen als we vonden dat ze goede partners waren.'

Dit beneemt Cy de adem. 'Wacht even, noem je me nu een nazi?!'

'Zou die analogie je van streek maken?' antwoordt Justin.

Cy springt op, alsof hij op de vuist wil.

Burt staat ook op en steekt zijn dikke handen omhoog. 'Stapje terug. Dit is heel eenvoudig. Allemaal kalm blijven.'

'En voor de goede orde,' protesteert Cy, 'dit project is een nationale veiligheidsprioriteit. En je brengt dat nu in gevaar door me mijn werk niet te laten doen. Dit voor alle duidelijkheid, dus.'

Opeens veel minder vriendelijk antwoordt Burt: 'We vertrekken... met deze boodschap. De CIA heeft ons project voorwaardelijk gesteund, en we hebben een oogje dichtgeknepen bij bepaalde elementen van jouw bedrijf, maar we hebben onze eigen belangen. Hogere belangen. En we zullen die belangen verdedigen. Als je dit verzoek niet inwilligt, zal de CIA je te kennen geven dat we niet langer bereid zijn de andere kant op te kijken. Dus samengevat: bemoei je niet met Warren Crewe. Concentreer je op het opsporen van zijn echtgenote.'

4 dagen, 5 uur

FUSION CENTRAL, WASHINGTON, DC

Het bericht dat het Warren Crewegedeelte van de zoektocht officieel van de baan is, wordt door Cy zelf door zijn kantoor verspreid. Hij vertelt het eerst alleen aan Erika, die natuurlijk van mening is dat ze aan de eisen van de CIA moeten voldoen, en wel onmiddellijk, en vervolgens aan dezelfde teamleiders die hij eerder had aangesteld. Daarop daalt een 'wat nu?'-stemming in het kantoor neer, een voelbaar besef dat de belangrijkste hoop om Zero 10 te vinden zojuist is afgenomen van hen die tot taak hadden een lastminutedoorbraak te bewerkstelligen. En niemand hoeft eraan herinnerd te worden dat om 14.00 uur de zevenentwintigste volledige dag voor de achtervolgers aangebroken is. Dat betekent dat het einde van de jachttermijn – twaalf uur 's middags op 30 mei – nu echt ophanden is.

Als Cy en Erika weer alleen zijn, wordt de stilte slechts licht verbroken door het waterige getik van een langzaam smeltende digitale gletsjer op het scherm.

'Ze bespioneren ons. Besef je dat?'

Ze haalt haar schouders op. 'Zij zijn van de CIA.'

Drup, drup, drup. Megatonnen smeltend ijs.

'Zodra we op zoek gingen naar Warren, wisten ze het. We dachten dat we heimelijk te werk gingen en geen sporen achterlieten, maar ze hoorden ons alsof het om een kudde aanstormende hoefdieren ging.'

'Hoe dan ook, op basis van alle data die we over Warren wisten te vergaren – een taalcursus Farsi die hij in de maanden ervoor in het geheim had gevolgd, telefoongesprekken die herleid konden worden tot mobiele telefoons in Iran – kunnen we met vijfennegentig procent zekerheid stellen dat hij in Iran door de Iraanse regering wordt vastgehouden.'

'Als hij in Iran is, wil ik graag weten waarom.'

'Dat is momenteel niet onze taak.'

Ze kijkt naar de man van wie ze houdt, vaak ondanks zichzelf, terwijl hij zijn laptop opent en begint te tikken, te tikken, te tikken. 'Wat ben je aan het doen?'

'Dat verdomde mens zoeken.'

4 dagen, 2 uur

FUSION CENTRAL, WASHINGTON, DC

Erika zegt al haar meetings af. In plaats daarvan valt ze voortdurend de Void lastig, in de hoop dat ze een doorbraak kan bewerkstelligen die maar niet wil komen, maar na verschillende rondes over de vloer geeft ze het op en trekt ze zich terug in haar kantoor om het steeds dikker wordende dossier over Samantha Crewe door te nemen.

Het valt Erika op dat Samantha, een digitaal groentje, er bewonderenswaardig goed in geslaagd is haar sociale media op te schonen. De algoritmen van Fusion moesten dan ook diep graven om biografische broodkruimels te vinden, om sporen, flarden van patronen en kenmerkende nieuwigheden boven water te krijgen die aan haar pogingen om alles te verbergen waren ontsnapt.

Neem bijvoorbeeld Sams personeelsdossiers in het ziekenhuis: die bevatten complimenteuze opmerkingen van patiënten en positieve beoordelingen van haar leidinggevenden. In één kritisch rapport wordt ze beschuldigd van een gebrek aan respect voor autoriteit, met een verwijzing naar een klacht van een arts die beweerde dat ze zijn behandelplan negeerde en hem passeerde door zich rechtstreeks tot het hoofd algemene chirurgie te wenden. Een onderzoek had uitgewezen dat ze uiteindelijk gelijk had.

Elders, in de catacomben van familiememorabilia, hadden haar nichtjes familiefoto's gepost, scans van oude afdrukken waarop ze te zien was als kind en een moersleutel ter lengte van haar arm in haar hand hield, terwijl ze met haar vader en moeder aan een auto werkte in de wijk Brookland in Washington, DC. Andere foto's waren meegenomen door de teams die Sams opslagruimte in een buitenwijk van

Boston doorzochten en de inhoud daarvan in realtime catalogiseerden. Fotoalbums, dozen vol brieven, allemaal gedigitaliseerd door Fusion, op zoek naar gezichten. Ze hebben ook een oude laptop gevonden, de overjarige inhoud nieuw leven ingeblazen en oude zoekopdrachten en e-mails gereconstrueerd. Geen tekenen van verbleking hier. En toch is er niets wat kan dienen als landkaart met een grote X op de plek van de verborgen schat, alleen maar meer fragmenten van een beeld dat maar niet compleet wil worden.

Als lunch brengt een assistent Erika een salade. Smakeloos, behalve de dressing. De dag sleept zich in een kwellende dadenloosheid ten einde, een gevoel dat agenten op surveillance maar al te goed kennen, en ook zij voelt hoe de frustratie bezit neemt van de Void. Elk uur is nu kostbaar, maar Samantha geeft niets prijs, zoals altijd.

Tegen hoge kosten maar zonder resultaat zijn er arrestatieteams naar bars gestuurd waar ze vroeger als student rondhing. En ook naar een vakantiewoning in het bos waar ze ooit regelmatig kwam. Op haar oude middelbare school worden kastjes doorzocht die Sam ooit gebruikte voor geheime sigaretten. Niets.

En toch begint Erika uit alle ruis en afval van een leven een personage op te bouwen. Alsof de blauwe stippen in de VR-suite zich nu tot details vormen, ziet Erika een vrouw voor zich tot leven komen: een vrouw wier leven ontspoorde toen haar liefhebbende echtgenoot in het niets verdween. Warren lijkt geen man te zijn die haar zonder wroeging zou kunnen verraden en haar leven tot een voortdurende marteling zou kunnen maken. De nog resterende e-mails van Warren aan Sam, en van Sam aan Warren, schetsen een beeld van een liefhebbend stel. Bij Erika vormt zich het beeld dat Warren op een of andere manier voor de overheid werkte en inderdaad tijdens dat werk verdwenen is, en dat hij een vrouw achterliet die pas later een intense haat ontwikkelde tegen het land, of beter gezegd de overheid, die weigert zijn mysterieuze verdwijning te onderzoeken. De Sam die Erika nu voor zich ziet, houdt vast aan haar geloof in Warren, als de laatste brandende kaars in een storm, ook al worden de ondersteunende mailtjes van vrienden steeds zeldzamer en ook al wordt ze door iedereen inmiddels voor gek verklaard, behalve door haar eigen stoïcijnse ouders. Pas dan wordt

Sam boos op politici en op haar vrienden, op de een na de ander die haar en haar hoop de rug toekeert. Dan hoort ze over het Fusion Initiatief.

Op het aanvraagformulier stond de vraag: hoe hebt u over ons gehoord? Sam (onder de naam Kaitlyn Day) schreef: 'Heb gesprek in de bibliotheek gehoord.' Maar gezien Warrens rol in de inlichtingenwereld, waar het vroegtijdig ter sprake brengen van de test werd aangemoedigd om de beste deelnemers te vinden, neemt Erika aan dat Sam er hoogstwaarschijnlijk op een andere manier voor het eerst over vernam. Erika stelt zich voor hoe Sam opleeft als ze begint te plannen en de bètatest als een laatste kans ziet. Geweldig, die enorme inzet! Het Fusionteam meende op een vrouw te jagen die haar kennis had verkregen door simpelweg een paar detectives te lezen, maar uit het bewijs waarover Erika nu beschikt blijkt dat het om een vrouw gaat die al voor het startsignaal met grote expertise had onderzocht hoe ze kon voorkomen gevolgd te worden, die tactisch uiterst bedreven was door van bluf en dubbele bluf gebruik te maken en als een schaakgrootmeester schijnbewegingen en misleidingen uitwerkte, bijna alsof ze vanaf het begin wist dat ze voor de proef uitgekozen zou worden.

Stel dat ze dat allemaal had geweten?

Voordat ze uitlogt, scrolt Erika terug naar de foto's van Sam en Warren en blijft dan hangen bij een ervan met Sams ouders: John en Laurel Warhurst, de een gedrongen, de ander slank, beiden vastberaden en onverstoorbaar ogend, hij met zijn honkbalpet met logo's van raceteams, een pakje sigaretten in het borstzakje van een overhemd met korte mouwen, rook van een brandende sigaret in zijn dikke monteursvingers, die ook de schouders van zijn vrouw omklemmen, en zij met blond gestreept haar, een geheel orthodontische glimlach, jolig maar toch indrukwekkend in haar spandex trainingspak, vastbesloten dat zij en haar maatje zullen slagen in het leven.

Erika loopt naar de overkant, op zoek naar Sonia. 'Lever me alles wat we weten over de ouders van Zero 10.'

3 dagen, 22 uur

BROOKLAND, WASHINGTON, DC

Op Laurel Warhursts gezicht staat het onbegrip te lezen als ze, een jaar of tien ouder dan op de foto, de voordeur openhoudt en de onbekende vrouw op de drempel aankijkt. ‘Sorry, zei u Ruth?’ vraagt ze.

‘Ik was een studiegenoot van Sam,’ antwoordt Erika. ‘En ik zat met haar in het voetbalteam, toen we de Westbrook Trofee wonnen.’

‘O ja! Ruth.’

‘Ruth Schoenberg.’

‘O, ik geloof van wel, ja.’

‘Goed u weer te zien, mevrouw Warhurst. Sorry dat ik zomaar langskom, maar ik hoopte dat u me kon helpen met Sam te spreken.’

‘Sam? Nee, nee. Die woont hier niet.’

‘Ja, dat weet ik, maar weet u, ze beantwoordt mijn telefoontjes niet, wat echt niets voor haar is, en ik begon me een beetje zorgen over haar te maken, en ik dacht aan u en vroeg me af of u of meneer Warhurst de laatste tijd iets van haar gehoord heeft.’

‘Nou, weet je, het is ingewikkeld met Sam.’

‘Sorry... Ik weet het. Ik maak me echt zorgen. Zelfs met alles wat er gebeurd is, heeft ze altijd contact gehouden.’

‘O, god. Kom binnen, kom binnen.’

‘Vind u het niet vervelend?’

‘Kom binnen,’ herhaalt mevrouw Warhurst voordat ze langs de trap naar boven roept: ‘John! Het is Ruth, Sams studievriendin.’

Later, als de koffie half op is, heeft Erika de Warhursts verhalen uit Samantha’s studietijd voorgeschoteld, details die alleen een echte vriendin kon weten, en in ruil daarvoor is ze genoeg te weten gekomen

– verhalen, krantenknipsels over Warrens verdwijning – om er zeker van te zijn dat deze twee mensen werkelijk niets over Sams huidige verblijfplaats weten. Hun blik van echte bezorgdheid getuigt daarvan, evenals hun eigen onbeantwoorde telefoontjes naar Sams mobiele telefoon.

'En toen we beseften dat Warren misschien voorgoed verdwenen was, hebben we ons best gedaan om haar te steunen, maar ja, wat kun je nou echt doen? Juist dat je niets weet, knaagt aan je. Het vreet je op,' zegt meneer Warhurst tegen Erika.

'Dus ze hebben nooit ontdekt waar Warren is gebleven?' vraagt Erika onschuldig.

'Niets. Verdwenen. Pff. Sam denkt nog steeds dat hij ergens in het Midden-Oosten is en nog leeft, maar ik denk... Nou ja, Laurel weet wat ik denk, dat je niet moet uitsluiten dat hij een ander leven had waar wij niets van weten.'

'John,' maant mevrouw Warhurst.

Hoe vaak heeft ze die vlam van de twijfel bij haar man moeten doven? Naarmate de tijd vordert steeds vaker, zoveel is zeker.

'Tja, er zijn wel vreemdere dingen gebeurd. Een geheime familie of zoiets, ergens ver weg. Hij schijnt ook een zaak te hebben gehad waarover hij niemand ooit vertelde. Financiële problemen, zie je? En hij was altijd het land uit. Het zou niet de eerste keer zijn, meer zeg ik niet.'

Erika staat op, loopt naar de schoorsteenmantel, die vol staat met foto's in dikke zilveren lijsten die in de loop der jaren zijn gemaakt, het bewijsmateriaal van een kind door de tijd heen: teruggeworpen in de tijd als zuigeling in een luier op een tapijt, als spelende peuter, als tiener met hockeystick, als student die met holle wangen frisdrank drinkt door een rietje, met een bul in een japon bij het afstuderen, in verpleegsterskleding, en dan, als hoogtepunt van deze bloemlezing, een trouwfoto, die Erika oppakt.

'O,' zucht ze op een liefkozende maar valse toon, wat haar minder moeite kost dan ze had gedacht. 'Wat zag ze er prachtig uit op haar trouwdag. Ik vond het zo jammer dat ik er niet bij kon zijn.'

In haar handen een versteend tafereel: Samantha in witte bruidsjurk, dolgelukkig met haar kersverse echtgenoot aan haar zijde, zijn linkerhand als steun voor haar rechter. Links van Sam een bruidsmeisje, en rechts van Warren... een gezicht dat Erika's mentale herkenningssystemen terug in de tijd voert, door de innerlijke database van haar eigen verleden, wat uiteindelijk een adembenemende match oplevert: een gezicht dat ze pas onlangs in haar brein heeft opgeslagen en dat haar toegrijnst.

Ze neemt even de tijd om zich voor te bereiden voordat ze zich omdraait en het vriendelijke echtpaar zo terloops mogelijk vraagt: 'Waar is Justin nu? Ik hoor niets meer van hem.'

'Wie?' antwoordt meneer Warhurst.

'Warrens vriend Justin. Ik denk dat hij nu bij de overheid werkt, dat is het laatste wat ik over hem hoorde. Een of andere hoge pief.'

'Is dat die malle progressieveling die me de oren van mijn hoofd lulde?' voegt Warhurst er met een lachje aan toe.

'John, hou op. Ik denk niet dat Ruth over politiek wil praten.'

Erika zet de kostbare foto heel behoedzaam weer op de schoorsteenmantel.

3 dagen, 20 uur

FUSION CENTRAL, WASHINGTON, DC

Om 18.00 uur loopt Erika met bonzend hart naar het podium. In haar hand heeft ze haar tablet, waarvan het donkere scherm de opname verbergt die ze met haar telefoon heeft gemaakt van de cruciale foto die alles of althans bijna alles duidelijk zal maken. Voor op haar tong, gereed om uit te spreken, ligt het schokkende nieuws dat Sam inderdaad al die tijd hulp, bijstand, advies en training in specialistische vaardigheden heeft gehad – geen wonder dat het zo verdomd lastig was haar te pakken te krijgen! – van een van hun eigen financiers: Justin Amari.

Cy's assistente staat half op van haar stoel alsof ze Erika in een reflex wil tegenhouden, maar er is veel meer nodig dan een twintiger in een pastelkleurig poloshirt om haar tegen te houden, gezien de onbeperkte toegang die Erika al jaren geniet, en ze zal vandaag zeker niet worden tegengehouden, gezien het nieuws dat ze in haar handen heeft.

'Is hij daar?'

Met opgeheven schouder duwt ze de matglazen deur open (alleen Cy heeft in dit gebouw matglas), met haar ogen al op haar tablet gericht, zodat het apparaat oplicht en zij en Cy meteen in de modus kunnen schieten om de schade te beperken en in de tegenaanval te gaan, maar… als ze opkijkt… is het niet Cy's gezicht dat haar blik treft. Nee, het is het geschrokken gezicht van Sonia, die voorovergebogen staat, met haar blouse half open, zodat er nog net een met rozen gelardeerde roze beha zichtbaar is, met haar handpalmen en gespreide vingers op het bureau rustend en haar mond geopend in een hartstochtelijke O, met Cy achter haar, handen op haar heupen, alsof hij haar bestuurt, alsof hij haar leert dansen.

'O shit,' kreunt Cy.

Erika blijft een paar seconden lang sprakeloos staan, totdat ze overweldigd wordt door emotie.

Pijn.

Ze loopt weg en is net op de begane grond aangekomen als een blozende Cy haar inhaalt, zijn kleren nog half in de war en zijn overhemd over zijn weer opgetrokken broek hangend. Ze kan niet naar hem kijken. Ze kan het gewoon niet. Haar oogleden zijn omrand met zout water, en ze trekt bijna een sprintje als ze zijn smekende stem hoort.

'Erika, stop, alsjeblieft.'

Hij houdt nu haar arm vast en neemt haar apart, fluistert koortsachtig, woorden, excuses, gemeenplaatsen, weer excuses, maar zij luistert niet en ziet die mooie beha weer voor zich, dan het gezicht van die vrouw dat genot uitstraalt, en dan Erika's man daarachter, dwingend, bewegend, beukend, opgaand in zijn eigen genot. Ze denkt ook aan al die jaren dat ze zich uit de naad werkte, hem tot bloei bracht, zijn rotzooi opruimde, zichzelf voorhield dat ze zielsverwanten waren, yin en yang, op weg naar een langdurige relatie, met een diepe, intense gehechtheid en liefde voor elkaar, ja liefde, waarvan haar aandeel zojuist is bewezen – verontrustende gedachte – door haar zuiver fysieke reactie op het tafereel waarvan ze net getuige is geweest.

Dat wicht, Sonia. Echt? Ze ziet opnieuw het gezicht, de seksuele overgave van de overwinning van een nieuweling op haar, en achter deze overwinnaar weer de lopende, ademende nachtmerrie die ooit de Cy was die ze vertrouwde.

Ze weet haar kantoor te bereiken, met Cy nog steeds vlak achter haar.

'Erika! Stop! Wat is je probleem?'

'Wat mijn probleem is?' Ze legt de tablet op haar bureau. 'Vraag je me nou echt wat mijn probleem is?'

Hij doet de deur dicht. En ze beseft: het kan hem niet schelen wat ik van hem denk, hij wil er alleen zeker van zijn dat niemand van zijn medewerkers weet wat een klootzak hij is. Erika voelt hoe de walging als een allergie bezit van haar neemt, en niet alleen over Cy maar ook over zichzelf en alles om hen heen, dit hele zorgvuldig opgebouwde bouwwerk. Het is alsof alle ongerepte gebieden in de hele wereld met oude bakolie besproeid zijn en alles nu plakkerig is, onrein om aan te raken.

Maar hij houdt zijn handen omhoog, met zijn hoofd schuin, en laat zijn jongetjesglimlach zien. Echt, Cy? De blik op zijn gezicht smeekt om genade, en de glimlach maakt plaats voor tranen, alsof hij nu al weet dat de schade die hij zojuist heeft aangericht onherstelbaar is. Op dit moment is hij even sprakeloos als een betrapt kind dat niet langer kan liegen maar nog steeds de waarheid niet kan accepteren. Hoe deerniswekkend, denkt ze, die tranen zouden van mij moeten zijn. In plaats daarvan voelt ze slechts woede. 'Die stomme trut? Echt?'

'Ik weet... dat het... Ik heb... Ik weet het niet. Ik weet niet wat er gebeurde. Ik was zo gestrest over die hele...'

'Zo gestrest dat je een stagiaire neukte. Wil je in vlammen ten onder gaan, Cy?'

'Ik weet het... je hebt gelijk. Het spijt me vreselijk, Erika.'

'Hoe vaak?'

'Wat?'

'Hoe vaak heb je haar geneukt?'

'God. Ik heb niet...'

'Hoe durf je? Hoe durf je?'

'Je kent me. Ik ga niet op zoek naar dergelijke dingen.'

'Wat is er met je gebeurd? Ik meen het. Ik herken je niet meer. Wat ben je toch een kind. Ik kan het gewoon niet geloven. We hebben hier alles in gestopt, ik heb alles in jou gestopt.'

De Cy naar wie ze nu kijkt is zo anders dan de Cy van gisteren. Deze Cy is nu een man die ongeloofwaardig is, en wat er ook overblijft van haar gevoelens voor hem na zo'n dramatische categoriewisseling – het is nog veel te vroeg voor haar om te zeggen wat er overblijft, als er al iets overblijft – ze weet nu al dat het slechts een onbevredigende fractie zal zijn van wat er eerder was. Uiteindelijk moeten sommige dingen – lucht, avocado's, spoorrails, een noot op een viool, stilte, vertrouwen tussen geliefden – perfect zijn.

Haar gedachten dwalen onvermijdelijk af naar hun verloren verleden. 'Mijn broer hield van je, hij zei altijd dat je iets speciaals had. Je zou grote dingen gaan doen, geweldige grote dingen. Ik geloofde in jou, verbond mijn dromen aan de jouwe, en dat allemaal om te zien hoe je... wat? Waar ben je in godsnaam mee bezig, Cy?'

Nu hij dit allemaal aanhoort en deze kale gegevens (onverwerkt) op hem af stromen (grof, vol pijn, vergiftigd met emotie), terwijl er geen enkele verdediging mogelijk is, kan hij alleen maar wroeging voelen door haar aanval, nog verergerd door de dodelijke precisie ervan. Het beste wat hij te berde weet te brengen is deze waarheid: 'Ik voel niets voor haar. Helemaal niets.'

'Dat weet ik. En het trieste is dat jij denkt dat het daardoor minder erg wordt.'

'Wat kan ik doen, Erika? Ik zal alles doen!'

'Je kunt uit mijn kantoor verdwijnen. En misschien uit mijn leven. Wat dacht je daarvan? Wat ben ik toch een stomkop.'

'Geef nou niet alles op. Erika, luister naar me. Kunnen we de bètatest gewoon afmaken? En dan gaan we hier weg, weg uit Washington, naar huis. Ik zal het goedmaken met je. Ik kan dit oplossen, ik zal het oplossen. Vergeet niet waar we hier samen mee bezig zijn, hoe belangrijk dat is.'

'Ga alsjeblieft weg. Ga alsjeblieft mijn kantoor uit.'

'Ik meen het. Ik zal alles doen.'

'Zoals ik daarnet heb gezien! Ga nu alsjeblieft weg.'

'Denk tenminste aan Michael. Vergeet dat niet. We doen het allemaal voor Mike. We doen dingen die nog nooit eerder zijn gedaan.'

'Ik ga schreeuwen. Eruit!'

Als Cy weg is, doet Erika de deur op afstand op slot en gaat zitten. Tien minuten gaan voorbij zonder dat ze zich verroert. Hij denkt echt dat hij boven de wet staat, beseft ze nu. Hij denkt dat de normale regels niet meer op hem van toepassing zijn, nu hij over zoveel moderne macht beschikt. En hoeveel tirannen hebben zich juist deze vrijstelling veroorloofd? Uiteindelijk staat ze op, brengt haar make-up in orde en denkt: laat hem de klere krijgen. Daarna belt ze een van de hulpjes in de buitenste schil van Fusion om uit te zoeken waar de speciale assistent van Sandra Cliffe uithangt. Die is vandaag niet op kantoor, krijgt ze te horen. Nog steeds trillend van woede en pijn, pakt ze haar telefoon. Ze aarzelt. Nee, besluit ze. Ze pakt haar tablet op – nog steeds in ruststand met alles wat erop staat – en verlaat het Fusioncomplex.

Ze rijdt naar huis, parkeert op de oprit en houdt op straat een taxi aan.

Aan de chauffeur geeft ze het huisadres van Justin Amari op.

3 dagen, 17 uur

JUSTIN AMARI'S HUIS, WASHINGTON, DC

Justin is zelf net terug van kantoor, stropdas af maar nog in keurig overhemd, en laat zijn ongenode gast Erika voorgaan naar de woonkamer. Zijn appartement is exemplarisch voor een gescheiden man zonder al te veel geld. Goedkope boekenplanken met non-fictie en oude elpees. Een tv met een gameconsole, maar allebei zonder aangesloten snoer, ziet Erika. Hij is nu eindelijk op de hoogte van de nep-uit-modus. Maar op een eettafel staat een opengeklapte laptop.

'Iets drinken?' biedt hij aan, zonder enige verbazing over haar verschijnen te tonen.

Ze zegt niets.

'Ben je hier niet voor een drankje? Dan wil je vast Call of Duty spelen. Op welk niveau ben je?'

'Je kent haar.'

'Je bedoelt Samantha, toch?' Hij pakt een fles mescal en vult een tumbler bij waarin een buitenmaats ijsblokje ligt te smelten. Hij wacht even en giet dan nog meer in het glas. Hij zegt verder niets.

Erika verwachtte dat hij het zou ontkennen of zou bluffen, maar niet dit.

Wat weet ze over Justin Amari?

In zijn dossier staat dat hij vijftien jaar bij de CIA heeft gewerkt en is opgeklommen van de afdeling cyberbeveiliging, waar hij hackers rekruteerde, naar strategie en belangrijkere adviesfuncties. Hij vertrok om zijn huwelijk te redden, maar zijn werk bleek niet de reden van zijn huwelijkscrisis. Gescheiden, kinderloos en werkloos bracht hij de drie jaar na de scheiding door met eenvoudige programmeeropdrachten voor allerlei bedrijven, maar zijn particuliere opdrachtgevers bevielen hem niet beter dan die bij de overheid. Hij had financiële problemen na de scheiding, dronk te veel, liet tatoeages over zijn hele lichaam zetten – vrouwen, schepen, slangen, Polynesische motieven – een carrièremannetje dat na werktijd naar oude Nirvana-albums luisterde en dope rookte. Hij ontving het ene dwangbevel na het andere en raakte diep in de schulden, totdat Sandra Cliffe aan hem dacht en hem zijn huidige baan gaf. Nu hij opnieuw moeilijke vragen mocht stellen en voor ophef mocht zorgen, besefte hij hoezeer hij dat had gemist. Hij begon weer een doel in zijn leven te zien. Hij beperkte zijn drankgebruik, betaalde zijn rekeningen, bezocht de sportschool en liet zijn gebit reviseren.

Hij lacht nu meer, terwijl hij vroeger vrouwen afschrikte met zijn pokerface en fietsenrekgrijns. Op zijn tweeënveertigste is hij gezonder en vrolijker dan hij op zijn twintigste was, maar in Erika's ogen is hij nog steeds lichtelijk labiel en opgebruikt: een soort aangestoken lucifer.

'Jij bent een vriend van haar,' voegt ze eraan toe.

Hij schroeft de dop behoedzaam weer op de fles mescal. 'Van Warren, oorspronkelijk. We kennen elkaar van de universiteit. Ik hielp hem aan zijn eerste optreden met je weet wel wie, maar daarna verloren we elkaar min of meer uit het oog. Hoe ben je erachter gekomen?'

'Oude foto op de schoorsteenmantel van haar ouders. Jullie drieën op hun bruiloft. Jullie lijken close.'

'Best close.'

'Heb je dit allemaal voor haar opgezet? Om haar in het programma te krijgen? Ja of nee?'

'Dan moet ik ja zeggen.'

Hij lijkt er kalm onder te blijven, alsof ze een bespreking hebben over interdepartementale communicatiestrategieën of efficiëntere manieren om het kopieerapparaat bij te vullen.

'En jij hebt haar al die tijd geholpen. Daarom is het ons niet gelukt haar op te pakken. Omdat jij wilt dat Go Zero faalt. Ik denk dat de CIA er niets voor voelt om te delen. Is je kameraad dr. Cliffe hierbij betrokken?'

Hij gaat aan tafel zitten. 'Je kunt je jas uittrekken, hoor.'

Ze houdt hem aan.

'Je schat me te hoog in,' zegt hij. 'Sam is goed. Ze heeft het meeste zelf gedaan. Maar inderdaad, ik heb haar vóór Go Zero ingelicht over het soort strategieën die jullie zouden gebruiken om haar op te sporen. Dr. Cliffe weet niets. De CIA weet niets. Maar wie heb je nog meer over mij verteld? Cy? Burt?'

Ze weigert te antwoorden. 'Je weet heel goed wat Warren voor de CIA deed.'

Hij haalt zijn schouders op en brengt het glas naar zijn lippen. 'Ik weet er wel iets van, maar geen details.'

'Waarom heb je haar zelf niet geholpen uit te zoeken waar hij is?'

'Misschien is het je opgevallen dat de CIA er niet om bekendstaat gemakkelijk informatie vrij te geven. Alles wat ze over Warren weten, is in de krochten opgeborgen. Strikt geheim. Ik heb gekeken. Ik heb het geprobeerd. Niets.' Hij neemt nog een slok en tuurt langs haar heen uit het raam naar de straat. 'Toen ik het vroeg, kreeg ik nul op het rekest. Ze stelden het duidelijk niet op prijs dat ik vragen stelde. De vijandigheid was echt. Net als toen je vriend het ons laatst vroeg. Voor wat het waard is, ik denk trouwens dat Burt ook niets weet. Maar hij weet wel dat het absoluut verboden terrein is. Dat heeft iemand hem verteld. En dat betekent dat we weten dat er meer aan de hand is. In het geval van Sam betekent dat... dat ze al jaren niet weet wat er met haar man is gebeurd. Ja, dat is klote.'

Nee, denkt Erika, ik ga deze labiele dissident niet vertellen dat Fusion nu gelooft dat Warren naar alle waarschijnlijkheid in Iran is. Ze kijkt nog eens rond in het appartement, in een poging iets meer inzicht in deze man te krijgen, maar het lijkt wel het tegenovergestelde van het appartement van de echte Kaitlyn, dat juist een en al persoonlijkheid uitstraalde. Dit huis is inhoudsloos, puriteins in zijn eenvoud. De inrichting is het equivalent van een wit overhemd en een zwarte stropdas.

'Wat heeft dit allemaal te betekenen, Justin? Probeer je het project te saboteren?'

Hij draait zijn glas rond zodat het ijsblokje tegen het glas tikt. 'O, ik zou jullie graag tegenhouden, neem dat van mij aan – als ik dat zou kunnen – want zo wordt er veel te veel macht in de handen van jullie en de CIA gelegd. Er moet echt een eind gemaakt worden aan het project. En je beseft toch wel dat de CIA altijd meer neemt dan geeft? Ze zijn al jaren op zoek naar een legale manier om hun buitenlandse activiteiten ook tot de VS uit te breiden. Via Fusion. Ze gebruiken jullie, en zelfs in die mate dat ze jullie overige activiteiten door de vingers zien.'

'Andere activiteiten?'

Hij houdt zijn hoofd schuin. 'Hoeveel weet je eigenlijk? Hoeveel vertelt Cy jou?'

'We delen alles met elkaar.'

'Dan ben je een even grote crimineel als hij.'

Ze ziet opeens flitsen, wordt overvallen door ongewenste beelden: haar geliefde die Sonia neukt, de blik op hun beider gezichten, Sonia's mond die een O vormt, haar gespreide vingers op het bureau, een klootzak en een teef die het met elkaar doen, twee idioten die elkaar verdienen.

Terwijl hij haar blik nauwlettend in de gaten houdt, stopt hij met het ronddraaien van de kleine gletsjer in zijn glas.

'Ik heb geen behoefte aan jouw mening over WorldShare, Justin.'

Hij zet grote ogen op. 'Je weet zoveel niet. Ik geloof dat je echt niet... Ik heb het me altijd afgevraagd.'

'Waar heb je het over?'

'Ik zal je een hint geven: Virginia Global Technologies. Je onbeduidende lege vennootschap in de Caymaneilanden.'

'Ik weet alles over dat bedrijf.'

'Dus je weet waarmee het zich bezighoudt?'

'Het is een klein subkantoor. Gewoon een fiscaal iets. Standaardpraktijk.'

'Niet... niet als je het als uitvlucht gebruikt om te beweren dat de technologie die je aan vijandelijke staten verkoopt niet in Amerika is gemaakt.'

'Onzin.' Ze schudt haar hoofd.

'En in ruil daarvoor persoonlijke gegevens opkopen? Geheimen van burgers? Wereldwijd?'

'Dat verzin je nu. Ik kan je niet meer volgen.' Maar in werkelijkheid klopt haar hart steeds sneller.

'En bij de CIA,' gaat Justin verder, 'weten sommigen dit allemaal. Ze weten dat jullie de Amerikaanse wet overtreden en internationale sancties trotseren door spionagesoftware voor militaire doeleinden en andere spullen aan Rusland en China te leveren, en we werken toch met jullie samen! En waarom? 'Omdat we niet anders kunnen. Jullie hebben wat wij nodig hebben. We hebben altijd corrupte regimes in het buitenland gesteund als ze ons helpen met onze wereldwijde ambities, dus nu steunen we corrupte regimes in eigen land. Daarom moet ik tot mijn grote spijt bezwaar maken tegen deze flauwekul, Erika.'

Hij zwijgt, wacht even en kijkt haar over zijn glas heen aan.

'Ik denk niet dat je hier echt allemaal van op de hoogte bent,' besluit hij. 'Maar dat maakt niet uit, want ik denk dat je uiteindelijk moreel even failliet bent als hij. Je kunt weten dat iets verkeerd is zonder de details te kennen, door het bewijs te negeren. Hoe dan ook, als je nog een greintje moed overhebt nadat je tien jaar lang van het kastje naar de muur bent geschopt door een eersteklas klootzak, doe dan het volgende: help ons Warren Crewe te vinden. Jij beschikt over de technologie en de informatietoegang. Onderzoek de geheime dossiers over Warren die de CIA verborgen houdt en geef die informatie door aan een deugdzame burger. Zoals ik, bijvoorbeeld. Geef het aan mij. Of aan Sam. Maar doe wat juist is. Gebruik de macht die je nog hebt om iets te doen wat echt de moeite waard is.'

Ze zou nu snel naar huis moeten gaan om Cy op te bellen en hem te waarschuwen. Maar ze verroert zich niet.

'Zelfs… ' zegt ze. 'Zelfs als ik… als ik wilde… je weet net zo goed als ik dat we geen directe toegang hebben tot geheime CIA-dossiers. We hebben al geprobeerd het Warren Crewedossier in handen te krijgen, en dat leidde tot het bezoek aan huis van jullie drietjes.'

Hij glimlacht tegen haar. 'Ik kan je vertellen hoe je het moet doen.'

Ze staart naar hem, naar deze man die zijn land nog zou verraden. 'Wat houdt je dan tegen om het zelf te doen? Jij hebt toegang tot veel meer informatie dan wij. Jij bent verdomme de CIA.'

'Ik heb geen machtiging om binnen de muren van het gebouw te komen. Raad eens wie wel? Fusion. Inderdaad. En jullie hackingteams daar kunnen daar ongemerkt hun gang gaan, zodat de CIA geen idee heeft dat het gebeurd is. Kortom, een win-winsituatie.'

'Ik luister niet naar je.'

'Nou, ik denk toch van wel, Erika.'

'Je bent niet goed wijs. Je suggereert dat ik persoonlijk opdracht zou moeten geven voor een hack van de nationale veiligheidsdatabase? Voor jou?'

Zijn porseleinen facings leveren een mooie glimlach op. 'Er zitten twee jongens, Milo en Dustin, in je cybersecurity-onderhoudsteam die echt goed zijn. Maak dan ook gebruik van hen. Je beschikt al over unieke toegang tot geheime dossiers, dus je kunt de muren doorbreken zonder het hele kippenhok op te schrikken. Letterlijk niemand zal het weten. Ik kan dat niet doen, maar jij beschikt over de middelen. Gebruik die dan ook. Gebruik die, Erika. Pak dat ene bestandje, een heel klein bestandje maar, het zal het land niet schaden. Kom te weten waar Warren uithangt, dat is alles, en maak dan dat je wegkomt voordat iemand iets doorheeft. Verlos jezelf. Geef die informatie dan aan mij door. Ik geef het weer door aan Sam, dan zal zij accepteren wat er over haar echtgenoot in staat en zich aan jullie overgeven. O, en ik zal je vriend niet voor de rest van zijn leven naar de gevangenis sturen.'

Hij laat dit laatste dreigement in de lucht hangen, radioactief, voordat hij eraan toevoegt: 'En maak je geen zorgen, Sam zal net doen alsof jullie haar te pakken hebben gekregen, dus het zal net lijken alsof Fusion die bètatest met succes heeft afgerond. Jullie zullen winnen. Het geld van het Congres zal binnenstromen. En een Amerikaanse patriot zal heel stilletjes weer terug kunnen keren. En dan heb je iets gedaan wat wij het juiste noemen. Weet je nog wat dat is?'

Hij kijkt haar aan en ziet hoe ze alles verwerkt terwijl ze naar het tafelblad kijkt, naar de valse nerf van het goedkope imitatie-eikenhout. Ze had gemakkelijk kunnen opstaan en vertrekken, maar dat doet ze niet. Dat is veelzeggend, cruciaal zelfs.

'Je hebt nog niemand over mij verteld, hè?' vraagt hij. 'Burt niet, Cy niet, niemand.' Als Erika dat niet ontkent, voegt hij eraan toe: 'Mooi. Dan kunnen we misschien goed samenwerken.'

3 dagen, 15 uur

700 BOYLSTON STREET, BOSTON, MASSACHUSETTS

Kaitlyn Day scant de streepjescode op drie bibliotheekboeken (allemaal romans), wenst de lener een fijne dag en vele uren leesplezier – een van de grote geneugten van het leven – en ziet dan iemand in de rij staan die ze nooit had verwacht in de openbare bibliotheek van Boston.

'Maak een foto,' zegt ze tegen hem.

'En waarom zou ik dat doen, Kaitlyn?' antwoordt Cy Baxter met een glimlach.

'Dan zie je hoe een eerlijke baan eruitziet.'

'Samantha zei dat je me kunt helpen haar te bereiken.'

'O ja?'

'Ik wil haar helpen.'

3 dagen, 7 uur

AAN DE RAND VAN BERKELEY SPRINGS, WEST VIRGINIA

De offroadmotor staat in het steegje op haar te wachten, zoals Kaitlyn had beloofd, vast en zeker daar achtergelaten door een verre activistische vriend van Kaitlyn, zonder dat er vragen werden gesteld of antwoorden werden gegeven, en hier op tijd afgeleverd. Zo manifesteert de kracht van de sisterhood zich. Met een pincode gaat een helmkoffer achterop open. Daarin zit ook de sleutel van de motor. Sam steekt hem in het slot en zet de helm op die haar identiteit verbergt, zodat ze zich nu sneller en vrijer dan ooit kan verplaatsen. Zolang het indrukwekkend vage verband tussen de eigenaar van de motor en Sam onopgemerkt blijft, kan ook zij onopgemerkt blijven.

Haar eerste boodschap? Naar de stad om de *Washington Post* uit een krantenkiosk zonder bewakingscamera mee te nemen.

Ze parkeert in de stad, haalt de krant en loopt een steeg in waar het onkruid tussen het beton door omhoogkomt. Onder een straatlantaarn slaat ze de krant open bij de rubrieksadvertenties. En jawel, een nieuw bericht voor haar van Kaitlyn. Zoals gewoonlijk is de advertentie discreet:

> Eenzaam meisje. Nieuws. Ga naar yourfavoriteartist.org/YourPassword. Mijn achternaam opent deuren. Binnenkort erwtensoep met ham. Liefs.

Nieuws? Een adrenalinekick. Heeft iemand Warren gevonden? O, Warren. Zoals zo vaak ziet ze onwillekeurig een fantasiebeeld voor zich: ze staat op een landingsbaan, waar haar haar opwaait door de steeds langzamer draaiende rotorbladen van de helikopter. Ze loopt zijn omhelzing tegemoet en haar wang op zijn borst wordt door een kloppend hart verwarmd Ze krijgt haar leven terug. Een leven met Warren.

'O, schatje,' zegt ze hardop.

Ze loopt de steeg uit, stapt op haar motor en even later duwt ze de deur van de 7-Elevensupermarkt open, nog steeds met haar helm op. Ze koopt een wegwerpklaptelefoon met het contante geld dat ze bij Kaitlyn heeft meegenomen. En oordopjes. Dan gaat ze er als de bliksem vandoor. De straat is leeg.

Aan de rand van de stad, waar nog een redelijk bereik is, zet ze de telefoon aan. Twee streepjes. Ze anonimiseert de browser en voert www.georgiaokeeffe.org/Tomyris in de adresbalk in. Haar duimen voelen dik en traag aan, haar zicht wordt door de smalle helmspleet beperkt. Leeg scherm. Dan verschijnt op het scherm een beeld van een videobestand, eerst korrelig, daarna in HD. Ze plugt de oordopjes in. Ze bekijkt het beeld. Cy Baxter staat in een soort bos, maar het perspectief lijkt vreemd. Op play drukken levert een tweede wachtwoordveld op.

Met haar duimen voert ze 'Day' in.

Maar het is Kaitlyn niet.

'Sam.'

Cy's stem klinkt warm. Haar hart slaat over als ze hem rechtstreeks tegen haar hoort spreken.

'Allereerst gefeliciteerd met jullie prestatie tijdens deze bètatest, echt uitzonderlijk. Ten tweede hebben we Kaitlyn en je bericht gevonden, zoals je weet. Wow. Ik bedoel wow! Daar moesten we aan onze kant wel even mee aan de slag.' Hij wacht even en schudt zijn hoofd.

Ze herinnert zich hoe deze man buiten de hut helemaal door het lint ging. Ze bijt op haar lip. Hij klinkt oprecht, niet gescript. Hoop borrelt in haar op. Een kolkende, misselijkmakende warboel, diep in haar binnenste.

'Ook ben ik diep geraakt door alles wat ik nu over Warren te weten ben gekomen. Ik kan me niet voorstellen hoe pijnlijk het is om niet te weten waar hij is – levend of dood – en ook nog te vermoeden de waarheid... nou ja op misdadige wijze voor jou verborgen wordt gehouden, om er nog maar over te zwijgen dat Amerika hem zo in de steek heeft gelaten. Ik ga mee in je woede. En in overeenstemming met de deal die je me aanbood in je usb-stickvideo – leuk gedaan – heb ik navraag gedaan, en ik kan bevestigen dat ik nieuws heb. Ik weet waar Warren is.'

Onwillekeurig plooit Sam haar lippen in een glimlach. Weet hij waar hij is? Dat betekent dat hij nog leeft. Dank u wel, Heer. Dank u wel, Heer. Dank u wel, Heer.

'Maar zoals je al zei, moet je dan wel opgeven. Dat is onze afspraak. Je mag het aan niemand vertellen. Je spreekt met me af, je laat je door ons opbrengen en dan krijg je alle info die we over Warren hebben. Laten we het zo regelen, Oké?'

Sam durft niet eens met haar ogen te knipperen. De CIA heeft steeds verborgen gehouden wat ze weten, en nu is Baxter haar bondgenoot, zoals ze altijd gehoopt en in haar wildste dromen had gepland, een onmisbare, machtige bondgenoot, de enige die volgens haar en Justin de noodzakelijke invloed had om de ontkenningen van de Amerikaanse overheid te omzeilen.

Een gevoel van opluchting, van vreugde bijna, maakt zich van haar meester als ze ziet hoe het stabiele beeld van Baxter een voorstel doet.

'Laten we afspreken bij de National Gallery in Washington en hier een eind aan maken. Ik weet niet waar je bent, maar je bent vindingrijk genoeg. Ik zal er zijn, morgenmiddag, dat is dag achtentwintig in Go Zerotijd, om drie uur. En maak je geen zorgen. Alleen ik. Ik hoop echt dat jij er ook zult zijn.'

Zal ze het doen? Kan ze het zich veroorloven zo'n groot risico te nemen? Maar dit is alles wat ze wilde, nietwaar? Ja, het zou een soort valstrik kunnen zijn, het gaat tenslotte om Baxter, maar ze zal voorzorgsmaatregelen nemen en ze moet nu deze man ontmoeten die ze, naar het schijnt, met succes heeft gedwongen om de waarheid over Warren aan het licht te brengen.

Nu deze vraag is beantwoord, haalt ze de batterij uit de telefoon en werpt hem tussen de alsemstruiken en aarde. Met haar goede voet start ze de motor vlotjes. Ze draait flink aan de gashendel. 'Heng-hengs', noemt haar vader deze offroadmachines, en iedereen die kan horen kan je vertellen waarom. Drie kilometer terug tankt ze met haar nieuwe geld bij een tankstation dat zo smerig en vol vlooien zit dat het zeker geen bewakingscamera's heeft en keert dan om richting kampeerplek, vol goede moed door de abrupte opleving van de hoop.

3 dagen, 3 uur

FUSION CENTRAL, WASHINGTON, DC

Erika's kantoor is kleiner dan dat van Cy en ligt daar symbolisch genoeg onder. Ook is haar wand zonder raam in vergelijking met de zijne niets anders dan een wand, maar ze heeft haar eigen badkamer en een flatscreentelevisie plus een bedbank. Op dit moment zoekt ze op haar tablet alle e-mails op die betrekking hebben op Cy, haarzelf en Virginia Global Technologies. Slechts een adres om van belastingvoordelen op Europese verkopen te profiteren, meer niet. Onschuldig genoeg. Apple doet het zo. Google. Amazon. Ze doen dat allemaal. Niemand vindt belasting betalen een plicht of zelfs van waarde. Maar nu stuit ze op een aantal recente transacties met grote waarde via VGT: daar heb je ze, transacties naar China en Rusland, ongespecificeerde verkopen, waarmee wel een deel van de enorme winst werd behaald die in de bestuurskamer regelmatig tot grote opwinding leidden en de toch al astronomische WorldShare-aandelenkoers nog verder opdreven. Maar voor zover ze kan nagaan vonden deze verkopen, waarvan de aard onheilspellend genoeg onduidelijk was, plaats voordat Rusland met de krankzinnige invasie van Oekraïne weer het doelwit van internationale veroordeling en sancties werd. Iedereen deed toentertijd nog zaken met Rusland. En uit de enige e-mails die ze kan vinden, blijkt dat er sinds de invasie van februari 2022 geen duidelijk zichtbare handel met Rusland heeft plaatsgevonden en sindsdien ook maar weinig met China.

Toch vertrekt ze met een beklemd gevoel op de borst uit haar kantoor en ze haar gefragmenteerde aandacht op de Void richt, waar het een drukte van belang is nu de klok doortikt en Zero 10 nog altijd niet opgepakt is.

Het is de angst, de angst die ze niet kan onderdrukken dat Cy een geheim leven heeft en dat dat geheime leven haar nu medeplichtig heeft gemaakt aan een verschrikkelijke internationale misdaad.

Ook al is het irrationeel en ook al zijn ze het product van Justins absurde beschuldigingen – dat VGT's werkelijke doel is om internationale sancties te trotseren en Amerika's vijanden te bewapenen – er dringen zich beelden aan haar op van arrestaties, van kille opsluiting, van rechtszaken, van openbare verguizing, van handboeien, van tralies, van oranje gevangeniskleding en gevangenisstraf, en die beheersen nu haar gedachten. Zou Cy, de Cy die zij kent of meende te kennen, zich met zulke transacties ingelaten hebben? En wat moet ze nu zelf doen, op dit moment?

Nadat ze bij Justin was vertrokken, had ze besloten dat ze hem meteen aan moest geven bij Burt Walker en moest onthullen dat deze CIA-medewerker de bètatest actief had gesaboteerd en Samantha Crewe had geholpen om op vrije voeten te blijven, en ze moest ook de reden daarvan onthullen. Maar nu nog niet, niet op dit moment, besluit ze, althans niet zolang ze vermoedt dat ze nog veel meer te weten kan komen over Cy's plannen.

Nu Justins beweringen een mentale obsessie dreigen te worden en ze met afkoelende koffie in een recyclebare papieren beker tegen de borst geklemd te midden van deze draaikolk van data en streamingbeelden die haar eigen verwarde mentale toestand weerspiegelen zit, beseft ze dat ze misschien iets heel gedurfds moet doen, iets heel gevaarlijks, iets heel onverwachts, als ze alles wil redden, en ook zichzelf. Misschien moet ze korte tijd een experiment uitvoeren, ofwel met andere woorden iemand anders zijn dan Erika Coogan.

Met haar oortjes in belt ze via stemherkenning de boekhouding van WorldShare.

'Met Erika Coogan. Mag ik vragen met wie ik spreek?'

'Eh... Dale. Dale Pinsky.'

'Hoi, Dale. Ik wil alle recente activiteiten en transacties zien via een van onze lege vennootschappen: Virginia Global.'

'O... ké.' Een lichte aarzeling aan de andere kant van de lijn.

'Alles van de laatste vijf jaar, Dale. Contracten. Ik ben bij Cy, en hij wil me op de hoogte brengen van al onze VGT-deals. Dus lever me alles aan via de interne mail. Facturen, kwitanties. Nieuwe deals in uitvoering. In de boeken, buiten de boeken. Oké? Dale? Hoogste prioriteit.'

'Juist. En... vraagt Cy hierom?'

'Ja, en hij kan er niet lang op wachten, Dale. Je weet hoe hij is.'

2 dagen, 7 uur

AAN DE RAND VAN BERKELEY SPRINGS, WEST VIRGINIA

Er is iemand in de buurt van haar tent. Geen loeiende sirenes, geen hoge zoemtoon van een drone of het waarschuwende gedreun van een helikopter, alleen voetstappen, het knisperende gekraak van een schoen op een droge tak vlakbij, en dan stilte.

In haar tent voelt ze de indringer dichtbij komen. Stilletjes schuift ze haar voeten in haar schoenen en pakt haar zaklamp, die zwaar genoeg is om als wapen te dienen. Ze gaat op haar hurken zitten en wacht tot de geluiden verdwenen zijn. Dan opent ze snel de tentflappen, stapt naar buiten en ziet… een gedaante, een man die over de as van het vuur van gisteravond gebogen staat, die een Zippo op een vers hoopje mos en takjes legt voordat hij de aansteker dichtklapt, *klak*, en dan opstaat en zijn wollen muts afzet.

'Jezus, je hebt me de stuipen op het lijf gejaagd!' hijgt ze.

'Koffie?'

Hij opent zijn armen. Ze loopt naar hem toe. Hij omhelst haar stevig, bijna te stevig, en duwt haar dan weg tot ze op armlengte in elkaars ogen kijken.

'Warren is in leven,' zegt ze tegen hem. 'Cy Baxter heeft het me verteld.'

'Jou? Hoe dan?'

'We hebben via Kaitlyn contact gehad. Hij zegt dat hij weet waar Warren is.'

'Dat zal vast wel.'

'Hij gaat het me vertellen. Ik heb een afspraak met hem, later vandaag.'

Hij kan haar door de rook heen alleen maar aanstaren.

Een half uur later drinken ze koffie, het lekkerste kopje dat ze in een maand geproefd heeft (met flessenwater maak je echt goede koffie) en probeert hij nog steeds van haar voornemen af te houden. 'Ik vind het echt niet goed dat je dat doet. Ik vertrouw hem niet. Ik denk dat hij je gewoon oppakt en dat je helemaal niets te weten komt.'

'Ik moet het risico nemen.'

'En als hij je inderdaad vertelt waar Warren is?'

'Dan geef ik mezelf aan.'

Justin beseft dat hij haar in dit opzicht helemaal niks kan voorschrijven. Maar toch valt er een grotere gezamenlijke kwestie te bespreken: 'Maar dan arresteren we hem toch nog steeds, niet?'

Met haar handen om de tinnen koffiemok zegt ze met zachtere stem: 'Misschien… maar misschien moet ik je vragen daar ook mee te wachten. Misschien moeten we eerst Warren terug zien te halen.'

Justins ogen schitteren in de weerspiegeling van het vuur. 'We hadden een deal.'

'Ik heb Baxters hulp na vandaag nog steeds nodig.'

'Sam, je kunt nooit geloven wat Cy Baxter je vandaag vertelt over Warren.'

'We zullen zien. Dit gaat nu allemaal over Warren.'

'En ik dan?'

Ze draait zich naar hem toe. 'Hoe bedoel je?'

'Erika Coogan weet dat ik de mol ben, degene die jou helpt.'

'O, Justin.'

'Ze is erachter gekomen. Dus dan heb ik geen baan meer.' Hij haalt zijn schouders op. 'Prima. Maar waar het me om gaat, is dat het niet alleen jouw beslissing is wat er moet gebeuren, maar de onze.'

Deze reis is altijd een gezamenlijke onderneming geweest, maar voor het eerst ziet Sam nu een tweesprong in de weg die voor hen ligt. 'Wat wil je van me?'

'Kom onze afspraak na. We hebben hier een historische kans, jij en ik. Echt uniek, verdomme. Het gaat om niets minder dan het verhinderen van een nieuw feodaal tijdperk hier in Amerika en over de hele wereld…'

'O, Justin...'

'Een tijdperk van dienstbaarheid aan het zakelijk-militair-industrieel complex...'

'Justin...'

'Met een onomkeerbare macht om te dwingen, te indoctrineren en te onderdrukken. Deze ellende is precies waar Orwell ons voor waarschuwde. Het is aan ons om te reageren. En als wij het niet doen, wie dan wel?'

Ze kan alleen maar zuchten. Die lieve, verontwaardigde, deugdzame, gestoorde Justin, die vandaag de oorlogen van morgen uitvecht, een eenzame strijder op de barricaden, een radicaal die tevoorschijn is gekomen uit het lichaam van de instelling waar hij zich tegen verzet en nu blijkbaar vastbesloten is om het ultieme offer te brengen, zijn identiteit verbonden met zijn brandende gevoel dat hij een missie heeft: in dat opzicht niet veel anders dan Warren.

'Mij gaat het om Warren,' verklaart ze terwijl ze het laatste restje koffie in het vuur gooit, waar het op de houtblokken begint te sissen.

'Je hebt me ooit verteld dat Cy gestopt moet worden. Ik citeer: "Die man moet gestopt worden." Je was even boos als ik.'

'Niemand is zo boos als jij. Nu moet ik me omkleden en naar een afspraak met een multimiljonair.' Na die woorden kruipt ze de tent weer in.

Als ze weer naar buiten komt, overhandigt Justin haar de stapel papieren. 'Als de noodzaak zich op zeker moment aandient, moet je hem dit laten zien. Zeg tegen hem dat het kopieën zijn. Dat zijn het trouwens ook. Zeg tegen hem dat je de originelen hebt. Kijk dan wat er met zijn gezichtsuitdrukking gebeurt.'

Ze pakt de stapel met beide handen aan. 'Nog één vraag,' zegt ze. 'We zitten toch nog steeds in zijn laptop, hè? Met die spyware van jou.'

'Hm-hm. Elke toetsaanslag.'

'En hij heeft geen idee?'

'Nog niet, nee.'

Ze lacht, dankt God dat ze dit geheime voordeel op Baxter behouden, een briljante zet van Justins kant, en hoe geweldig dat werkte, met Kaitlyn die Baxter ophitste zoals alleen zij dat kan, hem woedend maakte met haar voordracht van het periodiek systeem, hem plaagde, hem gek maakte, en hem toen pas de usb-stick gaf, waarna Baxter, die Justins usb-stick (met haar videoboodschap) in zijn laptop plugde, zijn gebruikelijke beveiliging wegklikte, zodat de overtreding en de spyware tot op de dag van vandaag onopgemerkt zijn gebleven: een perfect voorbeeld van boeven vangen met boeven.

'Dus je blijft zijn activiteiten in de gaten houden?'

'Waar dacht je dat ik de hele dag mee bezig was?'

'Ik hou van je.'

'Ik ook van jou. Sam, als je naar hem toe gaat, moet je het volgende doen…'

'Ik weet wat ik moet doen,' onderbreekt ze hem. 'Ik heb een idee.'

'Wat een opluchting. Tot ziens dan maar.'

'Justin… als er iets misgaat, waar kan ik je dan ontmoeten?'

'Ze erkent eindelijk dat dat een optie is.'

'Waar?'

'Ik hou me aan mijn deel van het plan. De volgende locatie op onze lijst. Ik zal er zijn.'

Ze geeft hem een heel vluchtig kusje op zijn wang. 'Heb een beetje vertrouwen.'

Hij kijkt toe hoe ze wegloopt en roept: 'Heb je nog wat over?'

1 dag, 23 uur

NATIONAL GALLERY OF ART, WASHINGTON, DC

Ergens denkt Cy niet echt dat Samantha Crewe komt opdagen. Hij kan gewoon niet zonder meer geloven dat iemand zoveel vertrouwen heeft, ongeacht wat Sonia over Sams psychologisch profiel zegt.

Hij voelt zich ongedurig, licht geïrriteerd, en kon zich zeker niet nuttig maken bij Fusion Central, waar Clear-Voyant nog steeds geen grip op zijn doelwit heeft. De moeilijkheid, zo lijkt het – het defect in de machinerie, en niet alleen als het om Samantha Crewe gaat – is de sterfelijke willekeur zelf: ruis, mutatie, de anarchie van emoties, spasmen van onvoorspelbaar gedrag, verstoringen die niet samensmelten tot een ander patroon, of in het kort, de schokkende onregelmatigheden die de menselijke natuur definiëren. Hoe kan een algoritme tegen zoveel innerlijke chaos op? En toch blijft dat de cruciale uitdaging van de toekomst: de kloof overbruggen tussen het berekenbare en het magische, tussen de machine en de grillige, onstabiele, door passie beheerste ziel van de mens, en daar zal hij zich met alle mogelijke middelen de rest van zijn leven aan wijden.

De museumzalen waarin hij ronddwaalt fascineren hem. Elke zaal draagt de naam van een dode tycoon. Ze zijn groots en imposant en werden gefinancierd door de titanen uit de Gilded Age, die geloofden dat hun ziel en reputatie zouden worden gered en te elfder ure een spirituele vrijbrief zouden krijgen als ze hun vuile geld in hun laatste maanden voordat ze hun schepper ontmoetten aan iets 'voor het volk' zouden besteden. Ben ik anders, vraagt hij zich af, in mijn verlangen naar onsterfelijkheid en zelfrechtvaardiging, alleen niet in stenen en mortel, maar in enen en nullen?

Hij heeft zijn oortje in en een prachtig ontworpen microfoontje ter grootte van een babyduimnagel op zijn kraag. Dankzij zijn speciale bril kan hij Sonia en haar discrete alfasubteam, die twee straten verderop huizen, laten zien wat hijzelf ziet. Hij is vandaag niet gekleed als een cybermonnik om de kans te verkleinen dat hij wordt geïdentificeerd en lastiggevallen door het ongewassen plebs, dat handtekeningen, selfies, advies en zegeningen verlangt. Gewoon een spijkerbroek en een overhemd. Het lijkt erop dat hij oefent om zijn eigen vader te zijn. Of Kuifje die de veertig passeert. Hij heeft een map, een notitieboekje en een pen bij zich.

De suppoosten in elke zaal bekijken hem slechts vluchtig, terwijl hij doet alsof de schilderijen aan de muur hem interesseren. Hij had geen tas bij zich die ze konden doorzoeken. Hij oogt wit genoeg en met de bril ook rijk genoeg om aan nadere inspectie te ontkomen. De centrale hal is bezet met forse zuilen van groen marmer rond een fontein, met bovenop een naakte jongen. De jongen heeft vleugels op zijn hielen. Mercurius, boodschapper van de goden. Cy realiseert zich dat er een kopie van dezelfde jongen in de achtertuin van zijn gehuurde herenhuis staat. Of misschien is het andersom. Mercurius, mijmert hij, zou de beschermheilige kunnen zijn van wat Cy doet: boodschappen overbrengen van de almachtigen naar de machtelozen, én andersom.

Hij loopt naar rechts en gaat op de brede bank in het midden zitten, waar het rustig is. Hij zou deze plek moeten gebruiken om geboeid naar het reusachtige olieverfschilderij tegenover hem te turen. Prima hoor, als je van dergelijke dingen houdt, maar Cy geeft de voorkeur aan foto's: duidelijke weergaven, geen indrukken, de kale feiten.

Terwijl hij een tiener observeert die naar een altaarstuk kijkt, pakt hij zijn telefoon. Opeens klinkt er een hoop lawaai in de hal, als het gekwetter van spreeuwen, en even later vult de zaal zich met een groep basisschoolkinderen, allemaal in felgele T-shirts en geleid door een stuk of zes vrouwen met steil, lang haar met blonde strepen en gekwelde blikken. De kinderen houden elkaars handen vast, en kijken om zich heen terwijl hun monden, werkelijk waar, van verbazing openvallen en een eeuwige, infantiele 'Wow' vormen, alsof nieuwkomers op de planeet het collectieve werk van de mensheid aanschouwen. Hun begeleidsters loodsen hen naar de volgende zaal en Cy blijft naar hen kijken, jaloers op hun pure opwinding. Waar is zijn eigen onschuldige verbazing gebleven? Wat is er daarvan geworden? Wanneer was hij voor het laatst met stomheid geslagen in een betoverend en onverklaarbaar moment dat zijn vermogen om het te verklaren of zijn verlangen om het te bezitten te boven ging?

'Bent u Warren?'

Hij draait zich om. Een tiener met een honkbalpet op, gekleed in een sweatshirt van de Iowa State University, kijkt naar Cy, dan naar zijn horloge en dan weer naar Cy, nu met een verwarde blik, alsof er iets niet klopt.

Warren? Schattig, Sam, echt schattig. 'Ja. Hoezo?'

'Een dame gaf me vijftig dollar om hier tot drie uur te wachten en u dan dit te geven.'

Cy rukt het uit zijn hand. 'Wanneer? Waar?'

'Buiten, een uur geleden of zo.'

'Wat had ze aan?'

'Wat ze aanhad? Weet ik niet. Tjeezus, een zonnebril of zo. En een honkbalpet. Een witte, denk ik.' Hij buigt zich voorover en tuurt naar Cy. 'Hé, Tjeezus... ben jij soms die Cy Baxter?'

'Nee, ik ben Mark Zuckerberg.'

Cy is al verdwenen, diep in het dichte marmerwoud van de hal voordat de jongen iets wijzer wordt. Hij haalt zijn telefoon tevoorschijn en slaat tegelijkertijd het notitieboekje open.

560 Eighth Street NW parkeergarage. Neem de afrit naar kelderverdieping 2.

Tien minuten. Kom te voet.

Wat krijgen we nou, een speurtocht?

'Cy.' Sonia's stem in zijn oor. 'We sturen een auto.'

'Daar is geen tijd voor.'

Snel loopt hij naar buiten, langs de suppoosten.

1 dag 22 uur

PARKEERGARAGE, 560 EIGHTH STREET NW, WASHINGTON, DC

Een hoek in de stad die zich snel ontwikkelt. Half afgebouwde torenflats met bijbehorende kranen, die op deze maandag, een federale feestdag, zwijgen, blootliggende infrastructuur, stalen liggers en gestorte betonnen funderingen. Normaal gesproken een wereld van arbeiders met helmen op en onder het mineraalstof. In de bunker van een gloednieuwe ondergrondse parkeergarage, met matrasdikke lagen cement boven en onder hen, waar onmogelijk een signaal naar buiten of naar binnen kan dringen, komt Sam van achter een van de dikke pilaren tevoorschijn en ziet.. een tamelijk normaal ogende man.

Ze staan oog in oog en Sam ziet eindelijk haar kwelgeest, haar jager, maar mogelijk ook haar redder, een man die enkele centimeters kleiner is dan zijn reputatie en macht doen vermoeden, met een nog jong gezicht, alsof de natuur samenzweert dat hij niet opgroeit zoals wij allemaal. Een uitzondering op de regel dus, in tal van opzichten, die nu in de halfschaduw voor haar staat, terwijl de ooit zo grote afstand tussen hen bijna tot nul is gereduceerd.

Voordat hij iets kan zeggen, houdt ze een tot zwijgen manende vinger tegen haar lippen en tikt dan op afwezige zakken op haar eigen borst en heup. Hij begrijpt de betekenis van deze mime, haalt zijn telefoon uit een borstzak en biedt haar die aan. Ze haalt de batterij uit het toestel en gebaart dan om andere apparaten. Met een berustend hoofdschudden verwijdert hij zijn oordopjes en ook het luidsprekertje op zijn kraag: die worden door haar op de grond gegooid, waar ze ze vertrapt.

‘Die waren duur,’ merkt hij op.

Maar ze is nog niet klaar. Haar blik volgend trapt hij zijn instapschoenen uit, maakt dan eerst zijn Rolex Dayton los – ‘Het is een klassieker,’ waarschuwt hij, dus die stopt ze alleen maar in haar zak – dan zijn portemonnee en dan de bril (opzij gegooid, onder een auto gestuiterd). Jezus Christus, zelfs zijn manchetknopen!

‘Echt? Laat je me nog vertellen wat ik weet of gaan we zwemmen? Ik begin het gevoel te krijgen dat je me niet vertrouwt. Maar oké, jij mag van je moment genieten.’

‘En contactlenzen,’ eist ze ten slotte. ‘Ik hoorde dat je lenzen in hebt.’

‘Ik kan goed zien zonder lenzen in.’

‘Maar ik kan niet goed praten als je ze in hebt.’

‘We kunnen nog geen camera in een contactlens stoppen.’

‘Hoe moet ik dat weten?’

Geagiteerd haalt hij met zijn rechterwijsvinger eerst de ene en dan de andere lens uit zijn ogen en zegt: ‘Je schijnt veel te weten.’

Als ze de lenzen van hem heeft gekregen en over haar schouder heeft gegooid, is ze gereed om te praten. ‘Waar is Warren?’

‘Als ik dat aan jou vertel, ga je je dan nog steeds aangeven? Want ik begin hier een raar gevoel over te krijgen.’

‘Dat is nog steeds de afspraak, maar ik moet eerst weten wat jij weet.’

‘Ik ben heel blij dat te horen.’

‘Waar is mijn man?’

‘In Iran.’

Sam hapt even naar adem. ‘Ik wist dat het Iran of Syrië was, dat moest wel.’

‘Het is Iran.’

‘Weet je het zeker?’

‘Dat is de laatste informatie die we hebben. Van de CIA.’

‘En hij leeft nog?’

‘Zeker. Hij wordt vastgehouden door de overheid daar. Ik probeer uit te zoeken waar precies. Dus je had gelijk.’

Ze kan wel huilen. Wat ze in diep vanbinnen wel wist, is zojuist bewezen, en al het subversieve giswerk van de afgelopen drie jaar is nu tot spookachtige ruis gereduceerd.

'Kom mee,' zegt hij. 'Dan lopen we samen naar buiten.'

Hij steekt zijn arm op om de uitgang aan te geven, maar ze aarzelt.

'Wat is er?' vraagt hij. 'Samantha?'

'Ik moet... Ik moet weten waar hij is, waar hij wordt vastgehouden. Als het een gevangenis is, moet ik weten waar. Wie houdt hem gevangen? En waarom... waarom ontkent onze overheid er iets van af te weten? En waarom zeggen de Iraniërs evenmin iets?'

'Kom met me mee, dan help ik je erachter te komen. Goed? Kom, we gaan.'

Ze blijft staan. Ze denkt er echt nog eens over na. Het zou op een bepaalde manier wel fijn zijn om met hem mee te gaan. Maar uiteindelijk schudt ze haar hoofd. 'Nee.'

'Nee?'

'Je hebt nog één dag. Zoek uit waarom. Zolang ik nog iets waard ben voor jou.'

Als hij een stap naar voren doet, doet zij er een naar achteren, zodat er bijna twee meter ruimte tussen hen in blijft, een reflexmatige veilige afstand.

'Sam,' zegt hij beslist, maar als ze opnieuw haar hoofd schudt, kijkt hij minder bezorgd dan zou moeten. Ik heb overal in het gebouw arrestatieteams klaarstaan. Je komt geen honderd meter ver.'

'We kunnen dat bètatesten.'

Nu wordt zijn stem resoluter, zonder enige tact, geduld of de schijn van hartelijkheid. 'Luister, ik heb je verteld waar hij zit. We hebben een deal. Dus pak het verstandig aan. Ik kan meer te weten komen over je man, maar je moet met me meekomen, en wel meteen.'

'Vierentwintig uur. Je hebt nog één dag.'

'Ik ga de teams oproepen.'

'Ga je gang. Maar voordat je dat doet' – ze pakt de stapel met Justins kopieën uit haar rugzak – 'wil je deze misschien bekijken.'

Ze heeft de pagina's zelf doorgebladerd en begint nu pas te begrijpen wat die betekenen: talloze ongecodeerde e-mails tussen Cy en een zekere Iram Kovaci, bestuursvoorzitter van Virginia Global Technologies GmbH.

Hij pakt de papieren aan, begint de pagina's om te slaan en ziet correspondentie over zijn in Bazel gevestigde lege vennootschap – honderden miljoenen dollars aan contracten van bedrijven in Rusland en China, ondanks de handelsverboden van 2018, 2019, 2020, 2021, 2022 – met Cy Baxter en Iram Kovaci, voormalig hoofd technologische ontwikkeling bij WorldShare, als de belangrijkste correspondenten.

Voor haar waren deze papieren grotendeels een soort Kantonees, maar sommige bladzijden waren beter te begrijpen, namelijk die waarin de heimelijke uitrol werd beschreven van 'landelijke observatiesystemen' om 'alle burgers te volgen, vanaf het moment dat ze hun huis verlaten tot het moment dat ze er terugkeren, waarbij hun arbeids-, sociale en gedragspatronen geregistreerd, geanalyseerd en gearchiveerd worden'. Cy Baxter helpt dus China en Rusland bij het opzetten van systemen om al hun burgers te bewaken, en opereert daarbij vanuit een lege vennootschap op de Caymaneilanden, zodat sancties hem niet raken.

'Huiveringwekkend,' zegt ze terwijl ze de papieren terugneemt. 'Typisch Fusion.'

Hij knippert snel met zijn ogen, likt zijn lippen terwijl hij leest en kijkt dan naar haar op. 'Ik heb geen bril.'

'Je hebt de wet overtreden, meneer Baxter. En vaak ook. Je mag van geluk spreken dat niemand naar dit gesprek luistert.'

Het duurt even voordat hij kan antwoorden. 'Waar komt dit spul vandaan?'

'Van jou, blijkbaar.'

'Dat bedoel ik niet. Ik doe zaken over de hele wereld en heb klanten over de hele wereld. Net als Boeing. Net als Walmart. Net als McDonald's.'

'Dus je vindt het niet erg als ik het aan de CIA doorgeef?'

Hij reageert nauwelijks. 'Waarom denk je dat die het nog niet weten?'

'Daar zeg je wat. Wat vind je er dan van als ik ze openbaar maak? En dan is er vast nog altijd de Senaat. En de *Washington Post*. Tenzij je de voorkeur geeft aan de *New York Times*?'

Ze kan zien dat zijn kaken malen, de spieren van zijn gezicht verstrakken en de fijne pezen van zijn linkeroog flikkeren.

'Of… of je kunt mij helpen. Vierentwintig uur. Anders kan ik vast wel iets nuttigs doen met die drie miljoen dollar terwijl ik op zoek ben naar Warren. O, en jou aan de schandpaal nagel.'

Hij spreekt nu zachter, zijn zelfvertrouwen wankelt duidelijk. 'Als... als ik jou zou helpen... en ik wil je helpen... dan zou ik moeten weten wie jou deze papieren heeft gegeven. Geef me een naam.'

'O god.'

'Heeft God een achternaam?'

'Ja. Maar hij wil niet dat mensen die kennen. Dat is een degradatie in vergelijking met alleen "God". Spoor mijn man op, Cy, en ik vergeet alles wat er in die papieren staat. Het zal je niet verrassen dat het fotokopieën zijn. Ik heb de originelen.'

'Verwacht je dat ik je op je woord geloof dat je er niks mee gaat doen?'

'Welke keuze heb je?'

Ze laat de stapel papieren op de smerige betonvloer vallen. *Plof.*

'Je man is nu al drie jaar vermist,' zegt hij. 'Vierentwintig uur is niet lang genoeg.'

'Onjuist. De CIA houdt Warrens verblijfplaats al drie jaar verborgen.'

'Waarom zouden ze me die plek nu wel vertellen?'

'Dat zal niet gebeuren. Maar jij beschikt over de macht, de toegang en het handelsinstinct, zoals Warren het zou noemen, en naar ik hoop nu ook de motivatie om dat uit te zoeken. Duik in de CIA-dossiers.'

Hij glimlacht, maar niet van harte. 'Je weet niet wat je vraagt.'

'Ik denk van wel, echt.'

1 dag, 21 uur

FUSION CENTRAL, WASHINGTON, DC

Cy beent met reuzenpassen naar zijn kantoor, langs grote teams die nog steeds houvast proberen te vinden op de glibberhelling van Samantha Crewe.

Sonia is de eerste die op zijn deur klopt.

'Ze kwam niet opdagen bij de afspraak,' meldt hij in een schemertoestand van met elkaar strijdende gedachten.

'Is ze helemaal niet gekomen? Slim.'

'Ik heb verdomme twintig minuten gewacht in een ondergrondse parkeergarage. En nu heb ik het druk. Mag ik nu even?'

Ze verroert zich niet en hij kijkt haar niet aan, waarmee hij hun eerdere intimiteit uitwist.

'Heb je een momentje?'

'Wat?' Hij kijkt haar nog steeds niet aan.

'Ik heb iets gevonden.'

Hij kijkt eindelijk op van zijn laptop. Ze houdt haar tablet met beide handen vast. Hij zou haar waarschijnlijk moeten ontslaan en dat aan Erika aanbieden als bewijs van zijn berouw. Maar stel dat ze hem aanklaagt? Hij moet een paar telefoontjes plegen, dit afhandelen met een geheimhoudingsverklaring en een ontslagvergoeding. 'Wat dan?'

'Ik weet dat we niet naar Warren Crewe op zoek mogen gaan...'

'Ga verder?'

'Nou, voordat ik wist dat ik vooral niet die kant op moest...'

'Vertel het me gewoon.'

'Ik heb alle databases waarover we beschikken op zijn naam doorzocht en ben in zijn vriendengroepen gedoken, en het systeem leverde een match op… met iemand aan wie we onze hoogste veiligheidsmachtiging hebben verleend. Hij blijkt met Warren bevriend te zijn. Oude vrienden.'

'Met iemand… hier?' Wie dan? Een teamleider? Wie? Hij gaat in gedachten snel de kandidaten af. Zack Bass, die expres ondermaats presteerde? Lakshmi Patel, de onvoldoende nagetrokken FBI-detachering? Erika zelf, die de laatste tijd op alle fronten de confrontatie zoekt?

'Nee.'

'Wie dan?'

'Justin Amari. Burt Walkers man.'

De naam… de naam zelf lijkt als een grillige golf op te rijzen uit de turquoise oceaan op de digitale muur voor hem.

'Doe de deur dicht.'

Sonia doet dat maar al te graag. Als hij zijn hand uitsteekt, stapt ze naar voren, waarbij ze haar tablet omhoog houdt als een dienares die een offer aan een idool aanbiedt.

Cy pakt de tablet aan en activeert het scherm. En daar heb je het: een trouwfoto, twee pas getrouwden, en aan de beeldrand Burt Walkers irritante assistent, die vervelende, negatieve, muggenzifterige klootzak, maar dan zoals hij toen was, een grijnzende, opgeschoten corpsbaltype, dat te groot is voor een goedkoop kostuum.

Cy ervaart een moment van volstrekte, indringende helderheid. Een Tetrisgame waarin alles als een waterval *klik, klik, klak* op zijn plek valt. Hij sluit zijn ogen, slaakt een intens diepe zucht en zegt dan nog net niet fluisterend: 'Sonia, ik hou van je', en dan op echte fluistertoon: 'Klootzak.'

Als hij zijn ogen opent, is Sonia vuurrood. 'Goed, niet?'

'Kloot. Zak.'

'Ja toch?' Ze grijnst nu, toont perfecte tanden onder glinsterend blauwe ogen.

Nu begrijpt Cy het. Hij ziet nu het grote geheel. In prachtige high definitionkwaliteit is daar het ontbrekende stukje in de puzzel, waarmee het hele mysterie wordt opgelost. Eindelijk een eind aan alles wat niet klopt. En wat een heerlijk gevoel is dat! Wat heerlijk dat hij zijn vijanden te slim af is en het initiatief weer heeft teruggenomen. Wat er vanaf dit moment ook gebeurt en hoe de gebeurtenissen zich ook zullen ontwikkelen, nu weet hij dat hij als winnaar uit de bus zal komen, ook al weet hij nog niet hoe hij deze essentiële informatie gaat gebruiken.

'Wat wil je dat ik doe?' vraagt ze.

Hij staat op, begint heen en weer te lopen en blijft dan bij de wand met al die blauwgroene golven staan, terwijl hij, razendsnelle denker die hij is, gadegeslagen door Sonia zijn opties afweegt.

Eindelijk: 'Ten eerste blijft dit strikt tussen jou en mij. Is dat duidelijk, Sonia?'

Geen probleem, voor Sonia in elk geval niet.

'Ik wil dat je iets voor me doet. Buitengewoon belangrijk. Ik wil dat je... alle banden tussen Justin Amari en een controversiële organisatie in kaart brengt. Goed?'

'Controversieel?'

'Wat dan ook. Een BLM-bijeenkomst die hij ooit heeft bezocht. Een donatie die hij aan een radicale organisatie heeft gedaan. Links. Rechts. Alles wat erop wijst dat hij extreme standpunten heeft. Als hij ooit materiaal heeft gedownload over Al-Qaida, Proud Boys, Ku Klux Klan, Hezbollah, de Koerden, wat dan ook, maakt me niet uit. En dat geef je allemaal aan mij. Wil je dat doen, Sonia?'

'Uiteraard.'

'Jij bent namelijk de enige die ik hierin kan vertrouwen. Je bent nu de beste die ik heb. Het is nu jij en ik. Oké? Doe je mee?'

Ze knikt, lijkt verbijsterd dat ze zo snel een buitengewoon nieuw niveau van intimiteit heeft bereikt dat het louter fysieke overstijgt. 'Uiteraard.'

'En zoek uit waar hij nu is. Doe dat eigenlijk maar eerst. Ga met een team naar Justins appartement. Als hij daar is, bel je me. Zo niet, ga dan naar binnen en kijk wat je kunt vinden.'

Dat is geen onderdeel van welk Fusionprotocol dan ook. Hij kan zien dat dit haar nerveus maakt, dit summa-cum-laudemeisje dat niets weet van de echte wereld, en dus staat hij op, gaat naar haar toe, omarmt haar, voelt haar warmte door het kasjmier heen.

'Dank je,' fluistert hij in haar heerlijk geurende haar. 'En nu voortmaken.'

1 dag, 20 uur

FUSION CENTRAL, WASHINGTON, DC

Als Cy in de deuropening van haar kantoor verschijnt, verwaardigt Erika zich niet zijn kant op te kijken. Nadat hij haar (het meeste) heeft verteld van wat er in de garage is gebeurd, merkt ze alleen maar op: 'Slimme meid. Wat nu?'

'Ik heb besloten haar toch te helpen om alles boven water te krijgen wat de CIA over haar man weet.'

'O, echt?' vraagt ze schijnbaar ietwat verrast terwijl ze eigenlijk denkt: Rusland-China. Denkt: geheime verkoop van Zwitserse lege vennootschappen. Denkt: Sonia Duvall over het bureau heen. Denkt: ik haat je. Denkt: verdwijn uit mijn kantoor... maar helemaal niets zegt. Van nu af aan houdt ze haar echte gedachten, echte gevoelens en echte bedoelingen voor zichzelf.

'Ik ga haar helpen uit te zoeken wat de CIA weet... Ze zal zichzelf aangeven, en Go Zero zal dus een succes zijn.'

'Nou, bravo hoor.'

'Geloof je me niet?

Haar volstrekt ongelovige blik is ruim voldoende als antwoord.

'Ik neem het je niet kwalijk,' erkent hij. 'Ik ben de weg kwijtgeraakt. Je hebt gelijk als het over mij gaat. Mijn grootste vijand ben ikzelf. Maar jij bent mijn vuurtoren, mijn baken. Ik heb je nodig, Erika.'

'Getver.'

Dat werkte niet.

1 dag, 15 uur

INTERSTATE 81

Zoals gepland rijdt Sam op haar motor naar de rand van de stad, verstopt hem langs de weg en loopt dan door de buitenwijken naar de plek die Justin heeft uitgezocht voor hun volgende ontmoeting.

Ze drinkt, draait de dop weer op haar waterfles en kijkt in de purperen schemering naar de gesloten restaurants en de winkels met neergelaten rolluiken, zaken die niet meer terugkomen. Waar is iedereen? Thuis natuurlijk, waar ze eten bestellen, met blauwe gezichten door het schijnsel van hun telefoons aan de eettafel.

Ze kijkt op haar horloge. Ze heeft geen energie of tijd om nog veel langer te blijven rennen. Zal Cy Baxter haar nu echt helpen? Werkt chantage ooit echt? Misschien heeft Justin gelijk en is hij gewoon een monster en is dit voorgoed gesloten winkelcentrum het decor voor haar laatste daad als voortvluchtige.

O Warren, kom alsjeblieft naar huis. Ze denkt weer aan die keer dat hij haar zijn theorie vertelde over waarom de mens nog nooit buitenaardse wezens had ontmoet. 'Overal in het universum,' had hij gezegd, 'verschijnen beschavingen zoals de onze. Ze ontwikkelen zich en worden steeds slimmer, en tegen de tijd dat ze hun redeloze oorsprong echt overstijgen, beginnen ze de middelen voor hun eigen vernietiging uit te vinden. Bommen. Chemicaliën. Virussen. Gassen in de atmosfeer. Dat veroorzaakt een planetaire ramp. Hoe dan ook, als één persoon genoeg macht kan vergaren over deze destructieve krachten, die de halve planeet kunnen verkloten, zal die persoon ze uiteindelijk ook gebruiken. Dat is het antropisch principe, maar dan versneld. *Boem*. Dan keert alles terug tot het stenen tijdperk en staan we weer aan het begin, op zoek naar iemand die weet hoe je een wiel moet maken.'

Leef, Warren. Alsjeblieft.

Sam, wachtend op de afgesproken tijd en plek (achter een magazijn, tweede laadperron vanaf het einde). Ze klopt met haar knokkels op het metalen luik. Een paar seconden stilte, en dan gaat de deur in het luik open.

Justin.

Hij stapt naar buiten en omhelst haar, tuurt langs haar heen in het duister om zich ervan te verzekeren dat ze niet gevolgd werd.

'Wat is dit voor plek?' vraagt ze.

'Herinner je je de videotheken nog?'

1 dag, 14 uur

I ♥ VIDEO, ROUTE 81

De achterkamer van de verdwenen winkel (waar Justin in diverse zomervakanties van de middelbare school had gewerkt toen hij een filmfanaat was die de regisseurs van oneindig veel films kon opnoemen) is een met een ventilator gekoelde betonnen hok met een verlaten bank, waterkoker en koelkast, en verder nog een paar schragentafels met dikke zwarte lianen van stroom- en internetkabels. Overal liggen videocassettes met oude films: de originele *Die Hard*, *The Bodyguard*, met Kevin Costner en Whitney Houston, *The Godfather*, delen I-III, en *Hell Up in Harlem*, evenals zoveel computerapparatuur van Justin dat je er een winkel voor zou kunnen openen. Dit is Batmans hol, Supermans Fortress of Solitude, een paradijs voor malloten, geurend naar het verleden.

Nu Cy Baxter en Erika Coogan zwaar onder druk staan, zowel van de klok als door het sterke bewijsmateriaal tegen hen, wachten Justin en Sam af of een van hen erin slaagt het doel voor hen te bereiken.

Justins computer is al langere tijd met Baxters geïnfecteerde laptop verbonden via niet te traceren spyware, en daarmee lijkt Justin wel wat op een gebochelde visser die wacht tot er aan de lijn wordt gerukt.

Als Sam hem een tijdje gadeslaat, beseft ze dat haar genegenheid en dankbaarheid voor deze man nog steeds toenemen. Ja, hij heeft hier zijn eigen agenda, zijn eigen prioriteiten, zijn langdurige oorlog tegen Big Tech, dat uitblinkt in dwangmatige beïnvloeding en opinievorming en misinformatie, dat zeker, maar wat hij uit liefde en loyaliteit voor Warren allemaal heeft gedaan, en deels ook voor haar, is niets minder dan zijn carrière met een enorme knal opblazen, en wel uit de wezenlijke goedheid van zijn eigen hart.

Ze praat Justin bij over haar gesprek met Cy, de valstrik die Justin had voorspeld en waaraan ze alleen is ontsnapt met behulp van Justins cache vol gestolen e-mails, en dan ook nog over de laatste stand van zaken rond de deal met Cy: dat hij haar helpt de exacte verblijfplaats van Warren te vinden of deze e-mails belanden in het publieke domein en vernietigen zijn reputatie en misschien zelfs zijn bedrijf.

Justin slaagt er van zijn kant in om niet te zeggen dat hij haar dat toch had gezegd, en evenmin dat hij het pas zal geloven als hij het ziet. 'Die gozer is een schoft, dat kan ik je wel vertellen. Maar als er een wonder zou gebeuren en we hem gedwongen hebben ons te helpen, dan zal dat vandaag het geval zijn. Cy wil nou eenmaal per se winnen.' Hij pakt twee oude mobieltjes en zegt erbij: 'O, en nog iets voor jou, verloren spulletjes. Niet vergrendeld. Allebei nog op naam van een ander. Dus we kunnen praten als we niet bij elkaar kunnen blijven of zo.'

Ze kijkt toe hoe Justin zijn werk hervat, dat bestaat uit geduldig afwachten in de hoop dat Cy op zoek gaat naar Warrens geheime dossier om zijn eigen hachje te redden of dat Erika haar hackers hetzelfde laat doen om Cy te redden. Hij fluit zonder melodie voor zich uit, terwijl Sam, nu volkomen uitgeput, zich uiteindelijk gewonnen geeft en met een nog steeds ietwat pijnlijke rechterenkel op een gehavende chaise longue neerzijgt, als een indolent onderwerp voor een prerafaëlitisch schilderij. Ze weet niet eens dat hij een foto van haar heeft genomen – hij kiekte haar terwijl ze daar voor lijk lag – tot ze die later op het bureaublad van de computer ziet die hij heeft uitgekozen: haar blonde haar uitgespreid over een gescheurd roodfluwelen kussen, het beeld omlijst met bruin geworden, verwelkte bloemen. Ze vermoedt dat ze er zo zal uitzien als ze dood is.

Op deze plek verstrijken zo de nachtelijke uren, terwijl maandag dinsdag wordt en Sam op de bank nu eens slaapt, dan weer wakker wordt en hoopt dat Cy honderd kilometer verderop hard aan het werk is voor Warren.

1 dag, 3 uur

FUSION CENTRAL, WASHINGTON, DC

Cy heeft vanochtend bij het opstarten van zijn laptop de Niagarawaterval als achtergrond gekozen, megatonnen zoet water die zich over hem heen lijken te storten. Met behulp van de noodzakelijke veiligheidsmachtigingen en wachtwoorden en – belangrijk genoeg –cloakingsoftware weet hij precies op het afgesproken tijdstip heimelijk toegang te verkrijgen tot het beveiligde netwerk, dat in zijn labyrinten de gecombineerde databanken van de NSA, de CIA en de FBI bevat, een cache van bijna oneindige omvang en van astronomische waarde voor het land.

Zijn vingers vliegen over de toetsen. Hoewel hij nooit echt een hacker is geweest, is hij op de hoogte van digitale achterdeurtjes, van veiligheidspatches, van anonimiteit en zelfvernietigingsbeveiliging en weet hij hoe je coderegels zoals exploit/admin/smb/ kunt veranderen in een cruciale sleutel om een schat, een bibliotheek, een universum te ontsluiten.

Cy – beschermd tegen ontdekking – zal alle mogelijk voorzorgsmaatregelen nemen (want je weet nooit of je, terwijl je aan het hacken bent, zelf misschien ook wordt gehackt, gevolgd, geschaduwd) als hij ongezien dit virtuele koninkrijk van officiële dossiers betreedt, een bibliotheek vol intimiteiten die, als die zich als boekenplanken zou materialiseren, qua omvang zes stratenblokken in New York City zou beslaan.

En zo gaat het verder. Mijn god, de opwinding, de almacht die hij voelt als hij zich realiseert dat hij zich in de gecombineerde geheime database van de NSA en de CIA bevindt, in de grootste beveiligde bibliotheek ter wereld, iets wat dicht bij de zetel van alle kennis ligt als het gaat om informatie over zoveel burgers, evenals over een enorm aantal buitenlanders. Miljarden zielen zijn hier, hun dossiers, hun verhalen, hun overtredingen en fouten die nader onderzoek rechtvaardigden, terwijl Cy nu – zoals nimmer tevoren – toegang heeft tot alles. Dat heerlijke gevoel, het idee dat hij, als hij dit goddelijke privilege permanent zou genieten, zou weten... bijna alles zou weten over iedereen voor wie zijn land ooit speciale belangstelling heeft gehad. Dit is ongetwijfeld het uiteindelijke doel van zijn eigen ambities – de reden waarom deze jongen, die ooit geen enkele vriend had, in de eerste plaats in persoonlijke data handelt – en dat maakt hem nederig. Het herinnert hem eraan dat ondanks zijn huidige invloed het vooral toch deze oude overheidsinlichtingendiensten zijn die de ware megaschatten van onze geheime levens bewaren.

Hij moet echter snel te werk gaan in deze mijn van koning Salomo om te vinden wat hij zoekt, zonder realtime ontdekt te worden.

Maar dan, terwijl hij scp-r/path/to/local/data typt – het eigenlijke commando om gegevens te stelen/verplaatsen – schiet hem iets nieuws te binnen: nu hij hier toch is binnengedrongen, is het misschien eenvoudiger en waarschijnlijk effectiever om gewoon alles te kopiëren en dan later en met minder tijdsdruk te zoeken naar het dossier dat hij nodig heeft. Natuurlijk is dat zo. Maar is het wel mogelijk om zo'n enorme database te downloaden, deze catalogus van elke burger die ooit door de Amerikaanse overheid op een of andere misstap is onderzocht? God weet om hoeveel data het gaat! Meer dan teraflops, zeker, het zou dan eerder om peta- of exa- of zetta- of zelfs yottaflops gaan. Hoe crimineel is Amerika eigenlijk? En hoeveel van zijn burgers zijn in het verleden de fout in gegaan? Wat ongelofelijk verleidelijk om daarachter te komen! Here God, zoveel data, zoveel kennis, zoveel geheimen en daarmee verbonden zoveel macht, iets meer dan een klik van hem verwijderd! Daar komt bij dat hij nu over alle links naar enorme datafarms beschikt waar hij een gedownloade kopie naartoe kan sturen en verbergen.

En dan? En dan?

Een nieuw idee. Een nog beter idee, een nog baxteriaanser idee. Zodra hij die hele zooi binnen heeft gehaald, kan hij de overheid namens Fusion melden dat er een catastrofale datadiefstal heeft plaatsgevonden. Hij zal ze vertellen dat hun systemen grootschalig gesaboteerd zijn en dat alle dossier zijn gestolen. En door wie? De hoofdverdachten... Tja, dat zal natuurlijk Justin Amari zijn, een CIA-spion, en zijn snode handlangster, ene Samantha Crewe. Hij schuift zijn vijand alle schuld in de schoenen en dan zal de FBI Amari en Crewe de bons geven en die gevaarlijke staatsvijanden laten oppakken, de mond snoeren en vastzetten, elk woord dat ze nog zeggen wantrouwen, zoals niemand acht slaat op de uitlatingen van een terroristische schurk in Guantanamo Bay, terwijl hij, hij, Cy Baxter, redder, patriot, opperbeschermer, in het geniep kalmpjes uitzoekt wat hij met ieders geheimen zal gaan doen.

Wat een idee. Wat een succes. Wat een gigantisch techorgasme.

Met zijn vingertoppen boven het toetsenbord verlustigt hij zich aan berekeningen, aan kosten-batenanalyses, aan verreikende projecties van mogelijke en waarschijnlijke uitkomsten, waarbij hij alles van openingsgambiet tot middenspel en eindspel uitspeelt, zodat hij, terwijl de seconden naar Zero Hour aftellen, uiteindelijk doet wat hij altijd heeft gedaan: hij neemt een besluit, en het is een fenomenaal besluit. Een gedachte die te goed is om niet uit te voeren, wordt uitgevoerd. Het idee van de eeuw wordt in gang gezet. Cy Baxters geniale geest laat zich gelden. Hij is altijd in staat geweest een paardensprong te maken waar anderen pionnen laten oprukken, en dus begint hij de hele gecombineerde databases van de NSA, de CIA en de FBI in één gulzige hap te kopiëren.

De voortgangsbalk die op zijn scherm verschijnt is de graadmeter van zijn succes.

23 uur

CIA, OFFICE OF PUBLIC AFFAIRS, WASHINGTON, DC

'Bedankt allemaal dat jullie op zo'n korte termijn konden komen,' begint Cy, nuchter onderwijzend, zonder een zweem van roofzucht, voor een zaal vol hoge functionarissen. Hij leest voor uit aantekeningen die hij tijdens de autorit hierheen op de achterbank heeft gemaakt. 'Ik informeer jullie vanmiddag over een dringende nationale veiligheidskwestie. Ik moet bevestigen dat Fusion vandaag computeractiviteiten heeft onderschept die er volgens ons op wijzen dat het datacenter van de NSA in Camp Williams in Utah vanochtend rond half tien tijdens een reguliere onderhoudsbeurt is aangevallen en gesaboteerd.'

CIA-functionarissen snakken nooit naar adem, maar wel verplaatsen ze collectief hun gewicht in hun stoelen.

'We hebben kunnen bevestigen dat de aanval het werk was van een Amerikaans staatsburger en CIA-medewerker, te weten Justin Amari, die velen van jullie kennen. Sommigen van jullie heb ik al ingelicht over deze situatie. Anderen horen dit voor het eerst.'

'Godsklere,' kreunt een hoge NSA-vertegenwoordiger als op verzoek. Burt Walkers gezicht is asgrauw.

'Amari is ook geïdentificeerd als zakenpartner en vriend van een zekere Samantha Crewe, die wij bij Fusion kennen als Zero 10. Zij neemt momenteel deel aan onze Go Zero Bètatest, met medewerking van en onder supervisie van dit comité. Deze deelnemer is bovendien de vrouw van ene Warren Crewe, die momenteel als vermist is opgegeven. De CIA heeft tegenover Samantha Crewe herhaaldelijk ontkend dat haar man hier ooit in dienst is geweest. Maar nu blijkt dat Amari, in een poging om Crewe bij te staan in haar zoektocht naar haar man, zijn gedetailleerde kennis van de nationale veiligheidsdatabases heeft aangewend om een standaard beveiligingsreparatie van vanmorgen te misbruiken om toegang te krijgen tot de servers van het Utah Data Center, en… en nu, denken wij, grote hoeveelheden geheime bestanden heeft gedownload, in een poging om informatie over de vermiste Warren Crewe te bemachtigen.'

'Cy, zou je de aanwezigen enige context kunnen bieden over de omvang van de inbreuk?' Het is duidelijk dat Burt Walker nog steeds probeert zijn zelfbeheersing terug te vinden.

'We geloven dat de hack in de orde van exabytes was.'

'Exabytes?

'Mogelijk vele miljoenen bestanden.'

'Miljoenen?'

'We schatten dat het de dossiers betreft van iedereen die sinds Eisenhower ooit van zulk bijzonder of ongewoon belang is geweest dat onderzoek door de CIA of de FBI gerechtvaardigd was.' Iedereen zwijgt bij dit verschrikkelijke nieuws.

Burt neemt het over: 'Ik heb de NSA een uur geleden op de hoogte gebracht van deze inbreuk, zodat de agenten van deze instantie onmiddellijk de omvang van deze noodsituatie konden beoordelen, en mijn medewerkers hebben het Witte Huis op de hoogte gebracht. De politiediensten in het hele land beschikken inmiddels over de signalementen van Samantha Crewe en Justin Amari en zijn gealarmeerd. We hebben redenen om aan te nemen dat ze zich allebei nog in de buurt van Washington bevinden.'

Cy hoeft zijn aantekeningen niet te raadplegen om te vertellen wat hij gaat zeggen. 'Fusion gelooft dat deze bedreiging voor onze nationale veiligheid niet overschat kan worden. En nog een detail: mijn teams bij Fusion, die dag en nacht doorwerken, hebben ontdekt dat Amari verschillende geregistreerde vuurwapens bezit, waaronder een militair aanvalsgeweer, zodat aangenomen moet worden dat hij zwaarbewapend is.' Dit is bijna waar: Sonia heeft in Amari's appartement een oud aankoopbewijs van een aanvalsgeweer ontdekt, maar hij heeft dat wapen verkocht toen zijn wapenvergunning vijf jaar daarvoor was verlopen. Bewijs van andere wapens is niet aangetroffen. 'Ook heeft hij onlangs op het darkweb gezocht naar manieren om explosieven te maken en hij moet dus met uiterste voorzichtigheid worden benaderd.' Alweer niet waar: Cy heeft deze zoekopdrachten persoonlijk uitgevoerd en die vervolgens geantidateerd. Maar een gevaar overdrijven was altijd beter dan het te onderschatten.

22 uur

I ♥ VIDEO, ROUTE 81

Justin houdt van achter zijn toetsenbord al urenlang in de gaten of Cy's gesaboteerde laptop tot leven wordt gewekt en door de eigenaar tot gewelddaden wordt aangezet. En nu, om 15.00 uur, brengt hij het nieuws aan Sam over: rond negen uur vanochtend was er drie kwartier lang sprake van hectische activiteit op de laptop – dit kon Justin volgen dankzij zijn spyware – maar tot nu toe heeft hij niets kunnen ontdekken over de werkelijke aard van deze activiteit.

'Mogelijk was hij bezig met wat jij hem had gevraagd, zou kunnen... maar er gebeurde iets, zodat ik hem niet meer in de gaten kon houden. Waarschijnlijk heeft hij cloakingsoftware gebruikt, wat zowel goed als slecht is. Slecht, omdat we niet kunnen zien wat hij heeft gevonden, en goed omdat hij, wat hij ook van plan was, zijn sporen op ongebruikelijk zorgvuldige wijze heeft uitgewist. Ik zit nog steeds in Cy's laptop en ik kan hem weer in de gaten houden, maar die drie kwartier zijn we kwijt. Als ik een team met hackers had, echte professionals, had ik misschien door die nieuwe firewalls heen kunnen breken om te zien wat hij van plan was, maar dat lukt me niet in mijn eentje.' Hij steekt beide handen in overgave in de lucht.

'Dus volgens jou is hij in overheidsbestanden gedoken? Hij heeft het dus gedaan. Hij heeft het gedaan, precies zoals ik hem heb gevraagd.'

'Kalm aan. Het zou kunnen. We hebben een pistool tegen zijn hoofd gezet, dus wat betreft... Maar laten we niet te enthousiast worden.' Toch kan Justin een glimlach niet onderdrukken als hij Sams van hoop stralende gezicht ziet. 'Je zou jezelf moeten zien. Als de kat die het vogeltje heeft gepakt.'

22 uur

FUSION CENTRAL, WASHINGTON, DC

Erika treft Cy achter zijn bureau aan, met zijn laptop voor zich en in een veel te goede bui, gezien de omstandigheden.

'Jij was het,' zegt ze.

'Hallo, liefje.'

'Jij was de hack. Je hebt die databases gehackt.'

'En waarom denk je dat, lieve schat?'

'Burt heeft me zojuist over je briefing gebeld. Natuurlijk veronderstelde hij dat ik al op de hoogte was. Je probeert ze erin te luizen.'

Cy draait zich van Erika naar het digitale scherm toe. 'Die twee zijn echte slechteriken. Echt slecht. En nu hebben ze iets heel ergs gedaan. Echt iets verschrikkelijks.'

Ze gaat voor het scherm staan. 'Waarom doe je hun dit aan? Waarom? Je moet het me vertellen. Dat ben je me verschuldigd.'

'Het zijn criminelen. Duidelijk.'

'Dat geloof ik niet. En jij ook niet. Bullshit. Vuurwapens, explosieven? Dat is een verzinsel. Jij zorgt ervoor dat deze onschuldigen leed wordt aangedaan, Cy. Misschien worden ze zelfs vermoord. Besef je dat? Je haalt verdomme een levensgevaarlijke grap met ze uit!'

'Het is waar dat ze nu mogelijk in gevaar zijn.'

Haar gevoel benadert dat van een gebroken hart. 'Vertel het me. Dit is je kans. Ik geef je deze laatste kans om me alles te vertellen. Voor mij. Voor Michael. In feite voor jezelf... want ik geloof echt dat je ziel hier op het spel staat.'

Ze kijkt hem strak aan, op zoek naar bepaalde signalen, terwijl ze tegen beter weten in hoopt dat hij de woorden zal spreken die ze zo graag wil horen. Cy, o Cy, zeg het, vertel me de waarheid en red dat nog te redden deel van jezelf. Heel even denkt ze dat ze hem heeft bereikt, dat ze op hun oude golflengte met elkaar verbonden zijn, die sukkelige jongen van hun eerste ontmoeting, de jongeman op wie ze verliefd werd, de zakenpartner in wie ze tot voor kort alle vertrouwen had.

Maar dan verhardt die jongensachtige uitdrukking voor haar ogen, en uit de mond die zo vaak gekust is, in hartstocht, in liefde, in bewondering, komen slechts de woorden: 'Schatje, neem even pauze. Ga naar huis. Je draaft een beetje door. Ik hou van je. Maar ga nu naar huis.'

Met die woorden loopt hij het kantoor uit.

En iets glijdt onherroepelijk weg in het verleden.

Ik ben hem kwijt, mijn jongen met de groene ogen, weg, denkt ze, en haar blik blijft op de wand rusten, waar een eenzame ijsbeer op drift is geraakt op een ijsvlot, een beer die even gedoemd is als het ijs. Dan loopt ze naar zijn bureau, met daarop zijn geliefde, zelden onbeheerde laptop, die hij hier heeft achtergelaten in zijn haast om aan haar te ontsnappen.

Milo en Dustin hebben geen plek in de Void zelf. Ze zijn daar briljant genoeg voor, maar ze hebben in het verleden te veel aanklachten (officieel bevestigd, later geseponeerd) wegens hacken aan hun broek gekregen, en verder hebben ze een voorliefde voor hasjpijpen en gezichtshaar, waar anderen zich ongemakkelijk bij voelen. In plaats daarvan werken ze in de ruimten onder de Void, waar talloze koelventilatoren voortdurend zoemen. De koolstofuitstoot van het netwerk van koelsystemen dat nodig is om al deze technologie op optimale bedrijfstemperatuur te houden, is schrikbarend, tenenkrommend. En dat is alleen nog maar het systeem ter plekke. De gegevens die hier worden verzameld, vereisen serverparken in het hele land. Er is er net een gebouwd in Alaska, met bekabelingssystemen die de vergelijking met deeltjesversnellers als de Large Hadron Collider kunnen doorstaan, alleen maar om de koeling betaalbaar te houden.

Milo en Dustin moeten ervoor zorgen dat de data op de juiste plaats belanden en het systeem controleren op lekken en de digitale zwavelgeur van ongeoorloofde hacks. Ze hebben een neus voor dergelijk werk, dus dienen ze als Fusions grenspatrouille en handhavers tegen criminele inbreuken. In wezen bemannen zij het valhek, de ophaalbrug en de pijlsleuven van dit magische koninkrijk, als een moderne Rosencrantz en Guildenstern. En ze zijn heel, heel erg goed in wat ze doen, en krijgen ook heel goed betaald.

Een groot deel van hun tijd gaat echter op aan onzin uitkramen.

Dustin: 'Iemand heeft het pas geleden uitgevonden.'

Milo: 'Zeker niet.'

'Een slim condoom.'

'En dat… Wat, heb jij dat om? Kun je ermee op het internet of zo?'

'Het registreert de stootsnelheid. Dat staat er tenminste op. Stootsnelheid.'

'Jezus, wie heeft er nou behoefte aan dergelijke info?' Milo laat de specificaties op het beeldscherm zien. 'Hartslag, verbrande calorieën en andere statistieken tijdens het vrijen. Wifiverbinding. Geweldig, dus het hele gezin kan realtime updates krijgen, leuk, leuk.'

'En kom je ook te weten of ze faket?

'Ah, nu is hij geïnteresseerd. Dat zou een ramp voor je relatie zijn, kerel.'

Terwijl ze in die discussie verwikkeld zijn, komt Erika het domein van Milo en Dusti binnen. Milo springt op en geeft haar ongevraagd een stevige hug. 'Erika!'

Dustin glimlacht maar maakt geen oogcontact. Dustin is verlegen.

Milo heeft nog steeds een sterk Pools accent, ook al is programmacode zijn moedertaal. 'Jezus nog aan toe. Wat gebeurt daarboven allemaal met die Justin Amaritoestand? Kan toch niet. Hij leek zo cool. Had wel gave tattoos trouwens.'

Deze twee doen haar weer even denken aan een jaar of tien geleden, toen WorldShare alleen uit haar en Cy bestond, aangevuld met een stuk of tien ingehuurde nerds zoals zij. Die herinnering is pijnlijk voor haar.

Ze zucht diep en zet Cy's laptop voor hen neer.

'Ik moet weten wat hier aan de hand is, jongens. En we hebben niet veel tijd.'

Milo zegt: 'Erika… wiens laptop is dat?'

Onder hun ogen opent ze de laptop en typt een wachtwoord in, niet haar eigen wachtwoord, maar een wachtwoord dat ze goed kent.

21 uur

I ♥ VIDEO, ROUTE 81

De dag dat Warren vertrok, zat Sam aan de keukentafel te lezen en in de kamer rook het naar gemalen koffie en de bouillon die op het fornuis stond te pruttelen, varkensbotten die langzaam smaak afgaven. Sam kookte graag.

Ze had opgekeken van haar boek toen hij met zijn reistas over zijn schouder naar beneden kwam. Hij nam nooit ruimbagage mee, alleen handbagage, zijn kleine flesjes shampoo al in doorzichtig plastic verpakt, zijn reislaptop telkens schoongeveegd zodra hij thuiskwam, en de wegwerptelefoon waar hij de batterij pas in stopte als het vliegtuig bij aankomst op een buitenlands vliegveld naar de gate taxiede.

'Ik vind het maar niks dat je weggaat,' zei ze. Hij had zijn tas bij de deur neergezet, leunde tegen de deurlijst en keek haar met zijn handen in zijn zakken aan.

'Je hebt er altijd een slecht gevoel over, en het is altijd goed gegaan.'

'Ditmaal is het erger.'

'Ik zie je dinsdag weer.'

'Beloofd?'

Hij liep de kamer binnen en stak zijn armen uit. Ze stond op, liet zich in zijn omhelzing vallen en legde haar hoofd tegen zijn borst.

'Ja. Trek je schort aan en bak wat koekjes voor me.'

Ze snoof met een onwillig lachje. Buiten klonk een taxiclaxon.

'Wees voorzichtig. Veel voorzichtiger dan normaal, alsjeblieft.'

'Zo voorzichtig als maar kan.'

Hij bracht haar gezicht omhoog zodat hij haar echt kon kussen en draaide zich om naar de deur. Ze liep achter hem aan zodat ze hem kon uitzwaaien vanaf de veranda. Hij legde zijn tas op de achterbank, draaide zich om en zwaaide, en zij zwaaide terug. Zo was het gegaan.

Op dinsdagochtend bakte ze koekjes. Deels als grapje, deels ook niet. Warren kwam niet thuis. Om middernacht at ze alle koekjes op en moest overgeven. Het leven werd een hel.

Ze wordt wakker van harde muziek. Ze schiet rechtop op de bank. 'Long Cool Woman' van de Hollies speelt op een ouderwetse cd-speler. Justin zit over de laptop gebogen en tuurt naar het scherm, zijn lichaam strak van de nieuwe spanning.

'Sam!'

'Wat?'

'Iets... Er gebeurt hier iets...'

'Wat?'

'Op Cy's laptop. De beveiliging... Ik denk dat we de beveiliging gekraakt hebben.'

21 uur

FUSION CENTRAL, WASHINGTON, DC

Milo en Dustin hebben Cy's laptop tussen hen in gezet, hem aangesloten op hun eigen apparaten en zijn er tegelijkertijd mee bezig. Ze laten een minuut of twintig niet meer horen dan af en toe wat gegrom, maar opeens kijken ze elkaar met een vragende blik aan.

Erika kijkt naar haar telefoon. Ze heeft Cy's secretaresse gevraagd haar te bellen als Cy weer in het gebouw is. Het eerste waar Cy naar zal zoeken, het eerste en enige voorwerp waarvan hij meteen zal merken dat het ontbreekt, is deze laptop. 'Jongens, zeg eens wat. Hoe ver zijn jullie?

'We zitten...' begint Milo. 'Oké, oké. We zijn de interne firewalls gepasseerd en hebben de SSL-encryptie blootgelegd, en het lijkt alsof hij... alsof Cy... alsof hij een soort van... een enorme hoeveelheid data van een overheidsserver in Utah heeft gehaald...'

'Om half tien vanochtend?' voorspelt Erika.

'Om negen uur vierendertig om precies te zijn.'

Erika lijkt niet heel erg verrast.

Milo vraagt: 'We krijgen hier toch geen problemen mee? Want je praat wel met twee gasten die zoiets al eerder hebben meegemaakt.'

'Diverse malen,' zegt Dustin. 'Dat liep niet goed af.'

'Waar zijn die data nu?' vraagt ze.

Milo, nog aarzelender: 'Een server... in... lijkt op...'

'Manilla,' oppert Dustin.

'Manilla,' bevestigt Milo. 'Ik neem aan dat hij een persoonlijke server in Manilla heeft?'

'Kun je daarin komen?'

‘Nou, dat is ons al gelukt.’

‘Kun je die data doorzoeken?’

‘Dat hebben we nog niet geprobeerd. Komen we nu in de problemen, Erika? Echt?’

‘Laten we zeggen dat ik het erg zou waarderen als jullie die server zouden doorzoeken, en ik zou dat zeker niet vergeten.’

Nadat Milo en Dustin nerveuze maar ook opgewonden blikken hebben uitgewisseld (beiden weten dat ze voor dit soort momenten geboren zijn), vraagt Milo: ‘Zoeken… waarnaar precies?’

‘Eén naam: Warren Crewe.’

I ♥ VIDEO, ROUTE 81

Justins handen trillen, zwevend boven het toetsenbord. Hij lijkt volledig verlamd. ‘We zitten erin.’

‘Erin? Waarin?’

‘In een of andere persoonlijke server… ergens. Hij gebruikt de cloakingsoftware nu niet. Alleen zijn gebruikelijke beveiliging. We volgen hem… kunnen zijn toetsaanslagen zien, precies zien wat hij doet… waar hij ook heen gaat, wij zijn erbij… we liften mee.’

‘En waar gaat hij heen? Waar is hij mee bezig?’

‘Nog niet helemaal duidelijk, maar het is… het is alsof hij acht handen heeft. Niet normaal meer. Aanvalscode na aanvalscode. Hij krijgt toegang… tot iets…’

FUSION CENTRAL, WASHINGTON, DC

‘Vertel op!’ zegt Erika. ‘Wat hebben jullie gevonden?’

‘We zitten ergens in,’ antwoordt Milo. ‘Maar de cache is zo… fucking… groot. Een enorme datadump die ongelooflijk gecomprimeerd is. Ik bedoel, dit zijn honderdduizenden pagina’s… miljoenen pagina’s.’

Erika denkt: o, Cy, wat heb je toch gedaan? Maar ze weet het al, ze weet precies waarnaar ze hier kijken: de vruchten van het grootste datalek in de geschiedenis. Het is Cy gelukt, hij heeft de befaamde CIA-bibliotheken gehackt, gevuld vol met een biljoenvoud aan geheimen. Hij is de weg zo volledig kwijtgeraakt dat hij zichzelf heeft toegestaan zover te gaan. En met welk doel? Ook dat weet ze: om twee mensen die zijn geheimen kennen en hem van ernstige misdrijven zouden kunnen beschuldigen als gevaarlijke misdadigers te bestempelen.

Haar telefoon gaat. Cy's secretaresse! Cy's vergadering aan de andere kant van de stad is geannuleerd. Iemand heeft covid opgelopen. Hij is nu in een auto met chauffeur op de terugweg. ETA over een half uur. Een half uur?

'Jullie moeten het Warren Crewedossier te pakken krijgen,' zegt ze tegen Milo en Dustin. 'Kunnen jullie alleen naar dat ene bestand zoeken en alleen dat bestand eruit halen?'

'Eén enkel bestand eruit halen? Man, dat gaat tijd kosten.'

Dan moeten we andere lagen kraken.' Hoelang hebben we?'

'Hoelang? Hoelang zou het duren?'

'Uren.'

Ze kijkt op haar horloge en dan naar Cy's laptop, die met andere, grotere computers verbonden is. Die laptop moet zo snel mogelijk weer terug naar Cy's bureau. 'Wat kunnen we nu doen? Kom op, jongens!'

Milo kijkt naar Dustin, die zijn stem terugvindt. 'We hebben een keuze.'

'Waartussen?'

'Niets eruit halen, of...'

'Of wat?'

'Alles kopiëren.'

'Alles weghalen,' vertaalt Dustin. 'De hele zooi.'

'Kunnen jullie dat dan, alles kopiëren?'

'We zijn één klik verwijderd van de download, maar het is een verdomd belangrijke klik.'

Milo plaatst de cursor op de juiste positie en zwaait met zijn wijsvinger boven de returntoets op zijn toetsenbord. 'Jouw beslissing. Maar...'

'Maar wat?'

'Dit is immens...'

Erika kijkt naar het toetsenbord en dan naar haar horloge. 'Ik moet deze laptop terugbrengen naar boven, jongens. Vijf minuten geleden al.'

'Dan stoppen we nu?' vraagt Milo. 'Trekken we de stekker eruit?'

'Als we alles kopiëren, kunnen jullie alles dan later voor mij doorzoeken, het Warren Crewedossier eruit halen en de rest wissen?'

Dustin: 'Dan hebben we nog steeds tijd nodig. Maar het kan, ja.'

Ze knikt gedecideerd. Dan is het duidelijk. 'Ga naar buiten. Jullie allebei.' Ze meent dat de handen van deze twee hackers niet aan deze verschrikkelijke actie mogen zitten. Het is haar beslissing. Haar verantwoordelijkheid. Zij moet het zelf doen.

Als de twee jonge programmeurs weg zijn, stapt ze naar het toetsenbord toe. Het leven is kort. Spijt is langdurig. Daar gaat alles. Een leven. Een liefde. Een bestaan. Ze klikt. Downloaden…

Bleek draait ze zich om en opent de deur, waar twee nog blekere jongemannen achter staan. Ze zegt tegen beiden: 'Jullie kunnen nu weer binnenkomen.'

19 uur

I ♥ VIDEO, ROUTE 81

Terwijl ze onhandig een sigaret in en uit het ruitje zonder vizier van haar helm steekt, bekijkt Sam een poster die net op het winkelraam is bevestigd: SLEEPY CREEK MUSIC FESTIVAL. Begint morgen. BARS EN EETKRAMEN. Leuk. MUZIEK, VOORDRACHTEN. Lieve God. POËZIE, FILOSOFIE, MILIEULEZINGEN. Bewijs van het andere Amerika, die andere Amerikanen, de kinderen van het Aquariustijdperk, de drop-outs, het aarde liefhebbende volkje, dat het vuur van de oorspronkelijke waarden van de mensheid brandend houdt. Ze zou er graag heen gaan, naar Sleepy Creek, met Kaitlyn, met Warren, om gewoon te luisteren, te leren, te dansen, deel te nemen aan die verloren wereld, om te slapen, ja, vooral om te slapen. Maar dat is nu ijdele hoop.

Ze trapt de sigaret uit. Keert voor de honderdste keer terug om over Justins schouder te kijken. Naast hen een werkstation van gekoppelde harde schijven, nog steeds heet nadat ze alle gestolen intimiteiten hebben opgeslurpt van Cy's download op afstand.

'Er moet iets over Warren bij zijn,' zegt ze.

Justin heeft de tijd doorgebracht met het doorzoeken van deze gigantische hoeveelheid illegaal verkregen data op alles wat er over zijn beste vriend te vinden is. Niets, tot nu toe.

Sam heeft de tijd doorgebracht met afwisselend ijsberen, zitten, koffiezetten, koffiedrinken, Justin vragen of hij meer koffie wil, dan Justin vragen of hij zeker weet dat hij niet meer koffie wil, en de hele tijd dingen mompelen als 'Hoe we ook over Cy Baxter denken, hij heeft gedaan wat hij had beloofd: hij is in de bestanden op zoek gegaan naar Warren en heeft daarmee een enorm risico gelopen. Hij heeft gedaan wat hij had toegezegd, en daar moet ik hem in elk geval dankbaar voor zijn. Ja toch? Justin? Justin?'

Eindelijk, na vierenhalf uur onderzoek, is Justin zover dat hij een samenvatting kan geven.

'Alles wat ik hier kan vinden,' zegt hij, 'bevestigt hun verhaal. Het lijkt erop dat ze Warren ooit betaald hebben voor zes onderzoeksrapporten over onderwerpen zoals investeringsmogelijkheden in Oost-Europa. Er zit niets bij over Iran, althans niets wat ik kan vinden. Niets wat er ook maar in de verste verten op wijst dat Warren ooit officieel voor de CIA heeft gewerkt. En niets over zijn verblijfplaats. Er staat wel iets in zijn dossier over jouw activiteiten, jouw beschuldigingen tegen de CIA, beweringen over een doofpotaffaire, de geschiedenis van hun ontkenningen, maar geen enkel document dat suggereert dat de CIA niet de hele tijd de waarheid heeft verteld.'

'Dan zat zijn dossier niet in de download.'

'Mogelijk. Of ze hebben het dossier gewist en de geschiedenis herschreven. Of er was helemaal geen dossier.'

'Kun je nog eens kijken? Er moet iets zijn. Iets extra's.'

'Sam...'

'Ze liegen. Ik weet het gewoon.'

'Het zou me helemaal niet verbazen, maar ik weet niet hoe ik zoiets hier moet vinden.'

De tranen wellen in haar ogen op terwijl ze elkaar aankijken.

'Er is maar één ding dat me opvalt...'

'Wat dan?'

'Er zit een beëdigde verklaring bij die de CIA heeft veiliggesteld van... van ene Anne Kulczyk. Zegt die naam je iets? Een vrouw van begin veertig, adres in Foggy Bottom.'

'En?'

'Die vrouw ontkent... ontkent dat Warren ooit voor de CIA heeft gewerkt, en ze ontkent categorisch hem ooit gekend te hebben.'

'En wat dan nog?'

'Nou, wie heeft haar dat gevraagd? Ze is een volkomen onbekende. Waarom zou je een onbeduidend persoon die Warren nooit heeft gekend een verklaring laten afleggen waarin ze zweert niets te weten?'

18 uur

HET HUIS VAN ANNE KULCZYK, FOGGY BOTTOM, WASHINGTON, DC

De kans is nu fiftyfifty dat de motor in het systeem is opgemerkt. Sam is ermee naar Washington gereden voor haar ontmoeting met Cy, en weet dat ze met deze trip haar geluk ernstig tart. Toch rijdt ze gehelmd op twee wielen de buurt in waar Anne Kulczyk woont. Er zijn te veel camera's in dit deel van de stad om meer dan een paar meter te lopen, zeker gezien haar kenmerkende gehink. Ze draait Kulczyks oprit op en trapt de standaard omlaag.

Keurig gazon, nette bloemperken, vleeskleurig ondergoed op een rek op de veranda. De vrouw die de deur opent is bezig haar oorbel in te doen, het hoofd op vijfenveertig graden, en toont met haar blik dat ze een enorm wantrouwen tegen ongevraagde bezoekers heeft.

'Ja?'

'Anne Kulczyk?'

'Kom je iets afleveren?'

Sam voelt hoe Anne met haar blik de motorhelm, de strakke spijkerbroek en de laarzen taxeert. De helm afzettend biedt ze aan: 'Nee. Ik ben Samantha Crewe. Warrens vrouw.'

Anne recht haar rug, vergeet de oorbel en staart haar aan met een blik die voor Sam meteen bevestigt dat haar beëdigde verklaring een leugen was.

'Mag ik binnenkomen? Ik moet u iets belangrijks vertellen.'

'Ik heb die naam nog nooit van mijn leven gehoord.'

'Ik weet dat u Warren kende. Mag het? Vijf minuutjes.'

Anne laat Sam binnen en gaat haar voor naar de woonkamer.

De inrichting is saai, maar getuigt toch van goede smaak. Alles heel netjes. Klein. Ze is een alleenstaande vrouw, maar ze heeft geen kat. Nog niet.

'Ik zei u al dat ik die naam nooit heb gehoord. Ik zie niet in wat we nog meer te bespreken hebben.'

'Mevrouw Kulczyk, ik weet zeker dat u respectabele, fatsoenlijke vrouw bent.'

'Hoe weet u dat?'

'U hebt me in uw huis binnengelaten. U laat me op uw bank plaatsnemen. U moet me alles vertellen wat u over mijn echtgenoot weet. Dat vraag ik u dringend.'

Anne friemelt wat. Gehaakte onderleggers sieren de glazen salontafel en naast haar op de bank liggen breinaalden, gespietst in een streng wol. Sam kijkt met aandacht naar Anne, naar deze vrouw, deze vreemdelinge, die er zo onbeduidend uitziet, zo anoniem, bleek en eenzaam, maar hoe groot is haar macht op dit moment over haar, haar macht om haar hoop te verijdelen, om haar wereld te maken of te breken?

'Ik heb uw beëdigde verklaring gezien. U hebt onder ede gelogen.'

'U kunt nu maar beter vertrekken.'

'U weet waar hij is.'

'Vertrek alstublieft, anders bel ik de politie. Ik had u hier niet binnen moeten laten.'

'Toch denk ik dat u me eigenlijk wel wilt helpen. Hoe kende u mijn man? Hebt u met hem gewerkt?'

Sam ziet nu tekenen bij de vrouw dat ze een innerlijke strijd voert, een jarenlange strijd die de kern raakt van haar zelfrespect, van haar waardering van haar eigen fatsoen, en die uiteindelijk wordt beslist met het uitspreken van één enkel woord: 'Ja.'

'U verdient lof.'

'Ik hoef uw lof niet.'

'Kunt u me helpen, alstublieft? Alles wat u me vertelt blijft tussen ons. Dat garandeer ik u. Ik probeer Warrens leven te redden.'

De verstrengelde vingers van de vrouw verstrakken op haar schoot. 'Wat weet u?'

'Ik weet dat de CIA ontkent dat hij ooit voor die organisatie heeft gewerkt.'

'Neemt u dit allemaal op? Wilt u uw blouse even losmaken?'

Sam gehoorzaamt – knoopt blouse los, toont naakte schouders, buik, beha, en knoopt blouse weer dicht – en Anne Kulczyk zet een digitale radio aan, waarna ze weer gaat zitten, ditmaal naast Sam.

'Officieel heeft hij daar niet gewerkt. Daar begint het probleem. Hij werkte bij ons, voor de analisten. Ik was daar toen analist. Analisten huren geen spionnen in.'

'Was hij een spion?' Sams hart slaat over.

'Hij was een agent, en hij deed onderzoek. Maar vaak is er geen verschil, zo ook in dit geval. Hoeveel weet u?'

'Ga ervan uit dat ik niets weet, dan zit u er niet ver naast.'

'Warren verzamelde informatie over… over de Iraniërs. Hij was nuttig voor ons, de analisten, maar we mogen geen agenten te velde inhuren. Alleen geheim agenten doen dat. Warren werkte dus officieus voor ons en moest informatie verzamelen over corruptie binnen de Iraanse overheid. Dat was zijn specialiteit. De geldstromen opsporen. Maar hij raakte ook geïnteresseerd in het Iraanse nucleaire programma. Gevaarlijke materie. En hij werd betaald via ons, de analisten, maar onofficieel. De hoge omes wisten dat. Zijn rapporten werden veel gelezen binnen de CIA. Ze konden dat alleen niet toegeven omdat hij niet officieel was doorgelicht en goedgekeurd. Dus toen Warren vermist raakte, was het makkelijker om te zeggen dat ze geen informatie hadden over zijn verblijfplaats en dat hij nooit een spion was geweest. Dit was niet waar, maar daarmee begon die belachelijke doofpotoperatie. Die escaleerde volkomen. In Thailand en ook op andere plekken dook plotseling bewijs op dat hij naar Bangkok was vertrokken. Het was een puinhoop. En Warren was daar het slachtoffer van. En dat blijft hij ook. Hij deed goed werk voor ons.'

De tranen lopen Sam over de wangen. Anne staat op, komt terug met een doekje voor Sam.

'En de Iraniërs? Waarom hebben die dat niet…'

'Bekendgemaakt? Dat ze een CIA-agent hadden opgepakt? Omdat Warren meer waarde had als geheime onderhandelingstroef. Je moet weten hoe zo'n gevangenenruil werkt. Er worden voortdurend gevangenen uitgewisseld, grotendeels zonder dat daar enige ruchtbaarheid aan wordt gegeven. Soms worden gevangenen van geringe waarde geruild voor gevangenen van grote waarde, deals waarover de publieke verontwaardiging groot zou zijn. Dat is het voordeel van geheimhouding. Warren was een ingewikkelde zaak. Hij was van geringe waarde, vergeleken met de gevangenen die de Verenigde Staten meestal willen vasthouden. Maar Iran wilde Warren ruilen voor een figuur van veel hogere waarde, een bommenmaker bijvoorbeeld, een echte onverbeterlijke extremist die door de Amerikaanse regering ergens in de wereld werd vastgehouden, maar de Verenigde Staten weigerden de ruil, omdat ze niet eens wilden toegeven dat Warren voor hen werkte! En zo verstreken de weken, de maanden, en inmiddels dus ook de jaren. Hij wordt een probleem dat te lastig is om op te lossen.' Anne buigt zich naar Sam toe en kijkt haar recht in de ogen. 'Ik weet niet hoeveel je hieraan hebt. Maar ik zal je nog iets anders vertellen. Toen ik hoorde dat Warren vermist was, ben ik eerst naar het toilet gegaan om over te geven... maar daarna heb ik zijn Iraanse contactpersoon gebeld. Ik kreeg een gecodeerd bericht terug. Dawud wist zeker dat de Iraniërs Warren op het vliegveld hadden tegengehouden toen hij Teheran wilde verlaten, en dat ze hem naar een militaire gevangenis hadden gestuurd.'

Sam kan niet meteen antwoorden. Militaire gevangenis, spion, Teheran, Iraans contact? O, Warren, waarom? Waarom niet het normale leven? Waarom ben je nu niet gewoon het gras aan het maaien en stop je niet om een blik smeermiddel te halen?

'Welke gevangenis?'

'Dat heb ik nooit kunnen ontdekken.' Stilte. En dan: 'Maar misschien dat het Iraanse contact het nu weet. Hij is een tijdje geleden overgelopen. Hij woont in Washington en als er iemand is die iets weet, is hij het wel. Zijn naam is Dawud Khuzani. En dat is alles wat ik je kan vertellen.'

17 uur

WASHINGTON HIGHLANDS, WASHINGTON, DC

De vrouw van Dawud Khuzani leidt Sam in haar goedkope huurwoning door de woonkamer, waar de tv aanstaat, naar een keuken aan de achterkant van het huis, met uitzicht op een kale, deprimerende achtertuin: miserabele huisvesting, vindt ze, en het siert de overheid niet om een overloper daarin te plaatsen. Een man met een dikke buik draait zich om bij het fornuis, waar hij koffie aan het zetten is, terwijl zijn vrouw hem in snel Farsi uitlegt wat Sam zojuist aan de deur in het Engels aan de vrouw heeft verteld. Sam rekent op protest, maar in plaats daarvan verzacht de gezichtsuitdrukking van de man tot medeleven en droefenis, terwijl hij Sam de hele tijd blijf aankijken. Ten slotte neemt de man zelf het woord.

'Welkom.'

Ze wordt nu alleen nog maar door woede gedreven. Waar ze echt behoefte aan heeft is een bed, bij voorkeur in een ziekenhuis. 'Dank u,' antwoordt ze.

'Mag ik u een kop koffie aanbieden?'

'Ja, graag. Dank u.'

De echtgenote verontschuldigt zich en hij nodigt Sam uit in de enige stoel in de keuken plaats te nemen.

'Gaat u zitten.'

Ze laat zich erin zakken, met haar elleboog op het formica tafelblad rustend, en kijkt hem aandachtig aan: terugwijkend haar, overhemd met korte mouwen strak over zijn buik, met de knopen schuin, onder druk. Aan de geur te ruiken houdt deze man van sterke koffie.

Hij begint zijn monoloog. 'U zult wel willen weten of Warren nog leeft. Ik denk van wel. Warren heeft het tegen mij heel vaak over u gehad. We hebben vele uren samen doorgebracht in Teheran. We stelden vast dat we van geluk mochten spreken dat we onze vrouwen zo liefhadden en dat beseften. Zulke zegeningen zijn zeldzaam.'

Hij zet de koffie voor haar neer. Schenkt room in zijn eigen koffie.

'Hij was onverschrokken. Heel onverschrokken. Hij probeerde voor de CIA onder andere informatie te vergaren over het nucleaire programma. Ik zei dat ik hem zou helpen als ik kon. Later werd mij verteld dat een Amerikaan was aangehouden op het vliegveld toen hij probeerde te vertrekken – dergelijke zaken gaan rond – en toen wist ik dat het Warren moest zijn. Ze zullen hem verhoord hebben. Op zeker moment heeft hij mogelijk bekend dat hij voor de CIA werkte. En als hij dat heeft toegegeven, zal hij naar een geheime locatie zijn gestuurd, geen officiële gevangenis waar de gevangenen worden geregistreerd, maar een plek waar de gevangenen geen naam maar slechts een nummer hebben en waar geen officieel licht schijnt. Dus als Warren nog in leven is, zal hij een nummer hebben. Dat is alles wat ik weet. Het spijt me. De Iraniërs zullen blijven ontkennen dat ze hem vasthouden en zijn verblijfplaats niet bekendmaken. Misschien zullen ze hem als bij toverslag toch voor het voetlicht brengen als ruilmiddel wanneer ze een andere geheime gevangene terug willen. Dit is het onbekende werk van de diplomatie. En de Verenigde Staten lijken niet bereid om hun fouten of betrokkenheid toe te geven of iets te doen om hem weer thuis te krijgen, voor zover wij weten. Deze regering, tot aan de president toe, heeft Warren in de steek gelaten, en de CIA zal er alles aan doen, zo lijkt het, om elk onderzoek naar haar rol te saboteren.' Dawud draait zich om en kijkt uit het raam naar zijn eigen achtertuinwereld. 'Maar dat ligt allemaal achter me. Ik ben nu Amerikaans staatsburger. Ik verkoop auto's in plaats van geheimen.' Hij drinkt zijn koffie.

'De naam van die gevangenis?'

Hij draait zich niet naar haar om.

'Ik zal uw naam geheimhouden.'

'De wereld is veranderd,' zegt hij. 'Er zijn geen geheimen meer. We lopen allemaal naakt, onder een fel brandend licht.'

'De naam?'

'Het is in de buurt van Isfahan. Mogelijkerwijs. Een plek iets ten zuiden van Isfahan. Dat is de enige plek die ik ken. Hij zou daar kunnen zijn.'

Sam, met haar helm weer op, hinkt in een staat van vergevorderde nerveuze uitputting naar haar motor. Onderweg ziet ze dat een auto vlak achter de motor geparkeerd staat. Een gewone huurauto, maar wel duur voor deze buurt. Als Sam vlak bij haar motor is, stapt er een vrouw uit de auto. Ze komt naar haar toe.

'Ren alsjeblieft niet weg.'

Sam stapt op de motor en draait het sleuteltje om. Warren, Warren, Warren...

De vrouw roept nu op smekender toon. 'Samantha.'

Moet ze wegvluchten? Is alles voorbij? De vrouw heeft een telefoon in haar hand, en Sam weet precies hoe snel deze lieden een gebied met drones en auto's kunnen afdekken, en er zijn hier in de omgeving geen metrostations om in te verdwalen, dus stapt ze langzaam af.

'Ik ben Erika Coogan.'

'Ik weet wie je bent. Kwam het door de motor?'

'Veel camera's hier in de buurt. Maar maak je geen zorgen, officieel hecht ik er geen belang meer aan. Bij Fusion, bedoel ik. Ik ben in mijn eentje hier.'

'Heeft Cy je gestuurd?'

'Nee. Cy zal je niet helpen. Dat was hij nooit van plan.'

'Toch is dat wel het geval.'

Erika schudt haar hoofd. 'Eh-eh, sorry.'

'Ik heb ervoor gezorgd dat hij naar Warren op zoek ging. Dat heeft ons geholpen.'

'Hij probeert je niet te helpen, Sam.'

Erika zegt dit op zo'n besliste toon dat Sam er niet aan kan twijfelen. Dan begint ze zich pas te realiseren hoe deze vrouw eruitziet. Het lijkt alsof Erika op de vlucht is en al een week niet heeft geslapen, alsof ze onder het zakelijke broekpak en de zorgvuldige make-up bij elkaar wordt gehouden door ducttape.

Erika vraagt: 'Wil je me vijf minuten van je tijd geven?' Als Sam rondkijkt of ze camera's ziet, voegt Erika eraan toe: 'We staan hier veilig.'

Sam kan de neiging om te vluchten alleen met grote moeite onderdrukken. 'Hoe weet ik dat er niet al een arrestatieteam onderweg is?

'Ik heb je ruim twintig minuten geleden getraceerd, toen je dat huis binnenging. En ze zijn er nog steeds niet. Als ik je had willen oppakken, had je al achter in een van onze SUV's gezeten.'

Sam moet ook dat erkennen.

'Als eerste moet ik weten welke deal je met Cy hebt gesloten,' zegt Erika.

'We... We hebben informatie over jullie, over de illegale verkoop van technologie, het negeren van sancties. We zijn bereid die voor informatie over Warren uit te wisselen.'

'Op dat punt zal hij die deal niet nakomen. Maar ik zal je helpen.'

'Ik vertrouw je niet.'

Sam draait zich om, maar Erika pakt haar bij haar arm.

'Hij zal je niet alleen niet helpen, maar hij heeft jou en Justin Amari officieel beschuldigd van een cyberaanval op dit land... van het plegen van een massale hack in het datacentrum van de NSA en het stelen van miljoenen pagina's geheime informatie.'

'Hebben we gedaan.'

'O ja?'

'Nou ja, we hebben alleen hetzelfde als hij gedaan. We hebben zijn laptop gevolgd.'

'Zijn laptop gevolgd?'

'We hadden toegang tot zijn persoonlijke laptop. Via de usb-stick die ik hem heb gegeven. Op die manier konden we volgen en in de gaten houden wanneer hij zijn schuilplaatsen bezocht en dezelfde enorme hoeveelheid gegevens downloaden die hij zelf downloadde. We hebben die data alleen omdat hij die heeft.'

Nu begrijpt Erika het. 'Luister naar me. Je moet die data vernietigen. Alles, echt alles. Je mag die niet in bezit hebben. Jullie levens zijn niets waard in vergelijking met de waarde van die data. Cy heeft iedereen er al van overtuigd dat jullie allebei gevaarlijk zijn, mogelijk zelfs gewapend, dat jij de NSA-database hebt gehackt en dat jij dit land aanvalt.

Op dit moment is de hele Amerikaanse politiemacht naar jou op zoek. Je kunt elk moment opgepakt worden. Je bevindt je niet meer in de wereld van het ontduiken van camera's en kampeertochten. Go Zero is voorbij. Dit is de harde werkelijkheid. Er wordt met vuurwapens op je gejaagd. Zorg dat je je van die data ontdoet, anders hoeft hij je er niet eens in te luizen. Hij zal het gelijk aan zijn zijde hebben. Op dit moment ben je een bedreiging voor de nationale veiligheid.'

Sam realiseert zich met een schok dat dat allemaal waar zou kunnen zijn, maar dat ze toch alleen maar aan Warren kan denken, aan de kille gevangenis bij Isfahan waar hij gevangenzit.

'Laat me je helpen,' smeekt Erika.

'Jij en Cy hebben illegaal technologie verkocht aan...'

'Ik niet. Dat kun je geloven of niet, maar het is echt waar. Dankzij Justin weet ik nu wat hij heeft gedaan, en ik wil er ook een eind aan maken. Ik wil je helpen. Ik wil jou helpen en je helpen Warren te vinden. Maar we moeten razendsnel handelen. Goed? Alles draait om de komende paar uur. Je moet in veiligheid zien te blijven totdat ik de juiste personen kan tonen dat jij niet verantwoordelijk bent voor deze cyberaanval.'

'Luister, als je me echt wilt helpen, maak je dan geen zorgen over mijn veiligheid. Geef me het bewijs dat Warren nog leeft. En geef me de naam van de gevangenis in Iran waar ze hem vasthouden.'

'Jouw veiligheid staat voorop. Dan zal ik doen wat ik kan. Kun je je verstoppen? Ik heb gehoord dat je daar heel goed in bent. Ergens in een menigte. Hoe meer mensen, hoe veiliger. Omring jezelf met mensen, met getuigen, op een plek waar je geen doelwit kunt zijn en ze je niets kunnen aandoen. En neem dit mee, het is een pieper. Niemand volgt die. Daarmee kan ik privé met je communiceren.'

Sam kijkt argwanend naar de pieper. Maken ze die nog steeds? Ze is er te veel aan gewend geraakt om alle apparaten te vrezen, maar de noodzaak dwingt haar die impuls te onderdrukken, en ze pakt hem aan. Iemand vertrouwen: ze probeert zich te herinneren hoe dat is.

16 uur

I ♥ VIDEO, ROUTE 81

Met de gashendel helemaal opengedraaid rijdt Sam rechtstreeks de honderd kilometer terug naar Justin, vertelt hem alles wat ze te weten is gekomen en dat er nu op hen allebei jacht wordt gemaakt, wat in het huidige Amerika beslist een slechte status is.

'Ze zei dat we alle data die we hebben gehackt moeten vernietigen, en wel meteen. Alles.' Ze gebaart met haar vinger naar de opgestapelde harde schijven, stuk voor stuk vol opgeslagen zonden, geheimen, fouten, misdaden, omissies, schandalen, en dat van tientallen jaren lang.

'O, dat zal best.'

'We moeten ze vernietigen, Justin. Dit brengt ons echt in gevaar.' Als ze ziet dat hij er weinig voor voelt: 'Wat nou?'

'Het is bewijsmateriaal. Het is het bewijs dat we nodig hebben om Baxter te tackelen. Daarom wil ze dat we dit vernietigen. Dat zie je toch wel? En dit hele spul hier… is een kernbom. En dat betekent we een kernmacht zijn. Daar houden ze niet van. Dat kunnen ze niet toestaan. Dat wij alle geheimen in bezit hebben.' Hij heeft zijn ogen opengesperd. Heeft al achtenveertig uur niet echt geslapen. 'Ik vraag me af hoe de wereld eruit zou zien als we dat allemaal zouden laten ontploffen?

'Justin, alsjeblieft.'

'Zou het een slechtere of betere wereld opleveren, denk je? Dat is een interessante filosofische vraag.'

'Daar ga ik het echt niet over hebben. Beloof het me.'

'Oké.'

Ze ziet hoe opgewonden hij is dankzij deze dodelijke fantasie, weer vervuld van de intensiteit die Justin Amari kenmerkt. 'Toch moeten alle burgers weten wat de overheid allemaal van hen weet...' zegt hij, 'dat de overheid daartoe in staat is en hoe schadelijk dat voor iedereen is. Kijk, zelfs als ze Cy opsluiten, beschikken de instanties nog steeds zijn over zijn illegaal verkregen data, en elke dag ontdekken ze betere manieren om nog meer gegevens te verzamelen. Waar gaat dit eindigen? Hoe ziet die samenleving eruit? Ik bedoel maar. We moeten het systeem rebooten.'

Op dat moment gaat ze wat verder van hem af staan, steekt haar vinger naar de schijven uit en sist op felle toon: 'Wis ze. Nu meteen. Justin, ik weet niet hoe dat moet. Jij moet het doen.'

'Te laat.'

'Hoe bedoel je te laat?'

'Ik heb al een kopie. Kopieën zelfs. Ik heb alle data naar een paar externe servers gestuurd, in twee verschillende landen, waar ze veilig bewaard worden en ik hoef alleen maar de IP-nummers te posten en dan... *Boem*!'

'Boem? Hoe bedoel je boem? Wat is boem?'

'Databom. De grootste datadump in de geschiedenis. Dat is onze bescherming. Dat is onze macht, om er zeker van te zijn dat ze het juiste doen. En hiermee vergeleken zal Wikileaks op de midweekse roddelrubriek in het plaatselijke sufferdje lijken.'

Ze haalt haar handen door haar haar, voelt de statische elektriciteit van zijn revolutionaire ijver in de strengen. Ze voelt ook hoe zijn trekkervinger jeukt om het wapen af te vuren dat hij nu bezit.

'Dat is niet onze afspraak, Justin. Dit ging over Warren. Weet je nog? De hele tijd ging het over Warren en over Cy Baxter. Niet over het opblazen van de hele wereld. Erika gaat ons helpen uit te zoeken waar hij precies is en om Cy uit te schakelen. We moeten ons alleen nog een paar uur schuilhouden, totdat ze ons meldt dat we niet langer in gevaar verkeren. En dan winnen we.'

'Wat winnen we dan? Het prijzengeld?'

'Zodra ze zegt dat het veilig is, kunnen we hier weg. We weten waar Warren is en wat er met hem gebeurd is. Dat is al enorm belangrijk voor mij.' De tranen wellen in haar ogen op. 'Hij bevindt zich op een geheime locatie in Iran. We zullen hem vinden. Het is ons gelukt. Ik weet dat hij nog leeft. En nu kunnen we naar de media gaan met alles wat we weten, de leugens over Warren ontmaskeren, Cy ontmaskeren en de overheid dwingen actie te ondernemen. We hebben gewonnen, dat is wat ik bedoel. En vernietig nu alsjeblieft die data. Anders zullen die nog onze dood worden.'

Hij denkt daar even over na en haalt dan zijn schouders op. 'Als je dat per se wilt, goed dan.'

'Justin, schiet op. Alles, zelfs de kopie die je bewaard hebt. Nu meteen.'

Terwijl Sam toekijkt, gaat Justin weer achter zijn computer zitten en nadat hij onwillig een reeks commando's heeft ingetikt, zegt hij tegen haar dat het wissen is begonnen en alle megadata op de harde schijven worden gewist, zodat er van dit bijzonder explosieve materiaal over minder dan tien minuten niets anders dan een stapel waardeloze onzichtbare schijven resteert. Pas dan voelt Sam hoe de onzichtbare hand die haar keel omklemt zich ontspant.

'Goed,' zucht ze, en op dat moment klinkt er gepiep diep in haar zak. De pieper. Erika's pieper.

'Wat is dat nou weer?'

'Van Erika.'

'Jezus, Sam!'

Op de pieper scrolt traag een bericht voorbij: *Vertrek nu. Ze komen naar de videotheek.*

'Ze komen eraan,' zegt ze tegen Justin. 'Ze weten waar we zijn. We moeten weg.'

'Erika fucking Coogan? Vertelt zij ons wat we moeten doen?'

'Heb je nou alles al gewist?'

'Ja.'

'Alles?'

Maar wanneer Justin niet onmiddellijk reageert en in plaats daarvan naar de harde schijven en de computer kijkt, roept Sam smekend uit: 'Wat? Wat?'

'Zij winnen. Uiteindelijk winnen zij. Zo gaat het altijd.'

'We moeten gaan!'

En dan pakt Justin hun twee wegwerptelefoons op en volgt haar naar buiten.

14 uur

FUSION CENTRAL, WASHINGTON, DC

Cy loopt om het achterterrein van de videotheek heen. Niet in werkelijkheid, natuurlijk. In zijn woede moet hij zichzelf ervan weerhouden om tegen imaginaire meubels, denkbeeldige rommel, pizzadozen, pistacheschillen en colaflesjes te schoppen, maar tegelijkertijd ziet hij – in een stapel achtergelaten harde schijven waarop je enorme hoeveelheden data kunt opslaan – meer dan genoeg bewijs waarmee het supermisdrijf bevestigd wordt dat hij die twee in de schoenen heeft geschoven. Ja, alles wijst erop dat Justin Amari en Samantha Crewe inderdaad cyberterroristen zijn, en wat ondersteunt al deze achtergelaten techapparatuur zijn verzonnen typering van hen toch prachtig: hij had hun schuilplaats niet beter kunnen inrichten als hij het zelf geprobeerd had.

'Wat wil je met de harde schijven doen?' vraagt een teamlid dat ter plaatse is aan hem.

'Breng ze terug naar Fusion. Zorg ervoor dat alles wat erop staat gewist is. Onmiddellijk. Alles.'

Dan vertrekt hij en wordt in een oogwenk weer teruggebracht naar zijn kantoor, waar hij Erika in zijn stoel aantreft, met haar jas aan. Haar rechterhand rust op zijn laptop.

'Ze hebben een kopie,' zegt ze.

'Zij? Waarvan?'

'Justin en Samantha. Ze hebben je laptop gesaboteerd. Daar in het bos, toen je de usb-stick van Kaitlyn Day erin stak. Spyware. Ze hebben je op de hielen gezeten en alles wat je deed kunnen volgen. De hele tijd.'

'Ik geloof je niet.'

Ze schuift zijn laptop naar hem toe over de glazen tafel. 'Kijk zelf maar.'

'En hoe weet je dat?'

'Ze waren erbij toen je al die NSA- en CIA-bestanden illegaal downloadde. En raad eens? Ze hebben er een kopie van. Jij hebt hun toegang gegeven. Ze hebben alles wat jij hebt. Ze hebben elk bestand dat jij hebt gestolen.'

Het kost hem een moment om dit te verwerken, maar zodra het hem duidelijk is, lijkt hij zelfs blij met dit nieuws. 'Dan… had ik gelijk. Ze zijn een bedreiging voor de nationale veiligheid.'

'Alleen omdat jij hun dat toestond.'

'Ze hebben de geheimen van de natie gestolen, Erika. Ze moeten nu tegengehouden worden.'

'Pas nadat jij ze had gestolen. Alleen omdat jij ze had gestolen.'

'Behalve dat ik geen bedreiging vorm voor de natie.'

'Hoor wie het zegt.'

'Ze chanteerden me, ik was geheel en al onderdeel van hun plan. Dat zie je toch wel? Het zijn terroristen.'

'Die nu alles bezitten wat de CIA over jou weet.' Haar blik is kil, haar houding nog killer. 'En mij. En WorldShare. En de Caymaneilanden. En de illegale Russische verkoop van spyware. En de Chinese verkoop, en God weet wat nog meer. Justin en Samantha hebben alles. Kortom, het is voorbij. Je hebt het verpest.'

'Er is niets voorbij. Het is zelfs geweldig dat ze de bestanden gekopieerd hebben. Daarmee zijn ze er alleen maar in geslaagd om zichzelf tot publieke vijand nummer één en twee te verklaren, met een grote schietschijf op hun rug. Zij staan onder druk, schat, niet wij. Voor ons is er niets verpest. Niets wat ze nu zeggen of doen en geen enkele informatie waarover ze beschikken kan ons negatief beïnvloeden. Dit is feitelijk ongelooflijk goed nieuws. We zijn buiten gevaar.'

Ze staart hem hoofdschuddend aan. 'Michael zei altijd iets tegen jou als je zo was. Weet je nog wat dat was?'

'Wat dan?'

'Krijg de klere.'

En dan is ze verdwenen.

Terwijl hij achter zijn bureau naar zijn laptop kijkt en even aan zijn fout denkt om die usb-stick daarin te stoppen – een fout die nu zoveel onvoorzien profijt heeft opgeleverd – dringt zich een nieuwe gedachte aan hem op, en niet een die zijn hyperactieve brein ooit heeft voortgebracht: dat deze dag spectaculair en verrassend genoeg weleens kan eindigen met Justin Amari en Samantha Crewe die in lijkzakken worden geritst, en hoe geweldig dat eigenlijk zou zijn.

2 uur

AAN DE RAND VAN BERKELEY SPRINGS, WEST VIRGINIA

Het plan is ietwat contra-intuïtief, maar dat is misschien zijn kracht, en het ziet er als volgt uit. Totdat Erika Coogan kan berichten dat de politie zich heeft teruggetrokken en ze geen fysiek gevaar lopen om met dodelijk geweld te worden geconfronteerd, zullen ze zich verbergen in de grootste van telefoons voorziene menigte die ze kunnen vinden, met als theorie dat als de politie nu op hun dood uit is, andere mensen hun beste bescherming vormen – met andere woorden: getuigen, een verdedigingsmacht van instagrammende telefoons die zullen bewerkstelligen dat een arrestatie, mocht het zover komen geweldloos zal moeten verlopen.

En zo rijden ze nu in de oude pick-up van de videotheekhouder, met de I ♥ Video nog op de zijkanten, richting het Sleepy Creek Music Festival (twaalfduizend betalende bezoekers), dat plaatsvindt op een privécamping aan de Potomac, ongeveer negentig minuten, of honderdzestig kilometer, van Berkeley Springs vandaan.

Ze kijkt uit het raam. Een heldere hemel. Een wolkeloze ochtend. Andere auto's rijden vlak langs de hare. Door dubbel glas, dat van haar en dat van hun, ziet ze een jonge vrouw die vast en zeker op weg is naar dezelfde plaats als zij, zorgeloos, bloemen in het haar, terwijl ze levenslustig meezingt met een of ander geluidloos lied dat haar nog meer opvrolijkt. Sam is weliswaar nog steeds doodsbang, maar ze realiseert zich ook dat ze iets nieuws meemaakt: ze voelt zich high door een zekere opwinding die je misschien alleen voelt als je weet dat iemand je van het leven wil beroven. Elk moment is net iets kostbaarder, nu je leven veel eindiger kan blijken dan je ooit had gedacht. In leven blijven: het enige wat ze nu moet doen. Precies waar iedereen hier mee bezig is.

Veilig blijven en in leven blijven, op welke manier dan ook. Nadat ze zich zolang in de wildernis heeft verstopt, moet ze zich nu juist aan anderen hechten. En pas als dat veilig kan, kunnen ze zich overgeven, te midden van de muziek en deze van hoop vervulde festivalgangers. Missie volbracht.

Terwijl de auto vaart mindert en in de rij voor de festivalhekken aansluit, laat Sam haar raampje zakken om een evenementenprogramma aan te pakken van een passerende festivalmedewerker met de sjerp van een schoonheidskoningin over de borst. Hardop leest ze de attracties voor aan Justin: bars en eetkraampjes, Discovery Area voor winkels en ambachtslieden, duurzame recycling van plastic, Het Centrum voor Nieuw Bewustzijn, joerts voor lezingen en workshops, muziek, kunst, poëzie, gezicht beschilderen, ademhalingsworkshops. Ze beginnen te lachen, voor het eerst in dagen.

'Kaitlyn zou dit geweldig vinden,' zegt Sam.

Ze werpt een blik op Justin en ziet een Mona Lisakrul om zijn lippen.

'Klinkt alsof zij het ontworpen heeft,' antwoordt hij. "Het Centrum voor Nieuw Bewustzijn? We zullen ons verdiepen in het Gecompliceerde Probleem van het Bewustzijn en eindelijk ontdekken wie we in godsnaam zijn.'

'Oké, wat dacht je hiervan?' zegt ze. 'Ze hebben de Universele Verklaring van de Rechten van de Mens van de VN uitgeprint... Wil je een van de artikelen horen?'

'Kom maar op.'

'Niemand zal onderworpen worden aan willekeurige inmenging in zijn persoonlijke aangelegenheden, in zijn gezin, zijn woning of zijn correspondentie, noch aan enige aantasting van zijn eer of goede naam. Iedereen heeft recht op de bescherming van de wet tegen een dergelijke inmenging of aantasting.'

'Dat is dan geregeld. We zijn dus veilig. En dan te bedenken dat ik me zo lang zorgen heb gemaakt.'

Dan steekt hij zijn hand uit en legt die met de palm naar boven op haar been. Ze kijkt omlaag, verbaasd over de aanraking – er springt iets in haar op – en dan, terwijl het niet erkende gevoel voor deze alles opofferende man naast haar groeit, legt ze haar hand op de zijne, met de palm omlaag. Hun vingers strengelen zich in elkaar, verstrakken. Ze kijken elkaar niet aan. Dat hoeft niet. Ze hebben elkaar vaak genoeg aangekeken. Maar nu wordt een nieuw circuit gecreëerd, dat Warren geen schade berokkent en toch ook niet helemaal onschuldig is: een lading die volstrekt privé is, en even uniek als een wachtwoord.

'Weet je wat we het eerst gaan doen nadat we geparkeerd hebben?' stelt ze zachtjes voor.

'Nou?'

'Onze gezichten laten beschilderen.'

1 uur

FUSION CENTRAL, WASHINGTON, DC

Koptelefoon op, een gesprek afronden.

Sonia Duvall. Opeens in de deuropening. Tablet, minirok, hoge hakken, vuurrode wangen, stralend van al het goede nieuws.

Hij knikt dat ze de deur moet sluiten en beëindigt zijn telefoongesprek.

'Justins servers,' zegt ze. 'We hebben ze allemaal gevonden. Hij maakt gebruik van niet-geregistreerde cloudservers in een datacenter in Amsterdam. We hebben daar ingebroken en alles gewist, een hele massa datamateriaal.'

'Alles?'

'Een enorme hoeveelheid recent materiaal, van vanmiddag. Miljoenen nieuwe bestanden.'

'Gewist?'

'Volledig. En we hebben nu volledige controle over de servers.'

'Heeft iemand de bestanden gezien voordat ze werden gewist?'

Ze schudt haar hoofd. 'Natuurlijk niet. Ik heb precies gedaan wat je zei.'

'Dan heb je hem tegengehouden. Je hebt zojuist een terrorist ontwapend. Het is je gelukt, Sonia. Dat is gigantisch. Het is ongelooflijk.'

Ze knikt, glimlacht.

'Hoe voelt het,' vraagt hij, 'om je land te hebben gered van zo'n enorme schade?'

Ze zet grote ogen op. Ze slikt. 'Dat voelt geweldig.'

Glimlachend: 'Alleen maar geweldig?'

Haar eigen missionstatement komt nu bij haar op: 'Ik wil uitblinken in alles wat ik doe.'

Hij loopt op haar toe. 'Mag ik?'

Ze knikt. Hij omhelst haar. Terwijl haar hoofd op zijn borst rust, ruikt hij haar shampoo en kust haar op haar hoofd.

'Geweldig gedaan,' zegt hij. 'En nu weer aan het werk.'

Als ze vertrekt – met die holte in haar rug, die strakke rok, die insnijding tussen haar billen – voelt hij iets heerlijk kloppen. Zijn blik valt op het betoverende beeld van een witte digitale duif die van de lange zijtak van een woudreus opvliegt. *Flap, flap, flap,* en weg, tot de laatste pixel met het beeld van de vogel knippert en groen wordt. Ik hou van Erika, denkt hij, zonder twijfel, voor altijd. Maar dit is echt leuk.

Op dat moment klinkt de stem van Lakshmi Patel in zijn headset: 'Meneer Baxter? We hebben ze te pakken.'

Hij loopt snel de trap af naar de controlekamer.

'Activeer beeld,' instrueert hij, als een ware kapitein op de brug van het sterrenschip Enterprise.

Burt is er. En ook Erika komt uit haar kantoor.

Op magische wijze op het grote scherm: een luchtopname van een Ford Tundra in langzaam rijdend verkeer op Route 9, in noordwestelijke richting vanuit Washington, enorme apparaten die nu in perfecte harmonie werken – ze volgen, plotten, brengen in kaart – en realtime leren hoe ze de schokkende anarchie van het menselijk gedrag voorspelbaar kunnen maken.

'Zijn dat ze?'

'Justin werkte een tijdlang voor de eigenaar van de pick-up. De videotheek was de link.'

Door een cirkel rond de videotheek te trekken hebben ze de bewakingscamera's in dat gebied kunnen overnemen, de auto kunnen traceren en de koers die hij volgde kunnen bepalen. De beelden worden nu op het grote scherm getoond, dankzij de inzet van een drone.

'Medusa boven doelwit.'

'We moeten ook een Predator de lucht in sturen,' beveelt Cy. 'Burt? Ben je akkoord?'

Nu is het de beurt aan Burt Walker om zelf een bevel te geven, een realtime controlekamerbevel inzake een cruciale kwestie van nationale veiligheid. Hij kijkt naar Cy. Kijkt dan weer naar het scherm. Vervolgens weer naar Cy, dan naar alle Voiders die hem zwijgend en in afwachting aanstaren, voordat hij met een knikje instemt.

'Je hebt hem gehoord,' vertaalt Cy. 'En geef me daar een ETA van.'

'Verzoek om Predator.'

Cy is opgetogen over de inzet van een bewapende drone. De Predator is het echte werk. Met zijn laser en Hellfireraketten echt een onmisbaar instrument. Foto's van de voortvluchtigen zijn best nuttig, maar de macht om deze terroristen daadwerkelijk aan te houden en hen zo nodig uit te schakelen, en om dat te bevelen vanuit de Fusioncontrolekamer, dat is echte macht, intimiderende, totalitaire macht en die is nu vereist. Echt primetime Amerikaans machtsvertoon, ouderwetse macht, waarbij de slechteriken geen benul hebben van wat hun overkomt. En die macht, die wraakzucht, die gerechtigheid is in handen van Fusion.

'Grondteams, waar zijn we?'

'Druk verkeer. Twintig minuten voor het Washingtonteam.'

Meer beelden van het Washingtonarrestatieteam in konvooi, loeiende sirenes, acht zwarte SUV's die over de vluchtstrook van een snelweg voortsnellen.

'Doelwit wachtend in de rij auto's voor toegang tot het muziekfestival.'

'Waar is dat festival?' vraagt Cy.

'Sleepy Creek.'

'Hebben we de beveiliging van het festival ingelicht?'

'Ze hebben bij alle toegangen een beschrijving van de auto.'

'Is de festivalbeveiliging gewapend?

'Jazeker.'

'Geef me degene die daar de leiding heeft over de beveiliging. Ze moeten weten met welk dreigingsniveau ze precies te maken hebben.'

In zijn kantoor wordt het telefoontje met hem doorverbonden. Hij zet zijn koptelefoon op om een of ander hoofd beveiliging het ontnuchterende nieuws te brengen dat uiterste voorzichtigheid geboden is in de omgang met deze gewapende voortvluchtigen, en dat ze extra lokale politie moeten inschakelen, en misschien zelfs de Nationale Garde, maar hij krijgt al snel de geruststelling dat de robuuste, gewapende festivalbeveiliging is ingezet om de toegang in de gaten te houden die de pick-up volgens Fusion zal gebruiken.

1 uur

ROUTE 9, RAND VAN BERKELEY SPRINGS, WEST VIRGINIA

'Fuck,' mompelt Justin terwijl hij langzaam vordert in de rij auto's voor de festivaltoegangen, nog ongeveer twintig auto's van het veiligheidskordon vandaan. Vóór hem, duidelijk zichtbaar, de rood-wit-blauwe zwaailichten van de surveillanceauto's. 'Niet goed.'

Sam ziet hetzelfde probleem. 'Wat doen we?'

Erika's pieper piept in haar zak. Snel leest ze het binnenkomende bericht: *Ze hebben jullie in de gaten. Geef je rustig over.* Ze leest dit voor aan Justin. 'Dus dat was het dan. Dat moet betekenen dat alles veilig is. We moeten ons nu overgeven. Klaar? Dit was het dan. Het is in orde. We kunnen ons veilig overgeven. Zij zegt dat het veilig is.'

'Even denken. Wacht.'

'Wat?'

'Wacht.'

'Waarop wachten? Erika zegt dat we ons moeten overgeven. We moeten haar vertrouwen. We stappen gewoon uit, lopen naar de festivalbeveiliging en geven ons over. Het is voorbij. Justin? Het is voorbij.'

Justin leunt voorover en kijkt omhoog naar de wolkeloze hemel. 'Oké,' antwoordt hij, en activeert dan het gps-scherm op het dashboard van de SUV in om te zien waar ze zich precies bevinden.

'Hoe bedoel je oké?'

'Oké,' herhaalt hij, terwijl hij op het scherm tikt.

Maar dan, terwijl Sam de portierklink al omhoog duwt, geeft Justin een ruk aan het stuur, zodat Sam zijwaarts tegen hem aan botst. Hij drukt zijn voet op het gaspedaal en onder het geloei van acht cilinders rijdt hij met duizelingwekkende snelheid over dezelfde weg terug waarover ze net zijn voortgekropen.

'Wat doe jij nou?'

'Ik weet het niet. Hopelijk het juiste.'

Al honderd kilometer per uur.

'Zijn we... ?'

Honderdtien.

'Geloof je dat... ?'

Honderdtwintig... En dan, als ze al ruim honderdveertig rijden, zonder dat hij op het voortdurende protest van Sam let, en terwijl er een helikopter in de lucht opduikt die de lucht doorklieft en terwijl er in de verte meer zwaailichten te zien zijn en sirenes loeien, geeft hij een tweede ruk aan het stuur en schiet het bos in, waarbij de auto slingerend en hortend en stotend over de onverharde weg springt, door een dichte kruisgang van bomen schiet tot hij aan de andere kant in weidse akkers uitkomt en nogmaals een bocht maakt richting horizon, bij elke manoeuvre achtervolgd door zichtbare en onzichtbare objecten.

Verstijfd van paniek buigt Sam zich naar voren om de heli boven haar te zien en probeert ze in een wanhopige poging hier een eind aan te maken door de handrem beet te pakken, maar hij is haar voor. De greep van zijn rechterarm is veel te sterk en hij geeft niet op. Ze kijkt hem in zijn gezicht, op zoek naar antwoorden, met zijn blik strak gericht op een of andere bestemming, en is verbijsterd door zijn mysterieuze kalmte, alsof hij zich hierop heeft voorbereid en de hele tijd al wist dat dit zou gebeuren.

'Vertel het me!' roept ze boven het motorgebrul uit. 'Zeg me waar je mee bezig bent!'

'Ik moet ze allemaal ontmaskeren. Het hele zooitje.'

Nu ze bijna het eind van de akker voor hen hebben bereikt en achter hen slechts een stoftornado te zien is, maakt Sam zich op voor de klap, terwijl Justin ervoor kiest dwars door een harmonicahek te knallen in plaats van door een ijzeren hek, en vervolgens – hout en ijzerdraad met zich meeslepend – een tweebaansweg in oostwaartse richting opdraait.

'Verderop is een tunnel,' zegt hij. 'Jij stapt uit. Heb je die telefoon nog?'

'Waar heb je het over?'

'De telefoon die ik je in de videotheek heb gegeven. Heb je die telefoon?'

'Ja.'

'Maak je dan gereed. Jij stapt uit.'

'Doe dit alsjeblieft niet.'

Voor hen een tunnel, zoals de gps al voorspelde. 'Luister naar me. Luister naar me, oké? Ik heb onze telefoons gekoppeld. Open de browser op je telefoon, dan zie je een livestream. Dan zie jij wat ik zie. Duidelijk? Jij zult mijn getuige zijn. We kunnen contact blijven houden.'

'Ik stapt niet uit.'

'Je stapt wél uit!'

De tunnel nadert snel.

'Ik ga niet bij je weg.' Sam krijgt van angst haast geen lucht meer. Ze grijpt zijn arm en schudt hem door elkaar.

'We moeten snel handelen,' zegt hij op dwingende, fanatieke toon, 'anders weten ze dat ik gestopt ben. Ben je er klaar voor? Open je portier.'

Zodra ze het smalle viaduct bereiken dat hun dekking moet bieden, hoort ze achter hen steeds harder sirenes loeien. En boven hen het gedreun van de helikopter. Ze rijden met hoge snelheid de tunnel in en dan verdwijnt alles in het duister, totdat hun ogen zich aangepast hebben.

'Sam, doe dat portier open! Doe open!'

Aarzelend legt ze haar hand weer op de portiergreep en duwt die gehoorzaam omhoog, maar ze schudt tegelijk haar hoofd. Het portier opent op een kier. 'Wat ga je doen?'

'Laat de telefoon aanstaan. Hou je gereed.'

In de korte tunnel trapt Justin hard op de rem. 'Eruit! Eruit!'

Geholpen door een duwtje van zijn kant belandt ze in het donker, met een telefoon in haar hand. Ze ruikt benzine, hoort geraas en kijkt... kijkt... kijkt wanhopig toe hoe de SUV een klein silhouet in het lichte tunneleinde wordt en dan verdwijnt.

Ze ziet vrijwel niets in het duister en heeft geen tijd om na te denken. Achter zich hoort ze de sirenes steeds luider loeien, tot ze een schel gegil zijn geworden. Ze weet zich in een donkere nis tegen de wand te drukken, net voordat twee, drie vier achtervolgende patrouillewagens haar voorbijrazen. Pas als ze verdwenen zijn en zelfs het geluid ervan is weggestorven, begeeft ze zich al tastend op de terugweg door de tunnel, op weg naar de lichtkring.

Aan het eind laat ze zich over vangrail heen glijden en met haar laatste restje energie beklimt ze de beboste helling, van de weg af, waar ze zich onder dicht struikgewas verstopt, terwijl een tweede colonne achtervolgende politieauto's – een, twee, drie, vier – met honderdzestig per uur onder haar voorbijraast.

EEN HEUVELTOP, ROUTE 9

Als ze eenmaal boven is, bonst haar hart als een razende in haar ribbenkast. Ze zijgt onder een nieuwe boom in een dichte bladermassa neer, zet de telefoon aan en opent de livestream. Hij zendt uit, zoals beloofd, en filmt alles terwijl hij rijdt...

Flitsende beelden op dat kleine schermpje tonen een dramatisch tafereel: de doorgang voor de SUV is volledig afgesloten door politieauto's die over de weg verspreid staan, een blokkade die razendsnel dichterbij komt, alsof de cameraman-chauffeur er recht op af wil stormen, wat haar een doodsbange, hulpeloze 'JUSTIN!'-kreet tegen de telefoon ontlokt, voordat de zelfmoordaanval van de pick-up genadig vertraagt en tot stilstand komt.

Het camerabeeld draait om en nu ziet ze Justins gezicht, nog steeds waanzinnig ontspannen omdat zijn zendingsbewustzijn hem in staat stelt de verschrikking van zijn situatie te overstijgen: 'Nou, je kunt niet zeggen dat ik het niet geprobeerd heb.'

Dan krijgt ze via zijn binnenspiegel zicht op de achterruit, waar een falanx van nog meer politieauto's arriveert om hem ook achterwaarts de pas af te snijden. Ze hebben hem, hij is opgepakt.

Blij toe, denkt ze, want nu ben je tenminste veilig, woeste vriend. Onze dollemansrit is voorbij.

Politieblokkade, Route 9

De portieren van alle auto's aan de voorzijde staan open. Achter de portieren zitten politieagenten op hun hurken, met hun pistolen recht op Justin gericht. En terwijl hij ze ziet (deze agenten, hun dodelijke wapens) ziet zij ze ook door haar telefoon, alsof de vuurwapens evenzeer op haar gericht zijn. En in zijn verweer tegen deze vuurwapens richt Justin zijn telefoon op hen, zodat dit moment een evenement wordt met een online publiek van Sam en Joost mag weten hoeveel anderen.

Terwijl Justin zich naar zijn ontvoerders beweegt, weerklinken hun waarschuwende kreten: 'Geen beweging!' 'Gooi die telefoon weg! 'GEEN BEWEGING!' 'LEG DIE TELEFOON NEER!'

'Leg die telefoon weg of we schieten! Leg die telefoon weg en ga op de grond liggen, gezicht omlaag!'

Geen haar op zijn hoofd die eraan denkt dat hij zijn enige bescherming opgeeft, want het is juist deze telefoon, en alleen deze telefoon, die ervoor zorgt dat de politieagenten hem op eerlijke wijze zullen arresteren.

'LEG DE TELEFOON NEER! LEG DE TELEFOON NEER, NU!'

'Ik ben jullie aan het filmen!' schreeuwt Justin.

Ergens heeft hij altijd geweten dat het met hem zover zou komen, dat hij alleen tegenover het wapentuig van de politie zou komen te staan en te horen zou krijgen dat hij moest stoppen of dat ze zouden schieten. Maar hij heeft in elk geval genoeg gedaan, hopelijk althans, bijna, om Sam een kans te geven de strijd voort te zetten en dit hele kaartenhuis in elkaar te laten storten.

'LAATSTE WAARSCHUWING! LEG DE TELEFOON NEER!'

'Ik ben jullie aan het filmen! Alles wat jullie doen staat op de livestream!'

Als het woord livestream voor de politieagenten al enige betekenis heeft, kalmeren ze er in elk geval niet door.

'TELEFOON NEER! TELEFOON NEER! NU METEEN!'

'De wereld kijkt toe!'

'NU! LEG DE TELEFOON NEER!'

Maar hij geeft zijn enige voordeel niet op. Hij roept terug: 'Ik geef me over! Ik geef me over!' en loopt dan met zijn handen omhoog naar de wachtende, gereedstaande, met hun pistolen op hem gerichte, in scherpschutterhouding staande politie, terwijl de alarmlichten geluidloos knipperen.

En dan kondigt een enkel schot het begin van het einde aan: Justin wordt in zijn rechterdij geraakt. Hij krimpt ineen, schreeuwt van de pijn en valt op zijn andere knie op het wegdek. Uit de inslagwond welt bloed op.

Hij roept nogmaals: 'Ik geef me over!'

Maar er klinkt weer een schot en nu wordt zijn rechterarm bij de schouder getroffen. Kreunend laat Justin zijn telefoon vallen. Er zal hier vandaag geen arrestatie plaatsvinden.

Hij negeert de waarschuwing van de politie, pakt de telefoon met zijn goede arm, brengt hem direct naar zijn opmerkelijk kalme gezicht en zegt in het scherm: 'Jouw beslissing.'

En dan veegt hij met zijn duim over het met bloed besmeurde scherm en verstuurt hij een vooraf ingesteld bericht en een serverlink die de ether ingaan, waar die hopelijk, als er nog enige gerechtigheid in de wereld bestaat, Sam zal bereiken, en dat zal, mits zij haar noodzakelijke rol daarin speelt, een geplande en verwoestende reeks gebeurtenissen in gang zal zetten. *Woesj.*

Een heuveltop, Route 9

Sam slaakt een gil. Ze laat de telefoon vallen die Justin haar heeft gegeven alsof ze zelf is neergeschoten, alsof het schot dat ze buiten beeld hoort nu haar lichaam binnendringt, een genadeloze aanval. Maar ze is niet gewond, ze is niet neergeschoten, en alle verschrikkelijke dingen, de verschrikkelijke dingen in de wereld die op dit moment plaatsvinden, bestaan simpelweg uit wat ze via een op de grond gevallen telefoon kan horen.

Alsjeblieft, bidt ze als het geluid van een inkomend bericht op haar telefoon binnenkomt, blijf leven, blijf leven, lieve God, blijf leven, een oud gebed, vaak opgezegd, veel gebruikt voor Warren, en nu gericht op Justin.

Terwijl de seconden verstrijken en er geen geluid meer te horen is en als de noodzaak om te weten of haar gebed verhoord is ondraaglijk wordt, pakt ze de telefoon weer op en ziet dan dat de videoverbinding verbroken is. Ze heeft hem verloren, haar vriend, en in zijn plaats resteert er slechts één laatste mysterie, in plaats van Justins live-uitzending.

Een bericht. Van Justin. Twee woorden: *Jouw beslissing.* En dan een link naar een andere site. De naam van de link: *Tomyris.*

Fusion Central, Washington, DC

Cy heeft het gewonde lichaam van Justin Amari zien herrijzen, het weer op zien staan en op magische wijze het lot zien tarten, maar dat was een illusie, en op het volgende moment werd hij naar achteren geslingerd, bestookt door nog meer kogels, elk met de kracht van een vuistslag, zodat zijn ledematen schokken alsof hij een marionet aan dronken touwtjes was voordat hij voor de laatste keer neerviel.

Dankzij de ongekende adrenalinevloed, nog steeds bedwelmd door de climax van het Justin/Samantha-incident, is Cy weer in staat om na te denken. Eén gepakt, nog één te gaan. Dat is alles, niets ingewikkelders of bespiegelenders of treurigers. Eén gepakt, nog één te gaan. Maar dit gamersentiment levert niet de verwachte opluchting op. Terwijl hij bij de leuning van het podium staat en op zijn verbijsterde, zwijgende medewerkers beneden neerkijkt, die de realtime horrorshow op het grote scherm hebben gevolgd – realtime Amerikaanse vuurkracht, rechtstreeks uit de film, hoort hij dat er een vonnis wordt geveld: moordenaar. En de aanklager?

Hijzelf. De gedachte direct verantwoordelijk te zijn voor deze gruweldood maakt zich van hem meester. En daarmee is misschien ook zijn eigen leven geruïneerd. Als de stunt die hij uitgehaald heeft ooit wordt ontdekt, verkeert hij in enorme problemen, ernstige problemen, terminale problemen. De paniek wordt alleen maar groter als hij op het grote scherm nieuwe beelden ziet van zijn eigen arrestatieteam dat eindelijk ter plaatse komt en via hun bodycams nog het nieuwtje brengt dat Samantha Crewe niet in de Ford Tundra is aangetroffen. Niet alleen is ze niet neergeschoten, maar deze dame is wederom aan arrestatie ontsnapt en is absoluut nog in leven.

Dat is niet goed.

Terwijl hij naar de beelden van de pick-up kijkt die doorzocht wordt en op andere schermen ziet hoe veiligheidstroepen oprukken, met de wapens gericht op het levenloze lichaam van Justin Amari, probeert hij zichzelf gerust te stellen. Justin was het brein van de operatie, en die is tenminste dood. Hij was het ongeleide projectiel, degene met wie ik niet kon onderhandelen, terwijl zij daarentegen alles zal doen om uit te vinden of haar man nog leeft en waar in Iran hij wordt vastgehouden. Ze is zo vastberaden dat ze zeker haar mond over mij houdt als ik haar kan helpen. Ze is zelf met de voorwaarden voor de deal gekomen: haar zwijgen voor informatie! Een gemakkelijke ruil. Haar idee, niet het mijne. Dus als ik haar kan vinden, kan ik deze overeenkomst vernieuwen en verdiepen. En ik zal haar helpen. Dat is de oplossing! En met normale middelen, in samenwerking met de CIA, nu hij de gestolen bestanden en ook Justins kopie van die bestanden heeft gewist. De geest is terug in de fles. 's Werelds grootste database met geheimen is weer veilig. En dus is de nieuwe, eenvoudige missie precies hetzelfde als de vorige: spoor die vrouw op, die bedriegster, die gladde, roekeloze, onnatuurlijk getalenteerde voortvluchtige, en pak haar op voordat iemand anders daarin slaagt, en zorg ervoor dat niets over Virginia Global Technologies aan het daglicht komt.

Alles komt goed, ja, het komt goed, probeert hij zichzelf te overtuigen. Maar deze gemeenplaatsen troosten of overtuigen hem toch niet helemaal. De primaire paniek blijft aanwezig en neemt niet af, maar groeit zelfs. Die vrouw kan hem vernietigen. Ze is slim. Ze weet veel, beschikt over zijn e-mails. Ze zal weten dat hij degene was die de download initieerde! Ze weet het! Ze weet het! Ze weet het! En nu is haar handlanger, haar hulp, haar vriend, dood. Ze zal wraak zoeken. Ze zal die al aan het plannen zijn. Wat een eindeloze waanzin! Kijkend naar het grote scherm krijgt hij het gevoel koorts te hebben, wat op het begin van een paniekaanval wijst. Wat heeft hij gedaan? Wat heeft hij in vredesnaam gedaan met alles wat hij heeft opgebouwd, met alles wat hij van zichzelf heeft gemaakt? Er is een verschrikkelijke fout gemaakt. Maar hij kan toch niet alles zomaar hebben weggegooid? Fusion kan toch nog wel één vrouw vinden, haar uit de mensenmassa plukken en een deal met haar sluiten, een geschikte oplossing bereiken?

Waar is Erika? Hij heeft Erika nodig. Terwijl Cy van de reling naar achteren stapt, lijken de wanden van de Void bijna te pulseren en neemt dat ene beschuldigende woord weer bezit van zijn gedachten: moordenaar. Nee, nee, nee, argumenteert hij. De politie vuurde de schoten af. Zij hebben die beslissing genomen. Justin had die telefoon moeten neerleggen. En toch keert de gedachte terug: ze zullen me pakken. Ik zal worden ontmaskerd. Er is genoeg informatie om hen naar mij terug te leiden. Waar is Erika? Ze zou hier moeten zijn!

Terug in zijn kantoor zakt hij in zijn stoel en neemt een flinke slok water, terwijl zijn blik zich fixeert op de magische muur: een zonovergoten Zuid-Amerikaans regenwoud, tropische vogels, gigantische vruchten. Misschien moet hij het land een tijdje uit? Go zero. Maar waar kun je heen gaan zonder ooit gevonden te worden? Waar kan iemand nog heen?

Wat gebeurt er verdomme met hem? Hij kan nauwelijks ademen en zijn hartslag is niet in orde. Waarom voelt hij zich zo? Alleen omdat Justin Amari dood is en Samantha Crewe niet? Nee, wat net gebeurde is gebeurd, dat is alles – die jongen had zich kalmpjes kunnen overgeven – en alles wat Cy heeft gedaan, en alles wat hij nu doet, alles waarvan ze kunnen bewijzen dat hij het heeft gedaan, was dat hij ervoor gezorgd heeft dat zijn arme, vaak verguisde, in opspraak geraakte land alweer een dag veilig is.

Vele seconden lang kan hij alleen maar naar zijn laptop staren, dat gesaboteerde apparaat, dit voortdurend verraad plegende, trouweloze wapen op zijn bureau dat Justin zich met geweld heeft toegeëigend. Hij opent de klep. Het scherm verlicht zijn gezicht. Cy's privacy is bijna hersteld, maar totdat Samantha is gepakt en tot zwijgen is gebracht, zal hij zich naakt blijven voelen, ongekleed, beroofd van elke intimiteit.

In die toestand wordt hij gestoord door een stem in de deuropening.

'Goedemiddag.'

In de deuropening staat adjunct-directeur Burt Walker, met een barse blik. En achter hem verschijnt opeens Erika, met wie hij al vijftien jaar samenwerkt en het bed deelt.

Cy kijkt weer naar zijn laptop, maar maakt geen aanstalten om op een toets te drukken, en als hij weer opkijkt, richt hij zich niet tot Burt. Hij ziet Erika, die hem met haar bedroefde gezicht een gecodeerde aanwijzing stuurt, van waaruit hij kan beginnen het raadsel te doorgronden, het raadsel te onderscheiden, de puzzel van de toekomst in elkaar te passen, waarvan hij – tot op dit moment – dacht dat hij de ambassadeur was.

Eén verdieping lager tikt de teruglopende klok, oorspronkelijk met nog een maand te gaan naar nul, maar nu met nog slechts enkele seconden over, cijfer voor cijfer naar de climactische nul, maar als het zover is, volgt er geen enthousiaste reactie van de verbijsterde medewerkers op de vloer, geen applaus, en zelfs nauwelijks enige aandacht. Een enkele ronde 0 knippert, een symbool van collectief falen, dat iedereen kastijdt, want daar vlakbij, op het grote scherm, blijft het vastberaden portret van Zero 10 nog altijd verlicht, de enige nog resterende voortvluchtige in de galerij van de gevangenen.

De toekomst I

Het had weken moeten duren om een verhaal als dit in elkaar te zetten, omdat er zoveel bewegende onderdelen in zitten, maar ze monteren het grotendeels in nog geen drie uur. De eerste aflevering in ieder geval. Er komen er nog meer, veel meer, gedurende vele maanden zelfs waarin ernstige vragen zullen worden gesteld over het geheime programma dat bekendstaat als Fusion, dat samenwerkte met de CIA en WorldShare, over de wijsheid van de Go Zero Bètatest, over de verborgen binnenlandse ambities van de CIA en over de betrouwbaarheid van Cy Baxter en andere leden van de Silicon Valley-elite als beheerders van privé-informatie. Maar voorlopig werken verslaggevers zich een slag in de rondte om dit eerste hoofdstuk naar buiten te brengen, vóór de advocaten van WorldShare en de regering, die vooral zwijgen.

SPECIAAL CIA-ASSISTENT JUSTIN AMARI,
ONGEWAPEND TOEN HIJ GEDOOD WERD DOOR...

ERNSTIGE VRAGEN GEREZEN OVER DE MOORD DOOR DE POLITIE OP...

WIE WAS JUSTIN AMARI? WAT WE WETEN...

De kabels rond Cy Baxter worden steeds strakker aangetrokken, als door een lier. Een maand na de moord betrapt een fotograaf hem met een strakke blik in een wachtende auto in Washington, op weg naar een verhoor door de Senaatscommissie voor Handel, Wetenschap en Vervoer, waar hij drie dagen zit, met de ogen wijd open, defensief, waar hij zich zoveel niet herinnert maar wel belooft dat op te zoeken en behulpzaam te zijn, waar hij zijn trouw aan Amerika belooft en alle kritiek weerlegt.

NIEUWE OPROEP OM ONDERZOEK NAAR BAXTER DOOR HET MINISTERIE VAN JUSTITIE...

FEDERAAL ONDERZOEK NAAR WANBEHEER DOOR WORLDSHARE VAN PERSOONLIJKE INFORMATIE VAN GEBRUIKERS STOKT...

BAXTER BESCHULDIGT REGERING VAN 'DEMONISEREN' VAN SOCIAL MEDIA...

BAXTER DOOR MINISTERIE VAN JUSTITIE VRIJGESPROKEN VAN ENIGE BETROKKENHEID BIJ DE MOORD OP JUSTIN AMARI...

Het publiek, dat Cy wantrouwt, blijft eisen dat hij strafrechtelijk wordt vervolgd voor de moord, die volgens veel burgers rechtstreeks verband houdt met Fusion en Go Zero, maar de druk loopt op niets uit wanneer de regering aankondigt het onderzoek naar Baxter en WorldShare te staken. Als medeoprichter, chief executive, bestuurslid en grootste aandeelhouder van de techgigant belooft Cy critici dat hij het bedrijf zal 'heroriënteren' om zich te concentreren op 'privacygerichte' activiteiten.

FTC OVERWEEGT MAAR ZIET AF VAN ONDERZOEK NAAR TECHVERKOOP WORLDSHARE AAN...

'EERLIJKE EN PASSENDE OPLOSSING' GEVONDEN TUSSEN WORLDSHARE EN FTC...

REGERING BEVESTIGT REVOLUTIONAIR FUSIEPROJECT: AMERIKA VEILIGER MAKEN...

BAXTER BESTELT SUPERJACHT VAN $500 MILJOEN MET HELIKOPTERPLATFORM EN...

En zo loopt de laatste poging om het internet te reguleren en de macht van de particuliere belangen die het controleren op niets uit. Terwijl de koers van WorldShare zich niet alleen herstelt, maar zelfs een recordhoogte bereikt, overleeft Cy Baxter de grootste uitdaging tot nu toe voor zijn carrière en reputatie. Hij komt er grotendeels ongedeerd uit met de extra bonus van een overlevende. Hij woont de Paris Fashion Week bij met zijn nieuwe liefde, WorldShare medewerkster Sonia Duvall. Betaalt tweeënzestig miljoen dollar voor een penthouse in Manhattan. En ondertussen evolueert het internet rustig op de enige manier die het kan, net als het universum, gedreven door krachten die niet volledig worden begrepen, zich steeds uitbreidend, altijd overspoeld met nieuwe elementen, acties en tegenwerkingen, een groei die exponentieel is, een systeem dat alleen evenredig is met de menselijke complexiteit zelf. De laatste kans om deze expansie te stoppen of zelfs te vertragen was op het moment dat het werd gecreëerd. Daarna zou het altijd slechts iets zijn om te aanschouwen, te aanvaarden, met machteloos ontzag te observeren, zoals sterren, zoals de draaiing van de aarde, zoals oesters die onder volle maan opengaan om een glimp van een parel te tonen.

De toekomst II

LUCHTMACHTBASIS LANGLEY, HAMPTON, VIRGINIA

Het is een nieuwe wereld: of, zo niet helemaal nieuw, dan toch enorm veranderd ten opzichte van de wereld die Warren Crewe drieënhalf jaar eerder heeft achtergelaten, althans in zijn herinnering.

Terwijl hij de metalen trap van het militaire vliegtuig afdaalt en zijn ogen dichtknijpt tegen het licht – al het licht is momenteel een soort marteling – beschouwt hij elke stap die hem dichter bij het goede oude Amerikaanse asfalt brengt als een triomf, zodat hij, wanneer hij dat eindelijk bereikt, Amerika dus, even pauzeert om zich tot zijn vluchtbegeleider, stafonderofficier Channing Bufort, te wenden en '*Home sweet home*' te zeggen voordat hij zich op de grond laat zakken om dat gezegende macadam op gepaste wijze te kussen.

Bufort glimlacht als Warren weer opstaat. 'Dat was wel een tijdje geleden, hè, Murphy?'

'Veel te lang.'

De grijnzende Bufort kent Warren alleen als 'Murphy', vanwege het naamplaatje op het groene vliegpak dat ze hem willekeurig hadden gegeven op luchtmachtbasis Al Dhafra in Abu Dhabi, en dat hij nu pas heeft ingeruild voor burgerkleding. Warren geeft er niet om hoe iemand hem noemt, zolang het maar geen nummer is.

Hij loopt langzaam. Waarom? vraagt ze zich af, maar ze is bang voor het antwoord. Zijn magere benen, lang niet gebruikt en te lang misbruikt, lijken de kracht van voorheen te missen. Maar het kan ook zijn dat vanbinnen bij elke stap de angst groeit die mogelijk een vorm van PTSS is, of het kan zijn dat hij gewoon nerveus is om haar weer te zien, in de hoop dat ze allebei niet te veel veranderd zijn.

Als hij dichterbij komt, merkt ze de burgerkleding op die te groot voor hem is: spijkerbroek, T-shirt, bomberjack.

Daar komt hij. Dichterbij. Dichterbij... Jezus Christus, Warren! Vier jaar! Vier jaar. En wat zie je er ziek uit, schat. Nauwelijks nog herkenbaar als de man die me vanaf de stoep ten afscheid toezwaaide, een taxi stapte en verdween. Grijs haar nu. Baard. Ze kan het niet verdragen om te denken aan alle verschrikkingen die hij heeft meegemaakt, de schaamte, de perversiteiten die hij heeft doorstaan.

Maar hier is hij dan toch, terug op Amerikaanse bodem, een vrij man als gevolg van haar dolle streken om aan arrestatie te ontkomen en aan het genie van Justin, die bereid was zijn leven in te zetten, acties die eindelijk in de allerhoogste regeringskringen de aandacht vestigden op Warrens hachelijke situatie. Tenminste voor een tijdje. Erika Coogan was ook van nut geweest. Door de mogelijkheden van Fusion ten volle te benutten – van het analyseren van satellietfoto's tot het doorlichten van internetverkeer en telefoongesprekken en het gebruik van spyware die hun op wonderbaarlijke wijze tot Irans eigen nationale computersystemen toegang wist te geven – viel het zoeklicht op een Iraanse geheime plek ten zuiden van Isfahan, waar een onbekende gevangene met de Amerikaanse nationaliteit werd vastgehouden. Verbeterde satellietfoto's van het sportterrein van de gevangenis en zelfs heimelijke taps van de bewakingscamera's bevestigden dat gevangene 1205 inderdaad Warren Crewe was. Vandaar dat dankzij de hulp van Burt Walker de politieke wil groeide om Iran onder druk te zetten om toe te geven wat inmiddels duidelijk was, wat het Witte Huis geen andere keuze liet dan uiteindelijk een aanbod voor een (zeer ongelijke) gevangenenruil te accepteren: een Iraanse terroristische samenzweerder in ruil voor de arme, gebroken Warren. Sams regering deed uiteindelijk wat ze op de eerste dag al had moeten doen: het juiste.

Hij ziet er tien jaar ouder uit. Misschien meer. En welke diepere schade hebben de afgelopen vier jaar aangericht? Net zoals zij enorm veranderd is, op velerlei manieren, en innerlijke verwondingen heeft opgelopen die haar in de toekomst heel wat problemen kunnen bezorgen, is dat allemaal niets vergeleken met hoe hij veranderd zal zijn door alle vernederingen en trauma's. Ze hebben allebei zoveel levens doorstaan, te veel strijd, om dit rendez-vous onveranderd te bereiken. Ze zullen allebei nieuwe kanten aan de ander zien die ze niet kennen of herkennen, of zelfs ooit echt kunnen doorgronden. Nieuwe demonen waarmee ze ieder moeten worstelen. Hoe kan ze bijvoorbeeld ooit echt haar schuldgevoel overbrengen over Justins dood, dat haar elk uur dat ze wakker is achtervolgt? Hoe kan ze haar woede verbergen over een maatschappij die Cy Baxter zijn gang liet gaan en vervolgens vrijpleitte, hem vrijuit liet gaan? Die woede van haar – een kind van Justins woede – neemt alleen maar toe, in plaats van weg te ebben. Justins offer – zo probeert ze Warren telepathisch uit te leggen – mag niet voor niets zijn. Dat mag niet. Misschien kan alleen jij, beste Warren, dit volledig begrijpen. Alleen jij. Alleen jij kunt de actie die ik misschien ga ondernemen op waarde schatten en steunen, als mijn moed standhoudt. Vind je ook niet? Want ik ga jouw toestemming vragen. Wat ga je zeggen? Hoe ga je antwoorden nadat we zolang gescheiden zijn geweest?

Warrens begeleider blijft staan en laat hemde laatste paar stappen alleen zetten, totdat hij eindelijk – een wonder – in haar armen valt, en zij in de zijne. Ze sluit haar ogen, met haar hoofd tegen zijn borst. Zo is het gemakkelijker. Met gesloten ogen kunnen ze allebei overal en overal tegelijk zijn. Ze kunnen zelfs weer vreemden voor elkaar zijn, als ze dat willen, die elkaar voor het eerst ontmoeten op een feestje bij een vriend thuis, dansend op Van Morrison, terwijl de plastic punchbekers in het verlichte zwembad dobberen, en eindeloos met elkaar praten. Of ze kunnen bij het huis aan het meer zijn in die eerste adembenemende uren na hun huwelijk, toen ze elkaar niet los konden laten. Of ze kunnen gewoon elk stel zijn, met elkaar verstrengeld op elk vliegveld ter wereld, zonder context, twee mensen die elkaar vasthouden. Borst tegen borst, terwijl zijn getraumatiseerde hart even hard bonst als het hare.

Hij duwt haar van zich af en kijkt haar intens en lang aan. Ze haalt een lok haar uit haar gezicht om dat toe te staan, steekt die achter haar oor. En op haar beurt kijkt ze hem in zijn gezicht. Ze neemt hem aandachtig op, ziet de schade die de tijd heeft aangericht, maar ook alles wat niet veranderd is, tot ze glimlacht en al het onbekende vervaagt in het vertrouwde, in de herinneringen, alsof ze wil zeggen dat hun samenzijn hier het enige is wat telt, en dat ze weer tijd hebben.

'Waar bleef je nou?' fluistert ze met een glimlach onder haar tranen.

Ze praten tot diep in de nacht, totdat zijn ogen dichtvallen en hij door de eindeloze uitputting in slaap valt.

Maar daarvóór hebben ze elkaar zoveel verhalen verteld als ze dachten dat de ander kon verwerken, elkaar voorzichtig gekust en de veranderingen in elkaar beoordeeld en ten diepste verkend. Hij geeft toe dat hij zich oud voelt. Een wrak. Systematisch te gronde gericht is de uitdrukking die hij gebruikt om zichzelf te beschrijven. Hij beeft hevig. In zijn haar zitten grijze strengen. Hij lijdt ook aan een zenuwaandoening. Is hij zichzelf nog wel? vraagt hij haar. Natuurlijk wel, zegt ze tegen hem, en ze geeft hem kusjes als hij instort en in haar armen begint te snikken.

Op haar beurt vindt ze dat hij haar huidige gemoedstoestand moet begrijpen, en ook de gedachtegang die haar tot hier heeft gebracht...

Het was begonnen met haar besluit om zich aan te geven.

Nadat Justin was doodgeschoten, had ze zich nog een dag verstopt, maar daarna begon ze geheime gesprekken met Erika Coogan, die haar verzekerde dat haar niets zou overkomen. Het was in niemands belang om een martelares van haar te maken.

En dus kon Fusion met goedkeuring van de CIA, de FBI en de Amerikaanse minister van Justitie haar in ruil voor haar volledige medewerking volstrekte immuniteit aanbieden voor wat bekend werd als DataGate. Door niets te zeggen over Baxter, zijn e-mails en geheime deals met China en Rusland, had ze haar vrijheid teruggekregen. Justin Amari zou in zijn graf alleen de volledige verantwoordelijkheid dragen voor het hacken van de NSA, een misdrijf dat uiteindelijk geen schade had toegebracht aan de nationale veiligheid, dankzij het snelle werk (en de dodelijke doeltreffendheid) van de politiediensten. *Zij winnen, zoals altijd.*

Dus had ze haar oude leven weer kunnen oppakken en zelfs haar werk op de spoedeisende hulp in het ziekenhuis in Boston hervat. Ook zag ze Kaitlyn Day weer veel meer, als nooit tevoren vertrouwend op haar raad, haar vriendschap, haar gekte, haar humor, haar soep. Tegelijkertijd werden in ruil voor Sams stilzwijgen en medewerking op het hoogste niveau orders gegeven die er uiteindelijk toe leidden dat Warren werd gevonden en gerepatrieerd.

Maar wat ze deze man niet vertelt, voordat hij in slaap valt, is wat ze nu denkt te gaan doen.

Ze heeft de definitieve beslissing uitgesteld tot Warren veilig thuis was, want alleen als hij gered en gerepatrieerd is, kan ze haar eigen ware gevoelens kennen. Maar weet ze na een halve nacht praten, waarin ze hem zo goed mogelijk haar eigen gemoedstoestand heeft uitgelegd, wel beter wat haar volgende stap zal zijn?

In de keuken, in dit huis, dit dierbare huis, waar het ochtendlicht buiten de wolken roze kleurt, denkt ze: als ik dit doe, wat ik als mijn plicht beschouw, moet doen, ben ik weer een crimineel. Een zware crimineel, door iedereen gezocht. Als ik gepakt word – en waarom zou ik uiteindelijk niet gepakt worden? – zal ik daar een enorme prijs voor betalen. Als ik het plan uitvoer, als ik met andere woorden precies doe wat Justin me in zijn smeekbede heeft gevraagd toen hij stervende was – *Jouw beslissing* – en de opdracht die hij is begonnen afmaak, zal ik mogelijk nooit meer thuiskomen.

Dus dat is de keuze. Grimmig. Wreed. Aan de ene kant is daar Warren – de hervonden echtgenoot en eindelijk weer thuis – aan de andere kant een leven vol chaos, vol ontberingen, schuilplaatsen, slapeloze nachten en bekorte dagen, van going zero, wat ze inmiddels heel goed kan volhouden.

Maar ze heeft al besloten. In werkelijkheid worstelt ze op dit moment niet met haar beslissing. Warren, die haar exacte plan niet kent, maar net als vroeger aanvoelt wanneer ze iets achterhoudt, heeft haar al verteld dat het vreselijke onrecht dat hier is aangericht niet mag blijven voortduren. Hij heeft zelf tegen haar gezegd dat Justins dood gewroken moet worden en dat Baxters vrijspraak geen stand mag houden. Zijn woorden. Was dat een gecodeerd signaal? Omdat hij een man is die al zijn hele volwassen leven voor gerechtigheid strijdt, hoopt ze dat hij zal begrijpen wat ze van plan is. Daar in de keuken, met haar all-weatherjas en wandelschoenen aan, met een rugzak met de noodzakelijke spullen al op haar rug, blijft ze niet staan om misschien nog van gedachten te veranderen, maar alleen om haar leven tot dan toe te betreuren, nu ze heeft besloten daar afscheid van te nemen, althans voor een tijdje.

Op de ontbijttafel liggen twee wegwerptelefoons. Eentje is voor Warren. Ze pakt de andere op, een kleine ontsteker van informatie die ze zojuist met een batterij tot leven heeft gebracht. Het is tijd. Ja, het is eindelijk tijd.

Met een zestal duimtikken haalt ze een berichteninbox tevoorschijn, en daarin, lang geleden voorbereid door Justin, een link die zijn naam dankt aan een Iraanse koningin die, als reactie op een uitgebreid verraad, haar legers aanvoerde tegen de aanval van een corrupte koning.

Haar duim blijft hangen boven het kleine schermpje. Eén tik is voldoende om Justins gigantische reservekopie van Cy Baxters datahack de wereld in te sturen. Eén tik is alles wat nodig is om de grootste verzameling geheime data in de geschiedenis vrij te geven, vrijwel alle data over iedereen die ooit iets heeft misdaan. En in deze catalogus van de gestraften en niet-gestraften bevindt zich ook Cy Baxter. En omdat ze niet weet hoe ze alleen dat ene bestand moet selecteren – ze is tenslotte maar een verpleegster – geeft ze ze allemaal vrij.

Zoals Justin wist, kan zo'n golf van nationale verlegenheid, van plotselinge publieke naaktheid, van ontmaskerde hypocrieten, van geloofwaardigheid die in twintig, dertig, vijftig jaar zo zorgvuldig is gecultiveerd en opgebouwd, door één enkele krantenkop omslaan, het openbare leven ingrijpend hertekenen en een tijdperk inluiden van schaamte, van schok, van ongeloof en berouw en verontschuldiging, van rechtszaken en berusting, van executies van reputaties op de pleinen van de natie, van afgedwongen nederigheid. Wie zal het zeggen? Dit zou zelfs Justins ultieme droom van een systeemherstart kunnen bewerkstelligen. Dat is allemaal mogelijk, denkt ze, maar in gedachten zit ze nog steeds achter Cy Baxter aan.

Op dit allesbepalende moment denkt ze weer terug aan de woorden van haar overleden vriend: *Zij winnen. Uiteindelijk winnen zij. Zo gaat het altijd.*

Ja, denkt ze, misschien wel, voordat ze eraan toevoegt, hardop tegen niemand, tenzij tegen Justin, tegen de slapende Warren, tegen zichzelf: 'Totdat ze niet meer winnen.'

Eén enkele tik.

Woesj.

Het is gebeurd. En dan trekt ze de riemen van haar rugzak aan en vertrekt door de achterdeur, die ze zo zacht achter zich sluit dat ze niet wordt opgemerkt.

Weg.